Sans un mot

Harlan Coben

Sans un mot

Traduit de l'anglais (États-Unis)
par Roxane Azimi

ÉDITIONS
FRANCE
LOISIRS

Titre original : *Hold Tight*
publié par Dutton, a member of Penguin Group (USA) Inc., New York.

Ce livre est une œuvre de fiction. Les noms, les personnages, les lieux et les événements sont le fruit de l'imagination de l'auteur ou utilisés fictivement, et toute ressemblance avec des personnes réelles, vivantes ou mortes, des établissements d'affaires, des événements ou des lieux serait pure coïncidence.

Une édition du Club France Loisirs,
avec l'autorisation des Éditions Belfond.

Éditions France Loisirs,
123, boulevard de Grenelle, Paris
www.franceloisirs.com

ISBN : 978-2-298-01430-3

À la mémoire des quatre grands-parents
de mes enfants

Carl et Corky Coben
Jack et Nancy Armstrong

Vous nous manquez terriblement

Note de l'auteur

La technologie décrite dans ce livre existe réellement. Mieux encore, le matériel et les logiciels dont il est question ici sont disponibles à la vente pour le grand public. Les noms des produits ont été modifiés, mais franchement, ça arrêtera qui ?

1

Marianne sirotait son troisième verre de Cuervo, émerveillée par son infinie capacité à détruire tout ce qu'il pouvait y avoir de bon dans sa pitoyable vie, quand l'homme à côté d'elle s'écria :

— Écoutez voir, mes petites belles : le créationnisme et l'évolutionnisme sont parfaitement compatibles.

Il lui avait postillonné dans le cou. Marianne grimaça et coula un regard rapide dans sa direction. Assis à sa droite, le bonhomme avait une grosse moustache en broussaille sortie tout droit d'un film X des années soixante-dix. La blonde décolorée aux cheveux secs comme de la paille à qui était destiné ce brillant trait d'esprit était assise à sa gauche. Marianne se retrouvait donc dans l'inconfortable position de la tranche de jambon d'un sandwich à la composition douteuse.

S'efforçant de les ignorer, elle scrutait son verre comme s'il s'agissait d'un diamant pour une future bague de fiançailles, dans l'espoir de faire disparaître le moustachu et la fille aux cheveux filasse. Rien à faire, ils étaient toujours là.

— Vous êtes cinglé, dit Miss Filasse.

— Attendez que je vous explique.

— OK, je vous écoute. Mais je pense que vous êtes cinglé.

— Vous ne voulez pas qu'on change de place ? fit Marianne. Vous seriez l'un à côté de l'autre ?

Moustache posa la main sur son bras.

— Bougez pas, ma petite dame, j'aimerais que vous aussi entendiez ça.

Elle allait protester, sauf qu'il serait peut-être plus simple de ne rien dire. Elle se replongea donc dans la contemplation de son verre.

— OK, reprit Moustache, vous avez entendu parler d'Adam et Ève, hein ?

— Bien sûr, acquiesça Miss Filasse.

— Et vous y croyez, à cette histoire ?

— Comme quoi il était le premier homme et elle, la première femme ?

— C'est ça.

— Ben non. Et vous ?

— Moi, j'y crois.

Il tapota sa moustache comme on flatte un rongeur de petite taille.

— D'après la Bible, c'est comme ça que ça s'est passé. Adam est arrivé, puis Ève a été formée à partir d'une de ses côtes.

Marianne buvait. Elle buvait pour des tas de raisons. La plupart du temps, c'était pour s'éclater.

Des troquets comme celui-ci, elle en avait fréquenté en veux-tu en voilà, cherchant à faire des rencontres et plus si affinités. Mais ce soir, la perspective de repartir avec un homme ne l'intéressait guère. Elle buvait pour s'étourdir, et tant pis si ça ne marchait pas. Cette conversation sans queue ni tête, maintenant qu'elle laissait courir, la distrayait. Atténuait la douleur.

Elle avait tout foiré.

Comme d'habitude.

Elle avait passé sa vie à fuir tout ce qui était juste et moral, une quête permanente de plaisirs inaccessibles, un état de perpétuel ennui ponctué de pathétiques moments d'euphorie. Elle avait détruit ce qui avait été bien, et lorsqu'elle avait voulu recoller les morceaux, elle s'était plantée, comme toujours.

Marianne avait fait du mal à ses proches. La torture morale qu'elle avait exercée s'était portée exclusivement sur des êtres chers. Aujourd'hui, l'égoïsme et la bêtise aidant, elle pouvait ajouter de parfaits étrangers à la liste de ses victimes. Le cyclone Marianne.

Bizarrement, faire du mal à des étrangers semblait plus grave encore. On fait tous du mal à ceux qu'on aime, non ? Mais nuire à des innocents, ça, c'était un mauvais karma.

Marianne avait brisé une vie. Et peut-être pas qu'une.

Pour quoi ?

Pour protéger son enfant. C'était ce qu'elle avait cru.

Pauvre cloche.

— OK, déclara Moustache. Adam a engendré Ève, ou quel que soit le terme exact.

— Des conneries de macho, ça, répliqua Miss Filasse.

— Oui, mais parole divine.

— La science a prouvé que c'est faux.

— Attendez un peu, ma jolie. Écoutez-moi jusqu'au bout.

Il leva la main droite.

— Nous avons Adam…

Après quoi, il leva la main gauche.

— … et nous avons Ève. Nous avons le jardin d'Éden, oui ?

— Oui.

— Bon, Adam et Ève ont deux fils, Caïn et Abel. Et voilà qu'Abel tue Caïn.

— Caïn tue Abel, rectifia Miss Filasse.

— Vous en êtes sûre ?

Il fronça les sourcils, réfléchit. Puis, balayant l'objection :

— Comme vous voudrez. Bref, l'un des deux meurt.

— Abel. Caïn le tue.

— Sûr ?

Miss Filasse hocha la tête.

— OK, ça nous laisse Caïn. La question est : avec qui Caïn s'est-il reproduit ? Je veux dire, la seule femme disponible, c'est Ève, et elle n'est plus toute jeune. Alors comment l'humanité s'est-elle perpétuée, hein ?

Moustache s'interrompit, comme dans l'attente d'applaudissements. Marianne leva les yeux au ciel.

— Vous voyez le dilemme ?

— Peut-être qu'Ève a eu un autre enfant. Une fille.

— Il aurait donc couché avec sa sœur ? s'enquit Moustache.

— Ben oui. À l'époque, tout le monde baisait avec tout le monde. Adam et Ève étaient les premiers ; forcément, il a dû y avoir de l'inceste au début.

— Non.

— Non ?

— La Bible interdit l'inceste. La réponse, on la trouve dans la science. C'est de ça dont je parle. La science et la religion peuvent très bien coexister. Tout est dans la théorie de l'évolution de Darwin.

Miss Filasse avait l'air sincèrement intéressée.

— Comment ça ?

— Réfléchissez un peu. D'après tous ces darwiniens, de qui descendons-nous ?

— Des primates.

— Exact, des singes – hominidés, anthropoïdes – ce que vous voudrez. Alors voilà, Caïn est banni et erre seul à travers notre belle planète. Vous me suivez ?

Moustache tapota le bras de Marianne pour s'assurer qu'elle écoutait. Elle pivota comme une somnambule dans sa direction. Si on vire la moustache porno, pensa-t-elle, ça pourrait être jouable.

Elle haussa les épaules.

— Je vous suis.

— Super.

Il sourit, haussa un sourcil.

— Caïn est un homme, n'est-ce pas ?

Miss Filasse, voulant revenir dans la conversation :

— Oui.

— Bien, il se balade. Et ça le travaille. Ses pulsions naturelles, quoi. Un jour, alors qu'il traverse la forêt…

Nouveau sourire, nouvelle caresse sur la moustache.

— … il tombe sur une guenon avenante, un gorille ou un orang-outan femelle.

Marianne ouvrit de grands yeux.

— Vous rigolez, là ?

— Non. Réfléchissez bien. Caïn repère quelqu'un de la famille des singes. C'est ce qu'il y a de plus proche de l'homme, non ? Il saute sur une femelle, ils font… vous savez…

Il joignit les deux mains sans bruit, au cas où elle ne saurait pas.

— Bref, la guenon tombe enceinte.

— C'est immonde, lâcha Miss Filasse.

Marianne voulut se replonger dans son verre, mais l'homme lui tapota à nouveau le bras.

— Reconnaissez que ça tient la route. La guenon accouche d'un bébé. Moitié singe, moitié homme. Il a l'air d'un singe, mais peu à peu, avec le temps, le côté humain prend le dessus. Et voilà ! Évolutionnisme et créationnisme enfin réconciliés.

Il sourit, comme s'il s'attendait à recevoir une médaille.

— Voyons si j'ai bien compris, dit Marianne. Dieu est contre l'inceste, mais Il accepte la zoophilie ?

Le moustachu la gratifia d'une tape paternelle sur l'épaule.

— Moi, ce que j'en dis, c'est que tous ces petits malins avec leurs diplômes scientifiques qui pensent que la religion est incompatible avec la science manquent d'imagination. Le problème est là. Les scientifiques se retranchent derrière leurs microscopes. Les religieux se retranchent derrière les Saintes Écritures. Et personne ne voit la forêt derrière le premier rideau d'arbres.

— Cette forêt, fit Marianne, c'est celle où on rencontre des guenons avenantes ?

L'atmosphère changea imperceptiblement. Ou peut-être était-ce son imagination. Moustache se tut et la dévisagea longuement. Marianne n'aimait pas ça. Elle sentit comme une différence. Une sorte de décalage. Ses yeux étaient noirs, opaques, deux billes de verre que quelqu'un aurait placées au hasard… des yeux sans vie. Il cilla et se rapprocha d'elle.

La scrutant de près.

— Dites donc, chérie, vous avez pleuré ou quoi ?

Marianne se tourna vers la fille aux cheveux filasse. Qui la regardait elle aussi.

— Vous avez les yeux rouges, ajouta-t-il. Je ne veux pas me mêler de ce qui ne me regarde pas. Mais est-ce que ça va ?

— Ça va, répondit-elle.

Sa voix lui sembla pâteuse.

— Je voudrais simplement boire en paix.

— Mais oui, bien sûr.

Il leva les mains.

— Je ne voulais pas déranger.

Les yeux rivés sur sa tequila, Marianne guettait un mouvement dans son champ de vision périphérique. En vain. Le moustachu n'avait pas bougé.

Elle but une longue gorgée. Le barman nettoyait une tasse avec l'aisance de quelqu'un qui fait ça depuis des années. Elle s'attendait presque à ce qu'il crache dedans, comme dans les vieux westerns. L'éclairage était tamisé. Derrière le bar, il y avait le traditionnel miroir sombre antireflet, si bien que les visages des autres consommateurs vous paraissaient adoucis et, par conséquent, sous un aspect flatteur.

Marianne jeta un coup d'œil au moustachu dans le miroir.

Il la dévisagea d'un air mauvais. Épinglée par ces yeux opaques, elle n'arrivait plus à s'en détacher.

Lentement, l'air mauvais se mua en sourire, un sourire qui lui fit froid dans le cou. Marianne le regarda tourner les talons et, une fois l'homme parti, exhala un soupir de soulagement.

Elle secoua la tête. Caïn se reproduisant avec un singe… mais oui, bien sûr.

Sa main tâtonna à la recherche de son verre. Le verre trembla. Jolie diversion, cette théorie à la noix, mais son esprit était incapable de voguer longtemps en dehors des eaux troubles.

Elle repensa à ce qui s'était passé. Avait-elle vraiment cru bien faire sur le moment ? Y avait-elle vraiment réfléchi… au prix à payer, aux retombées sur les autres, aux vies mutilées ?

Probablement pas.

Oui, il y avait eu blessure. Il y avait eu injustice. Il y avait eu fureur aveugle. Le désir brûlant, primitif, de vengeance. Rien à voir avec la référence biblique (ou évolutionniste, tiens) à « œil pour œil »... Comment qualifiait-on déjà ce qu'elle avait commis ?

Mesure de rétorsion.

Elle ferma les yeux, les frotta. Son estomac se mit à gargouiller. Le stress, sûrement. Ses yeux se rouvrirent. La lumière semblait avoir baissé. La tête commençait à lui tourner.

Trop tôt pour ça.

Combien de verres avait-elle éclusés ?

Elle se cramponna au bar, comme les soirs où l'on se couche après avoir pris une cuite : le lit se met à valser et on s'y raccroche de peur que la force centrifuge ne vous projette par la fenêtre la plus proche.

Son estomac gargouilla de plus belle. Tout à coup, elle écarquilla les yeux. Une douleur fulgurante lui déchira les entrailles. Elle ouvrit la bouche, mais le cri ne sortit pas... coincé dans sa gorge tellement elle avait mal. Marianne se plia en deux.

— Ça ne va pas ?

La voix de Miss Filasse paraissait venir de très loin. La douleur était atroce. Jamais elle n'avait eu aussi mal... enfin, pas depuis l'accouchement. Accoucher, le petit test de Dieu. *Devinez quoi... ce petit être qu'on est censé aimer et chérir plus que soi-même ? Eh bien, quand il vient au monde, on trinque au-delà de tout ce qu'on saurait imaginer.*

Charmante façon de commencer une relation, ne trouvez-vous pas ?

Qu'en penserait Moustache, hein ?

Des lames de rasoir – c'était l'impression qu'elle avait – lui lacéraient les boyaux comme si quelque chose cherchait à s'en échapper. Toute pensée rationnelle déserta son esprit. La douleur la consumait. Elle en avait oublié ce qu'elle avait fait, les dégâts qu'elle avait causés, pas seulement aujourd'hui, mais tout au long de sa vie. Ses parents, ratatinés, vieillis par ses frasques d'adolescente. Son premier mari, démoli par ses constants coups de canif dans le contrat ; son second mari, par la façon dont elle le traitait, et puis il y avait son enfant, les rares personnes qui lui avaient gardé leur amitié au-delà de quelques semaines, les hommes dont elle s'était servie avant qu'ils ne se servent d'elle…

Les hommes. Il devait y avoir une histoire de précaution là aussi : les piétiner avant qu'ils ne vous piétinent.

À tous les coups, elle allait vomir.

— Toilettes, articula-t-elle.

— Je vous accompagne.

Miss Filasse, encore elle.

Marianne se sentit glisser du tabouret. Des bras vigoureux la soutinrent par les aisselles. Quelqu'un – Miss Filasse – la pilota vers le fond de la salle. Elle tituba en direction des toilettes. Sa gorge était complètement desséchée. La douleur à l'estomac l'empêchait de tenir debout.

Les bras la maintenaient fermement. Marianne gardait les yeux baissés. Il faisait sombre. Elle ne voyait que ses propres pieds, traînants, qu'elle parvenait à peine à soulever. Elle essaya de se redresser, vit la porte des toilettes, se demanda si elle y arriverait. Elle y arriva.

Et continua d'avancer.

Miss Filasse la tenait toujours aux aisselles. Elle la propulsait au-delà des toilettes. Marianne voulait revenir en arrière. Son cerveau n'obéissait pas aux ordres. Elle voulait interpeller la bonne âme pour lui dire qu'elles avaient passé la porte, mais sa bouche ne fonctionnait pas non plus.

— Par ici la sortie, murmura la femme. C'est mieux.

Mieux ?

Elle sentit son corps peser sur la barre métallique de l'issue de secours. La porte céda. Sortir par-derrière. Ce n'était pas bête, pensa Marianne. Pourquoi salir les toilettes ? Autant faire ça dans le passage. Et respirer de l'air frais. L'air frais pourrait lui faire du bien. L'aider à récupérer plus vite.

Le battant s'ouvrit à la volée, heurtant le mur extérieur avec fracas. Marianne sortit en trébuchant. L'air du dehors la requinqua, en effet. Pas beaucoup. La douleur était toujours là. Mais elle savoura la sensation de fraîcheur sur son visage.

Ce fut à ce moment-là qu'elle aperçut la camionnette.

Une camionnette blanche aux vitres teintées. Les portes arrière étaient grandes ouvertes, comme une bouche prête à l'avaler tout entière. Et là, juste à côté des portes, empoignant Marianne et la poussant dans la camionnette, il y avait l'homme à la moustache en broussaille.

Elle tenta de résister, en vain.

Moustache la jeta à l'intérieur comme un sac de tourbe. Elle atterrit avec un bruit mat sur le plancher de la camionnette. Il grimpa, ferma les portes et se planta au-dessus d'elle. Marianne se roula en position fœtale. Elle avait toujours mal à l'estomac, mais maintenant la peur prenait le dessus.

L'homme arracha sa moustache et lui sourit. Le véhicule s'ébranla. Ce devait être Miss Filasse qui conduisait.

— Salut, Marianne, dit-il.

Elle ne pouvait ni bouger ni respirer. Il s'assit à côté d'elle, leva le poing et la frappa violemment au ventre.

Si jusque-là la douleur avait été insoutenable, à présent elle atteignait une tout autre dimension.

— Où est la cassette ? demanda-t-il.

Et il commença à la massacrer.

2

— Vous tenez vraiment à faire ça ?

Il y a des moments où l'on franchit le bord du précipice. Comme dans les cartoons Looney Tunes, quand le Coyote continue à courir alors qu'il n'est plus sur la falaise – il s'arrête, regarde en bas et comprend qu'il va tomber à pic, et qu'il n'y a plus rien à faire.

Mais parfois, peut-être même la plupart du temps, ce n'est pas aussi clair. Il fait noir, vous avancez à tâtons au bord de la falaise, sans trop savoir dans quelle direction vous allez. Vos pas sont hésitants ; vous progressez en aveugle dans la nuit. Vous ignorez que vous êtes près du bord, que la terre meuble est sur le point de céder, qu'il suffit d'un faux pas pour vous précipiter dans les ténèbres.

Le moment où Mike avait su que Tia et lui étaient au bord du gouffre, ç'avait été quand l'installateur, un jeune je me la pète, à la tignasse hirsute, aux bras flasques recouverts de tatouages et aux longs ongles sales, les avait regardés et leur avait posé cette foutue question d'une voix trop lugubre pour son âge :

Vous tenez vraiment à faire ça ?

Ils n'avaient rien à faire dans cette chambre. Certes, Mike et Tia Baye (prononcez *baille*) étaient chez eux dans cette maison cossue de la banlieue résidentielle de Livingston, mais cette pièce-là était devenue territoire ennemi, strictement interdit d'accès. Bizarrement, avait noté Mike, il restait encore un grand nombre de vestiges du passé. Les trophées de hockey n'avaient pas été remisés, mais, alors que jadis ils prenaient toute la place, ce jour-là, ils semblaient se tasser au fond de l'étagère. Les posters de Jaromir Jagr et de la dernière idole en date, le Ranger Chris Drury, étaient toujours là, mais décolorés par le soleil ou peut-être par le manque d'attention.

Mike s'était pris à rêvasser. Il avait revu son fils Adam lisant *Chair de poule* ou les romans de Mike Lupica sur les jeunes athlètes qui relevaient des défis impossibles. Il étudiait les pages sportives comme un lettré étudie le Talmud, surtout les résultats de hockey. Il écrivait à ses joueurs préférés pour leur demander un autographe, qu'il accrochait avec une pastille autocollante. Quand ils allaient au Madison Square Garden, Adam insistait pour attendre les joueurs à la sortie, dans la 32e Rue côté Huitième Avenue, pour se faire dédicacer un palet.

Tout cela avait déserté, sinon cette chambre, du moins la vie de leur fils.

Adam était trop grand pour ces choses-là. Normal, ce n'était plus un enfant, tout juste un adolescent pourtant, trop pressé d'entrer dans l'âge adulte. Mais sa chambre, elle, peinait à suivre. Mike s'était demandé s'il ne s'agissait pas d'un lien avec le passé, si Adam ne cherchait pas refuge dans l'enfance. Quelque part, peut-être regrettait-il le temps où il voulait devenir médecin comme son vieux papa chéri, le temps où Mike avait été son héros.

Un vœu pieux, ça.

L'installateur je me la pète – Mike n'arrivait pas à se rappeler son nom, Brett quelque chose – répéta la question :

— C'est sûr ?

Tia avait gardé les bras croisés. Sa mine sévère n'avait rien trahi de ses sentiments. Mike l'avait trouvée vieillie, quoique toujours aussi belle. Il n'y avait pas de doute dans sa voix, seulement une pointe d'exaspération :

— Oui, c'est sûr.

Mike n'avait rien ajouté.

Il faisait sombre dans la chambre de leur fils, éclairée seulement par la vieille lampe de bureau à col-de-cygne. Ils parlaient en chuchotant, même s'il n'y avait personne pour les entendre. Leur fille Jill, onze ans, était à l'école. Adam, seize ans, était en voyage scolaire. Il ne voulait pas y aller, évidemment – c'était trop « ringard » pour lui maintenant –, mais le lycée avait décrété ce séjour obligatoire, et même les plus tire-au-flanc de ses copains seraient là pour se plaindre en chœur de la ringardise de la chose.

— Vous connaissez le principe, hein ?

Tia avait acquiescé pendant que Mike, avec une belle synchronie, avait secoué la tête.

— Ce logiciel enregistre chaque frappe effectuée par votre fils. À la fin de la journée, l'information est traitée, et vous recevez un rapport. Tout y est : les sites qu'il aura visités, les mails envoyés et reçus, les messages instantanés. Si Adam utilise PowerPoint ou crée un document Word, vous le saurez aussi. Tout. Vous pourrez le surveiller en temps réel, si vous voulez. Il suffira de cliquer sur cette option, là.

Il avait indiqué un petit icone avec les mots LIVE SPY ! en caractères flamboyants. Le regard de Mike avait fait le tour de la pièce. Les trophées de hockey semblaient le narguer. Curieux qu'Adam ne les ait pas rangés. Mike avait fait partie de l'équipe universitaire de Dartmouth. Recruté par les New York Rangers, il avait joué une année dans leur équipe de Hartford et avait même participé à deux matchs de la fédération. Il avait transmis son amour du hockey à Adam. Son fils avait commencé à patiner dès l'âge de trois ans. Il était devenu gardien de but dans une équipe de juniors. La cage rouillée était toujours là, dans l'allée, le filet arraché par les intempéries. Mike en avait passé, des heures bénies, à envoyer des palets à son fils. Adam était très fort – une recrue de choix pour sa future université, à coup sûr –, et puis, voilà six mois, il avait laissé tomber.

Comme ça, d'un seul coup. Il avait posé la crosse, les protections, le masque et annoncé que c'était fini.

Était-ce à partir de ce moment-là que tout avait déraillé ?

Avait-ce été le premier signe de repli sur soi ? Mike avait essayé de relativiser la décision de son fils, de ne pas imiter ces parents dirigistes pour qui performance sportive rime avec réussite dans la vie, mais en vérité, le coup avait été dur.

Moins dur, cependant, que pour Tia.

— Nous sommes en train de le perdre, avait-elle déclaré.

Mike n'avait pas été aussi catégorique. Adam avait vécu un terrible drame – le suicide d'un ami –, et bien sûr, il était en pleine crise d'adolescence. Maussade et taciturne, il passait le plus clair de son temps dans cette chambre, devant ce maudit ordinateur, à jouer à des jeux de rôle, à chatter sur MSN ou Dieu sait quoi d'autre. Mais bon, c'était de son âge, non ? Il leur parlait à peine, répondait rarement, et encore, par des grognements. Ça non plus, ça n'avait rien d'anormal.

Cette surveillance, ç'avait été l'idée de Tia. Avocate pénaliste, elle travaillait pour le cabinet Burton et Crimstein à Manhattan. Dans un de ses dossiers – une affaire de blanchiment d'argent –, l'inculpé, un dénommé Pale Haley, avait été épinglé par le FBI grâce à sa correspondance sur Internet.

Brett, l'installateur, était le technicien du cabinet de Tia. Mike avait contemplé ses ongles en deuil. Des ongles qui avaient touché le clavier d'Adam. Cette pensée l'obsédait. Ce type avec ses ongles dégoûtants dans la chambre de leur fils, en train de tripoter ce qu'Adam avait de plus précieux.

— J'en ai pour une seconde, avait lâché Brett.

Mike avait visité le site web d'E-Spy et lu l'accroche en gros caractères gras :

VOS ENFANTS SONT-ILS LA CIBLE DE PÉDOPHILES ? VOS EMPLOYÉS VOUS VOLENT-ILS ?

Et, en plus gros et gras encore, l'argument qui avait convaincu Tia :

VOUS AVEZ LE DROIT DE SAVOIR !

Suivaient des témoignages :

« Votre produit a sauvé ma fille du pire cauchemar des parents : un prédateur sexuel ! Merci, E-Spy ! » Bob, Denver CO.

« J'ai découvert que mon plus fidèle employé volait dans nos bureaux. Sans votre logiciel, je ne l'aurais jamais su ! » Kevin, Boston, MA.

Mike s'était rebiffé.

— Il s'agit de notre fils, avait dit Tia.

— Je suis au courant, figure-toi.

— Tu n'es pas inquiet ?

— Bien sûr que je suis inquiet. Mais…

— Mais quoi ? Nous sommes ses parents.

Et, reprenant à son compte le slogan publicitaire :

— Nous avons le droit de savoir.

— Le droit de violer son intimité ?

— Pour le protéger ? Oui. C'est notre fils.

Mike avait secoué la tête.

— Non seulement nous avons le droit, avait insisté Tia en se rapprochant, mais nous en avons la responsabilité.

— Tes parents, ils savaient tout ce que tu faisais ?

— Non.

— Et tout ce que tu pensais ? La moindre conversation avec tes amis ?

— Non.

— C'est de ça dont on parle.

— Pense aux parents de Spencer Hill, avait-elle reparti.

Mike était resté sans voix. Ils s'étaient regardés.

— Si c'était à refaire, avait-elle dit, si Betsy et Ron pouvaient récupérer Spencer…

— Tu ne peux pas faire ça, Tia.

— Non, écoute-moi. Si c'était à refaire, si Spencer était en vie, ne crois-tu pas qu'ils le surveilleraient de plus près, maintenant ?

Spencer Hill, un camarade de classe d'Adam, s'était suicidé quatre mois plus tôt. Ce drame avait frappé Adam et ses copains de plein fouet. Mike l'avait rappelé à Tia.

— Tu ne penses pas que ceci explique cela ?

— Le suicide de Spencer ?

— Ben oui.

— Dans une certaine mesure, oui. Mais tu sais bien qu'il était déjà en train de changer. Ça a accéléré le processus, c'est tout.

— Peut-être qu'en lui laissant plus d'autonomie…

— Non, avait tranché Tia d'un ton sans réplique. Cette tragédie rend l'attitude d'Adam plus compréhensible, soit… mais pas moins dangereuse. C'est même le contraire, en fait.

Mike avait réfléchi un instant.

— On devrait lui dire, avait-il ajouté.

— Quoi ?

— Dire à Adam que nous contrôlons son activité sur Internet.

Elle avait esquissé une moue.

— Pour quoi faire ?

— Pour qu'il sache qu'il est surveillé.

— Ce n'est pas comme te coller un flic aux fesses pour te faire respecter les limitations de vitesse.

— C'est exactement pareil.

— Il continuera à faire ce qu'il fait chez des copains, dans un cybercafé ou autre.

— Et alors ? Il faut qu'il sache. Adam confie ses pensées les plus intimes à cet ordinateur.

Tia avait fait un pas vers lui, avait posé la main sur sa poitrine. L'effet était toujours le même, malgré les années.

— Il a des ennuis, Mike. Tu ne vois pas ? Ton fils a des ennuis. Si ça se trouve, il boit ou se drogue, que sais-je. Cesse donc d'enfouir ta tête dans le sable.

— Je n'enfouis ma tête nulle part.

Sa voix s'était faite implorante.

— Tu cherches la solution de facilité. Tu espères quoi, que ça passera tout seul ?

— Je n'ai pas dit ça. Mais enfin, réfléchis. On parle nouvelles technologies. Adam consigne là-dedans ses pensées, ses sentiments les plus secrets.

Tu aurais voulu, toi, que tes parents aillent mettre leur nez dans tes affaires ?

— Nous vivons dans un monde différent, avait répondu Tia.

— Tu crois ?

— Où est le mal ? Nous sommes ses parents. Nous ne voulons que son bien.

Mike avait secoué la tête.

— On n'a pas besoin de connaître toutes les pensées de quelqu'un. Il y a des choses qui relèvent de l'intimité.

Elle avait retiré sa main.

— Des secrets, tu veux dire ?

— Oui.

— D'après toi, on a le droit d'avoir des secrets ?

— Mais bien sûr.

Elle lui avait lancé un drôle de regard alors, le genre qui ne lui dit rien qui vaille.

— Tu as des secrets, toi ?

— Ce n'est pas ce que je voulais dire.

— Tu as des secrets, des choses que tu me caches ? avait répété Tia.

— Non. Mais je n'ai pas envie que tu connaisses toutes mes pensées non plus.

— Et je n'ai pas envie que tu connaisses les miennes.

Après quoi, ils s'étaient tus tous les deux. Puis Tia s'était écartée.

— Mais s'il faut choisir entre protéger mon fils et respecter son intimité, j'aime encore mieux le protéger.

La discussion – Mike ne voulait pas la qualifier de dissension – avait duré un mois. Il avait essayé d'amadouer son fils, l'avait invité à l'accompagner au centre commercial, pour jouer aux jeux d'arcade avec lui, à des concerts même. Adam avait décliné. Il restait dehors jusqu'à pas d'heure, couvre-feu ou pas. Il ne descendait plus dîner. Ses notes avaient dégringolé. Ils réussirent à le traîner une fois chez le psy. Ce dernier avait cru déceler un comportement dépressif. Il avait suggéré un traitement médicamenteux, mais il voulait revoir Adam d'abord. Lequel avait refusé tout net.

Lorsqu'ils avaient insisté pour qu'il retourne chez le psy, il avait fait une fugue de deux jours. Il n'avait pas répondu aux appels téléphoniques sur son portable. Mike et Tia avaient été fous d'inquiétude. Pour finir, ils avaient appris qu'il s'était planqué chez un copain.

— Nous sommes en train de le perdre, avait argumenté Tia.

Mike n'avait rien dit.

— En fin de compte, nous ne sommes que des gardiens, Mike. On les a un bout de temps, puis ils s'en vont vivre leur vie. J'aimerais juste le garder en vie et en bonne santé jusqu'à ce qu'il parte. Le reste, ça le regarde.

Mike avait hoché la tête.

— Bon, c'est OK.

— Tu en es sûr ?

— Non.

— Moi non plus. Mais je n'arrête pas de penser à Spencer Hill.

Il avait acquiescé à nouveau.

— Mike ?

Il l'avait regardée. Elle lui avait décoché ce sourire oblique qu'il avait vu la première fois par une froide journée d'automne à Dartmouth. Un sourire qui lui avait vrillé le cœur et lui faisait toujours le même effet.

— Je t'aime, avait-elle dit.

— Je t'aime aussi.

Sur ce, ils s'étaient mis d'accord pour espionner leur aîné.

3

Au début, il n'y avait eu aucun message véritablement pernicieux ou révélateur. Mais trois semaines plus tard, tout avait basculé.

L'interphone bourdonna dans le box de Tia.

Une voix tranchante intima :

— Dans mon bureau, tout de suite.

C'était Hester Crimstein, la grande patronne du cabinet. Elle convoquait toujours elle-même ses subalternes, sans passer par son assistante. Et elle avait toujours l'air en rogne, comme si vous auriez dû savoir qu'elle voulait vous voir et vous matérialiser par magie dans son bureau pour lui éviter de perdre du temps à vous appeler.

Cela faisait six mois que Tia occupait un poste d'avocat au cabinet Burton et Crimstein. Burton était mort depuis des lustres. Crimstein, la célèbre et très redoutée avocate Hester Crimstein, était bien vivante et dirigeait son affaire d'une main de fer. Elle jouissait d'une renommée internationale de spécialiste des affaires criminelles et animait même une émission sur Court TV, au titre accrocheur *Le Crime selon Crimstein.*

Elle aboya – sa voix ressemblait à un aboiement – dans l'interphone :

— Tia ?

— J'arrive.

Tia fourra le rapport d'E-Spy dans le tiroir du haut et sortit dans l'allée, avec bureaux vitrés – réservés aux principaux associés et exposés plein sud – d'un côté, et cages à lapins, de l'autre. Burton et Crimstein fonctionnait selon un système de castes avec un seul maître à bord. Il y avait des associés, bien sûr, mais pas question d'ajouter leurs noms sur la plaque.

Tia arriva devant le spacieux bureau d'angle. L'assistante d'Hester leva à peine les yeux sur elle. La porte d'Hester était ouverte. Comme toujours. Elle s'arrêta et tambourina sur le mur.

Hester faisait les cent pas dans la pièce. Elle paraissait tout sauf petite alors qu'elle l'était. Elle avait l'air compacte, autoritaire, voire dangereuse. Elle arpente son bureau comme un grand fauve, pensa Tia, un concentré d'énergie et de pouvoir.

— Je veux que vous preniez une déposition samedi à Boston, annonça-t-elle sans préambule.

Tia pénétra dans la pièce. Les cheveux d'Hester, d'un faux blond passé, avaient tendance à frisotter. On la sentait comme d'habitude soucieuse et en même temps totalement maîtresse d'elle-même. Il y a des gens qui en imposent naturellement... Hester Crimstein, elle, donnait l'impression de vous attraper par les revers et de vous secouer pour vous forcer à la regarder dans les yeux.

— Pas de problème, répondit Tia. Quelle affaire ?

— Beck.

Tia connaissait.

— Voici le dossier. Emmenez l'informaticien. Vous savez, le type qui se tient très mal, avec des tatouages à vous donner des cauchemars.

— Brett.

— C'est ça. Je veux examiner le contenu du PC de notre homme.

Hester lui remit le dossier et reprit ses déambulations.

Tia y jeta un coup d'œil.

— C'est le témoin dans le bar ?

— Exact. Vous prendrez l'avion demain. Rentrez chez vous et potassez-moi ça.

— OK, pas de souci.

Hester marqua une pause.

— Tia ?

Tia feuilletait le dossier, essayant de se concentrer sur Beck, sur la déposition, sur l'aubaine de pouvoir aller à Boston. Mais ce satané rapport d'E-Spy continuait à lui trotter dans la tête. Elle regarda sa patronne.

— Quelque chose vous tracasse ? demanda Hester.

— Seulement cette déposition.

Hester fronça les sourcils.

— Tant mieux. Parce que, ce gars-là, ce qu'il raconte, c'est de la crotte de bique. Vous me comprenez ?

— De la crotte de bique, répéta Tia.

— Il n'a certainement pas vu ce qu'il affirme avoir vu. Ça ne tient pas debout. Suis-je claire ?

— Et vous voulez que je le prouve ?

— Non.

— Ah ?

— Ce serait même plutôt l'inverse.

Tia plissa le front.

— Je n'ai pas bien saisi. Vous ne voulez pas que je prouve, que ce qu'il raconte, c'est de la crotte de bique ?

— C'est exact.

Tia haussa légèrement les épaules.

— Et si vous m'en disiez un peu plus ?

— Avec plaisir. Je veux que vous l'écoutiez en hochant gentiment la tête et que vous le bombardiez de questions. Je veux que vous mettiez un truc moulant, voire décolleté. Je veux que vous lui souriiez comme si c'était votre premier amoureux et que tout ce qu'il dit vous passionne. Aucune note sceptique dans la voix. Chaque mot qu'il prononcera sera parole d'Évangile.

Tia hocha la tête.

— Vous voulez qu'il parle.

— Oui.

— Que je consigne tout. Toute son histoire.

— Deux fois oui.

— Pour lui régler son compte plus tard au prétoire.

Hester haussa un sourcil.

— Avec le fameux panache crimsteinesque.

— OK, dit Tia. Je vois.

— Je vais les lui couper et les lui servir au petit déjeuner. Votre rôle, pour poursuivre la métaphore, est d'aller faire des courses chez l'épicier. Vous arriverez à gérer ?

En parlant de gérer, que faire du compte rendu envoyé par E-Spy ? Déjà, essayer de joindre Mike pour commencer. Se poser, l'étudier en détail, réfléchir à la meilleure façon de réagir...

— Tia ?

— J'arriverai à gérer, oui.

Hester se tut, fit un pas vers elle. Tia la dépassait d'une bonne quinzaine de centimètres, mais une fois de plus, cela ne se sentait pas.

— Savez-vous pourquoi je vous ai choisie pour cette mission ?

— Parce que je suis diplômée de Columbia, que je suis une excellente professionnelle et que, en six mois de travail au cabinet, vous m'avez confié des tâches à peine dignes d'un macaque rhésus ?

— Eh non.

— Pourquoi alors ?

— Parce que vous êtes une vieille.

Tia la regarda.

— Pas dans ce sens-là, non. Vous avez quoi, la quarantaine ? J'ai au moins dix ans de plus que vous. La plupart de mes employés sont des mômes. Ils auraient voulu se la jouer. Pour faire leurs preuves, en quelque sorte.

— Et pas moi ?

Hester haussa les épaules.

— Si vous faites ça, c'est la porte.

Rien à répondre à cela. En silence, Tia baissa le nez sur le dossier, mais ses pensées la ramenaient à son fils, à sa fichue bécane, au compte rendu.

Hester attendit une fraction de seconde. Puis la gratifia d'un regard qui avait fait craquer plus d'un témoin. Tia fit de son mieux pour ne pas broncher.

— Pourquoi avez-vous choisi ce cabinet ? s'enquit Hester.

— Vous voulez la vérité ?

— De préférence, oui.

— À cause de vous, dit Tia.

— Dois-je me sentir flattée ?

Tia eut un haussement d'épaules.

— Vous vouliez la vérité. La vérité, c'est que j'ai toujours admiré votre travail.

Hester sourit.

— Oui. Parce que, moi, j'en ai.

Tia attendit.

— Mais encore ?

— C'est à peu près tout, fit Tia.

Hester secoua la tête.

— Il y a autre chose.

— Je ne vous suis pas.

Hester prit place derrière son bureau et lui fit signe de s'asseoir.

— Il faut aussi que je vous explique ça ?

— S'il vous plaît.

— Vous avez choisi ce cabinet parce qu'il est dirigé par une féministe. Vous pensiez que je comprendrais pourquoi vous vous étiez arrêtée plusieurs années pour élever vos gosses.

Tia ne pipait pas.

— J'ai raison ?

— Jusqu'à un certain point.

— Seulement, voyez-vous, le féminisme, ce n'est pas aider ses consœurs. C'est se battre à armes égales avec les hommes. Offrir aux femmes des choix, pas des garanties.

Tia se taisait.

— Vous avez choisi la maternité. Cela ne doit pas vous léser. Ni vous favoriser non plus. Professionnellement parlant, ce sont des années perdues. Vous n'êtes plus dans la course. Il ne suffit pas de revenir sur le terrain. À armes égales. Si un gars se met en congé pour s'occuper de ses mômes, je le traiterai de la même façon. Comprenez-vous ?

Tia esquissa un geste vague.

— Vous dites que vous admirez mon travail, poursuivit Hester.

— Oui.

— J'ai choisi de ne pas fonder une famille. Ça aussi, vous l'admirez ?

— Je ne crois pas que ce soit une question d'admiration.

— Exactement. C'est pareil pour votre choix à vous. J'ai choisi la carrière. Je n'ai pas dévié de ma ligne. Du point de vue du métier d'avocat, je suis au top maintenant. Mais, à la fin de la journée, je n'ai pas de beau médecin qui m'attend dans un pavillon de banlieue avec deux virgule quatre gosses. Vous comprenez ce que je dis là ?

— Je comprends.

— Magnifique.

Les narines frémissantes, Hester en rajouta encore dans le regard qui tue.

— Alors, quand vous êtes dans ce bureau – *mon* bureau –, vous ne devez penser qu'à moi –

comment me plaire, comment mieux me servir –, et pas au menu du dîner ni au gosse qui sera en retard à son entraînement de foot. Est-ce clair ?

Tia aurait voulu protester, mais le ton ne prêtait pas à la discussion.

— Très clair.

— Parfait.

Le téléphone sonna. Hester décrocha.

— Quoi ? (Une pause.) Quel crétin. Je lui avais dit de la boucler.

Elle fit pivoter son fauteuil. Obéissant au signal, Tia se leva et sortit. Si seulement ses préoccupations pouvaient se résumer au dîner ou à l'entraînement de foot !

Dans le couloir, elle s'arrêta et sortit son téléphone portable. Elle glissa le dossier sous son bras ; malgré le savon qu'elle venait de recevoir, elle n'arrivait pas à se sortir de l'esprit cet e-mail dans le rapport d'E-Spy.

Ces comptes rendus étaient souvent si longs – Adam surfait beaucoup et visitait tant de sites, il avait tant d'« amis » sur MySpace ou Facebook – que les sorties imprimante occupaient un espace insensé. La plupart du temps, elle les parcourait en diagonale, comme pour limiter les incursions dans son intimité, alors qu'en réalité elle ne se sentait pas le courage de tout savoir.

Elle se hâta de regagner son bureau. La traditionnelle photo de famille trônait sur la table. Tous les quatre – Mike, Jill, Tia et, bien sûr, Adam qui, exceptionnellement, avait daigné leur accorder la grâce de sa présence ce jour-là – sur les marches du perron. Les sourires étaient certes figés, mais cette photo lui faisait chaud au cœur.

Elle sortit le rapport d'E-Spy, trouva l'e-mail qui l'avait tant déconcertée. Le relut. Il n'avait pas changé. Que faire ? Elle se rappela alors qu'elle n'était pas la seule à décider.

Elle composa sur son portable le numéro de Mike. Puis tapa le texte et pressa la touche « Envoi ».

Mike avait encore les patins aux pieds lorsqu'il reçut le texto.

— C'est Pot de colle ? s'enquit Mo.

Il avait déjà enlevé ses patins. Le vestiaire, comme tous les vestiaires de hockey, puait horriblement. Le problème, c'est que la sueur s'infiltrait jusque dans les jambières. Un grand ventilateur pivotant brassait l'air, sans aucun effet. Si les joueurs de hockey, eux, ne sentaient rien, une personne extérieure avait toutes les chances de tourner de l'œil en entrant.

Mike jeta un œil sur le numéro de téléphone de sa femme.

— Ouais.

— Décidément, tu es au service de madame.

— Absolument, dit Mike. La preuve, elle m'a envoyé un texto.

Mo grimaça. Mike et lui étaient amis depuis Dartmouth. Ils avaient joué ensemble dans l'équipe de hockey : Mike comme marqueur et ailier gauche, Mo comme grand méchant défenseur. Aujourd'hui encore, presque un quart de siècle plus tard – alors que Mike était devenu un chirurgien spécialiste de la transplantation et que Mo travaillait comme homme de l'ombre pour la CIA –, leurs rôles n'avaient pas changé.

Les autres gars retirèrent leurs jambières avec effort. Tout le monde avait pris de l'âge, or le hockey était un sport de jeunes.

— Elle sait que c'est ton heure de hockey ?

— Oui.

— Alors, qu'est-ce qu'elle a dans le crâne ?

— Ce n'est qu'un texto, Mo.

— Toute la semaine, tu te crèves le cul à l'hosto, fit-il avec un petit sourire dont on ne pouvait jamais deviner si c'était pour plaisanter ou pas. Ton heure de hockey, c'est sacré. Elle devrait le savoir, depuis le temps.

Mo était présent quand Mike avait vu Tia pour la première fois. En fait, c'était Mo qui l'avait repérée. Ils jouaient le match d'ouverture contre Yale. Mike et Mo étaient tous deux en troisième année. Tia se trouvait dans les gradins. Durant l'échauffement – le moment des étirements et des tours sur la glace –, Mo lui avait donné un coup de coude et, avec un signe de tête en direction de Tia :

— Y a du monde au balcon.

Ce fut comme ça que tout avait commencé.

Mo avait une théorie, selon laquelle les femmes craquaient soit pour Mike, soit pour lui. Il branchait celles qui étaient attirées par le côté mauvais garçon, tandis que Mike récupérait des filles qui voyaient un pavillon de banlieue dans son regard bleu candide. Au cours du troisième tiers-temps, alors que Dartmouth avait une avance confortable, Mo s'était colleté avec un gars de Yale qu'il avait battu comme plâtre. Tout en tapant sur le gars, il s'était retourné et avait adressé un clin d'œil à Tia pour observer sa réaction.

Les arbitres avaient mis fin à la bagarre. En glissant vers la surface de réparation, Mo s'était penché vers Mike :

— Elle est à toi.

Paroles prophétiques. Ils s'étaient retrouvés à une soirée après le match. Tia était venue avec un étudiant de dernière année, mais, visiblement, il ne l'intéressait pas. Ils avaient parlé de leurs passés respectifs. Il lui avait annoncé tout de go son intention de devenir médecin, et elle avait voulu savoir depuis quand il y songeait.

— Depuis toujours, je crois, avait-il répondu.

Tia n'avait pas lâché le morceau : c'était, comme il devait le découvrir bien vite, un trait de son caractère. Pour finir, il s'était surpris à lui raconter que, ayant été un enfant fragile, les médecins étaient devenus ses héros. Elle savait écouter comme personne. Plutôt qu'entamer une relation, ils s'y étaient jetés à corps perdu. Ils mangeaient ensemble à la cafétéria. Étudiaient ensemble le soir. Mike lui apportait du vin et des bougies à la bibliothèque.

— Tu veux bien que je lise son texto ?

— Quelle emmerdeuse, celle-là.

— Allez, vas-y, Mo. Exprime-toi.

— Si tu étais à l'église, est-ce qu'elle t'aurait envoyé un message ?

— Tia ? Sûrement.

— D'accord, lis-le. Et dis-lui qu'on est en route pour un super bar à foufounes.

— Oui, c'est ça.

Mike cliqua et lut le message.

FAUT QU'ON PARLE. UN TRUC QUE J'AI TROUVÉ DANS LE RAPPORT DE L'ORDI. RENTRE DIRECTEMENT.

Mo vit l'expression de son ami.

— Qu'est-ce que c'est ?

— Rien.

— Bien. Alors à nous le bar à foufounes.

— Il n'a jamais été question d'un bar à foufounes.

— Tu n'es pas de ces chochottes qui préfèrent parler de « club privé » ?

— D'une manière ou d'une autre, je ne peux pas.

— Elle t'a sifflé ?

— On a un problème.

— Lequel ?

Mo ne connaissait pas le sens de l'expression « vie privée ».

— C'est Adam, dit Mike.

— Mon filleul ? Qu'est-ce qu'il a ?

— Il n'est pas ton filleul.

Mo n'était pas le parrain d'Adam parce que Tia n'avait pas voulu en entendre parler. Mais cela ne l'empêchait pas de se considérer comme tel. À la cérémonie de baptême, Mo était venu se placer à côté du frère de Tia, le parrain officiel. Il l'avait fusillé du regard. Et le frère de Tia n'avait pas pipé.

— Alors, c'est quoi, le problème ?

— Je ne sais pas encore.
— Tia le surprotège. Tu le sais bien.
Mike rangea son portable.
— Adam a laissé tomber le hockey.
Mo tiqua comme si Mike avait laissé entendre que son fils s'adonnait au culte de Satan ou à la zoophilie.
— Houla !
Mike défit ses lacets, retira ses patins.
— Comment se fait-il que tu ne m'aies rien dit ?
Mike attrapa les protège-lames. Dégrafa ses épaulières. En passant, les gars disaient au revoir au toubib. Quant à Mo, même en dehors de la glace, ils préféraient garder leurs distances.
— C'est moi qui t'ai amené, dit Mo.
— Oui, eh bien ?
— Tu as laissé ta voiture à l'hôpital. Le temps que je te redépose là-bas, tu n'es pas rendu. Je te ramène chez toi.
— Je doute que ce soit une bonne idée.
— Tant pis. Je veux voir mon filleul. Pour comprendre où vous vous êtes plantés.

4

Quand Mo s'engagea dans leur rue, Mike aperçut Susan Loriman, une voisine. Elle faisait mine de travailler dans son jardin – à désherber, à planter ou autre – mais il ne fut pas dupe. Ils s'arrêtèrent dans l'allée. Mo regarda la voisine agenouillée.

— Mmm, joli cul.

— Ça doit être aussi l'avis de son mari.

Susan Loriman se redressa. Mo ne la quittait pas des yeux.

— Oui, mais son mari est un connard.

— Qu'est-ce qui te fait dire ça ?

Il pointa le menton.

— Les bagnoles.

Dans l'allée, il y avait une Corvette rouge frime du mari. L'autre voiture était une BMW 550i noire, tandis que Susan conduisait une Dodge Caravan grise.

— Et alors ?

— Ce sont les siennes ?

— Oui.

— J'ai une copine, dit Mo, une vraie bombe. Indienne ou latino, un truc comme ça. Elle a été catcheuse sous le nom de Pocahontas. Tu te souviens, les numéros sexy le matin, sur Channel Eleven ?

— Je m'en souviens.

— Bref, cette Pocahontas, chaque fois qu'elle voit un mec avec une bagnole comme celle-ci, qui se la pète au volant, tu sais ce qu'elle lui dit ?

Mike secoua la tête.

— « Désolée pour votre pénis. »

Mike ne put s'empêcher de sourire.

— « Désolée pour votre pénis. » Comme ça, cash. Génial, non ?

— Trop fort, reconnut Mike.

— Difficile de rebondir là-dessus.

— C'est clair.

— Or ton voisin – son mari, c'est ça ? – en a deux. Ça veut dire quoi, d'après toi ?

Susan Loriman regarda dans leur direction. Elle était à tomber, la mère de famille canon, « trop bonne » comme disaient les ados, même si Mike préférait des termes moins crus. Non pas qu'il songeât à passer à l'acte, mais tant qu'on respire, on reste sensible à ces choses-là. Susan avait de longs cheveux aile-de-corbeau qu'elle portait l'été noués en queue-de-cheval, avec un minishort, des lunettes de soleil dernier cri et un sourire malicieux sur ses lèvres en forme d'invite.

Quand les enfants étaient plus jeunes, Mike la retrouvait dans l'aire de jeux du côté de Maple Park. Cela ne voulait rien dire, mais il prenait plaisir à la regarder. Il connaissait un père de famille qui avait délibérément recruté le fils de Susan dans son équipe de foot poussins pour qu'elle assiste à leurs matchs.

Aujourd'hui, elle n'avait pas ses lunettes de soleil. Et son sourire était crispé.

— Elle a l'air triste à pleurer, dit Mo.

— Oui. Tu m'excuses une minute ?

Mo allait lâcher une vanne lorsqu'il vit l'expression de la voisine.

— Oui, bien sûr.

Mike s'approcha. Susan s'efforça de garder le sourire, mais les lignes de faille commençaient à céder.

— Bonjour, dit-il.

— Salut, Mike.

Il savait pourquoi elle était dehors, faisant semblant de jardiner. Il alla donc droit au but :

— Nous n'aurons pas les résultats de l'examen histologique de Lucas avant demain matin.

Elle déglutit, hocha la tête avec empressement.

— OK.

Mike eut envie de la toucher. Il l'aurait peut-être fait dans le cadre d'un cabinet. Les médecins ont quelquefois ces gestes-là. Mais ici, c'eût été déplacé. Du coup, il opta pour une phrase toute faite :

— Le Dr Goldfarb et moi-même ferons notre possible.

— Je sais, Mike.

Lucas, son fils de dix ans, atteint d'une hyalinose segmentaire et focale – dite HSF –, avait désespérément besoin d'une greffe de rein. Bien que considéré comme l'un des plus grands spécialistes de la transplantation de rein du pays, Mike avait transmis son dossier à son associée, Ilene Goldfarb. Chef de service au New York Presbyterian Hospital, Ilene était le meilleur chirurgien qu'il connût.

Des gens comme Susan Loriman, Ilene et lui en côtoyaient tous les jours. Il avait beau servir le discours classique sur la séparation des domaines professionnel et privé, n'empêche, la mort le hantait. Les morts s'attachaient à lui. Le chatouillaient la nuit. Pointaient le doigt. L'agaçaient. La mort n'était jamais la bienvenue, jamais assumée. La mort était son ennemie – un affront permanent –, et il n'était pas question que Mike lui abandonnât le môme, à cette garce.

Qui plus est, Lucas Loriman, il en faisait une affaire personnelle. C'était pour ça surtout qu'il avait passé la main à Ilene. Mike connaissait Lucas, un gamin un peu gauche, beaucoup trop gentil, avec des lunettes qui lui glissaient perpétuellement sur le nez et une tignasse rebelle. Il aimait le sport, mais ne pouvait en pratiquer aucun. Quand Mike s'exerçait à tirer au but avec Adam, Lucas venait les regarder. Mike lui proposait une crosse, mais il la refusait. Conscient déjà qu'il ne pourrait jamais jouer au hockey, il s'était improvisé commentateur sportif :

— Le Dr Baye a le palet, il feinte à gauche, tire entre les jambes du gardien... Excellent arrêt, Adam Baye !

Mike pensa à ce brave gosse qui remontait les lunettes sur son nez et se promit à nouveau : *Je ne le laisserai pas mourir.*

— Vous dormez ? demanda-t-il.

Susan Loriman haussa les épaules.

— Vous voulez que je vous prescrive quelque chose ?

— Dante ne croit pas à ces trucs-là.

Dante était son mari. Mike n'avait pas voulu l'admettre devant Mo, mais il avait vu juste : Dante Loriman était un connard. Gentil en apparence, sauf quand on croisait son regard étréci. Le bruit courait qu'il avait des accointances dans la mafia, mais ces rumeurs tenaient peut-être plus à son physique. Ses cheveux gominés étaient plaqués en arrière ; il portait des marcels, une eau de toilette trop capiteuse et des bijoux trop clinquants. Il faisait le bonheur de Tia – « Ça change de tous ces gens bien propres sur eux » –, mais Mike, lui, sentait comme un malaise chez ce type qui jouait les caïds tout en sachant qu'il ne serait jamais à la hauteur.

— Vous voulez que je lui parle ?

Susan secoua la tête.

— Vous êtes clients de la pharmacie de Maple Avenue ?

— Oui.

— Je les appellerai. Ils tiendront une ordonnance à votre disposition, si vous le souhaitez.

— Merci, Mike.

— À demain matin.

Mike retourna à la voiture. Mo l'attendait, les bras croisés. Avec ses lunettes de soleil, il jouait à fond la carte du type cool.

— Une patiente ?

Mike passa devant lui. Il ne parlait pas de ses patients. Mo le savait.

S'arrêtant devant la maison, il la contempla un instant. Comment une maison pouvait-elle donner l'impression d'être aussi fragile que ses malades ? Qu'on regarde à droite ou à gauche, on ne voyait que ça, des maisons comme la sienne, avec des couples arrivés on ne sait d'où et qui, debout sur leur pelouse, pensaient : « Oui, c'est ici que je vais vivre ma vie, élever mes enfants et veiller sur nos rêves et nos espoirs. Ici même. Dans cet habitat en forme de bulle. »

Il ouvrit la porte.

— Il y a quelqu'un ?

— Papa ! Tonton Mo !

C'était Jill, sa princesse de onze ans, accourant tout sourire. Cela lui fit chaud au cœur… Réaction universelle et instantanée. Quand une fille sourit comme ça à son père, le père – quel que soit son statut dans la vie – se sent devenir roi.

— Bonjour, ma chérie.

Jill embrassa Mike, puis Mo, se coulant en souplesse entre eux deux. Elle se mouvait avec l'aisance d'un homme politique en plein bain de foule. Derrière elle, presque accroupie, il y avait son amie Yasmin.

— Salut, Yasmin, dit Mike.

Les cheveux de Yasmin lui tombaient sur le visage à la manière d'un voile. Sa voix était à peine audible :

— Bonjour, docteur Baye.

— Ce n'est pas le jour de votre cours de danse, les filles ?

Jill lui lança un regard d'avertissement, un regard qui n'était pas de son âge.

— Papa, souffla-t-elle.

Il se souvint alors. Yasmin avait arrêté la danse. Yasmin avait arrêté pratiquement toutes les activités. Suite à un incident à l'école, quelques mois plus tôt. Leur instit, M. Lewiston, jusque-là un brave type qui aimait tirer un peu sur la corde, histoire de motiver les gamins, avait fait une remarque déplacée sur la pilosité faciale de Yasmin. Il s'était excusé aussitôt, mais le mal était fait. Ses camarades de classe avaient surnommé Yasmin XY, comme la combinaison chromosomique masculine, ou tout simplement Y – pour Yasmin, soi-disant, mais en fait pour mieux se moquer d'elle.

Les enfants, on le sait, sont parfois cruels et, en période de préadolescence, le mal qu'ils font peut être dévastateur.

Jill avait pris le parti de son amie, se mettant en quatre pour qu'elle ne se sente pas exclue. Mike et Tia étaient fiers d'elle. Yasmin avait laissé tomber, mais Jill aimait toujours autant les cours de danse. Jill aimait, semblait-il, tout ce qu'elle entreprenait, abordant chaque nouvelle activité avec une énergie et un enthousiasme qui se révélaient contagieux pour son entourage. Parlons-en, de l'acquis et de l'inné. Deux enfants, Adam et Jill, élevés par les mêmes parents mais avec des tempéraments diamétralement opposés.

L'inné l'emportait haut la main.

Jill saisit Yasmin par la main.

— Allez, viens.

Yasmin se laissa entraîner.

— À plus, papa. Au revoir, tonton Mo.

— Au revoir, ma puce, dit Mo.

— Où allez-vous comme ça ? s'enquit Mike.

— Maman nous a envoyées dehors. On va faire du vélo.

— N'oubliez pas vos casques.

Jill leva les yeux au ciel, mais avec bonne humeur.

Une minute plus tard, Tia émergea de la cuisine et, apercevant Mo, fronça les sourcils.

— Qu'est-ce qu'il fait là, lui ?

— Il paraît que vous espionnez votre fils, dit Mo. C'est du joli, ça.

Tia fusilla Mike du regard. Il haussa les épaules. C'était un jeu permanent entre Tia et Mo, cette hostilité affichée, alors qu'ils auraient tué l'un pour l'autre.

— Je trouve que c'est une bonne idée, déclara Mo.

Ils le dévisagèrent, surpris.

— Quoi ? J'ai quelque chose sur la figure ?

— Je croyais qu'on le surprotégeait, fit Mike.

— Non, Mike, j'ai dit que *Tia* le surprotégeait.

Nouveau regard noir de Tia. Il comprit soudain où Jill avait appris à réduire son père au silence d'un simple coup d'œil. Jill était l'élève… Tia, le maître.

— Mais en l'occurrence, poursuivit Mo, et même s'il m'en coûte de l'admettre, elle a raison. Vous êtes ses parents. Vous devez être au courant de tout.

— Tu ne penses pas qu'il a droit à une vie privée ?

— Droit à une… ?

Mo fronça les sourcils.

— C'est un chien fou, ce gosse. Allons, tous les parents fliquent leurs enfants d'une façon ou d'une autre, non ? C'est votre boulot. Vous, vous contrôlez ses bulletins scolaires, vous discutez le bout de gras avec ses profs. Vous décidez de ce qu'il mange, où il habite, tout ça. Vous êtes juste passés à l'étape suivante, c'est tout.

Tia hochait la tête.

— Vous êtes censés les élever, pas les cocooner. Chaque parent détermine la marge de manœuvre qu'il laisse à ses gosses. Vous êtes maîtres de la situation. Tout ça, vous devriez le savoir. Ceci n'est pas une république. C'est une famille. Pas besoin de tout régenter, mais il faut au moins que vous puissiez intervenir. Le savoir, c'est le pouvoir. Un gouvernement peut en abuser parce qu'il ne pense pas qu'à votre bien, au contraire de vous. Vous êtes intelligents tous les deux. Alors où est le problème ?

Mike se contenta de le regarder.

Tia dit :

— Mo ?

— Ouais ?

— On peut en placer une ?

— Houla, j'espère bien que non.

Mo s'affala sur un tabouret près de l'îlot de cuisson.

— Bon, qu'avez-vous trouvé ?

— Ne le prends pas mal, dit Tia, mais je pense que tu ferais mieux de rentrer chez toi.

— C'est mon filleul. Moi aussi, je ne veux que son bien.

— Ce n'est pas ton filleul. Comme tu viens de le souligner, les personnes le plus à même de défendre ses intérêts, ce sont ses parents. Or, quel que soit ton attachement pour lui, tu n'entres pas dans cette catégorie.

Il la considéra fixement.

— Quoi ?

— Je t'en veux d'avoir raison.

— Mets-toi à ma place, rétorqua Tia. J'étais sûre de mon idée jusqu'à ce que tu nous apportes ta caution.

Mike l'observait. Elle se triturait la lèvre inférieure. C'était un signe de panique chez elle. La vanne, c'était pour donner le change.

Il dit :

— Mo ?

— C'est bon, j'ai reçu le message. Je m'en vais. Juste une chose.

— Quoi ?

— Je peux voir ton téléphone portable ?

Mike esquissa une moue.

— Pourquoi ? Le tien ne marche pas ?

— Fais voir, OK ?

Haussant les épaules, il le tendit à Mo.

— Qui c'est, ton opérateur ?

Mike le lui dit.

— Et vous avez tous le même ? Adam y compris ?

— Oui.

Mo examina l'appareil. Mike regarda Tia. Elle haussa les sourcils. Mo retourna le téléphone dans sa main, puis le rendit à Mike.

— C'était pour quoi faire ?

— Je t'expliquerai plus tard. Pour le moment, occupe-toi de ton fils.

5

— Alors, qu'as-tu trouvé dans l'ordinateur d'Adam ? demanda Mike.

Ils étaient assis à la table de la cuisine. Tia avait fait du café. Elle-même buvait un déca. Mike préférait l'expresso. Un de ses patients travaillait chez un fabricant de machines à café, celles pour lesquelles on utilise des dosettes et non des filtres. Il lui en avait offert une, après une transplantation réussie. Le principe était simple : on prend une dosette, on l'insère, et le café est prêt.

— Deux choses, répondit Tia.

— OK.

— Primo, il est invité demain soir à une fête chez les Huff.

— Et… ?

— Les Huff partent en week-end. D'après le mail, ils vont passer la soirée à se déchirer.

— Alcool, drogue ?

— Le message n'est pas clair. Ils envisagent d'inventer une excuse pour rester dormir ; comme ça ils pourront – je cite – « s'éclater à donf ».

Les Huff. Daniel Huff, le père, était capitaine dans la police municipale. Son fils – tout le monde l'appelait DJ – était probablement le pire élément de la classe d'Adam.

— Quoi ? fit Tia.

— Je réfléchis.

Elle déglutit.

— Qui sommes-nous en train d'élever, Mike ?

Il ne dit rien.

— Je sais que tu refuses de lire ces rapports, mais…

Elle ferma les yeux.

— Quoi ?

— Adam regarde des films pornos en ligne, dit-elle. Tu le savais ?

Il ne répondit pas.

— Mike ?

— Et que veux-tu qu'on y fasse ?

— Ça ne te dérange pas ?

— À seize ans, je piquais des numéros de *Playboy*.

— Ce n'est pas pareil.

— Ah bon ? C'est tout ce que nous avions à l'époque. On n'avait pas Internet. Sinon, j'aurais sûrement exploré cette piste-là… Tout était bon pour voir une femme nue. C'est la société d'aujourd'hui. On ne peut rien allumer sans en avoir plein les yeux ou les oreilles. Ce qui serait bizarre, c'est qu'un garçon de seize ans ne s'intéresse pas aux femmes nues.

— Donc tu approuves.

— Bien sûr que non. Seulement, je ne vois pas de solution.

— Parle-lui.

— Je lui ai parlé. Je lui ai expliqué les choses de la vie. Que le sexe est meilleur quand il va de pair avec l'amour. J'ai essayé de lui apprendre à respecter les femmes et de ne pas les instrumentaliser.

— Sur ce dernier point, dit Tia, il n'a pas capté.

— Ce dernier point, aucun ado ne peut le capter. Je ne suis pas convaincu, d'ailleurs, qu'un homme adulte le capte davantage.

Tia sirotait son café, laissant la question informulée en suspens.

On distinguait des pattes-d'oie au coin de ses yeux. Elle passait beaucoup de temps à les examiner dans la glace. Toutes les femmes ont un problème avec leur physique, mais, au moins sur ce sujet, Tia avait toujours été très sûre d'elle. Sauf que dernièrement, Mike sentait bien qu'elle n'était pas à l'aise avec l'image que lui renvoyait le miroir. Elle avait commencé à se teindre les cheveux. Elle voyait les rides, la peau flasque, les symptômes de l'âge, quoi, et ça la perturbait.

— Un adulte, c'est différent, dit-elle.

Il voulut trouver des mots rassurants, puis renonça.

— Nous avons ouvert la boîte de Pandore, ajouta Tia.

Il espérait qu'elle parlait toujours d'Adam.

— En effet.

— Je veux savoir. Et ce que je découvre me fait horreur.

Il lui prit la main.

— Que fait-on, pour cette soirée ?

— Qu'en penses-tu ?

— On ne peut pas le laisser y aller, dit-il.

— Donc, on le garde à la maison ?

— J'imagine que oui.

— Il m'a dit que Clark et lui allaient chez Olivia Burchell. Si on lui interdit de sortir, il va se douter qu'il y a anguille sous roche.

Mike haussa les épaules.

— Tant pis. Nous sommes des parents. Nous pouvons nous permettre d'être irrationnels.

— Soit. Donc on lui dit qu'il doit rester à la maison demain soir ?

— Ben oui.

Elle se mordit la lèvre.

— Il s'est bien conduit toute la semaine, il a fait tous ses devoirs. Normalement, il a le droit de sortir le vendredi soir.

La bataille s'annonçait rude, ils le savaient. Mike était prêt à se battre, mais en avait-il envie ? Il faut faire attention où l'on met les pieds. Et lui interdire d'aller chez Olivia Burchell risquait d'éveiller les soupçons d'Adam.

— Si on décrétait un couvre-feu ? suggéra-t-il.

— Et qu'est-ce qu'on fera s'il ne le respecte pas ? On se pointera chez les Huff ?

Elle avait raison.

— Hester m'a convoquée dans son bureau, dit Tia. Elle veut que j'aille demain à Boston pour une déposition.

Mike savait à quel point c'était important pour elle. Depuis qu'elle avait repris le travail, on ne lui confiait pratiquement que des tâches de routine.

— C'est super.

— Oui. Mais ça veut dire que je ne serai pas là.

— Pas de problème, répondit Mike, je peux gérer ça tout seul.

— Jill dort chez Yasmin. Elle ne sera donc pas dans les parages.

— OK.

— Alors, comment empêcher Adam d'aller à cette soirée ?

— J'ai peut-être une solution, mais je dois encore y réfléchir, répondit Mike.

— D'accord.

Une ombre traversa le regard de Tia. Et Mike se souvint.

— Tu as parlé de deux choses qui te gênaient.

Elle hocha la tête. Son expression changea. Presque imperceptiblement. Au poker, on appelle ça un « tell ». Ça arrive quand on est marié depuis longtemps. On lit facilement sur le visage de l'autre... ou alors il ne prend plus la peine de dissimuler. Quoi qu'il en soit, Mike comprit que ce n'était pas une bonne nouvelle.

— Un échange de messages instantanés, dit Tia. D'il y a deux jours.

Elle fouilla dans son sac et sortit le papier. Les messages instantanés. Les gamins se parlaient d'ordinateur à ordinateur en temps réel. Le résultat ressemblait à une sorte de dialogue indigeste. Les parents, dont la plupart avaient passé des heures, durant leur adolescence, pendus à un bon vieux téléphone, déploraient cet état de fait. Mike, lui, ne voyait pas où était le problème. Nous avions le téléphone, ils ont les textos et MSN. Quelle différence ? Ça lui rappelait ces vieux qui pestaient contre les ados et leurs jeux vidéo avant de sauter dans un autocar, direction Atlantic City et ses machines à sous. Pure hypocrisie, non ?

— Jette un œil là-dessus.

Mike chaussa ses lunettes de lecture. Il les utilisait depuis quelques mois seulement et, déjà, cela l'incommodait au plus haut point. Adam avait gardé son ancien surnom de HockeyAdam1117. Le numéro de Mark Messier, son joueur de hockey favori, et celui de Mike, le numéro 17, du temps de Dartmouth. Curieux qu'il ne l'ait pas modifié. Ou peut-être qu'au contraire, c'était logique. Ou alors, plus vraisemblablement, ça ne voulait rien dire du tout.

CJ8115 : Ça va, toi ?
HockeyAdam1117 : Je continue à penser qu'on devrait le dire.
CJ8115 : C de l'histoire ancienne. Boucle-la et tu risques rien.

D'après le compteur, il y avait eu une pause d'une minute.

CJ8115 : T toujours là ?
HockeyAdam1117 : Oui.
CJ8115 : T OK ?
HockeyAdam1117 : Je suis OK.
CJ8115 : Super. À vendredaï.

Ça s'arrêtait là.

— « Boucle-la et tu risques rien », répéta Mike. Ça veut dire quoi, à ton avis ?

— Aucune idée.

— C'est peut-être en rapport avec le lycée. Ils ont dû voir quelqu'un tricher à un contrôle, un truc comme ça.

— Possible.

— Ou alors, c'est rien. Ça pourrait faire partie d'un jeu d'aventures en réseau.

— Possible, dit à nouveau Tia, sans grande conviction.

— Qui est CJ8115 ? demanda Mike.

Elle secoua la tête.

— C'est la première fois qu'Adam discute avec lui.

— Ou elle.

— Ou elle, exact.

— « À vendredi ». Donc CJ8115 sera à la soirée chez les Huff. Ça nous avance à quelque chose ?

— Je ne vois pas à quoi.

— On lui pose la question ?

— C'est trop vague, tu ne crois pas ?

— Oui, acquiesça Mike. Et ça laisse deviner qu'on le flique.

Il relut le papier. Les mots étaient toujours là.

— Mike ?

— Ouais.

— À propos de quoi Adam doit la boucler pour ne rien risquer ?

Nash, la moustache en broussaille dans la poche, était assis sur le siège du passager de la camionnette. Pietra, débarrassée de la perruque blond paille, conduisait.

Dans sa main droite, Nash tenait l'organiseur de poche de Marianne, un BlackBerry Pearl. Avec ça, on pouvait envoyer des mails et des SMS, prendre des photos, regarder des vidéos, synchroniser son agenda et son carnet d'adresses avec son ordinateur et même passer des coups de fil.

Nash pressa le bouton. L'écran s'alluma. Une photo de la fille de Marianne apparut. Il l'examina un moment. Pitoyable, pensait-il. Il cliqua sur l'icone pour accéder à sa messagerie électronique, trouva les adresses qu'il cherchait et se mit à taper :

Salut ! Je m'en vais quelques semaines à Los Angeles. Je vous recontacte à mon retour.

Il signa « Marianne » et expédia la copie du message à deux autres correspondants. Ceux qui la connaissaient n'iraient pas chercher très loin. Car, d'après ce qu'il avait compris, c'était dans ses habitudes, de disparaître et de réapparaître du jour au lendemain.

Sauf que, cette fois-ci, la disparition…

Pendant que Nash l'embobinait avec ses histoires de Caïn et de singes, Pietra avait drogué la boisson de Marianne. Une fois dans la camionnette, Nash l'avait frappée. Longuement, violemment. D'abord, pour lui faire mal. Il voulait qu'elle parle. Puis, lorsqu'il fut certain qu'elle lui avait tout dit, il l'avait battue à mort. Il était méthodique. Le visage humain compte quatorze os. Il avait l'intention d'en fracturer et défoncer le plus grand nombre possible.

Nash avait frappé Marianne avec une précision quasi chirurgicale. Certains coups visaient à neutraliser l'adversaire… à lui ôter toute envie de se battre. D'autres étaient destinés à provoquer une douleur atroce. D'autres encore, à entraîner la destruction physique. Nash les connaissait tous. Il savait comment protéger les mains et les articulations sans ménager sa force, quel angle donner à son poing pour ne pas se faire mal, comment placer la paume pour une efficacité maximale.

Juste avant que Marianne ne succombe, alors que le sang qui lui obstruait la gorge transformait sa respiration en râle, Nash avait fait ce qu'il faisait toujours dans ces cas-là. Il s'était interrompu, s'était assuré qu'elle était encore consciente. Puis il l'avait obligée à le regarder, à le regarder bien en face, de sorte qu'il avait lu la terreur dans ses yeux.

— Marianne ?

Il avait voulu capter son attention. Après quoi, il avait chuchoté les derniers mots qu'elle entendrait jamais :

— S'il te plaît, dis à Cassandra qu'elle me manque.

Puis, il l'avait laissée mourir.

La camionnette avait été volée, les plaques changées pour brouiller les pistes. Se glissant à l'arrière, Nash fourra un bandana dans la main de Marianne, et referma ses doigts dessus. À l'aide d'un rasoir, il découpa ses vêtements. Une fois qu'elle fut dénudée, il sortit des habits d'un sac de supermarché. Ce ne fut pas facile, mais il réussit à la rhabiller. Le haut rose était trop ajusté, mais c'était le but. La jupe en cuir était ridiculement courte.

C'était Pietra qui les avait choisis.

Partis de Teaneck, dans le New Jersey, ils se trouvaient à présent à Newark, en pleine zone, dans un quartier de prostituées réputé pour être particulièrement violent. Comme ça, elle passerait pour une énième pute dégommée. Newark avait un taux d'homicides trois fois supérieur à celui de New York. Nash l'avait bien arrangée et lui avait cassé presque toutes ses dents. Presque, pas toutes. Sinon ç'aurait prêté à faire croire qu'on avait cherché à maquiller son identité.

Il en avait donc laissé quelques-unes. Mais l'identification par comparaison dentaire – à supposer que la police scientifique réunisse suffisamment d'indices pour lancer une recherche – s'annonçait longue et ardue.

Nash remit sa moustache sous son nez, Pietra sa perruque sur sa tête. Précaution superflue, il n'y avait personne dans les parages. Ils jetèrent le cadavre dans une benne à ordures. Nash contempla le corps de Marianne.

Il pensait à Cassandra. Il avait le cœur lourd, mais c'était aussi là-dedans qu'il puisait sa force.

— Nash ? dit Pietra.

Il la gratifia d'un petit sourire et remonta dans la camionnette. Pietra se mit en prise et démarra.

Mike s'arrêta devant la porte d'Adam et, prenant son courage à deux mains, l'ouvrit.

Adam, vêtu de noir gothique, fit volte-face.

— On t'a jamais appris à frapper aux portes ?

— Cette maison est la mienne.

— Cette chambre est la mienne.

— Ah oui ? Et tu la loues combien ?

Il regretta aussitôt d'avoir dit ça. C'était un argument classique de parent. Les enfants, eux, s'en moquent. Il aurait réagi de la même façon quand il était jeune. Pourquoi faisons-nous cela ? Pourquoi – alors qu'on se jure de ne pas reproduire les erreurs de nos ascendants – retombe-t-on exactement dans les mêmes travers ?

Adam avait déjà cliqué pour obscurcir son écran. Il ne voulait pas que son père voie ce qu'il fabriquait. Si seulement il savait…

— J'ai une bonne nouvelle, dit Mike.

Adam se retourna et, croisant les bras, essaya de se renfrogner sans y parvenir tout à fait. Il était grand – plus grand que son père –, et ce n'était pas un tendre. Comme gardien de but, il n'avait peur de rien. Il n'attendait pas que ses défenseurs volent à sa rescousse. Si quelqu'un pénétrait dans sa zone, il se chargeait de l'en dégager lui-même.

— Quoi ? fit-il.

— Mo nous a pris des places dans une loge pour le match des Rangers contre les Flyers.

Adam ne broncha pas.

— Pour quand ?

— Demain soir. Maman va à Boston pour une histoire de déposition. Mo viendra nous chercher à six heures.

— Vas-y avec Jill.

— Elle passe la soirée et la nuit chez Yasmin.

— Tu la laisses dormir chez XY ?

— Ne l'appelle pas comme ça. C'est méchant.

Adam haussa les épaules.

— Si tu le dis.

Si tu le dis… l'expression favorite des ados.

— Bon, alors tu rentres à la maison après le lycée, et on part ensemble.

— Je ne peux pas.

Mike balaya la pièce du regard. Elle lui parut différente de la fois où il s'y était introduit en douce, avec Brett le tatoué, le type aux ongles sales. Ça y est, ça le reprenait. Les ongles noirs de Brett sur le clavier de l'ordinateur. Ça ne se faisait pas. Espionner ne se faisait pas. D'un autre côté, sans cela, Adam se serait rendu à une soirée avec alcool, et même peut-être drogue, à volonté. Donc ils avaient bien fait de l'espionner. En même temps, Mike aussi était allé à des soirées de ce genre quand il avait l'âge de son fils. Il n'en était pas mort. S'en portait-il plus mal aujourd'hui ?

— Comment ça, tu ne peux pas ?

— Je vais chez Olivia.

— Ta mère me l'a dit. Tu passes ta vie chez Olivia. Et là, c'est les Rangers contre les Flyers.

— Je n'ai pas envie d'y aller.

— Mo a déjà pris les billets.

— Dis-lui d'y aller avec quelqu'un d'autre.

— Non.

— Non ?

— Ben oui, non. Je suis ton père. Tu iras à ce match.

— Mais…

— Il n'y a pas de « mais ».

Sans lui laisser le temps d'en dire plus, Mike pivota sur ses talons et quitta la chambre.

Aïe, pensa-t-il. J'ai vraiment dit : *Il n'y a pas de « mais »* ?

6

La maison était morte.

Betsy Hill n'aurait su la décrire autrement. Morte. Elle n'était pas simplement calme ou silencieuse. Elle était sépulcrale, sans vie, trépassée… Son cœur avait cessé de battre, le sang avait cessé de couler dans ses veines, ses entrailles commençaient à pourrir.

Morte comme morte.

Morte comme son fils Spencer.

Betsy voulait quitter cette maison morte, aller ailleurs, n'importe où. Elle ne voulait pas rester dans ce cadavre en putréfaction. Ron, son mari, pensait que c'était prématuré. Il avait probablement raison. Mais Betsy ne supportait plus de vivre ici. Elle déambulait à travers la maison comme si c'était elle le fantôme, et non Spencer.

Les jumeaux étaient en bas, en train de regarder un DVD. Elle s'arrêta de marcher, jeta un œil par la fenêtre. Chez tous les voisins, les lumières étaient allumées. Leurs maisons étaient encore en vie. Eux aussi avaient leurs problèmes. Une fille droguée, une épouse à la cuisse légère, un mari chômeur de longue durée, un fils autiste : chaque maison recelait sa tragédie. Chaque maison, chaque famille avait ses secrets.

Mais leurs maisons vivaient, respiraient encore.

La maison des Hill était morte.

Elle contempla la rue. Tous les voisins jusqu'au dernier étaient venus à l'enterrement de Spencer. Ils avaient apporté leur soutien silencieux, offert leur épaule, du réconfort, cachant leurs regards accusateurs. Mais Betsy n'était pas dupe. Dans leur for intérieur, ils brûlaient de leur faire porter la responsabilité de ce suicide, à Ron et elle... pour se convaincre que cela ne leur arriverait pas, à eux.

Depuis, voisins et amis étaient tous partis. Quand on n'est pas de la famille, la vie continue comme avant. Pour les amis, même les plus proches, c'est comme assister à la projection d'un film triste : ça vous touche sincèrement, vous êtes malheureux, puis il vient un moment où l'on n'a plus envie d'être triste, alors le film se termine et on rentre chez soi.

Seule la famille endure le mort jusqu'à ce que le deuil soit accompli.

Betsy retourna dans la cuisine préparer le dîner des jumeaux : saucisses et pâtes au fromage. Les jumeaux venaient juste d'avoir sept ans. Ron aimait les saucisses au barbecue, qu'il pleuve ou qu'il vente, été comme hiver, mais les jumeaux pleurnichaient quand une saucisse se teintait tant soit peu de « noir ». Elle les passa au micro-ondes. Les jumeaux préféraient.

— À table, appela-t-elle.

Pas de réaction. Avec Spencer, c'était pareil. Le premier appel n'était que le premier appel, rien de plus. Ils s'étaient habitués à l'ignorer. Ceci expliquait-il cela ? Avait-elle été trop faible en tant que mère ? Trop laxiste ? Ron lui reprochait de trop laisser faire. Était-ce pour ça ? Si elle avait été plus exigeante avec Spencer…

Cela faisait beaucoup de « si ».

Les soi-disant spécialistes affirment que les parents ne sont pas responsables du suicide de leurs enfants adolescents. C'est une pathologie, comme le cancer. Mais même eux, les spécialistes, la considéraient, elle, Betsy, avec un brin de suspicion. Pourquoi n'avait-il pas suivi une thérapie ? Pourquoi elle, sa maman, n'avait-elle pas réagi aux changements survenus chez Spencer, attribuant ses sautes d'humeur à la crise de l'adolescence ?

Ça lui passerait, pensait-elle. Comme à tous les ados.

Elle pénétra dans le salon. Les lumières étaient éteintes, seul l'écran de télé éclairait les jumeaux. Ils ne se ressemblaient pas du tout. C'était in vitro qui était à l'origine de sa grossesse. Pendant neuf ans, Spencer avait été enfant unique. Est-ce que ça aussi ça faisait partie des raisons qui expliquaient son geste ? Elle avait cru qu'avoir un frère ou une sœur lui ferait du bien, mais, au fond, tout enfant ne rêve-t-il pas de faire l'objet d'une attention constante et exclusive ?

Les reflets de l'écran dansaient sur leurs visages. Les enfants ont un air complètement abruti quand ils regardent la télévision : yeux écarquillés, mâchoire pendante... Le spectacle était affligeant.

— Tout de suite, dit-elle.

Toujours pas de mouvement.

Tic, tic, tic... et Betsy explosa.

— TOUT DE SUITE !

Son hurlement les déconcerta. Elle éteignit la télé.

— J'ai dit à table. Combien de fois faut-il vous le répéter ?

Les jumeaux filèrent en silence dans la cuisine. Fermant les yeux, Betsy s'efforça d'inspirer profondément. C'était tout elle : le calme puis l'explosion. Parlons-en, des sautes d'humeur. C'était peut-être héréditaire. Spencer était peut-être déjà condamné dans son sein.

Ils se mirent à table. Betsy entra, placardant un sourire sur son visage. Allez, c'est pas grave. Elle les servit et essaya d'engager la conversation. L'un des jumeaux était bavard, l'autre mutique. C'était comme ça depuis Spencer. L'un avait choisi d'occulter. L'autre boudait.

Ron n'était pas rentré. Une fois de plus. Certains soirs, il rangeait la voiture au garage et restait là à pleurer. Betsy craignait qu'il ne referme la porte du garage, ne fasse tourner le moteur et ne suive l'exemple de son fils. Pour ne plus souffrir. Quelle perverse ironie : leur fils avait mis fin à ses jours, et la meilleure solution pour abréger leur calvaire serait d'en faire autant.

Ron ne parlait jamais de Spencer. Deux jours après sa mort, il avait pris sa chaise dans la salle à manger et l'avait descendue au sous-sol. Chacun des trois garçons avait un placard à son nom. Ron avait retiré celui de Spencer et rempli son placard avec du bric-à-brac. Loin des yeux...

Betsy, elle, réagissait différemment. Tantôt elle se lançait dans de nouveaux projets, mais le chagrin alourdissait tout, comme dans ces rêves où l'on court dans une neige profonde, où chaque mouvement vous donne l'impression de nager dans une mare de mélasse. Tantôt, comme en ce moment, elle avait envie de se vautrer dans la douleur, de se laisser laminer et anéantir avec une jouissance quasi masochiste.

Elle débarrassa la table, aida les jumeaux à se préparer pour la nuit. Ron n'était toujours pas là. Pas grave, ça non plus. Ils ne se disputaient pas, Ron et elle. Pas une fois depuis la mort de Spencer. Ils n'avaient plus fait l'amour non plus. Pas une seule fois. Ils vivaient sous le même toit, se parlaient, ils s'aimaient toujours, mais une barrière les séparait comme si le moindre geste de tendresse eût été par trop insoutenable.

L'ordinateur était ouvert à la page d'accueil d'Internet Explorer. Betsy s'assit, tapa l'adresse. Elle pensait à ses voisins et amis, à leurs réactions face à la mort de son fils. Le suicide était une chose vraiment à part. Moins tragique en un sens, parce qu'on pouvait prendre du recul par rapport à l'événement lui-même. Spencer, estimait-on, avait clairement été un garçon tourmenté et, d'une certaine façon, était déjà brisé. Si une personne disparaît, mieux vaut que ce soit quelqu'un de brisé que quelqu'un d'heureux. Le pire, pour Betsy du moins, était que ce raisonnement terrible n'était pas totalement dénué de logique. Un enfant qui meurt de faim au fin fond de la jungle africaine, c'est bien moins dramatique que la mignonne petite fille d'à côté atteinte d'un cancer.

Tout paraît relatif, et c'est cela qui est effarant.

Elle tapa l'adresse www.myspace.com/Spencerhillmemorial. Les camarades de Spencer avaient créé cette page quelques jours après sa mort. Avec photos, collages et commentaires à l'appui. À la place de la photo par défaut, il y avait le dessin d'une chandelle vacillante.

En fond sonore, la chanson « Broken Radio » de Jesse Malin avec la participation de Bruce Springsteen, l'une des préférées de Spencer. Et l'accroche à côté de la chandelle, extraite de la chanson : « Les anges t'aiment plus que tu ne le sauras jamais. »

Betsy l'écouta un moment.

Les semaines qui avaient suivi la mort de Spencer, elle en avait passé, des nuits, sur ce site. Lisant les commentaires de jeunes gens qu'elle ne connaissait pas. Contemplant les nombreuses photos de son fils qui le représentaient à tous les âges. Mais après quelque temps, les choses avaient tourné au vinaigre. Les jolies filles qui avaient aidé à construire ce site, celles qui se gargarisaient de la mort de Spencer, lui avaient à peine prêté attention de son vivant. Trop peu, trop tard. Tous affirmaient qu'il leur manquait, mais rares étaient ceux qui l'avaient vraiment connu.

Les commentaires ressemblaient moins à des épitaphes qu'à des gribouillis au petit bonheur dans l'album d'un camarade disparu :

« *Je n'oublierai jamais le cours de gym de M. Myers…* »

Ça, c'était en classe de quatrième. Il y avait trois ans.

« *Ces matchs de foot où M. V. voulait mettre au point une stratégie…* »

Sixième.

« *On s'était gelés ce jour-là, au concert de Green Day…* »

Troisième.

Si peu de souvenirs récents. Si peu de paroles sincères. Ce deuil semblait être davantage pour la galerie, un étalage public pour ceux qui, au fond, n'en avaient cure ; la mort de son fils était une chicane sur la route de la fac, de la réussite professionnelle, un drame certes, mais valorisant dans un parcours personnel, un plus sur un CV, comme faire partie de Key Club[1] ou postuler pour la fonction de trésorier au conseil des élèves.

Il n'y avait pas grand-chose de la part de ses véritables amis : Clark, Adam et Olivia. Au fond, c'était peut-être logique. Quand on pleure quelqu'un, on ne le fait pas en public… les grandes douleurs sont muettes.

Elle n'avait pas visité le site depuis trois semaines. Il y avait eu peu de changements. C'était

1. Organisation d'entraide et de bienfaisance réservée aux lycéens. *(N.d.T.)*

normal, surtout pour des jeunes. Ils étaient passés à autre chose. Elle regarda le diaporama. Comme si on avait empilé les photos les unes sur les autres. Les images surgissaient en virevoltant, se figeaient, pour atterrir dans la seconde sur la pile déjà formée.

Betsy sentit ses yeux s'embuer.

Il y avait beaucoup de vieilles photos de l'école primaire de Hillside. Le CP de Mme Robert. Le CM1 de Mme Rohrback. M. Hunt en CM2. La photo de groupe de son équipe de basket après un match : Spencer avait été si fier de cette victoire ! Il s'était fait mal au poignet lors du match précédent – rien de grave, juste une petite foulure –, et Betsy le lui avait bandé. Elle se revit en train d'acheter de l'Elastoplaste. Sur la photo, Spencer levait cette main en signe de victoire.

Ce n'était pas un grand sportif, mais, au cours du match en question, il avait marqué le panier gagnant à six secondes de la fin. C'était en classe de quatrième. Jamais, se dit Betsy, elle ne l'avait vu aussi heureux.

Un policier municipal avait trouvé le corps de Spencer sur le toit du lycée.

Sur l'écran de l'ordinateur, la valse des images se poursuivait. Les yeux de Betsy débordèrent. Sa vue se brouilla.

Le toit du lycée. Son beau garçon. Gisant parmi les détritus et les bouteilles cassées.

Entre-temps, tout le monde avait reçu son texto d'adieu. Un texto. C'était ainsi que Spencer avait choisi de leur annoncer sa décision. Le premier SMS était arrivé sur le portable de Ron qui se trouvait à Philadelphie pour une réunion commerciale. Betsy avait eu le deuxième, mais comme elle était à la pizzeria avec jeux d'arcade, le lieu propice entre tous aux migraines parentales, elle n'avait pas entendu le signal sonore. Ce fut seulement une heure plus tard, après que Ron, de plus en plus paniqué, eut laissé six messages sur son téléphone, qu'elle avait découvert le texto, les derniers mots de son garçon :

Pardonnez-moi, je vous aime tous, mais c'est trop dur. Adieu.

La police avait mis deux jours à le localiser sur le toit du lycée.

Qu'est-ce qui était trop dur, Spencer ?

Elle ne le saurait jamais.

Ce texto, d'autres l'avaient reçu. Des amis proches. Spencer était censé être avec eux. Avec Clark, Adam et Olivia. Mais personne ne l'avait vu. Il ne s'était pas manifesté. Il était parti de son côté. Il avait emporté des cachets – qu'il avait volés à la maison – et les avait avalés parce que quelque chose était trop dur et qu'il voulait en finir.

Il était mort seul sur ce toit.

Daniel Huff, un flic de quartier qui avait un fils de l'âge de Spencer, un gamin nommé DJ qui faisait plus ou moins partie de la bande, était venu sonner à leur porte. Elle se souvenait d'avoir ouvert et, à la vue de son visage, de s'être écroulée.

Betsy cilla pour chasser ses larmes, essayant de se concentrer sur le diaporama, sur les images de son fils vivant.

Tout à coup, une photo apparut à l'écran, qui changea tout.

Son cœur cessa de battre.

La photo disparut aussi vite qu'elle était apparue, aussitôt remplacée par une autre. Portant la main à sa poitrine, elle s'efforça de reprendre ses esprits. La photo. Comment faire pour y accéder à nouveau ?

Elle cligna des yeux, réfléchit.

Une première chose, déjà. Cette photo faisait partie d'un diaporama en ligne. Qui allait reprendre. Il n'y aurait qu'à attendre. Oui, mais combien de temps ? Et ensuite ? Elle défilerait à toute allure, c'était une question de secondes. Or Betsy avait besoin de la voir plus longtemps.

Serait-il possible de figer l'image lorsqu'elle reviendrait ?

Il devait sûrement y avoir un moyen.

Betsy regarda les photos se succéder. Mais celle qu'elle voulait voir ne s'affichait pas à l'écran. Elle voulait retrouver *la* photo.

Celle avec le poignet foulé.

Elle repensa à ce fameux match de basket en classe de quatrième car une idée venait de lui traverser l'esprit. Comme par hasard, elle s'était justement rappelé cet épisode, quand Spencer avait eu un bandage au poignet. Mais oui, bien sûr. Ç'avait été ça, le déclencheur.

Parce que, la veille de son suicide, il était arrivé quelque chose de semblable.

Il était tombé et s'était abîmé le poignet. Elle avait proposé de le bander, comme à l'époque de la photo. Mais Spencer avait voulu qu'elle lui achète un protège-poignet. Il le portait le jour de sa mort.

Pour la première et – à l'évidence – la dernière fois.

Elle cliqua sur le diaporama et se retrouva sur un site, diapo.com, qui lui demanda le mot de passe. Zut. Ce site avait dû être créé par l'un des jeunes. Elle réfléchit. Il ne devait pas être hyper-sécurisé, dans la mesure où il était destiné à des lycéens pour qu'ils s'en servent et ajoutent eux-mêmes des photos en ligne.

Du coup, le mot de passe devait être simple.

Elle tapa SPENCER.

Puis cliqua sur OK.

Ç'avait marché.

Les photos s'affichèrent. D'après l'en-tête, il y en avait cent vingt-sept. Elle scruta rapidement les miniatures et finit par trouver celle qu'elle cherchait. Sa main tremblait si fort sur la souris qu'elle arrivait à peine à pointer le curseur sur l'image. Elle cliqua à gauche, et la photo s'afficha en plein écran.

Immobile, Betsy la contempla fixement.

Spencer souriait, mais c'était un sourire infiniment triste. Il transpirait aussi ; son visage luisait comme après une bonne cuite. Il paraissait ivre et vaincu. Il portait le T-shirt noir qu'il avait mis le dernier soir. Il avait les yeux rouges, à cause de la drogue ou de l'alcool, mais surtout à cause du flash. Spencer avait de beaux yeux bleu clair. Le flash lui donnait toujours un petit air diabolique. La photo avait été prise à l'extérieur, donc il faisait nuit.

Cette fameuse nuit.

Spencer avait une boisson à la main… une main autour de laquelle on distinguait clairement le protège-poignet.

Betsy se figea. Il n'y avait qu'une seule explication possible.

Cette photo avait été prise la nuit de la mort de son fils.

Elle examina l'arrière-plan et, regardant les gens qui y figuraient, se rendit compte d'autre chose.

Réflexion faite, Spencer n'était pas tout seul.

7

Comme presque tous les jours de la semaine depuis dix ans, Mike se réveilla à cinq heures du matin. Fit sa gym pendant exactement une heure. Prit la voiture et se rendit à New York en empruntant le pont George Washington. À sept heures, il arrivait au centre de transplantation du New York Presbyterian Hospital.

Il enfila la blouse blanche et entama la tournée de ses patients. C'était une tâche routinière, mais Mike aimait à se rappeler l'importance que cela prenait pour les malades. Vous êtes à l'hôpital. Cela seul suffit à vous rendre anxieux et vulnérable. Vous êtes peut-être en train de mourir, et vous avez l'impression que le rempart entre vous et la douleur, entre vous et la mort, c'est votre médecin.

Comment ne pas se prendre quelquefois pour Dieu ?

Qui plus est, Mike pensait que ce n'était pas forcément malsain de se prendre pour Dieu. On représente tellement pour les patients qu'on se doit d'agir en conséquence.

Certains confrères effectuaient leur tournée à toute allure. Par moments, Mike était tenté d'en faire autant. Mais, à dire vrai, en prenant tout son temps, on ne passait qu'une ou deux minutes de plus avec chacun d'eux. Du coup, il écoutait, tenait la main en cas de besoin ou gardait ses distances : tout dépendait de ce qu'il pensait que le patient attendait de lui.

À neuf heures, il était de retour dans son bureau. Le premier malade était déjà là. Lucille, son infirmière, devait être en train de le préparer. Ce qui lui laissait dix minutes pour consulter ses fiches et les résultats des examens de la veille. Se souvenant de sa voisine, il chercha le dossier Loriman dans l'ordinateur.

Aucun message du labo.

Bizarre.

Une tache rose attira l'œil de Mike. Quelqu'un avait collé un Post-it sur son téléphone.

Passe me voir,
Ilene.

Ilene Goldfarb était son associée au cabinet et chef du service de transplantation au New York Presbyterian Hospital. Ils s'étaient rencontrés durant leur internat en chirurgie de transplantation ; aujourd'hui, ils habitaient la même ville. Ilene et lui étaient amis, mais pas très proches, ce qui leur simplifiait sans doute leur collaboration. Ils vivaient à trois kilomètres l'un de l'autre, leurs enfants fréquentaient les mêmes écoles, mais à part ça, ils avaient peu d'intérêts communs, évitaient les mondanités et avaient une totale confiance dans le travail de l'autre.

Vous voulez tester les recommandations d'un copain médecin ? Demandez-lui : « Si ton gamin était malade, chez qui l'enverrais-tu ? »

La réponse de Mike était Ilene Goldfarb. Ce qui en disait suffisamment long sur ses compétences médicales.

Il sortit dans le couloir. Ses pieds foulèrent sans bruit la moquette gris fer. Les gravures qui ornaient les murs blanc cassé étaient reposantes à l'œil, simples et aussi originales que les œuvres d'art qu'on trouve dans les hôtels deux étoiles. Ilene et lui auraient préféré un décor voué au patient et à lui seul. Dans leurs bureaux respectifs, ils n'avaient affiché que diplômes et slogans qui semblaient réconforter les visiteurs. Tout objet personnel – porte-crayon fabriqué par un enfant, photo de famille – avait été définitivement banni.

Votre enfant venait souvent ici pour mourir. Vous n'aviez aucune envie, mais alors aucune, de voir les images d'enfants des autres, souriants et en bonne santé.

— Bonjour, docteur Mike.

Il se retourna. C'était Hal Goldfarb, le fils d'Ilene. De deux ans plus âgé qu'Adam, il était en terminale. Ayant exprimé le vœu d'aller étudier la médecine à Princeton, il avait négocié avec le lycée de pouvoir suivre un stage ici trois matinées par semaine.

— Salut, Hal. Ça marche, les études ?

Il gratifia Mike d'un large sourire.

— Ça roule.

— La terminale alors qu'on se sait déjà admis à l'université, c'est la définition même du verbe « rouler ».

— Vous avez tout compris.

Hal était vêtu d'une chemise bleue et d'un pantalon kaki. Mike ne put s'empêcher de noter le contraste avec le noir gothique d'Adam. Il en éprouva même une pointe d'envie. Comme s'il avait lu dans ses pensées, Hal demanda :

— Comment va Adam ?

— Il va bien.

— Ça fait un bail que je ne l'ai pas vu.

— Tu n'as qu'à lui passer un coup de fil, suggéra Mike.

— Oui, c'est vrai. On pourrait sortir ensemble, ce serait cool.

Il y eut un silence.

— Ta mère est dans son bureau ? s'enquit Mike.

— Oui. Allez-y.

Ilene était une femme frêle et menue, à l'exception de ses doigts semblables à des serres d'oiseau. Ses cheveux châtains étaient noués en une austère queue-de-cheval, et ses lunettes à monture d'écaille lui donnaient un air studieux tout en étant tendance.

— Bonjour, dit Mike.

— Bonjour.

Il montra le Post-it rose.

— De quoi s'agit-il ?

Ilene exhala longuement son souffle.

— On a un gros souci.

Mike s'assit.

— Avec ?

— Ta voisine.

— Loriman ?

Elle hocha la tête.

— Mauvaises analyses histologiques ?

— Analyses bizarres, répondit-elle. Ça devait arriver tôt ou tard. Je m'étonne même que ce soit notre premier cas.

— Tu veux bien m'expliquer ?

Ilene Goldfarb retira ses lunettes, glissa une branche dans sa bouche et la mordilla.

— Tu les connais bien ?

— Ils habitent à côté.

— Vous êtes proches ?

— Non. Pourquoi, où veux-tu en venir ?

— On se trouve, dit Ilene, face à une sorte de dilemme éthique.

— Comment ça ?

— Dilemme n'est peut-être pas le mot qui convient.

Le regard vague, elle paraissait réfléchir à voix haute.

— Disons plutôt une ligne éthique floue.

— Ilene ?

— Hmm.

— De quoi parles-tu ?

— La mère de Lucas Loriman sera là dans une demi-heure, répondit-elle.

— Je l'ai vue hier.

— Où ?

— Dans son jardin. Elle jardine beaucoup ces temps-ci.

— Tu m'étonnes.

— Pourquoi tu dis ça ?

— Tu connais son mari ?

— Dante ? Oui.

— Et ?

Mike haussa les épaules.

— Que se passe-t-il, Ilene ?

— C'est au sujet de Dante.

— Oui, eh bien ?

— Il n'est pas le père biologique du petit.

Comme ça, de but en blanc. Mike en resta coi.

— Tu rigoles ?

— C'est ça. Tu me connais… Dr Rigolo. Elle est bien bonne, hein ?

Il s'efforçait de digérer l'information. Inutile de demander si elle en était sûre ou si d'autres analyses étaient nécessaires. Elle avait déjà tout envisagé. Ilene avait raison : la grande surprise était qu'ils n'aient pas été confrontés à ce genre de situation plus tôt. Deux étages plus bas, il y avait les généticiens. L'un d'eux avait dit à Mike que, selon une étude auprès d'un échantillon de la population, plus de dix pour cent des hommes élevaient à leur insu des enfants qui n'étaient pas biologiquement les leurs.

— Un commentaire ? demanda Ilene.

— Aïe ?

Elle hocha la tête.

— Je voulais qu'on s'associe, dit-elle, parce que j'adore la richesse de ton vocabulaire.

— Dante Loriman n'est pas quelqu'un de gentil, Ilene.

— C'est l'impression que j'ai eue.

— C'est grave, dit Mike.

— Ce qui est grave, c'est l'état de son fils.

La tension dans la pièce était palpable.

L'interphone bourdonna.

— Docteur Goldfarb ?

— Oui.

— Susan Loriman est là.

— Elle est venue avec son fils ?

— Non, répondit l'infirmière, avec son mari.

— Qu'est-ce que vous fichez là, vous ?

Sans ciller, Loren Muse, enquêteur principal auprès du procureur du comté, s'approcha du corps.

— Doux Jésus, souffla l'un des agents en uniforme, regardez ce qu'il a fait à son visage.

Tous les quatre se turent. Les deux agents en tenue arrivés en premier sur la scène de crime. Le flic en civil, théoriquement chargé de l'enquête, un vieux cossard, grosse bedaine et mine blasée, du nom de Frank Tremont. L'enquêteur principal Loren Muse, femme et célibataire, était de loin la plus petite du groupe… d'une bonne trentaine de centimètres.

— PD, énonça Tremont. Et je ne parle pas de préférences sexuelles.

Muse l'interrogea du regard.

— PD comme pute décédée.

En le voyant s'esclaffer, elle fronça les sourcils. Les mouches bourdonnaient autour de la bouillie sanguinolente qui avait été un visage humain. Il n'y avait plus de nez, plus d'orbites, ni même de bouche à proprement parler.

— On dirait qu'on lui a passé la figure à la moulinette, commenta l'un des agents en tenue.

Loren Muse regarda le cadavre, laissant les uniformes à leurs radotages. Il y a des gens qui radotent pour conjurer leur nervosité. Elle, non. Ils l'ignoraient. Tremont l'ignorait aussi. Elle était sa supérieure hiérarchique, leur supérieure à tous, en fait, et leur rancœur irradiait comme la moiteur qui monte d'un trottoir humide.

— Yo, Muse.

C'était Tremont. Elle contempla son costume marron que soulevait une panse gonflée par des nuits de bière et des journées de grignotage. Ce type-là lui cherchait des noises. Il y avait déjà eu des fuites dans les médias depuis qu'elle avait été promue enquêteur principal du comté d'Essex. La plupart des papiers étaient signés Tom Gaughan, un journaliste qui, comme par hasard, était marié à la sœur de Tremont.

— Oui, Frank ?

— Je vous le demande : qu'est-ce que vous fichez ici ?

— Il faut que je vous explique ?

— C'est moi qui suis sur le coup.

— C'est vrai.

— Et je n'ai pas besoin qu'on lorgne par-dessus mon épaule.

Malgré son incompétence crasse, Frank Tremont, en raison de ses relations et de ses années de « service », était pratiquement intouchable. Sans plus se soucier de lui, Muse se pencha sur la charpie qui avait été un visage.

— Vous l'avez identifiée ? demanda-t-elle.

— Non. Pas de sac, pas de portefeuille.

— Volés probablement, hasarda l'un des uniformes.

Les hommes hochèrent la tête à l'unisson.

— À tous les coups, c'est une bande, dit Tremont. Regardez ça.

Il désigna le bandana qu'elle serrait toujours dans la main.

— Ça pourrait être la nouvelle bande, les Blacks qui se font appeler Al-Qaïda, dit l'un des agents. Ils s'habillent en vert.

Se redressant, Muse entreprit de faire le tour du cadavre. Le fourgon du médecin légiste était arrivé. Quelqu'un avait installé un périmètre de sécurité. Une dizaine de prostituées, peut-être plus, se tenaient derrière le ruban, tendant le cou pour mieux voir.

— Demandez aux agents d'aller parler aux filles, dit Muse. Qu'on sache son surnom au moins.

— Non, c'est vrai ?

Frank Tremont poussa un soupir théâtral.

— Vous ne croyez pas que j'y ai déjà songé ?

Loren Muse ne répondit pas.

— Dites, Muse !

— Oui, Frank ?

— Je n'aime pas vous voir ici.

— Et moi je n'aime pas cette ceinture marron avec les chaussures noires. Mais on est tous les deux obligés de faire avec.

— Ça se fait pas.

Il n'avait pas tort. La vérité, c'était que Muse adorait sa nouvelle fonction prestigieuse d'enquêteur principal. Elle qui n'avait pas encore quarante ans était la première femme à occuper ce poste. Elle en était fière. Mais le terrain lui manquait. Surtout les enquêtes criminelles. Elle y retournait donc dès qu'elle le pouvait, notamment lorsqu'il y avait un âne bâté comme Frank Tremont aux commandes.

Tara O'Neill, le médecin légiste, congédia les uniformes d'un geste de la main.

— Putain de bordel, murmura-t-elle.

— Charmante réaction, docteur, fit Tremont. Il me faut les empreintes fissa pour pouvoir consulter le fichier.

O'Neill hocha la tête.

— Je vais aider à interroger les putes et cueillir quelques caïds de la pègre locale, annonça Tremont. Si vous n'y voyez pas d'objection, chef.

Muse ne releva pas.

— Une pute décédée, Muse. Pas de quoi rameuter la presse. Aucune urgence.

— Pourquoi aucune urgence ?

— Hein ?

— Vous avez dit : pas de quoi rameuter la presse. Ça, j'ai compris. Puis vous avez ajouté : aucune urgence. Pourquoi ?

— Exact, j'aurais pas dû, ricana Tremont. Une pute morte, c'est l'urgence numéro un. Comme si c'était la femme du gouverneur.

— Ce genre d'attitude, Frank, c'est pour ça que je suis ici.

— Mais oui, bien sûr. Je vais vous dire, moi, ce que les gens pensent d'une pute morte.

— Laissez-moi deviner… elle l'a bien cherché ?

— Non. Mais écoutez bien, et vous apprendrez peut-être quelque chose : si vous ne voulez pas finir dans une benne à ordures, évitez de faire des passes dans la zone.

— Vous devriez en faire votre épitaphe, répliqua Muse.

— Comprenez-moi bien, je l'aurai, ce taré, mais que les choses soient claires entre nous.

Tremont se rapprocha, de façon à presque la pousser avec sa bedaine. Muse ne broncha pas.

— C'est mon enquête. Retournez dans votre bureau et laissez faire les grandes personnes.

— Sinon ?

Il sourit.

— Vous n'avez pas besoin de ces ennuis-là, ma petite dame. Croyez-moi.

Il s'éloigna en trombe. Muse fit volte-face. O'Neill était très occupée à ouvrir sa trousse, feignant de n'avoir rien entendu.

Sans plus se soucier de Tremont, Muse retourna auprès du cadavre et s'efforça d'examiner les faits à froid. La victime était blanche. À en juger par la peau et l'allure générale, elle devait avoir une quarantaine d'années, mais la rue, ça vous vieillit avant l'âge. Pas de tatouages apparents.

Pas de visage.

Un carnage pareil, Muse n'avait vu ça qu'une seule fois dans sa vie. À vingt-trois ans, elle avait passé six semaines dans la police de la route au péage de New Jersey. Un camion avait franchi le terre-plein et heurté de face une Toyota Celica, conduite par une étudiante de dix-neuf ans qui rentrait chez elle pour les vacances.

Les dégâts avaient dépassé tout entendement. Quand ils l'avaient désincarcérée, la jeune conductrice n'avait plus de visage. Pareil.

— Cause du décès ? demanda Muse.

— Je ne sais pas encore. Mais nom d'un chien, ce type est un malade. Les os ne sont pas seulement fracturés. On dirait qu'ils ont été broyés.

— Ça remonte à quand ?

— Dix ou douze heures, je pense. Elle n'a pas été tuée ici. Pas assez de sang.

Muse le savait déjà. Elle examina les vêtements de la femme : son haut rose, sa jupe en cuir moulante, ses talons aiguilles.

Elle secoua la tête.

— Qu'y a-t-il ?

— On a tout faux, dit Muse.

— Comment ça ?

Son téléphone vibra. Elle vérifia l'identité de l'appelant. C'était son patron, le procureur du comté Paul Copeland. Elle jeta un regard à Frank Tremont. Il sourit et lui adressa un signe de la main, les doigts écartés.

— Oui, Cope ?

— Vous êtes où ?

— Sur une scène de crime.

— Dans les pattes d'un collègue ?

— D'un subalterne.

— D'un sacré boulet de subalterne.

— Mais je suis responsable de lui, non ?

— Frank Tremont va faire beaucoup de bruit. Alerter les médias, prendre la tête aux autres enquêteurs. Est-ce qu'on a vraiment besoin de se compliquer la vie ?

— Je pense que oui, Cope.

— Pourquoi vous dites ça ?

— Parce qu'il se plante sur toute la ligne.

8

Dante Loriman pénétra dans le bureau d'Ilene Goldfarb le premier. La poignée de main qu'il échangea avec Mike fut un peu trop ferme. Susan lui emboîtait le pas. Ilene Goldfarb s'était levée et attendait à côté de son siège. Elle avait remis ses lunettes. Se penchant en avant, elle leur serra brièvement la main à l'un et l'autre. Puis elle se rassit et ouvrit la chemise en carton posée devant elle.

Dante s'assit à son tour. Sans un regard pour sa femme. Susan prit la seconde chaise. Mike resta au fond de la pièce, hors de leur champ de vision. Bras croisés, il s'adossa au mur. Dante Loriman entreprit de remonter ses manches avec soin. La droite d'abord, puis la gauche. Il plaça ses coudes sur ses genoux, comme invitant Ilene Goldfarb à lui assener le pire.

— Alors ? fit-il.

Mike observait Susan. La tête haute, elle semblait retenir sa respiration. Immobile, figée presque. Comme si elle avait senti son regard, elle tourna son beau visage vers lui. Mike adopta un air neutre. C'était Ilene qui menait le jeu. Lui était là en simple auditeur.

Ilene continuait à lire le dossier, mais plus pour ménager son effet, semblait-il. Lorsqu'elle eut fini, elle joignit les mains sur le bureau et regarda un point entre les deux époux.

— Nous avons procédé aux analyses histologiques nécessaires, commença-t-elle.

— Je suis volontaire, l'interrompit Dante.

— Je vous demande pardon ?

— Je veux donner un rein à Lucas.

— Vous n'êtes pas compatibles, monsieur Loriman.

De but en blanc.

Mike gardait les yeux rivés sur Susan Loriman. À son tour, elle prit un air dégagé.

— Ah, dit Dante. Je croyais que le père…

— Ça dépend, répondit Ilene. Il y a beaucoup de facteurs en jeu, comme je pense l'avoir expliqué à Mme Loriman lors de sa dernière visite. Dans l'absolu, il nous faudrait une histocompatibilité de six antigènes HLA, antigènes leucocytaires humains. De ce point de vue, vous ne feriez pas un bon candidat, monsieur Loriman.

— Et moi ? demanda Susan.

— Vous, c'est déjà mieux. Pas parfait, non. Mais mieux. Normalement, le meilleur donneur vient de la fratrie. Chaque enfant hérite de la moitié des antigènes de chacun des parents, et il y a quatre combinaisons possibles. Dit simplement, un frère ou une sœur a vingt-cinq pour cent de chances d'être totalement compatible, cinquante pour cent d'être à moitié compatible – trois antigènes sur six –, et vingt-cinq pour cent de chances de n'être pas compatible du tout.

— Et Tom, il est quoi ?

Tom était le petit frère de Lucas.

— Malheureusement, ce n'est pas bon. Le meilleur donneur qu'on ait jusqu'à présent, c'est votre épouse. Nous mettrons votre fils sur la liste d'attente à la banque d'organes, pour voir si on trouve mieux, mais je pense que c'est peu probable. Mme Loriman pourrait être considérée comme suffisamment compatible, mais franchement, elle n'est pas le candidat idéal.

— Pourquoi ?

— Leur compatibilité se limite à deux. Plus on se rapproche de six, plus on diminue la probabilité de rejet. Voyez-vous, plus les antigènes sont compatibles, moins il risquera de se retrouver sous dialyse ou traitement médicamenteux à vie.

Dante se passa la main dans les cheveux.

— Qu'est-ce qu'on fait alors ?

— On a encore un peu de temps devant nous. Comme je vous l'ai dit, on va le mettre sur la liste. On va chercher et poursuivre la dialyse. Et, faute d'autre solution, nous ferons appel à Mme Loriman.

— Mais vous aimeriez trouver mieux ? dit Dante.

— En effet.

— On a des membres de la famille qui seraient prêts à donner un rein à Lucas. Vous pourriez peut-être les faire analyser.

Ilene hocha la tête.

— Faites une liste : noms, adresses, lien de parenté exact.

Il y eut une pause.

— C'est sérieux, sa maladie, docteur ?

Dante pivota sur lui-même.

— Mike ? Soyez franc avec nous. C'est grave ?

Mike regarda Ilene. Elle l'encouragea d'un petit signe de la tête.

— Oui, dit-il, c'est grave.

Il parlait à Susan Loriman. Elle détourna les yeux.

Ils discutèrent encore une dizaine de minutes des choix qui s'offraient à eux, puis les Loriman prirent congé. Resté seul avec Ilene, Mike s'installa sur la chaise de Dante et leva les paumes au ciel. Ilene fit mine de ranger ses papiers.

— Et maintenant ?

— Tu penses que j'aurais dû leur dire ?

Mike ne répondit pas.

— Mon rôle est de soigner le fils. C'est lui, le patient. Pas le père.

— Donc le père n'a aucun droit ?

— Je n'ai pas dit ça.

— Tu as effectué les analyses. Elles t'ont appris quelque chose que tu as dissimulé au patient.

— Ce n'est pas mon patient, rétorqua Ilene. Mon patient est Lucas Loriman, le fils.

— On enterre l'affaire, alors ?

— Une question : admettons que je découvre, à partir de résultats d'analyses, que Mme Loriman trompe son mari. Suis-je dans l'obligation de l'en informer ?

— Non.

— Et si j'apprends qu'elle revend de la drogue ou vole de l'argent ?

— Tu vas chercher midi à quatorze heures, Ilene.

— Tu crois ?

— Il ne s'agit ni de drogue ni d'argent.

— Je sais, mais, dans les deux cas, c'est sans rapport avec la santé de mon patient.

Mike réfléchit.

— Imagine que tu découvres un problème dans les analyses de Dante Loriman. Tu t'aperçois, admettons, qu'il a un lymphome. Tu le lui dirais ?

— Évidemment.

— Mais pourquoi ? Comme tu viens de le faire remarquer, il n'est pas ton patient. Ce n'est pas ton problème.

— Voyons, Mike, ça n'a rien à voir. Mon rôle est d'aider mon patient – Lucas Loriman – à aller mieux. La santé mentale, ça en fait partie. On envoie bien nos patients chez le psy avant de les greffer, non ? Pourquoi ? Parce que nous nous soucions de leur équilibre psychique. Lâcher une bombe dans la famille Loriman ne saurait être bénéfique à mon patient. Point barre.

Ils marquèrent une pause.

— Ce n'est pas aussi simple, dit Mike.

— Je sais.

— Ce secret sera lourd à porter pour nous.

— C'est pour ça que je l'ai partagé avec toi.

Ilene écarta les bras et sourit.

— Pourquoi serais-je la seule à ne pas dormir la nuit ?

— Tu es un amour d'associée.

— Mike ?

— Oui ?

— Si c'était toi, si j'avais découvert à la suite d'analyses qu'Adam n'était pas ton fils biologique, tu aurais voulu qu'on te l'annonce ?

— Adam, pas mon fils ? Tu as vu la taille de ses oreilles ?

Elle sourit.

— C'est pour te faire comprendre mon point de vue. Tu aurais voulu savoir ?

— Oui.

— Comme ça ?

— Je suis un maniaque, tu le sais bien. J'ai besoin de tout savoir.

Mike s'interrompit.

— Quoi ? dit-elle.

Il se cala dans son siège, croisa les jambes.

— On continue à se boucher les yeux et les oreilles ?

— C'est mon plan, oui.

Mike attendit.

Ilene Goldfarb soupira.

— Allez, dis-le.

— Si notre premier credo est effectivement : « Avant tout, ne pas nuire »…

Elle ferma les yeux.

— Mais oui.

— Nous n'avons toujours pas de donneur pour Lucas Loriman, poursuivit Mike.

— Je sais. Et le candidat le mieux placé, ajouta Ilene, les yeux clos, serait le père biologique.

— Exact. C'est notre meilleure chance pour une compatibilité stable.

— Il nous faut ses analyses. Priorité numéro un.

— On ne peut pas enterrer l'affaire, dit Mike. Même si on le voulait.

L'un et l'autre ruminaient leurs réflexions.

— Qu'est-ce qu'on fait maintenant ? demanda Ilene.

— Je crois qu'on n'a pas vraiment le choix.

Betsy Hill guettait Adam sur le parking du lycée.

Elle se retourna vers la « file des mamans », le trottoir de Maple Avenue où les mamans – il y avait bien un père à l'occasion, mais c'était l'exception qui confirmait la règle – attendaient dans leurs voitures en laissant tourner le moteur ou bavardaient par petits groupes, le temps de récupérer leurs rejetons à la sortie pour les véhiculer à la leçon de violon, le rendez-vous chez l'orthodontiste ou le cours de karaté.

Betsy Hill avait fait partie de ces mères-là.

À commencer par la section maternelle de l'école élémentaire de Hillside, puis le collège de Mount Pleasant, pour finir ici, à vingt mètres de l'endroit où elle se trouvait à présent. Elle se souvint d'avoir attendu ainsi son beau garçon, son Spencer… La cloche sonnait, elle scrutait par le pare-brise les gamins qui s'égaillaient telles des fourmis après qu'on a donné un coup de pied dans leur fourmilière. Elle souriait quand son regard se posait sur lui, et la plupart du temps, surtout au début, Spencer souriait aussi.

Elle regrettait cette époque où elle avait été une jeune maman, la candeur des rapports qu'elle entretenait avec son premier-né. Avec les jumeaux, ce n'était pas pareil, même avant la mort de Spencer. En regardant ces mères, leur attitude exempte de crainte ou de souci, elle eut envie de les haïr.

La cloche retentit. Les portes s'ouvrirent. Les élèves sortirent par vagues déferlantes.

Et Betsy se surprit presque à chercher Spencer des yeux.

C'était l'un de ces moments fugaces où le cerveau refuse de cheminer dans la direction imposée ; alors on oublie l'horreur, on se dit, l'espace d'une seconde, que c'était juste un mauvais rêve. Spencer allait sortir, le sac à dos sur l'épaule, voûté comme tous les ados et, en le voyant, Betsy se dirait qu'il avait besoin d'une coupe de cheveux et qu'il avait l'air pâle.

On parle de différents stades du deuil – déni, colère, marchandage, dépression, acceptation –, mais ces stades tendent à se confondre dans la tragédie. On n'arrête jamais de nier. Quelque part, on est toujours en colère. Et l'idée même de l'« acceptation » est obscène. Certains psys préfèrent le terme de « résolution ». Côté sémantique, c'était mieux, mais, n'empêche, ça lui donnait envie de hurler.

Au fait, que venait-elle chercher ici ?

Son fils était mort. Affronter un de ses amis n'y changerait rien.

Ou peut-être que si. C'était l'impression qu'elle avait.

Bon, d'accord, Spencer n'avait pas passé sa dernière nuit seul. Quelle importance ? Comme on dit, ça ne le ramènerait pas. Alors, qu'espérait-elle trouver ?

La résolution ?

Soudain, elle repéra Adam. Il marchait seul, ployant sous le poids de son sac à dos... Tous, ils peinaient tous, quand on y pensait. Les yeux rivés sur lui, Betsy se déplaça de sorte à se trouver sur son chemin. Comme la plupart des jeunes, Adam regardait par terre. Elle attendit, faisant en sorte de rester face à lui.

Finalement, lorsqu'il fut suffisamment près, elle dit :

— Salut, Adam.

Il s'arrêta, leva les yeux. C'était un joli garçon, pensa-t-elle. Ils l'étaient tous, à cet âge. Mais Adam aussi avait changé. Ils avaient franchi un cap dans l'adolescence. Il était grand maintenant, grand et costaud, plus homme que garçon. Ses traits gardaient encore l'empreinte de l'enfance, mais elle crut y lire comme un défi aussi.

— Oh, fit-il. Bonjour, madame Hill.

Et il s'éloigna en bifurquant vers la gauche.

— Je peux te parler une minute ? l'interpella Betsy.

Adam suspendit sa foulée souple.

— Euh... oui, bien sûr.

Il la rejoignit au petit trot, avec une aisance d'athlète. Adam était un sportif. Contrairement à Spencer. Était-ce une des façons d'éviter ça ? La vie est tellement plus facile dans ces petites villes quand on pratique un sport.

Il s'arrêta peut-être à deux mètres d'elle. Incapable de soutenir son regard, mais bon, il n'était pas le seul. Pendant quelques secondes, elle ne dit rien. Elle se contenta de l'observer.

— Vous vouliez me parler ?

— Oui.

Elle continua à le dévisager en silence. Il se dandina d'un pied sur l'autre.

— Je suis vraiment désolé, dit-il.

— À propos de quoi ?

Sa réponse le surprit.

— Spencer.

— Pourquoi ?

Il se taisait. Son regard vagabondait, évitant soigneusement de se poser sur elle.

— Adam, regarde-moi.

C'était encore elle, l'adulte. Il obéit.

— Que s'est-il passé ce soir-là ?

Il déglutit.

— Passé ?

— Tu étais avec Spencer.

Il secoua la tête. Son visage était livide.

— Que s'est-il passé, Adam ?

— Je n'étais pas là.

Elle sortit la photo de la page MySpace, mais il s'était abîmé dans la contemplation du bitume.

— Adam.

Il leva les yeux. Elle lui brandit la photo au visage.

— C'est bien toi, non ?

— Je ne sais pas, ça se peut.

— Elle a été prise la nuit de sa mort.

Il secoua la tête.

— Adam ?

— Je ne sais pas de quoi vous parlez, madame Hill. Je n'ai pas vu Spencer cette nuit-là.

— Regarde bien…

— Faut que j'y aille.

— Adam, s'il te plaît.

— Désolé, madame Hill.

Et il repartit en courant. Vers le bâtiment en brique, qu'il contourna avant de disparaître de sa vue.

9

L'enquêteur principal Loren Muse consulta sa montre. C'était l'heure de leur réunion.

— Vous avez ce qu'il faut ?

Son assistante était une jeune femme nommée Chamique Johnson. Muse l'avait connue à l'occasion d'un célèbre procès pour viol. Après des débuts chaotiques, Chamique avait su se rendre indispensable au bureau.

— Là-dedans, répondit-elle.

— C'est gros.

— Je sais.

Muse s'empara de l'enveloppe.

— Tout est là ?

Chamique fronça les sourcils.

— J'ai pas dû bien entendre, là.

Muse s'excusa et traversa le couloir pour gagner le bureau du procureur du comté d'Essex, en d'autres termes son patron, Paul Copeland.

La réceptionniste – une nouvelle, et Muse n'avait aucune mémoire des noms – l'accueillit avec le sourire.

— Tout le monde vous attend.

— Qui ça ?

— Le procureur Copeland.

— Vous avez dit « tout le monde ».

— Pardon ?

— Vous venez de dire que « tout le monde » m'attendait. Ce qui sous-entend plus d'une personne. Voire plus de deux.

La réceptionniste avait l'air perdue.

— Ah oui, d'accord. Ils doivent être quatre ou cinq.

— Chez le procureur Copeland ?

— Oui.

— Et qui sont-ils ?

Elle haussa les épaules.

— D'autres enquêteurs, je suppose.

Muse ne savait trop que penser. Elle avait sollicité un entretien privé pour aborder la question politiquement délicate de Frank Tremont. Alors, que venaient faire d'autres enquêteurs dans ce bureau ?

Elle entendit les rires avant même d'avoir poussé la porte. Ils étaient six, en effet – six avec son chef Paul Copeland. Rien que des hommes. Il y avait Frank Tremont. Plus trois autres de ses enquêteurs. La tête du dernier homme lui était vaguement familière. Il tenait un bloc et un stylo à la main et avait un magnétophone en face de lui.

Cope – c'était ainsi que tout le monde appelait Paul Copeland –, assis derrière son bureau, pleurait de rire après que Tremont lui avait glissé quelque chose à l'oreille.

Muse sentit ses joues s'enflammer.

— Bonjour, Muse, lui lança-t-il.

— Cope, fit-elle, gratifiant les autres d'un hochement de tête.

— Entrez et fermez la porte.

Tous les regards convergèrent sur elle. Le visage en feu, elle eut l'impression d'être tombée dans un piège. Elle fusilla Cope des yeux, mais il n'en avait cure. Il sourit comme le beau gosse nonchalant qu'il savait être. Mimiques à l'appui, elle s'efforça de lui faire comprendre qu'elle aurait voulu lui parler seul à seule – que ceci avait des allures de guet-apens –, mais il ne broncha pas.

— Commençons, voulez-vous ?

— OK, dit Loren Muse.

— Au fait, vous connaissez tout le monde ici ?

À son arrivée, Cope avait jeté un pavé dans la mare lorsque, à la stupeur générale, il avait promu Loren Muse au poste d'enquêteur principal. Normalement, ce travail revenait à un vieux briscard bourru, de sexe masculin, censé incarner la tendance politique du moment. Loren était l'un des plus jeunes enquêteurs du service quand il l'avait choisie. À la question des médias – quels critères avaient déterminé le choix d'une femme jeune plutôt que d'un vieux routier plus chevronné –, il avait répondu, laconique : « Le mérite. »

Et voilà qu'elle se retrouvait dans le bureau du chef avec quatre de ces vieux briscards qu'elle avait doublés.

— Je ne connais pas ce monsieur, dit-elle, désignant du menton l'homme au bloc-notes.

— Oh, pardon.

Cope tendit la main tel un animateur d'une émission de variétés et plaqua un sourire télégénique sur son visage.

— Je vous présente Tom Gaughan, journaliste au *Star-Ledger*.

Muse ne dit rien. Le beauf fouille-merde de Tremont. De mieux en mieux.

— On peut commencer maintenant ?

— Mais je vous en prie, Cope.

— Bien. Bon, alors Frank a une réclamation à faire. Allez-y, Frank, la parole est à vous.

Paul Copeland frisait la quarantaine. Sa femme était morte d'un cancer peu après la naissance de leur fille, Cara, aujourd'hui âgée de sept ans. Il l'avait élevée seul. Jusqu'à présent, en tout cas. Il n'y avait plus de photos de Cara sur son bureau. Au début, se rappela Muse, Cope en avait posé une sur l'étagère juste derrière son fauteuil. Mais un jour, après qu'ils eurent interrogé un pédophile, Cope l'avait enlevée. Elle ne lui avait jamais posé la question, mais il devait sûrement y avoir un lien.

Il n'y avait pas la photo de sa fiancée non plus. Juste un smoking sous cellophane accroché au portemanteau. Le mariage avait lieu samedi prochain. Muse y serait. En tant que demoiselle d'honneur, qui plus est.

Cope se rassit derrière son bureau, laissant la place à Tremont. Comme il n'y avait plus de sièges disponibles, elle n'eut pas d'autre choix que de rester debout. Vulnérable et en colère. Un subalterne préparait une attaque en règle contre elle, et Cope, son soi-disant protecteur, allait le laisser faire. Elle se retenait d'invoquer le sexisme à tout bout de champ, mais franchement, si elle avait été un homme, elle n'aurait pas eu à subir l'incurie de Tremont. Elle l'aurait viré à coups de pied au cul, et tant pis pour les retombées politico-médiatiques.

Muse bouillait intérieurement.

Frank Tremont, bien qu'assis, remonta sa ceinture.

— Écoutez, sans vouloir offenser Mlle Muse…

— Enquêteur principal Muse, le coupa Loren.

— Pardon ?

— Je ne suis pas Mlle Muse. J'ai un grade. Enquêteur principal. Votre chef.

Tremont sourit. Pivota lentement vers ses collègues, puis vers son beau-frère. Son expression amusée semblait signifier : *Vous voyez ce que je veux dire ?*

— Vous êtes bien chatouilleuse, hein…

Et, lourdement sarcastique :

— … enquêteur principal Muse ?

Muse regarda Cope. Il ne cilla pas. Son visage n'offrait aucune expression de réconfort. Il dit simplement :

— Désolé pour cette interruption. Allez-y, Frank.

Muse serra les poings.

— Oui, bref, j'ai vingt-huit années d'expérience dans la police. Je me charge de cette affaire de pute dans la zone. Qu'elle se pointe sans invitation, c'est une chose. J'aime pas ça. C'est pas protocolaire. Mais bon, si Muse veut faire semblant de se rendre utile, OK, pas de souci. Seulement elle se met à donner des ordres. À diriger les opérations, quitte à me faire perdre la face devant les agents en uniforme.

Il écarta les bras.

— Ça se fait pas.

Cope hocha la tête.

— C'est vrai qu'on vous a chargé de cette affaire.

— Eh oui.

— Parlons-en.

— Hein ?

— Parlez-moi de cette affaire.

— Pour l'instant, on ne sait pas grand-chose. Une pute retrouvée morte. La figure écrabouillée, quelque chose de bien. Le légiste pense qu'elle a été battue à mort. On ne l'a pas encore identifiée. On a interrogé d'autres filles, mais personne ne sait qui elle est.

— Elles ne savent pas son nom, demanda Cope, ou bien elles ne la connaissaient pas ?

— Elles sont pas très causantes, vous savez comment c'est. Personne ne voit rien. Va falloir les cuisiner un peu.

— Autre chose ?

— On a trouvé un bandana vert. Ça correspond pas pile poil, mais c'est la couleur d'un nouveau gang. Je vais ramasser quelques-uns de leurs gars… peut-être qu'y en aura un qui donnera ce bâtard. On a aussi lancé une recherche informatique pour voir s'il n'y a pas eu de cas similaires dans la région.

— Et ?

— Jusqu'ici, rien. Enfin, c'est pas les putes mortes qui manquent. Je vous l'apprends pas, chef. C'est la septième, cette année.

— Empreintes digitales ?

— On a consulté le fichier local. Rien. On les enverra au fichier central, mais ça va prendre du temps.

Cope hocha la tête.

— OK. Donc, ce que vous reprochez à Muse… ?

— Écoutez, je veux marcher sur les plates-bandes de personne, mais soyons clairs : ce n'est pas un poste pour elle. Vous l'avez choisie parce que c'est une femme. Je vois ça. C'est la réalité d'aujourd'hui. Un gars prend de l'âge, bosse dur, et peu importe qu'on ait la peau noire ou pas de couilles. Je vois ça. Mais c'est aussi de la discrimination. Enfin quoi, parce que je suis un mec, et elle une nana, ça veut pas dire que c'est joué d'avance, hein ? Si moi j'étais son chef à lui casser les pieds tout le temps, elle irait crier au viol ou au harcèlement, et j'aurais déjà un procès au cul.

Cope acquiesça à nouveau.

— Ça tombe sous le sens.

Il se tourna vers Loren.

— Muse ?

— Quoi ?

— Un commentaire ?

— Pour commencer, je ne suis pas sûre d'être la seule dans cette pièce à ne pas avoir de couilles.

Elle regarda Tremont.

— Autre chose ? dit Cope.

— J'ai l'impression d'avoir pris un coup de massue.

— Pas du tout. Vous êtes sa supérieure, mais cela ne signifie pas que vous devez le couver. Est-ce que je vous couve, moi ?

Muse fulminait.

— L'enquêteur Tremont est en poste depuis longtemps. Il est écouté et respecté. C'est pour cela que je lui offre cette opportunité. Il veut alerter les médias. Porter plainte en bonne et due forme. Je lui ai proposé cette réunion et de faire venir M. Gaughan, pour qu'il voie qu'on travaille dans un esprit d'ouverture et non d'animosité.

Tout le monde la regardait.

— Je vous repose la question, dit Cope.

Leurs regards se croisèrent.

— Avez-vous un commentaire à faire sur ce que vient de dire l'enquêteur Tremont ?

Cope souriait à présent. Pas beaucoup, à peine un tressaillement à la commissure des lèvres. Et soudain, elle comprit.

— En effet, répondit Muse.

— La parole est à vous.

Se laissant basculer en arrière, Cope croisa les mains derrière sa tête.

— D'abord, à mon avis, la victime n'était pas une prostituée.

Il haussa les sourcils comme sidéré par cette déclaration.

— Vous croyez ?

— Oui.

— Mais j'ai vu comment elle était habillée, protesta Cope. Et j'ai entendu le rapport de Frank à l'instant. Et l'endroit... c'est le quartier de la prostitution, tout le monde le sait.

— Y compris l'assassin, dit Muse. C'est pour ça qu'il a balancé le corps là-bas.

Frank Tremont éclata de rire.

— Vous yoyotez, Muse. Il vous faudra des preuves, chérie, l'intuition ne suffit pas.

— Vous voulez des preuves, Frank ?

— Allons-y. Vous avez que dalle.

— La couleur de sa peau, déjà.

— C'est-à-dire ?

— Elle est blanche.

— Oh, excellent ! fit Tremont en levant les deux paumes. J'adore.

Il regarda Gaughan.

— Note-le, Tom, car ça n'a pas de prix. Je laisse entendre que peut-être, seulement peut-être, une prostituée n'est pas notre première priorité, et ça fait de moi un néandertalien enragé. Mais quand elle affirme que notre victime ne peut pas être une pute parce qu'elle est blanche, c'est la conclusion d'un vrai travail d'investigation.

Il la menaça du doigt.

— Faudrait passer un peu plus de temps dans la rue, Muse.

— Vous dites qu'il y a eu six autres meurtres de prostituées.

— Oui, et alors ?

— Savez-vous que toutes les six étaient des Afro-Américaines ?

— Ça veut rien dire. Peut-être que les six autres étaient – je sais pas, moi – grandes. Celle-ci est petite, donc, c'est pas une pute ?

Muse s'approcha du tableau d'affichage sur le mur. Tirant une photo de son enveloppe, elle l'y fixa à l'aide d'une punaise.

— Elle a été prise sur la scène de crime.

Tous les regards se tournèrent vers le tableau.

— Les voilà, derrière le ruban de sécurité, dit Tremont.

— Très bien, Frank. Mais la prochaine fois, levez la main et attendez que je vous donne la parole.

Tremont croisa les bras.

— Et qu'est-ce qu'on est censés regarder ?

— Que voyez-vous là-dessus ? demanda-t-elle.

— Des putes.

— Exact. Combien ?

— J'en sais rien. Vous voulez que je compte ?

— Juste une estimation.

— Allez, une vingtaine.

— Vingt-trois. Bien, Frank.

— Et tout ça pour dire ?

— Comptez, s'il vous plaît, les Blanches parmi elles.

La réponse était évidente. Zéro.

— Vous êtes en train de me dire, Muse, que les putes blanches, ça n'existe pas ?

— Ça existe. Mais on en trouve très peu dans ce secteur. Je suis remontée trois mois en arrière. D'après le fichier des interpellations, aucune Blanche n'a été arrêtée pour racolage dans un rayon de trois pâtés de maisons pendant toute cette période. Et, comme vous l'avez signalé, ses empreintes digitales ne figurent pas dans nos fichiers. Combien de prostituées, d'après vous, sont dans le même cas ?

— Plein, répondit Tremont. Elles viennent d'un autre État, restent un moment, meurent ou s'en vont à Atlantic City.

Il écarta les bras.

— Vous êtes trop forte, Muse. Autant que je donne ma démission tout de suite.

Il s'esclaffa. Pas elle.

Elle sortit de nouveaux clichés qu'elle punaisa au tableau.

— Jetez un œil sur les bras de la victime.

— Oui, eh bien ?

— Aucune trace de piqûre, pas une seule. Les examens toxicologiques préliminaires ne révèlent la présence d'aucune substance illicite dans le sang. Encore une fois, dites-moi, Frank : combien de putes blanches dans ce secteur ne sont pas droguées ?

Cela parut le calmer.

— Elle est bien nourrie, poursuivit Muse, ce qui ne signifie pas grand-chose de nos jours. Beaucoup de ces filles sont bien nourries. Pas d'hématomes majeurs ni de fractures antérieurs à cet incident, ce qui est plutôt rare pour une prostituée travaillant dans la zone. Peu de chose à dire sur sa dentition : la plupart de ses dents ont été cassées, mais celles qui restent ont été bien soignées. Et regardez ça.

Elle accrocha une photo agrandie au tableau.

— Les chaussures ? dit Tremont.

— Bravo, Frank, mes félicitations.

Cope lui intima du regard de ne pas en rajouter dans le sarcasme.

— Des chaussures de pute, enchaîna Tremont. Talons aiguilles, des pompes d'allumeuse, quoi. Regardez-moi ces affreux godillots que vous avez aux pieds, Muse. Jamais vous mettez des talons comme ceux-là ?

— Non, Frank. Et vous ?

Il y eut des rires dans l'assistance. Cope secoua la tête.

— Où voulez-vous en venir ? demanda Tremont. Elles sortent tout droit d'un catalogue pour putes.

— Regardez le dessous des semelles.

Elle pointa le crayon.

— Et que dois-je voir ?

— Rien. Justement. Pas une égratignure.

— Ce sont des chaussures neuves.

— Trop neuves. J'ai fait agrandir l'image.

Elle punaisa une nouvelle photo.

— Pas la moindre petite éraflure. Elles n'ont jamais servi. Jamais.

Le silence se fit dans la pièce.

— Et alors ?

— Vous avez de la repartie, Frank.

— Allez vous faire voir, Muse ! Ça ne veut pas dire…

— À propos, il n'y avait pas de sperme dans son corps.

— Et alors ? C'était peut-être sa première passe de la soirée.

— Peut-être. Et vous feriez bien d'examiner son bronzage aussi.

— Son quoi ?

— Son bronzage.

Il tenta de prendre un air incrédule, mais il était en train de perdre pied.

— Ce n'est pas par hasard, Muse, qu'on appelle ça une fille des rues. Les rues, voyez-vous, sont dehors. Ces filles-là travaillent dehors. En grande partie.

— Mis à part le fait qu'on n'a pas eu beaucoup de soleil ces derniers temps, les marques de bronzage ne sont pas situées aux bons endroits. Elles s'arrêtent là. (Elle désigna les épaules.) Et l'abdomen n'est absolument pas bronzé, il est tout blanc. En clair, cette femme portait des chemisiers, pas des hauts trop ajustés. Puis il y a ce bandana qu'elle serrait dans la main.

— Arraché à son agresseur pendant la lutte.

— Pas arraché, non. C'est une mise en scène. Le corps a été déplacé, Frank. On veut nous faire croire qu'elle s'est saisie de ce bandana pendant qu'elle se débattait… et on le lui aurait laissé quand on s'est débarrassé du cadavre ? Vous trouvez ça plausible, vous ?

— Il se peut que la bande ait voulu faire passer un message.

— Ça se peut, oui. Mais la façon même dont elle a été tabassée…

— Comment ça ?

— C'est trop. On ne frappe pas quelqu'un avec autant de précision et d'acharnement.

— Vous avez une explication ?

— Une explication évidente. Il ne fallait pas qu'on la reconnaisse. Et autre chose. Regardez où on a jeté son cadavre.

— Dans un quartier bien connu pour ses putes.

— Parfaitement. Nous savons qu'elle n'a pas été assassinée là-bas. Elle a été déposée là-bas.

Pourquoi à cet endroit ? Si c'était une pute, pourquoi aller le crier sur les toits ? Pourquoi abandonner une pute dans le quartier chaud ? Je vais vous dire pourquoi. Parce que si, d'emblée, on la prenait pour une professionnelle et qu'un gros feignant chargé de l'enquête opte pour la solution de facilité...

— C'est qui, le gros feignant ?

Frank Tremont se leva. Et Cope dit doucement :

— Asseyez-vous, Frank.

— Vous allez la laisser... ?

— Chut, fit Cope. Vous entendez ce bruit ?

Tout le monde se tint coi.

— Quoi ?

Cope porta la main à son oreille.

— Écoutez, Frank. Vous entendez ?

Sa voix était un murmure.

— C'est le bruit de votre incompétence qui éclate au grand jour. Pas seulement votre incompétence, mais votre bêtise suicidaire de vous en prendre à votre chef, alors que les faits sont contre vous.

— Je ne suis pas obligé de subir ce...

— Chut, écoutez. Écoutez bien.

Muse se retenait de rire.

— Avez-vous entendu, monsieur Gaughan ? demanda Cope.

Gaughan se racla la gorge.

— J'ai entendu ce que je devais entendre.

— Tant mieux, parce que moi aussi. Et puisque vous avez tenu à enregistrer cette réunion, eh bien, j'ai pris la liberté d'en faire autant.

Cope sortit un magnétophone de poche de derrière un livre sur son bureau.

— Juste au cas où, vous savez, votre rédacteur en chef voudrait savoir exactement ce qui s'est passé ici, alors que votre machine serait tombée en panne. Qu'on n'aille surtout pas croire que vous avez récrit l'histoire en faveur de votre beau-frère, hein ?

Il leur sourit.

— D'autres commentaires, messieurs ? Non ? Très bien. Au travail, alors. Prenez donc votre journée, Frank. Je vous conseille vivement de réfléchir à votre avenir, et pensez à consulter nos offres avantageuses pour tout départ volontaire en préretraite.

10

De retour chez lui, Mike jeta un œil sur la maison des Loriman. Aucun signe de vie. C'était à lui de faire le prochain pas.

Avant tout, ne pas nuire. C'était le credo.

Et ensuite ?

C'était là que ça se corsait.

Il jeta ses clés et son portefeuille sur le petit plateau que Tia avait posé dans l'entrée parce qu'il passait son temps à chercher ses clés et son portefeuille. Depuis, ça allait mieux. Tia avait appelé à son arrivée à Boston. Il fallait qu'elle potasse le dossier : la déposition était prévue pour le lendemain après-midi. Cela pouvait durer un moment, mais dès qu'elle aurait fini, elle sauterait dans la première navette. Il n'y avait pas le feu, avait-il répondu.

— Salut, p'pa !

Jill surgit au coin. Devant son sourire, les Loriman et autres soucis s'évanouirent, balayés par une vague de pur bien-être.

— Bonjour, chérie. Adam est dans sa chambre ?

— Non.

Tant pis pour le bien-être.

— Où est-il ?

— Je ne sais pas. Je croyais qu'il était en bas.

Ils se mirent à l'appeler. Pas de réponse.

— Ton frère était censé rester avec toi, dit Mike.

— Il était là il y a dix minutes.

— Et maintenant ?

Jill fronça les sourcils. Quand elle fronçait les sourcils, son corps tout entier semblait y prendre part.

— Vous ne deviez pas aller à un match de hockey ce soir ?

— Si.

Elle paraissait agitée.

— Chérie, qu'y a-t-il ?

— Rien.

— Quand as-tu vu ton frère pour la dernière fois ?

— Je ne sais pas. Il y a quelques minutes.

Elle se mordilla un ongle.

— Vous étiez censés être ensemble, non ?

— Je suis sûr qu'il ne va pas tarder, fit Mike.

Jill avait l'air dubitative. À vrai dire, il l'était aussi.

— Tu me déposes quand même chez Yasmin ? demanda-t-elle.

— Bien sûr.

— Je vais chercher mon sac.

— OK.

Jill grimpa l'escalier. Mike consulta sa montre. Adam et lui s'étaient mis d'accord pour partir d'ici une demi-heure, conduire Jill chez son amie et ensuite se rendre à Manhattan pour le match des Rangers.

Adam aurait dû être à la maison. En train de surveiller sa sœur.

Mike prit une grande inspiration. OK, pas de panique. Il décida de lui laisser dix minutes de plus. En triant le courrier, il pensa aux Loriman. Inutile de tourner autour du pot. Ilene et lui avaient pris une décision. Il était temps de passer à l'acte.

Il alluma l'ordinateur, alla dans le carnet d'adresses, cliqua sur le contact Loriman. Le portable de Susan était sur la liste. Tia et lui ne s'en étaient jamais servis, mais c'était la coutume entre voisins : on conservait tous les numéros, pour les cas d'urgence.

Justement, c'en était un.

Il composa le numéro. Susan répondit à la deuxième sonnerie.

— Allô ?

Elle avait une voix douce, chaleureuse, un peu assourdie même. Mike se racla la gorge.

— Ici Mike Baye.

— Tout va bien ?

— Oui. Je veux dire, rien de nouveau. Vous êtes seule, là ?

Un silence. Puis Susan dit :

— Nous l'avons rendu, ce DVD.

Il entendit une autre voix – elle ressemblait à celle de Dante – demander :

— Qui est-ce ?

— Blockbuster, répondit-elle.

D'accord, se dit Mike, elle n'est pas seule.

— Vous avez mon numéro ?

— À très bientôt. Merci.

Clic.

Mike se frotta le visage avec les deux mains. Super. Vraiment super.

— Jill !

Elle apparut en haut des marches.

— Quoi ?

— Il n'a rien dit, Adam, quand il est rentré ?

— Il a juste dit : « Salut, morveuse. »

Elle sourit en parlant.

Mike entendait d'ici la voix de son fils. Adam aimait sa sœur, et elle l'aimait. Contrairement à d'autres, ils se chamaillaient rarement. Peut-être justement parce qu'ils étaient trop différents. Adam avait beau être en crise, jamais il ne passait sa rogne sur sa petite sœur.

— Tu as une idée de l'endroit où il a pu aller ?

Jill secoua la tête.

— Ça va, lui ?

— Il va bien, ne t'inquiète pas. Je t'emmène chez Yasmin dans quelques minutes, OK ?

Mike gravit les marches quatre à quatre. Il ressentit un petit pincement au genou, une vieille douleur, séquelle d'une blessure du temps où il avait joué au hockey. Il avait été opéré quelques mois plus tôt, par un chirurgien orthopédiste de ses amis nommé David Gold. Il avait dit à David qu'il ne voulait pas abandonner le hockey et demandé si le fait de jouer avait aggravé les dégâts.

David lui avait prescrit du Percocet en répliquant : « Je ne vois pas beaucoup d'anciens joueurs d'échecs au cabinet... alors, à ton avis ? »

Mike ouvrit la porte d'Adam. La chambre était vide. Il chercha des indices pour tenter de deviner où pouvait être son fils. Il n'y avait rien.

— Il n'irait quand même pas..., dit Mike tout haut.

Il regarda sa montre. Adam aurait dû être rentré à cette heure-ci. En fait, il n'aurait même pas dû quitter la maison. Comment avait-il pu laisser sa sœur toute seule ? Il n'était pas débile à ce point-là. Mike sortit son portable, pressa la touche du raccourci. Il entendit la sonnerie, puis la voix d'Adam lui demandant de laisser un message.

— Où es-tu ? Il faut qu'on parte bientôt. Et ta sœur qui est toute seule à la maison ! Rappelle-moi immédiatement.

Il coupa la communication.

Dix autres minutes passèrent. Pas de nouvelles d'Adam. Mike rappela. Laissa un nouveau message en grinçant des dents.

Jill dit :

— Papa ?

— Oui, mon cœur.

— Où est Adam ?

— Je suis sûr qu'il va rentrer bientôt. Écoute, je te dépose chez Yasmin, puis je reviens chercher ton frère, OK ?

Et Mike laissa un troisième message sur le téléphone portable d'Adam pour l'informer qu'il reviendrait bientôt. Il avait déjà vécu cela une fois – laisser des messages répétés sur la boîte vocale

– quand Adam avait fugué et qu'ils n'avaient pas eu de ses nouvelles pendant deux jours. Tia et lui avaient failli devenir fous en le cherchant partout, et pour rien finalement.

Il n'a pas intérêt à nous refaire ce coup-là, pensa Mike. Et, au même instant : *Mon Dieu, pourvu qu'il nous refasse le même coup*.

Il prit une feuille de papier, griffonna un mot et le laissa sur la table de la cuisine :

ADAM,
JE DÉPOSE JILL, SOIS PRÊT QUAND JE RENTRERAI.

Le sac à dos de Jill était orné de l'insigne des New York Rangers. Elle-même n'était pas une fan de hockey, mais il avait appartenu à son frère aîné. Jill adorait hériter des affaires d'Adam. C'était pour ça qu'elle portait son coupe-vent vert, bien trop grand pour elle, du temps où il jouait au hockey Pee-Wee. Avec le prénom Adam peint au pochoir sur le pan droit.

— Papa ?

— Quoi, mon cœur ?

— Je me fais du souci pour Adam.

Elle ne l'avait pas dit sur le ton d'une petite fille jouant à l'adulte. Mais sur le ton d'une gamine trop mûre pour son âge.

— Pourquoi tu dis ça ?

Elle haussa les épaules.

— Il t'a parlé de quelque chose ?

— Non.

Mike tourna dans la rue de Yasmin, espérant que Jill lui en dirait davantage. Mais elle se taisait.

Autrefois – quand lui-même était enfant –, on déposait ses gamins et on repartait ; à la rigueur, on attendait dans la voiture qu'on vienne leur ouvrir. Aujourd'hui, on escortait sa progéniture jusqu'à la porte d'entrée. Mike, ça le gênait un peu, mais lorsqu'il s'agissait de laisser son enfant passer la nuit chez quelqu'un d'autre, surtout à son âge, il préférait s'assurer que tout allait bien. Il frappa, et Guy Novak, le père de Yasmin, vint ouvrir.

— Bonjour, Mike.

— Bonjour, Guy.

Guy portait toujours son complet-veston, même s'il avait dénoué sa cravate. Ses lunettes à monture d'écaille faisaient beaucoup trop mode, ses cheveux étaient savamment décoiffés. Il faisait partie de ces pères de famille qui travaillaient à Wall Street, mais avec la meilleure volonté du monde, Mike n'aurait su dire en quoi consistait ce travail. Fonds d'investissement, valeurs fiduciaires, services de crédit, OPA, cotation en continu, titres négociables ou ventes de stock-options formaient pêle-mêle la vaste nébuleuse que constituait à ses yeux le monde de la finance.

Guy était divorcé depuis des années et, à en croire les potins rapportés par sa fille de onze ans, collectionnait les conquêtes.

— Toutes ses copines fayotent à mort avec Yasmin, lui avait dit Jill. C'est trop drôle.

Jill passa en trombe devant lui.

— Salut, p'pa.

— Au revoir, ma puce.

Mike la suivit des yeux, puis se tourna vers Guy Novak. C'était peut-être sexiste, mais il aurait préféré confier son enfant à une mère célibataire. L'idée que sa fille prépubère passe la nuit sous le toit d'un homme seul… normalement, cela ne devrait pas être un souci. Il lui arrivait aussi de garder les filles en l'absence de Tia. Mais quand même.

Ils restaient là, face à face. Mike rompit le silence.

— Alors, qu'avez-vous prévu pour la soirée ?

— On ira peut-être au cinéma, dit Guy. Et manger une glace. Je… euh, j'espère que ça ne vous ennuie pas, je reçois une amie ce soir. Elle viendra avec nous.

— Pas de problème.

Je préfère, ajouta Mike intérieurement.

Guy jeta un coup d'œil par-dessus son épaule. Après s'être assuré que les filles n'étaient pas dans les parages, il se retourna vers Mike.

— Vous avez une seconde ?

— Bien sûr, que se passe-t-il ?

Guy sortit sur le perron, laissant la porte se refermer derrière lui. Il contempla la rue, enfouit ses mains dans ses poches. Mike l'observait de profil.

— Ça va ?

— Jill a été formidable, dit Guy.

Ne sachant trop comment réagir, Mike garda le silence.

— Je suis un peu perdu, là. En tant que parent, on fait de son mieux, n'est-ce pas ? Pour les élever, les nourrir, les éduquer. Yasmin a déjà dû affronter un divorce de bonne heure. Mais elle s'en est bien tirée. Elle était heureuse, ouverte, avec tout plein d'amis. Et puis, voilà qu'il y a eu cette chose.

— Vous parlez de M. Lewiston ?

Guy hocha la tête. Il se mordit la lèvre, et sa mâchoire se mit à trembler.

— Vous l'avez vue changer, non ?

Mike opta pour la vérité.

— Je la trouve plus renfermée.

— Savez-vous ce que Lewiston lui a dit ?

— Non, pas précisément.

Guy ferma les yeux, inspira profondément, les rouvrit.

— Je suppose que Yasmin se tenait mal en classe, n'écoutait pas, que sais-je. Quand j'ai parlé à Lewiston, il m'a dit lui avoir adressé deux avertissements. Il se trouve que Yasmin a un peu de duvet sur la figure. Une petite moustache, trois fois rien. Un père ne fait pas attention à ces choses-là, et comme sa mère, eh bien, est loin, je n'ai jamais pensé aux histoires d'électrolyse ou autres. Enfin bref, il est en train d'expliquer les chromosomes, et elle bavarde au fond de la classe, du coup il finit par craquer. Il dit : « Certaines femmes présentent des caractères masculins comme la pilosité faciale... Yasmin, tu m'écoutes ? » Quelque chose comme ça.

— C'est immonde.

— Inexcusable, hein ? Il ne s'est pas excusé tout de suite, a-t-il dit, pour ne pas en rajouter. Mais toute la classe était pliée de rire. Yasmin était plus que mortifiée. Ils ont commencé à l'appeler la Femme à barbe et XY... comme la combinaison chromosomique masculine. Il s'est excusé le lendemain, a supplié les gamins d'arrêter. Je suis intervenu, j'ai engueulé le directeur, mais autant essayer d'empêcher la houle de se propager, vous voyez ce que je veux dire ?

— Je vois.

— Les gosses.

— Eh oui.

— Jill est restée avec Yasmin... c'est la seule. Une attitude étonnante pour une enfant de onze ans. Elle aussi doit trinquer, j'imagine.

— Elle est capable de se défendre, dit Mike.

— C'est une fille bien.

— Yasmin aussi.

— Vous devez être fier d'elle.

— En effet, répondit Mike. Ça va passer, Guy. Laissez faire le temps.

Guy regarda ailleurs.

— Quand j'étais en CM2, on avait un petit camarade du nom d'Eric Hellinger. Eric avait toujours un large sourire aux lèvres. Il s'habillait comme un as de pique, mais il s'en fichait. Il souriait tout le temps. Un jour, il a vomi en classe. C'était épouvantable. La puanteur était telle qu'on a dû quitter la salle. Du coup, les autres ont commencé à le vanner. Ils l'ont surnommé Schlinger. Ça n'arrêtait pas. Eric n'était plus le même. Son sourire avait disparu et même, pour vous dire la vérité, quand je l'ai revu des années plus tard dans les couloirs du lycée, j'ai eu l'impression qu'il n'avait plus souri depuis cette époque.

Mike ne fit aucun commentaire, mais lui aussi connaissait une histoire similaire. Chacun de nous a croisé dans son enfance un Eric Hellinger ou une Yasmin Novak.

— Ça ne s'arrange pas, Mike. Je vais mettre la maison en vente. Je n'ai pas envie de déménager. Mais je ne vois pas quoi faire d'autre.

— Si on peut vous aider, Tia ou moi..., commença Mike.

— Je vous remercie. Et merci d'autoriser Jill à dormir à la maison. Ça compte énormément pour Yasmin. Et pour moi. Alors encore merci.

— Pas de problème.

— Jill m'a dit que vous emmenez Adam à un match de hockey ce soir.

— C'était le plan, oui.

— Dans ce cas, je ne vous retiens pas plus longtemps. Merci de m'avoir écouté.

— Je vous en prie. Vous avez mon numéro de portable ?

Guy hocha la tête. Mike lui donna une tape sur l'épaule et regagna sa voiture.

La vie était ainsi faite : un instit perd son sang-froid pendant dix secondes, et le quotidien d'une petite fille s'en trouve bouleversé. C'est fou quand on y pense. Dans la foulée, Mike songea à Adam. Son fils aurait-il vécu quelque chose de semblable ? Était-ce un incident, même minime, qui avait modifié le cours de son existence ?

Mike repensa à ces films où on voyage dans le temps : on retourne en arrière, on change un détail, et tout est modifié – c'est l'effet domino. Si Guy avait pu remonter le temps et garder Yasmin à la maison ce jour-là, est-ce que tout aurait été comme avant ? Yasmin serait-elle plus heureuse aujourd'hui… ou bien ce déménagement forcé, et la leçon qu'elle avait apprise sur la cruauté des hommes, l'aideront-ils à mieux affronter la vie par la suite ?

Allez savoir.

La maison était vide quand Mike rentra chez lui. Aucune trace d'Adam. Pas de message non plus.

L'esprit toujours occupé par Yasmin, il alla dans la cuisine. Le mot qu'il avait laissé sur la table n'avait pas bougé. Il y avait des dizaines de photos sur le réfrigérateur, soigneusement alignées dans leurs cadres aimantés. Mike trouva celle sur laquelle il figurait avec Adam, elle avait été prise l'an passé, quand ils étaient allés au parc d'attractions de Six Flags Great Adventure. Mike avait une peur bleue du grand huit, mais son fils l'avait convaincu de tenter l'expérience, et il avait adoré.

En descendant, le père et le fils avaient posé pour une photo ringarde avec un type déguisé en Batman. Décoiffés par leur tour de manège, les bras autour des épaules de Batman, ils souriaient comme deux imbéciles.

C'était l'été dernier.

Mike se revit, assis dans le wagonnet, attendant le départ, le cœur battant à tout rompre. Il s'était tourné vers Adam qui lui avait dit avec un sourire oblique : « Accroche-toi. » Et, soudain, sans crier gare, il se reporta plus de dix ans en arrière, quand Adam avait quatre ans ; ils étaient dans le même parc, il y avait foule à l'entrée du spectacle de cascadeurs, une cohue invraisemblable, Mike tenait son fils par la main. Il lui avait dit : « Accroche-toi » et avait senti la petite main se cramponner à la sienne, mais la bousculade avait empiré, la petite main avait glissé hors de la sienne, et il avait été pris de panique, comme si une vague avait déferlé sur la plage et emporté son enfant. La séparation n'avait duré que quelques secondes, dix tout au plus, mais jamais Mike n'oublierait que son sang s'était glacé, jamais il n'oublierait la tension et la terreur éprouvées durant ce bref instant.

Il regarde fixement le vide pendant une bonne minute. Puis il prit son portable et rappela Adam.

— S'il te plaît, appelle à la maison, fils. Je m'inquiète pour toi. Je suis de ton côté, toujours, quoi qu'il arrive. Je t'aime. Alors rappelle-moi, OK ?

Il raccrocha et attendit.

En écoutant le dernier message de son père, Adam faillit fondre en larmes.

Il hésitait à le rappeler. Il hésitait à composer le numéro de son papa et de lui dire de venir le chercher, pour aller au match des Rangers avec oncle Mo, et peut-être qu'Adam leur raconterait tout. Il avait son téléphone portable dans la main. Le raccourci du numéro de son père correspondait à la touche 1. Son doigt s'attarda au-dessus du chiffre. Il suffisait d'appuyer.

Derrière lui, une voix fit :

— Adam ?

Il retira son doigt.

— On y va.

11

Betsy Hill regardait son mari Ron rentrer son Audi dans le garage. C'était toujours un bel homme. Ses cheveux poivre et sel tiraient davantage sur le sel, mais ses yeux bleus, si semblables à ceux de son fils mort, brillaient d'un éclat vif, et son visage demeurait lisse. Contrairement à la plupart de ses collègues, il ne se laissait pas aller, travaillait juste ce qu'il fallait et surveillait son régime alimentaire.

La photo qu'elle avait imprimée à partir de la page MySpace était posée sur la table devant elle. Voilà une heure qu'elle était assise là à se demander que faire. Les jumeaux étaient chez sa sœur. Il était préférable qu'ils ne soient pas à la maison dans un moment pareil.

La porte donnant sur le garage s'ouvrit, et elle entendit Ron appeler :

— Bets ?

— Dans la cuisine, chéri.

Il fit irruption dans la pièce avec un sourire aux lèvres. Cela faisait des lustres qu'elle ne l'avait pas vu sourire ; aussitôt, elle cacha la photo sous un magazine. Histoire de préserver ce sourire, même pour quelques minutes.

— Salut, lança-t-il.

— Bonjour, ç'a été, ta journée ?

— Oui, bien.

Il souriait toujours.

— J'ai une surprise pour toi.

— Ah ?

Se penchant, Ron l'embrassa sur la joue et jeta une brochure sur la table. Betsy tendit la main pour la prendre.

— Une croisière de huit jours, annonça-t-il. Regarde l'itinéraire, Bets. J'ai marqué la page avec un Post-it.

Elle ouvrit la brochure. Le bateau partait de Miami et faisait escale aux Bahamas, à St Thomas et dans une île privée, propriété de la compagnie de navigation.

— C'est le même, dit Ron. Exactement le même itinéraire que pour notre voyage de noces. Bien sûr, le bateau est différent. L'ancien rafiot n'est plus en circulation. Celui-ci est flambant neuf. J'ai pris le pont supérieur, cabine avec balcon. J'ai même trouvé quelqu'un pour nous garder Bobby et Kari.

— On ne peut pas les laisser toute une semaine.

— Mais si, voyons !

— Ils sont encore trop fragiles, Ron.

Le sourire vacilla.

— Tout se passera bien.

Il veut tourner la page, pensa-t-elle. Et il n'a pas tort. La vie continue. C'était sa manière à lui de faire face. Il voulait en finir. Et tôt ou tard, il voudrait qu'elle en fasse autant. Il pourrait rester à cause des jumeaux, mais tous les bons souvenirs – le premier baiser devant la bibliothèque, la nuit sur la plage, la spectaculaire lune de miel entre le soleil et la mer, l'horrible papier peint qu'ils avaient arraché des murs de leur premier logement, le fou rire incoercible chez le marchand de fruits et légumes –, tout avait été balayé.

Quand il la regarde, Ron voit son fils mort.

— Bets ?

Elle hocha la tête.

— Tu as peut-être raison.

Il s'assit à côté, lui prit la main.

— J'ai parlé à Sy aujourd'hui. Ils cherchent un directeur pour leur nouvelle agence à Atlanta. Ce serait une excellente opportunité.

Il a envie de fuir, se dit-elle à nouveau. Pour l'instant, il la voulait auprès de lui, mais elle ne lui apporterait que souffrance.

— Je t'aime, Ron.

— Moi aussi je t'aime, chérie.

Elle voulait qu'il soit heureux. Elle voulait le laisser partir puisqu'il en avait la possibilité. Ron aspirait à la fuite. Il était incapable de faire front. Et il ne pouvait fuir avec elle. Elle lui ferait toujours penser à Spencer, à cette terrible nuit sur le toit du lycée. Mais elle l'aimait, elle avait besoin de lui. Égoïste ou pas, elle avait une peur panique de le perdre.

— Que penses-tu d'Atlanta ? demanda-t-il.
— Je ne sais pas.
— Tu vas adorer.
Elle avait songé à déménager, mais Atlanta, c'était loin. Elle avait vécu toute sa vie dans le New Jersey.
— Ça fait beaucoup d'un seul coup, dit-il. Une chose à la fois. D'abord la croisière, OK ?
— OK.
Il voulait être n'importe où, sauf ici. Il voulait revenir en arrière. Elle allait essayer, mais ça ne marcherait pas. On ne revient pas en arrière. Surtout avec les jumeaux.
— Je vais me changer.
Ron l'embrassa à nouveau. Ses lèvres étaient froides. Comme s'il était déjà parti. Elle allait le perdre. Dans trois mois ou dans deux ans, le seul homme qu'elle ait jamais aimé allait la quitter. Alors même qu'il l'embrassait, elle le sentait loin d'elle.
— Ron ?
Il s'arrêta, la main sur la rampe d'escalier. Lorsqu'il se retourna, on aurait dit qu'il avait été pris en flagrant délit, qu'il avait raté l'occasion de filer en douce. Ses épaules s'affaissèrent.
— J'aimerais te montrer quelque chose, dit Betsy.

Tia se trouvait dans la salle de conférences du Four Seasons de Boston où Brett, le gourou maison de l'informatique, était en train de faire joujou avec l'ordinateur portable. Elle vérifia l'identité de l'appelant. C'était Mike.

— En route pour le match ?

— Non, dit-il.

— Qu'est-ce qui se passe ?

— Adam n'est pas là.

— Il n'est pas rentré du tout ?

— Il est rentré, il est resté un moment dans sa chambre, puis il s'est volatilisé.

— En laissant Jill toute seule ?

— Oui.

— Ça ne lui ressemble pas.

— Je sais.

— D'accord, il a été irresponsable et tout, mais laisser sa sœur sans surveillance…

— Je sais.

Tia réfléchit brièvement.

— As-tu essayé son portable ?

— Bien sûr que j'ai essayé son portable. Tu me prends pour un abruti ?

— Eh, pas la peine de te défouler sur moi, dit Tia.

— Alors ne me pose pas de questions comme si tu avais affaire à un débile. Évidemment que je l'ai appelé sur son portable. Plusieurs fois. J'ai même laissé – incroyable, hein ? – des messages pour qu'il me rappelle.

Tia regarda Brett qui feignait de ne pas écouter et s'écarta de lui.

— Excuse-moi, fit-elle. Je ne voulais pas…

— Moi non plus. On est à cran tous les deux.

— Alors qu'est-ce qu'on fait ?

— Que veux-tu faire ? dit Mike. J'attendrai ici.

— Et s'il ne rentre pas ?

Il y eut une pause.

— Je ne veux pas qu'il aille à cette soirée, déclara Mike.

— Je suis d'accord.

— Mais si j'y vais pour le ramener à la maison…

— Ça va sembler bizarre aussi.

— Tu penses quoi, toi ? s'enquit-il.

— Je pense que tu devrais y aller et te montrer très diplomate.

— Et concrètement ?

— Je ne sais pas. La soirée ne commencera pas avant deux ou trois heures. D'ici là, on peut réfléchir.

— OK. Avec un peu de chance, je l'aurai retrouvé avant.

— As-tu appelé ses copains ? Clark ou Olivia ?

— Tia !

— Mais oui, naturellement. Faut-il que je rentre ?

— Pour quoi faire ?

— Je ne sais pas.

— Tu ne peux rien faire de plus. Je gère la situation. En fait, je n'aurais pas dû t'appeler.

— Au contraire. Ne cherche pas à me protéger. Je veux rester dans le circuit.

— T'inquiète.

— Rappelle-moi quand tu auras de ses nouvelles.

— Promis.

Elle raccrocha.

Brett leva le nez de l'ordinateur.

— Un problème ?

— Vous avez entendu ?

Il haussa les épaules.

— Pourquoi ne consultez-vous pas le rapport d'E-Spy ?

— Je dirai peut-être à Mike de s'en occuper plus tard.

— Vous pouvez le faire d'ici.

— Je croyais que ça ne marchait qu'avec mon propre ordinateur.

— Nan. Vous pouvez y accéder n'importe où, du moment qu'il y a une connexion Internet.

Tia fronça les sourcils.

— Ça ne m'a pas l'air très sûr.

— Dans tous les cas, il vous faudra votre identifiant et votre mot de passe. Vous allez sur la page d'E-Spy et vous vous identifiez. Votre gamin, il a peut-être reçu un mail.

Tia réfléchissait.

Brett retourna à son ordinateur et pianota sur le clavier. Puis il le fit pivoter vers elle. L'écran affichait la page d'accueil d'E-Spy.

— Je vais me chercher à boire en bas, dit-il. Vous voulez quelque chose ?

Elle secoua la tête.

— Allez, je vous laisse.

Il gagna la porte. Tia se glissa sur la chaise et se mit à taper. Dans la rubrique compte rendu, elle demanda le rapport du jour. Il n'y avait presque rien, juste un rapide échange de messages instantanés avec le mystérieux CJ8115.

CJ8115 : Qu'est-ce qui ne va pas ?

HockeyAdam1117 : Sa mère m'a chopé après les cours.

CJ8115 : Elle a dit quoi ?

HockeyAdam1117 : Elle sait quelque chose.
CJ8115 : Et toi, tu as dit quoi ?
HockeyAdam1117 : Rien. Je me suis tiré.
CJ8115 : On en reparle ce soir.

Tia relut le compte rendu. Elle sortit son téléphone portable et pressa la touche.

— Mike ?

— Oui ?

— Trouve-le. Trouve-le coûte que coûte.

Ron avait la photo à la main.

Il la regardait fixement, mais Betsy comprit qu'il ne la voyait plus. Son corps même parlait pour lui. Il tressaillit, se raidit. Posa la photo sur la table, croisa les bras sur sa poitrine. Reprit la photo.

— Qu'est-ce que ça change ? demanda-t-il.

Il se mit à ciller rapidement, comme un bègue qui s'efforce de sortir un mot particulièrement difficile à prononcer. Betsy s'affola. Cela ne lui était pas arrivé depuis des années. Sa belle-mère lui avait expliqué que Ron s'était pris des raclées en classe de CE1 et qu'il le lui avait caché. Son tic remontait à cette époque-là. Il l'avait perdu en vieillissant. Cela le reprenait très rarement. Même lorsqu'ils avaient su pour Spencer, Betsy ne l'avait pas vu ciller.

Elle regretta de lui avoir montré cette photo. Ron était rentré, il lui avait tendu la main, et elle l'avait repoussée.

— Il n'était pas seul ce soir-là, dit-elle.

— Et alors ?

— Tu n'as pas entendu ce que j'ai dit ?

— Peut-être qu'il est sorti avec ses copains d'abord. Quelle importance ?

— Pourquoi n'ont-ils rien dit ?

— Va savoir. Ils avaient peur, ou bien Spencer leur a demandé de ne rien dire, ou, plus vraisemblablement, tu t'es trompée dans les dates. Il a pu les voir brièvement avant de sortir. Cette photo a pu être prise plus tôt dans la journée.

— Non. J'ai intercepté Adam Baye à la sortie du lycée...

— Tu quoi ?

— J'ai attendu la fin des cours. Je lui ai montré la photo.

Ron se borna à secouer la tête.

— Il a pris la fuite. Il y a forcément quelque chose là-dessous.

— Du genre ?

— Je ne sais pas. Mais souviens-toi, quand la police l'a retrouvé, Spencer avait un œil au beurre noir.

— Ils nous ont donné l'explication. Il a dû perdre connaissance et tomber la tête la première.

— Ou peut-être que quelqu'un l'a frappé.

Ron répondit d'une voix douce :

— Personne ne l'a frappé, Bets.

Elle ne dit rien. Le cillement empira. Les joues de Ron se mouillèrent de larmes. Elle tendit les bras vers lui, mais il s'écarta.

— Spencer a mélangé des comprimés avec de l'alcool. Tu comprends ça, Betsy ?

Elle garda le silence.

— Personne ne l'a forcé à voler la bouteille de vodka dans notre buffet. Personne ne l'a forcé à prendre les comprimés dans l'armoire à pharmacie. Là où je les avais laissés. Bien en vue. Nous le savons, n'est-ce pas ? Le flacon de comprimés qu'on m'avait prescrit. Que je faisais renouveler chaque fois, alors que j'aurais dû surmonter la douleur et apprendre à m'en passer.

— Ron, ce n'est pas…

— Pas quoi ? Tu crois que je ne m'en rends pas compte ?

— De quoi ?

Mais elle avait compris.

— Je ne te reproche rien, Ron, je te le jure.

— Bien sûr que si.

Elle secoua la tête. Mais Ron ne la regardait plus. Il s'était levé et avait déjà gagné la porte.

12

Nash était prêt à frapper.

Il attendait sur le parking du Palisades Mall, un centre commercial à l'américaine, gigantesque. D'accord, le Mall of America de Minneapolis était plus grand, mais celui-ci était plus récent, un méga-centre rempli de mégastores, rien à voir avec les jolies petites boutiques branchées des années quatre-vingt. Il y avait là des magasins à prix d'usine, d'immenses librairies, un cinéma IMAX, un multiplexe de quinze salles, un Best Buy – électronique et appareils ménagers –, un Staples – fournitures de bureau – et même une grande roue. Les allées étaient larges. C'était le royaume de la démesure.

Reba Cordova était allée à Target.

Elle avait garé son Acura MDX gris métallisé loin de l'entrée. En un sens tant mieux, mais c'était risqué quand même. Ils s'étaient mis à côté, sur sa gauche. Nash avait un plan. Pietra avait suivi Reba Cordova à l'intérieur. Lui aussi avait fait une rapide incursion à Target... pour effectuer un achat.

À présent, il attendait le texto de Pietra.

Il s'était posé la question de la moustache, mais non, ça n'irait pas ici. Il devait avoir l'air candide et confiant. Une moustache ça ne correspondait pas à ça. Une moustache, surtout en broussaille comme celle dont il s'était servi avec Marianne, dominait un visage. Si vous demandez un signalement, peu de témoins iront au-delà de la moustache. La plupart du temps, ça marchait donc plutôt bien.

Mais pas dans le cas présent.

Resté dans la camionnette, Nash se prépara. Il se coiffa en se regardant dans le rétro et se passa le rasoir électrique sur la figure.

Cassandra l'aimait bien rasé de près. Sa barbe avait tendance à pousser dru et à se transformer en râpe vers cinq heures de l'après-midi.

« S'il te plaît, beau gosse, rase-toi pour me faire plaisir, disait-elle avec ce coup d'œil oblique qui lui donnait le frisson. Comme ça, je te couvrirai le visage de baisers. »

Il repensa à sa voix, le cœur lourd. Il s'y était résigné depuis longtemps, à avoir le cœur lourd. La douleur, on vit avec. Cette plaie-là ne se refermera jamais.

Assis au volant, il regardait les gens aller et venir dans le parking. Ils étaient vivants et bien portants alors que sa Cassandra était morte. Sa beauté avait dû se putréfier, depuis le temps. C'était difficile à imaginer.

Son téléphone portable bourdonna. Un texto de Pietra :

À la caisse. Sort maintenant.

Il se frotta rapidement les yeux avec le pouce et l'index et descendit de la camionnette. Il ouvrit les portières arrière. Son acquisition – un siège-auto convertible cinq points Cosco Scenara, à quarante dollars, le moins cher du rayon – était sortie de son carton.

Nash jeta un œil par-dessus son épaule.

Reba Cordova poussait un Caddie rouge avec des sacs en plastique dedans. Elle avait l'air affairée et heureuse, comme tant d'autres brebis de banlieue. Ce bonheur affiché, il se demandait si c'était réel ou si cela tenait de l'autosuggestion. Elles avaient tout ce qu'elles voulaient. Une jolie maison, deux voitures, la sécurité financière, les enfants. Était-ce là tout ce qu'il fallait à une femme ? Et les hommes au bureau, qui leur avaient offert cette vie, partageaient-ils le même état d'esprit ?

Derrière Reba Cordova, il aperçut Pietra, à bonne distance. Nash balaya le parking du regard. Un gros bonhomme avec une tignasse de hippie, une barbe hirsute et un T-shirt délavé remonta son jean qui lui descendait sur les fesses et se dirigea vers l'entrée. Écœurant. Nash l'avait vu tourner avec sa Chevy Caprice pourrie à la recherche d'une place qui lui épargnerait dix secondes de marche à pied. Amérique l'obèse.

La porte latérale de la camionnette se trouvait juste en face de la portière gauche de l'Acura. Se penchant à l'intérieur, Nash se mit à tripoter le siège-auto. Le rétro côté conducteur lui permit de la voir arriver. Reba actionna la télécommande, et le hayon arrière s'ouvrit. Il attendit qu'elle s'approche.

— Zut ! lâcha-t-il.

Suffisamment fort pour que Reba l'entende, mais sur un ton plus amusé qu'agacé. Il se redressa, se gratta la tête d'un air perplexe. Puis il regarda Reba Cordova et sourit de la manière la plus innocente qui soit.

— Le siège-auto, lui dit-il.

Reba Cordova était une jolie femme avec un petit visage de poupée. Elle leva les yeux et lui adressa un signe de tête amical.

— Qui a rédigé cette notice d'installation, poursuivit-il, un ingénieur de la NASA ?

Reba sourit, compatissante :

— Aberrant, n'est-ce pas ?

— Tout à fait. L'autre jour, j'ai voulu monter le lit parapluie de Roger… Roger est mon fils de deux ans. Vous en avez un ? Un lit parapluie, j'entends ?

— Oui, bien sûr.

— C'est censé être facile à plier et à ranger, mais Cassandra – ma femme – dit que je suis nul.

— Comme mon mari.

Il rit. Elle rit. Elle avait un rire charmant. Nash se demanda si le mari de Reba aimait son rire, si c'était quelqu'un de drôle qui faisait rire sa femme au visage de poupée, et s'il lui arrivait encore de s'interrompre juste pour le plaisir de l'écouter.

— Ça m'ennuie de vous importuner, fit-il, toujours aussi bon enfant, en écartant les mains, mais je dois aller chercher Roger à la garderie et... bref, Cassandra et moi, on est très à cheval sur la sécurité.

— Moi aussi.

— Du coup, pas question d'aller le chercher sans un siège-auto, et j'ai oublié de prendre le nôtre dans la voiture. Alors je me suis arrêté ici pour en racheter un... Vous savez ce que c'est ?

— Oui, je sais.

Nash brandit le mode d'emploi en secouant la tête.

— Ça ne vous dérange pas de jeter un coup d'œil ?

Reba hésita. Il s'en rendit compte. Une réaction primaire, voire même un réflexe. Après tout, elle ne le connaissait pas. La biologie et la société nous ont enseigné de nous méfier des inconnus. Mais au cours de l'évolution nous avons aussi appris les bonnes manières. Ils étaient sur un parking public, il avait l'air gentil, père de famille et tout, il avait un siège-auto... Ç'aurait été grossier de refuser, non ?

Il lui fallut quelques secondes pour faire le tour de la question, et, pour finir, la politesse l'emporta sur l'instinct de survie.

Comme presque toujours.

— Bien sûr.

Elle déposa ses emplettes à l'arrière de sa voiture et s'approcha. Nash se pencha dans la camionnette.

— À mon avis, c'est juste cette bretelle, là...

Reba le rejoignit. Il se releva pour lui faire de la place. Regarda alentour. Le gros avec la barbe à la Jerry Garcia et le T-shirt délavé se dirigeait toujours d'un pas traînant vers l'entrée, mais celui-là, en dehors de la bouffe, rien ne devait l'intéresser. Parfois, le mieux est de se cacher au grand jour. Ne pas paniquer, ne pas se précipiter, ne pas faire d'histoires.

Reba Cordova se pencha en avant, signant ainsi son arrêt de mort.

Nash contempla sa nuque offerte. Ce fut l'affaire d'un instant. D'une main, il pressa un point derrière le lobe de l'oreille, de l'autre il couvrit sa bouche. Cela suffit pour couper l'arrivée du sang au cerveau.

Elle gigota faiblement, mais ce fut bref. Il accentua la pression, et Reba Cordova s'immobilisa. Il la poussa dans la camionnette, grimpa derrière elle, ferma la porte. Pietra rabattit le hayon de l'Acura. Nash prit les clés dans la main de Reba, verrouilla les portières à l'aide de la télécommande. Pietra s'installa au volant de la camionnette.

Elle mit le moteur en marche.

— Minute, dit Nash.

Pietra se retourna.

— On doit faire vite, non ?

— Du calme.

Il réfléchit un instant.

— Qu'est-ce qu'il y a ?

— Je vais conduire la camionnette, déclara-t-il. Toi, tu prendras sa voiture.

— Quoi ? Pourquoi ?

— Parce que, si on la laisse ici, ils vont comprendre que c'est là qu'on l'a chopée. Si on déplace la voiture, on réussira peut-être à les embrouiller.

Il lui jeta les clés. Puis il attacha Reba avec des menottes en plastique, lui enfonça un chiffon dans la bouche. Elle se débattit.

Il prit son joli et délicat visage dans ses mains, comme s'il allait l'embrasser.

— Si tu te sauves, dit-il en plongeant le regard dans ses yeux de poupée, je m'en prendrai à Jamie. Et ça va faire mal. C'est clair ?

Entendre dans sa bouche le prénom de son enfant parut la tétaniser.

Nash alla s'asseoir sur le siège avant. À Pietra il dit :

— Suis-moi. Conduis normalement.

Et ils se mirent en route.

Mike prit son iPod pour essayer de se détendre. À part le hockey, il n'avait pas d'autre exutoire. Aucun autre véritable moyen de détente. Il aimait sa famille, il aimait son métier, il aimait jouer au hockey. Il ne jouerait plus longtemps au hockey. Il vieillissait. C'était dur à admettre. Une bonne partie de son temps de travail, il le passait debout au bloc opératoire, pendant des heures et des heures. Autrefois, le hockey l'avait aidé à garder la forme. C'était toujours bon pour le cœur, sûrement, mais son corps accusait le coup. Il avait mal aux articulations. Sans compter les élongations et les claquages musculaires, de plus en plus fréquents, de plus en plus longs à cicatriser.

Pour la première fois, Mike avait l'impression d'avoir entamé la descente sur les montagnes russes de la vie... les neuf derniers trous du parcours, comme disaient ses amis golfeurs. Vous devez connaître cette sensation. Quand on arrive à trente-cinq ou quarante ans, on sait quelque part que, physiquement, on n'est plus ce qu'on était. Mais si le déni est assez fort, il permet de repousser l'échéance. Aujourd'hui, à l'âge tendre de quarante-six ans, il comprenait qu'il aurait beau faire, non seulement il n'arrêterait pas la descente, mais elle irait en s'accélérant.

Joyeuse perspective.

Les minutes passaient lentement. Mike ne se donnait plus la peine de rappeler Adam sur son portable. Il aurait reçu ses messages ou pas. Sur son iPod, Mat Kearney était en train de poser la question de circonstance : « Où va-t-on aller maintenant ? » Il s'efforça de fermer les yeux, de se perdre dans la musique, mais ça ne marchait pas. Il fit les cent pas. C'était tout aussi inefficace. Il pensa prendre la voiture pour faire le tour du pâté de maisons, mais cela semblait stupide. Il lorgna sa crosse de hockey. Peut-être que tirer dans le filet dehors lui ferait du bien.

Son téléphone sonna. Il l'attrapa sans vérifier qui appelait.

— Allô ?

— Du nouveau ?

C'était Mo.

— J'arrive.

— Va au match.

— Nan.

— Mo…

— Je donnerai les places à un copain.

— Tu n'as pas de copains.

— C'est vrai, dit Mo.

— Écoute, laissons-lui une demi-heure de plus. Tu n'as qu'à déposer les billets au contrôle.

Mo ne répondit pas.

— Mo ?

— Tu tiens absolument à le retrouver ?

— Comment ça ?

— Tu te souviens, je t'ai demandé de jeter un œil sur ton téléphone portable ?

— Oui.

— Ton modèle est équipé d'une puce GPS.

— Je ne te suis pas très bien.

— GPS. Ça veut dire Global Positioning System.

— Je sais ce que ça veut dire, Mo. Quel rapport avec mon portable ?

— Beaucoup de ces nouveaux appareils ont une puce GPS intégrée.

— Comme à la télé, quand on fait une triangulation avec des antennes relais ?

— Non. Ça, c'est à la télé. Et c'est une vieille technologie. Cela a commencé il y a quelques années avec la balise de télédétection SIDSA. C'était surtout destiné aux malades d'Alzheimer. C'était gros comme un paquet de cartes à jouer ; tu la mettais dans la poche du patient, et ça permettait de le localiser, si jamais il se perdait. Puis on a fait la même chose avec les téléphones mobiles des enfants. Aujourd'hui, les fabricants de téléphones mobiles en équipent pratiquement tous leurs modèles.

— Adam a une puce GPS sur son portable ?

— Oui, et toi aussi. Je peux te donner l'adresse du site web. Tu ouvres un compte payant, tu cliques et tu verras un plan comme sur n'importe quelle balise GPS – ou comme sur MapQuest – avec les noms des rues et tout. Tu pourras suivre son téléphone à la trace.

Mike se taisait.

— Tu as entendu ce que j'ai dit ?

— Oui.

— Et ?

— J'y vais.

Il raccrocha. Puis il alla sur Internet et trouva l'adresse de son opérateur. Il entra son numéro de téléphone, tapa un mot de passe. Le programme GPS offrait une tripotée d'options. Un mois d'abonnement pour 49,99 dollars, six mois pour 129,99 ou une année entière pour 199,99. Bêtement, Mike entreprit de faire le calcul pour savoir ce qui serait le mieux, ce qui reviendrait le moins cher ; puis il secoua la tête et sélectionna l'abonnement mensuel. Il se voyait mal faire ça pendant toute une année, même si c'était plus intéressant du point de vue financier.

Encore quelques minutes pour obtenir l'autorisation, et une nouvelle liste d'options apparut. Mike cliqua sur le plan. La carte des États-Unis s'afficha, avec un point dans son État natal du New Jersey. Super, avec ça il irait loin ! Il cliqua sur « Zoom » et lentement, de manière quasi cinématographique, le plan s'élargit : d'abord la région, puis l'État, la localité et, finalement, la rue.

La balise GPS marquait d'un gros point rouge une rue pas très loin de la maison. Dans une fenêtre, on pouvait lire : « L'adresse la plus proche ». Mike cliqua dessus, même si ce n'était pas utile. L'adresse, il la connaissait déjà.

Adam était chez les Huff.

13

Vingt et une heures. La nuit était tombée sur la maison des Huff.

Mike s'arrêta le long du trottoir d'en face. Il y avait de la lumière à l'intérieur. Et deux véhicules dans l'allée. Il réfléchit à la meilleure façon de procéder. Sans sortir de la voiture, il réessaya le téléphone d'Adam. Pas de réponse. Le numéro des Huff était sur liste rouge, sans doute parce que Daniel Huff était flic. Et il n'avait pas le numéro du portable du fils, DJ.

En fait, il n'avait pas vraiment le choix.

Mais comment expliquer sa présence ici sans dévoiler son jeu ? Il ne voyait pas de solution.

Alors que faire ?

Il pouvait toujours rentrer à la maison. Son fils était mineur. L'alcool était dangereux, certes, mais Mike n'avait-il pas bu quelques fois quand il était jeune ? Il y avait eu des bière parties dans les bois.

Des vodka parties chez les Greenhall. Lui et ses copains n'étaient pas trop branchés dope, mais il avait fréquenté la maison de son pote Weed – avis aux parents, si votre gosse est surnommé Weed, cela n'a pas grand-chose à voir avec le jardinage[1] – en l'absence des siens.

Mike s'en était sorti. Serait-il devenu un adulte plus équilibré si ses parents s'étaient pareillement mêlés de sa vie ?

Il regarda la porte. Peut-être qu'il devrait attendre, tout simplement. Laisser Adam boire, faire la fête et, lorsqu'il sortirait, s'assurer que tout allait bien. Comme ça, il ne le mettrait pas dans l'embarras, ne perdrait pas sa confiance.

Quelle confiance ?

Adam avait laissé sa petite sœur toute seule. Adam ne l'avait pas rappelé. Pire – côté Mike –, il l'espionnait déjà. Tia et lui surveillaient son ordinateur. Si ça, ce n'était pas de l'ingérence !

Il se rappela la chanson de Ben Folds : « Si tu ne fais pas confiance, on ne te fera pas confiance non plus. »

Il en était toujours à se creuser les méninges quand la porte d'entrée des Huff s'ouvrit. Mike glissa sur son siège, ce qui était franchement débile. Mais ce n'était pas un ado qui sortit de la maison. C'était le capitaine Daniel Huff de la police municipale de Livingston.

Le père censé ne pas être là.

---

1. En anglais, *weed* signifie mauvaise herbe, mais aussi cannabis. *(N.d.T.)*

Mike ne savait trop que penser. Mais cela n'avait pas d'importance. Daniel Huff marchait droit vers lui. Sans l'ombre d'une hésitation. Huff avait un but.

La voiture de Mike.

Mike se redressa. Daniel Huff croisa son regard. Il ne sourit pas, ne le salua pas ; il ne fronça pas les sourcils, ni ne prit un air inquiet. Peut-être était-ce parce que Mike connaissait son métier, mais il eut l'impression d'avoir affaire à un flic qui le contrôlait, la mine impassible, pour lui annoncer qu'il avait fait un excès de vitesse ou pour fouiller le coffre de sa voiture à la recherche de drogue.

Lorsqu'il fut suffisamment près, Mike baissa sa vitre et se força à sourire.

— Salut, Dan.

— Mike.

— Je roulais trop vite, monsieur l'agent ?

Sa pauvre plaisanterie arracha un sourire crispé à Huff. Il se posta devant la voiture.

— Permis et papiers du véhicule, s'il vous plaît.

Ils s'esclaffèrent, même si ni l'un ni l'autre ne trouvait ça drôle. Huff posa ses mains sur ses hanches. Mike chercha quelque chose à dire. Il sentait bien que Huff attendait une explication. Sauf qu'il n'était pas sûr de vouloir lui en donner.

Après qu'ils eurent fini de ricaner, et après quelques secondes de silence gêné, Daniel Huff prit le taureau par les cornes.

— Je vous ai vu garé là, Mike.

Il s'interrompit. Mike dit :

— Mmmoui.

— Tout va bien ?

— Mais oui.

Mike s'efforça de ravaler son agacement. Tu es flic, et alors ? Seul quelqu'un qui se prend pour Dieu sait quoi apostrophe ainsi un ami dans la rue. D'un autre côté, on peut trouver bizarre qu'un type qu'on connaît soit en planque devant votre domicile.

— Vous voulez entrer ?

— Je cherche Adam.

— C'est pour ça que vous êtes garé ici ?

— Oui.

— Pourquoi n'êtes-vous pas venu frapper à la porte ?

On aurait dit Columbo.

— Je voulais donner un coup de fil d'abord.

— Je ne vous ai pas vu téléphoner.

— Depuis combien de temps m'observez-vous, Dan ?

— Quelques minutes.

— J'ai un haut-parleur. Vous savez. Un kit mains libres. C'est la loi, non ?

— Pas quand on est à l'arrêt. Vous pouvez parler au téléphone en le tenant à la main dans un véhicule en stationnement.

Mike commençait à en avoir assez de tourner autour du pot.

— Adam est là, dans la chambre de DJ ?

— Non.

— Vous en êtes sûr ?

Huff fronça les sourcils. Mike profita de la pause pour se jeter à l'eau.

— Je pensais que les garçons s'étaient donné rendez-vous ici, ce soir.

— Qu'est-ce qui vous fait croire ça ?

— Un message que j'ai eu. Comme quoi vous et Marge deviez vous absenter, et eux se retrouver chez vous.

Le froncement de sourcils s'accentua.

— Moi, m'absenter ?

— Pour le week-end. Quelque chose comme ça.

— Et vous imaginez que j'aurais laissé la maison à des adolescents, sans aucune surveillance ?

Ça se présentait mal.

— Pourquoi ne pas appeler Adam, tout simplement ?

— Je l'ai fait. Son téléphone n'a pas l'air de marcher. Il oublie tout le temps de le charger.

— Vous vous êtes donc déplacé jusqu'ici ?

— C'est ça.

— Et vous êtes resté dans la voiture plutôt que de venir frapper à la porte ?

— Écoutez, Dan, je sais bien que vous êtes flic et tout, mais lâchez-moi, voulez-vous ? Je ne fais que chercher mon fils.

— Il n'est pas ici.

— Et DJ ? Il sait peut-être où est Adam.

— Il n'est pas là non plus.

Il attendait que Huff lui propose de téléphoner à son fils. Mais l'autre n'en fit rien. Mike n'insista pas. C'était allé assez loin comme ça. S'il devait y avoir une fête avec drogue et alcool chez les Huff, elle avait été annulée. Il ne tenait pas à prolonger la discussion avant d'en savoir plus lui-même. Huff, il ne le portait guère dans son cœur, et ce soir-là moins que jamais.

Mais alors, comment expliquer ce qu'avait indiqué la balise GPS ?

— Ça m'a fait plaisir de vous voir, Dan.

— Moi de même, Mike.

— Si vous avez des nouvelles d'Adam…

— Je ferai en sorte qu'il vous appelle. Passez une très bonne soirée. Et soyez prudent sur la route.

— « Moustaches sur des chatons », dit Nash.

Pietra avait repris sa place au volant de la camionnette. Elle l'avait suivi pendant environ trois quarts d'heure. Ils avaient abandonné l'Acura sur le parking d'un Ramada à East Hanover. Lorsqu'on l'aurait retrouvée, on en déduirait automatiquement que c'était là que Reba avait disparu. La police se demanderait ce que faisait une femme mariée dans un hôtel proche de son domicile. On pourrait imaginer qu'elle avait un amant. Le mari protesterait que c'était impossible.

Finalement, comme avec Marianne, tout s'éclaircirait. Mais cela prendrait du temps.

Ils avaient emporté les emplettes que Reba avait faites à Target. Les laisser dans le coffre aurait pu mettre la police sur la bonne piste. Nash fouilla dans les sacs. Elle avait acheté du linge, des livres et même quelques bons vieux films des familles en DVD.

— Tu as entendu ce que j'ai dit, Reba ?

Nash leva le boîtier du DVD.

— « Moustaches sur des chatons ».

Reba avait les pieds et les poings attachés. Ses traits de poupée étaient toujours aussi délicats, comme de la porcelaine. Nash avait ôté le bâillon. Elle le regarda et gémit.

— Ne gigote pas, dit-il. Ce sera encore pire. Et tu vas déguster suffisamment tout à l'heure.

Reba déglutit.

— Que… Qu'est-ce que vous voulez ?

— Je te parle du film que tu as acheté.

Il agita le boîtier.

— *La Mélodie du bonheur.* Un classique.

— Qui êtes-vous ?

— Encore une question, et je vais te faire mal. Tu souffriras davantage et mourras plus vite. Et si tu continues à m'énerver, je choperai Jamie et lui ferai la même chose. C'est compris ?

Les petits yeux clignèrent comme s'il l'avait giflée. Ils s'emplirent de larmes.

— S'il vous plaît…

— Tu te souviens de *La Mélodie du bonheur*, oui ou non ?

Elle essaya de se calmer, de ravaler ses larmes.

— Reba ?

— Oui.

— Oui quoi ?

— Oui, souffla-t-elle. Je m'en souviens.

Nash lui sourit.

— Et ces paroles, « Moustaches sur des chatons ». Tu t'en souviens ?

— Oui.

— Quelle chanson était-ce ?

— Comment ?

— La chanson. Tu te rappelles le titre de la chanson ?

— Non.

— Mais si, tu la connais, Reba. Cherche un peu.

Elle obéit, mais on sentait bien que la peur la paralysait.

— Tu es déboussolée, dit Nash. Ça ne fait rien. C'est dans la chanson *My Favorite Things*. Ça te revient maintenant ?

Elle hocha la tête. Puis, se souvenant :

— Oui.

Nash sourit, ravi.

— Les sonnettes.

Elle avait l'air complètement perdue.

— Rappelle-toi. Julie Andrews au milieu de tous ces enfants qui font des cauchemars ou qui ont peur de l'orage, et pour les réconforter, elle leur demande de penser aux choses qu'ils préfèrent. Pour leur faire oublier la peur. Tu t'en souviens ?

Reba s'était remise à pleurer, mais elle parvint à hocher la tête.

— Et ils chantent : « Les sonnettes. » Les sonnettes des portes, tu crois ça ? Je pourrais demander à un million de personnes de me citer les cinq choses qu'elles aiment le plus au monde, et pas une seule – *pas une !* – ne répondrait : « Les sonnettes. » Non mais, imagine un peu : « *Ce que je préfère ? / Les sonnettes des portes, pardi. / Eh oui, mon bon monsieur, c'est mon plus grand bonheur. / Une connerie de sonnette. / C'est vrai, quoi, quand j'ai envie de m'éclater, je sonne à une porte. / Le pied ! / Vous savez ce qui me fait kiffer ? / Les sonnettes qui font un bruit de carillon. / Alors là, je ne me sens plus*. »

Nash s'interrompit, s'esclaffa, secoua la tête.

— Je vois ça d'ici dans *Family Feud*[1]. Les dix premières réponses au tableau – les choses que vous préférez –, et tu dis : « Les sonnettes. » Richard Dawson pointe le doigt : « D'après les sondages… »

Nash émit un son bourdonnant et forma un X avec les bras.

Il rit. Pietra rit aussi.

— S'il vous plaît, fit Reba. S'il vous plaît, dites-moi ce que vous voulez de moi.

— On va y venir, Reba. On va y venir. Allez, je te donne un indice.

Elle attendait.

— Le nom de Marianne, ça ne te dit rien ?

— Quoi ?

— Marianne.

— Qu'est-ce qu'elle a ?

— Elle t'a envoyé quelque chose.

Sa terreur décupla.

— S'il vous plaît, ne me faites pas de mal.

— Désolé, Reba, mais c'est ce que je vais faire. Je vais te faire très mal.

Et, se faufilant à l'arrière de la camionnette, il joignit le geste à la parole.

---

1. Version américaine du jeu télévisé Une famille en or, qui oppose deux familles censées donner les réponses les plus proches de l'avis de la majorité, recueilli au moyen de sondages. *(N.d.T.)*

14

De retour chez lui, Mike claqua la porte et alla droit à l'ordinateur. Il voulait consulter le site GPS pour voir où était Adam. Il se posait des questions. Le GPS n'est pas d'une précision absolue. Adam aurait-il pu se trouver dans le voisinage ? Un pâté de maisons plus loin ? Dans les bois d'à côté ou dans le jardin des Huff ?

Au moment où il allait accéder au site, il entendit frapper à la porte. Il se leva en soupirant, regarda par la fenêtre. C'était Susan Loriman.

Il descendit ouvrir. Elle avait lâché ses cheveux et ne portait aucune trace de maquillage. Une fois de plus, il s'en voulut de la trouver attirante. Il y a des femmes comme ça. Impossible de dire exactement à quoi ça tient. Elles peuvent être bien faites, avoir un joli visage, mais il y a surtout cet impalpable je ne sais quoi qui fait craquer tous les hommes. Mike n'avait pas l'intention de céder à cette attirance, mais ne pas l'admettre ou feindre de l'ignorer risquait de la rendre plus dangereuse encore.

— Bonsoir, dit-elle.

— Bonsoir.

Elle n'entra pas. Si un voisin la voyait, cela ne manquerait pas de faire jaser, or, dans un quartier comme le leur, il y avait forcément quelqu'un qui la voyait. Elle resta sur le perron, bras croisés, une voisine venue chercher un peu de sucre.

— Savez-vous pourquoi je vous ai appelée ? demanda-t-il.

Susan secoua la tête.

Il ne savait pas trop comment s'y prendre.

— Comme on l'a déjà évoqué ensemble, nous avons besoin de tester les proches parents de votre fils.

— OK.

Mike pensa à Daniel Huff qui l'avait congédié, à l'ordinateur là-haut, à la puce GPS dans le téléphone de son fils. Il aurait voulu le lui annoncer avec ménagement, mais le moment était mal choisi.

— Autrement dit, nous devons tester le père biologique de Lucas.

Elle cilla comme s'il l'avait frappée.

— Je ne tenais pas à vous l'assener de but en blanc…

— Mais vous avez testé son père. Vous avez dit qu'il n'était pas compatible.

Mike la regarda.

— Son père *biologique*.

Elle recula d'un pas.

— Susan ?

— Ce n'est pas Dante ?

— Non. Ce n'est pas Dante.

Susan Loriman ferma les yeux.

— Oh, mon Dieu. Ce n'est pas possible.

— Eh si.

— Vous en êtes sûr ?

— Oui. Vous l'ignoriez ?

Elle garda le silence.

— Susan ?

— Vous allez le dire à Dante ?

Mike hésita avant de répondre.

— Je ne le crois pas.

— Vous ne le croyez pas ?

— Nous en sommes encore à étudier tous les aspects éthiques et juridiques…

— Vous ne pouvez pas faire ça. Ça le rendrait fou.

Mike retint ce qu'il allait dire.

— Il adore ce garçon. Vous ne pouvez pas lui enlever ça.

— Notre principal souci est le bien-être de Lucas.

— Et d'après vous, le fait de dire à Dante qu'il n'est pas son vrai père va l'aider ?

— Non, mais écoutez-moi, Susan. Notre objectif, c'est la santé de Lucas. Objectif numéro un, deux et trois. Qui prime toutes les autres considérations. En l'occurrence, cela signifie trouver le meilleur donneur possible pour la transplantation. Je ne soulève pas ce problème pour me mêler de ce qui ne me regarde pas ni pour détruire une famille. Je le soulève en tant que médecin en charge du dossier médical de votre fils. Nous devons tester son père biologique.

Elle baissa la tête. Les yeux humides, elle se mordillait la lèvre inférieure.

— Susan ?

— Il faut que je réfléchisse.

En temps ordinaire, il aurait insisté, mais là rien ne pressait, et il avait ses propres soucis.

Elle le regarda tristement.

— Ne le dites pas à Dante. S'il vous plaît, Mike.

Sans attendre sa réponse, elle tourna les talons. Mike referma la porte et remonta dans son bureau. Ces deux semaines s'annonçaient chaudes pour elle. « *Susan Loriman, votre fils est atteint d'une grave maladie, il a besoin d'une greffe. Oh, et au fait, votre mari est sur le point de découvrir que cet enfant n'est pas de lui. Et maintenant ? On va à Disneyland !* »

Un silence de mort régnait dans la maison. Mike en avait perdu l'habitude. Depuis combien de temps il ne lui était pas arrivé de se retrouver seul… sans Tia, sans les gosses ? Il l'ignorait. Il aimait bien avoir des moments à lui. Tia, c'était le contraire. Elle tenait à ce qu'il y ait toujours du monde autour d'elle. Issue d'une famille nombreuse, elle détestait être seule. Et Mike, normalement, s'en réjouissait.

Il se rassit devant l'ordinateur et cliqua sur l'icone. Il avait enregistré le site GPS dans ses favoris. Un cookie avait sauvegardé son identifiant, mais il fallait entrer le mot de passe. Ce qu'il fit. Une voix intérieure lui criait de laisser tomber.

Adam devait vivre sa vie, tirer les leçons de ses erreurs.

Surprotégeait-il son fils pour compenser sa propre enfance ?

Le père de Mike n'était jamais là. Ce n'était pas sa faute. Il avait fui sa Hongrie natale juste avant la chute de Budapest en 1956. Antal Baye – comme *baille*, un nom d'origine française, même si personne n'était remonté aussi loin dans la généalogie – ne parlait pas un mot d'anglais quand il avait débarqué à Ellis Island. Il débuta comme plongeur et réussit à économiser suffisamment pour acheter un petit café à la sortie de MacCarter Highway à Newark. Il travaillait sept jours sur sept pour subvenir à ses besoins et à ceux de sa famille.

Le café servait trois repas par jour, vendait des bandes dessinées, des cartes de base-ball, des journaux et des magazines, des cigares et des cigarettes. Le Loto marchait bien aussi, même si Antal n'aimait pas ça. Il avait l'impression de ne pas rendre service à sa clientèle en les laissant jeter leur argent durement gagné par les fenêtres, pour un rêve de pacotille. Vendre des cigarettes, c'était autre chose : on achetait son paquet en connaissance de cause. Mais vendre l'illusion de l'argent facile, ça le gênait.

Son père n'avait jamais le temps d'assister aux matchs de hockey de Mike. C'était un principe de base. Quelqu'un comme lui ne pouvait pas se le permettre. Il s'intéressait à tout ce que faisait son fils, posait des tas de questions, voulait connaître les moindres détails, mais son emploi du temps ne lui laissait aucun loisir, et encore moins celui de s'asseoir et de regarder un match de hockey. La seule et unique fois où il était venu, Mike avait neuf ans, il était tellement épuisé par son travail qu'il s'était endormi contre un arbre. Même ce jour-là, Antal portait son tablier blanc que les sandwichs au bacon avaient maculé de graisse.

Mike avait toujours vu son père avec ce tablier blanc, derrière le comptoir, vendant des friandises aux mômes, guettant les voleurs à la tire et préparant des sandwichs et des hamburgers.

Quand Mike eut douze ans, son père tenta d'empêcher un voyou de commettre un vol. L'homme avait tiré et l'avait tué. Sur le coup.

Le café fit faillite. Sa mère se raccrocha à la bouteille et ne la lâcha plus, jusqu'à ce qu'un Alzheimer précoce brouille définitivement la donne. Aujourd'hui, elle vivait dans une maison de retraite à Caldwell. Mike allait la voir une fois par mois. Sa mère ne savait pas qui il était. Quelquefois, elle l'appelait Antal et lui proposait de préparer une salade de pommes de terre pour le coup de feu de midi.

C'était ça, la vie. Faire des choix difficiles, quitter son foyer et tout ce qu'on aime, abandonner tous ses biens, traverser l'océan pour gagner une terre étrangère, fonder une famille… et, un jour, une racaille y mettait fin en appuyant sur la détente d'un revolver.

Cette rage-là fournit un but au jeune Mike. Il devint meilleur joueur de hockey. Il devint meilleur élève. Il travaillait dur et avait des tas d'activités car, quand on s'occupe, on n'a pas le temps de penser à ce qu'on a perdu.

Le plan apparut à l'écran. Cette fois-ci, le point rouge clignotait. Cela signifiait – Mike avait un peu étudié la question – que la personne était en train de se déplacer, probablement dans un véhicule. Sur le site web, on disait que les balises GPS épuisaient très vite la batterie. Pour économiser l'énergie, plutôt que d'envoyer un signal continu, elles émettaient une impulsion toutes les trois minutes. Si le sujet s'arrêtait pendant plus de cinq minutes, le GPS s'éteignait et ne se rallumait que lorsqu'il détectait du mouvement.

Son fils était en train de traverser le pont George Washington.

Pour quoi faire ?

Mike attendit. À l'évidence, Adam se trouvait dans une voiture. Avec qui ? Il regarda le point rouge franchir la voie rapide, descendre la Major Deegan et s'engager dans le Bronx. Où allait-il ? Cela n'avait aucun sens. Vingt minutes plus tard, le point rouge parut s'arrêter dans Tower Street. Un coin que Mike ne connaissait pas du tout.

Que faire ?

Rester là à surveiller le point rouge ? Ça n'avait pas grand intérêt. Il pouvait toujours partir à la recherche d'Adam, mais si, entre-temps, son fils se déplaçait à nouveau ?

Mike contempla fixement le point rouge.

Il cliqua sur l'icone de l'adresse. 128, Tower Street. C'était un immeuble d'habitation. Il demanda la photo satellite de la rue. On n'y voyait pas grand-chose… des toits d'immeubles en pleine zone urbaine. Il suivit la rue, cliqua sur l'adresse. Rien de plus.

Chez qui allait-il ?

Mike rechercha le numéro de téléphone du 128, Tower Street. Mais comme c'était un immeuble composé de plusieurs logements, il n'obtint pas de réponse. Il lui fallait le numéro de l'appartement.

Et maintenant ?

Il alla sur MapQuest. L'adresse de départ se nommait par défaut MAISON. Un mot tout simple, soudain empreint de chaleur, d'intimité. D'après la feuille de route, le trajet durait quarante-neuf minutes.

Mike résolut d'aller voir sur place.

Il prit son ordinateur portable avec wifi intégré. Comme ça, si Adam n'était plus à l'adresse indiquée, il chercherait un endroit où capter un réseau disponible pour repérer sa nouvelle position par GPS.

Deux minutes plus tard, Mike montait dans sa voiture et mettait le moteur en marche.

15

Arrivé dans Tower Street, pas loin du 128, Mike scruta la rue à la recherche de son fils, d'un visage ou d'un véhicule familiers. Est-ce que l'un d'eux avait son permis de conduire ? Olivia Burchell, pensa-t-il. Avait-elle fêté ses dix-sept ans ? Il n'en était pas sûr. Il voulut consulter le GPS pour voir si Adam était toujours dans les parages. Il se gara, alluma son ordinateur. Lequel ne détecta aucun réseau sans fil.

Tout autour de lui, les trottoirs grouillaient de jeunes gens au teint blême, vêtus de noir, yeux et lèvres peints en noir aussi. Ils arboraient des chaînes et d'étranges piercings faciaux (et probablement corporels aussi), sans oublier l'incontournable tatouage, la meilleure façon de montrer qu'on est indépendant et rebelle en faisant tout ce que font vos amis. Personne n'est à l'aise dans sa propre peau. Les gosses de pauvres veulent avoir l'air riches, avec leurs baskets de marque et tout le bling-bling. Les riches veulent ressembler aux pauvres, dans le genre bad boy, pour racheter leur mollasserie et ce qu'ils considèrent comme les excès de leurs parents et qu'ils ne manqueront pas de reproduire un jour ou l'autre. Ou bien la réalité était-elle plus nuancée que ça ? Peut-être que l'herbe était tout simplement plus verte chez le voisin ? Allez savoir.

Quoi qu'il en soit, Mike était content qu'Adam se borne à s'habiller en noir. Sans tatouages, ni maquillage ni piercings. Pour l'instant.

Les « emos » – qu'on n'appelait plus « goths » à en croire Jill, même si son amie Yasmin affirmait qu'il s'agissait de deux entités différentes, ce qui donnait lieu à des débats animés – constituaient le gros de la troupe. Ils traînaient dans la rue, bouche ouverte, œil vitreux et posture avachie. Certains faisaient la queue à l'entrée d'une boîte de nuit ; d'autres s'engouffraient dans les bars. Il y avait une enseigne « Gogo non-stop, 24h/24 ». Mike se demanda si c'était vrai, s'il y avait réellement des danseuses tous les jours, y compris à quatre heures du matin ou à deux heures de l'après-midi. Même le matin de Noël et le 4 juillet ? Et qui étaient les pauvres bougres qui travaillaient dans un endroit pareil ou qui le fréquentaient en ce moment même ?

Se pourrait-il qu'Adam s'y trouve ?

Impossible de savoir. Des boîtes comme celle-ci, il y en avait des dizaines. Des videurs baraqués avec une oreillette – qu'on verrait davantage dans les services secrets ou les boutiques Old Navy –

montaient la garde à la porte. Autrefois, seules quelques boîtes employaient des videurs. Aujourd'hui, chacune, semblait-il, avait au moins deux armoires à glace – T-shirt noir et moulant révélant biceps gonflés et crâne rasé, comme si les cheveux étaient un signe de faiblesse – à son service.

Adam avait seize ans. Normalement, l'entrée de ces établissements était interdite aux jeunes de moins de vingt et un ans. Même avec de faux papiers, il avait peu de chances d'y pénétrer. D'un autre côté, qui sait ? Peut-être qu'il y avait là une boîte réputée pour fermer les yeux. Cela expliquerait pourquoi Adam et ses copains auraient fait tout ce chemin pour venir jusqu'ici. Le Satin Dolls, le fameux « club pour hommes » devenu le Bada-Bing dans *Les Soprano*, se trouvait à quelques encablures de chez eux. Mais Adam n'avait aucune chance d'y rentrer.

C'était sûrement la raison de sa présence ici.

Mike longea la rue avec l'ordinateur portable sur le siège à côté de lui. S'arrêtant au carrefour, il cliqua sur « Recherche de réseaux sans fil ». Il y en avait deux, mais tous deux étaient sécurisés. Pas moyen de se connecter. Il roula sur cent mètres, essaya à nouveau. À la troisième tentative, la chance lui sourit. Le réseau Netgear apparut, sans aucune protection. Mike s'empressa de cliquer sur « Connexion » et se retrouva sur Internet.

Il avait déjà enregistré la page d'accueil du site GPS dans ses favoris et lui avait demandé de sauvegarder son identifiant. Il n'eut plus qu'à taper le simple mot de passe – ADAM – et à attendre.

Le plan s'afficha. Le point rouge n'avait pas bougé. Le GPS indiquait la position à dix mètres près, donc, sans pouvoir le localiser avec exactitude, Mike savait qu'Adam n'était pas loin. Il éteignit l'ordinateur.

Oui, bon, et après ?

Il trouva une place de stationnement et gara la voiture. Le quartier, histoire de faire dans la litote, pouvait être décrit comme glauque. Il y avait plus de fenêtres condamnées que de vitres à proprement parler. Les murs de brique couleur de boue avaient tous atteint un certain stade d'effritement, voire d'écroulement. Des relents de sueur et d'autre chose de plus indéfinissable flottaient dans l'air. Les commerces avaient tous baissé leurs rideaux de fer barbouillés de tags. Mike sentait son haleine lui brûler la gorge. Tout le monde avait l'air de transpirer.

Les femmes portaient de petits hauts à fines bretelles et des shorts minuscules ; au risque de paraître désespérément vieux jeu et politiquement incorrect, il se demanda si c'étaient juste de jeunes clubbeuses ou bien des professionnelles.

Il descendit de la voiture. Une grande Black l'alpagua :

— Hey, Joe, tu viens faire la fête avec Latisha ?

Elle avait une voix grave. De grosses mains. Mike eut un doute quant au genre du pronom qu'il devait employer pour cette personne.

— Non merci.

— Sûr ? Ça t'ouvrirait de nouveaux horizons.

— Je ne le conteste pas, mais mes horizons sont assez ouverts comme ça.

Des affiches de groupes dont personne n'avait entendu parler, avec des noms comme Pap Smear[1] ou Gonorrhea Pus, tapissaient tous les espaces libres. Sur un perron, une mère avait juché son bébé sur sa hanche ; une ampoule nue se balançait derrière elle. Mike avisa un parking de fortune dans une ruelle désaffectée. L'écriteau disait : « 10 dollars la nuit ». Un Latino vêtu d'un marcel et d'un short effrangé était en train de compter l'argent à l'entrée de la ruelle. Il regarda Mike et dit :

— Tu veux quelque chose, mon frère ?

— Non, rien.

Mike poursuivit sa route. Il trouva l'adresse indiquée par le GPS. C'était un immeuble sans ascenseur coincé entre deux boîtes de nuit bruyantes. Il jeta un œil à l'intérieur et vit un interphone avec une dizaine de boutons. Aucun nom – juste des lettres et des numéros.

Bien, et maintenant ?

Il pourrait toujours attendre Adam ici. Mais à quoi bon ? À dix heures du soir, les boîtes ouvraient à peine. Si son fils était venu ici faire la fête en bravant la consigne, il ne sortirait pas avant des heures. Et ensuite ? Surgir devant lui et ses copains en criant : « Ah-ha, je t'ai bien eu ! » ? Serait-ce rationnel ? Et comment expliquer sa présence ici ?

Que cherchaient-ils au juste, Tia et lui ?

C'était tout le problème de ce genre d'espionnage. Oublions un instant la flagrante intrusion

1. Frottis vaginal. *(N.d.T.)*

dans la vie privée de leur fils. Il y avait aussi le passage à l'acte. Que feraient-ils s'ils découvraient qu'il se passait quelque chose ? Le fait d'intervenir et de perdre ainsi la confiance de son enfant ne serait-il pas plus dommageable qu'une nuit de bringue ?

À voir.

Mike voulait s'assurer que son garçon était sain et sauf. Rien de plus. Il se rappela les paroles de Tia, à propos du rôle des parents qui était de guider leurs enfants le mieux possible jusqu'à l'âge adulte. C'était vrai en partie. Tant de colère, de fièvre hormonale, d'émotions diverses décuplées... en si peu de temps. Mais allez dire ça à un ado. S'il y avait une parole de sagesse à lui transmettre, le message serait simple : « Ça aussi, ça passera, et vite. » Bien sûr, il n'écouterait pas, car la jeunesse est beauté et gâchis tout à la fois.

Il repensa à cet échange de messages instantanés entre Adam et CJ8115. Il songea à la réaction de Tia et à son propre ressenti. Mike n'était pas quelqu'un de religieux, il ne croyait pas aux pouvoirs psychiques ni à toutes ces choses-là, mais il n'aimait pas aller à l'encontre de ce qu'il appelait des « vibrations » dans sa vie personnelle et professionnelle. Il y a des moments où l'on « sent » tout simplement que ça ne va pas. Cela pouvait concerner un diagnostic médical ou l'itinéraire d'un long périple en voiture. C'était juste quelque chose dans l'air, un crépitement, un silence, mais ne pas en tenir compte, comme Mike l'avait appris à ses dépens, pouvait être lourd de conséquences.

En ce moment même, il déduisait de toutes ces vibrations que son fils était dans le pétrin.

Il fallait qu'il le retrouve.

Mais comment ?

Il n'en avait pas la moindre idée. Mike rebroussa chemin. Il se fit aborder à plusieurs reprises. La plupart des tapineuses avaient des allures d'homme. Un type en costume-cravate prétendait « représenter » un échantillon « chaud brûlant » de demoiselles ; Mike n'avait qu'à lui donner sa liste d'attributs physiques et de pratiques sexuelles préférés, et ledit représentant lui fournirait la ou les partenaires souhaitées. Mike écouta son laïus avant de décliner la proposition.

Son regard continuait à balayer les alentours. Prises dans le collimateur, certaines jeunes filles fronçaient les sourcils. Mike se rendit compte qu'il devait être le passant le plus âgé, de vingt bonnes années, de cette rue animée. Il remarqua aussi que chaque boîte faisait attendre ses clients, au moins quelques minutes, derrière un malheureux cordon de velours, long peut-être d'un mètre.

Mike allait tourner à droite quand quelque chose attira son regard.

Un blouson de sport.

Il fit volte-face et aperçut le jeune Huff qui marchait en sens inverse.

Du moins, quelqu'un qui ressemblait à DJ Huff. Ce blouson avec le logo sportif du lycée, il l'avait toujours sur le dos. Donc ça devait être lui. Probablement.

« Non, se dit Mike : c'est DJ Huff. »

Il avait disparu dans une ruelle. Mike pressa le pas et, l'ayant perdu de vue, se mit à courir.

— Eh ! Doucement, papi !

Il avait bousculé un jeune avec le crâne rasé et une chaîne accrochée à la lèvre inférieure. Ses copains ricanèrent. Mike fronça les sourcils et continua son chemin. La rue était bondée à présent ; la foule grossissait à vue d'œil. Au carrefour suivant, les goths noirs – pardon, les emos – parurent s'effacer au profit d'un public plus latino. Mike entendit parler espagnol. La peau d'une blancheur de talc fut supplantée par toutes les nuances du bistre. Les hommes portaient des chemises entièrement déboutonnées, histoire d'exhiber le T-shirt immaculé en dessous. Les femmes, sexy comme des danseuses de salsa, les traitaient de *coños*, et leurs tenues transparentes évoquaient davantage le filet d'emballage d'un saucisson que des articles vestimentaires.

Loin devant, Mike vit DJ Huff bifurquer dans une autre rue. Il semblait avoir un portable collé à l'oreille. Mike accéléra pour tenter de le rattraper… Oui, mais après ? Toujours le même problème. Fallait-il l'empoigner en criant : « Ah-ha ! » ? Ou alors le suivre pour voir où il allait ? Mike ignorait ce qui se passait ici, mais il n'aimait pas ça. Une sourde angoisse lui oppressait la poitrine.

Il tourna à droite.

Le jeune Huff avait disparu.

Mike fit une halte, calcula mentalement la vitesse, le temps écoulé. Il n'y avait qu'une boîte de nuit au début de la rue, une seule porte visible.

Et une file d'attente – la plus longue qu'il ait vue jusque-là – peut-être une centaine de jeunes. Il y avait de tout là-dedans : des emos, des Latinos, des Afro-Américains, et même quelques yuppies, comme on les appelait autrefois.

S'il était là, DJ aurait dû faire la queue comme tout le monde, non ?

Peut-être pas. Un colosse se tenait derrière le cordon de velours. Une limousine s'arrêta à l'entrée. Deux filles aux longues jambes en sortirent. Un homme, qui devait faire une tête de moins, prit ce qui semblait être sa place légitime entre elles. Le colosse décrocha le cordon – d'une longueur de trois mètres, celui-là – et les fit entrer direct.

Mike piqua un sprint. Le videur, un grand Noir aux bras aussi épais que des troncs de séquoias centenaires, lui lança un regard indifférent, comme s'il avait été un objet inanimé. Une chaise, par exemple. Ou un rasoir jetable.

— Laissez-moi passer, dit Mike.

— Votre nom.

— Je ne suis sur aucune liste.

Le videur se contenta de le dévisager.

— Je pense que mon fils pourrait être à l'intérieur. Il est mineur.

Le videur se taisait.

— Écoutez, je ne veux pas faire d'histoires...

— Alors mettez-vous dans la queue. Mais je doute que vous entriez, de toute façon.

— C'est urgent. Son ami vient d'arriver, il y a deux secondes. DJ Huff.

Le videur fit un pas en avant. Le torse d'abord, suffisamment large pour servir de court de squash, puis tout le reste.

— Je vais devoir vous demander de dégager.

— Mon fils est mineur.

— J'ai entendu.

— Il faut que je le sorte de là, ou ça va mal finir.

L'homme passa sa main grosse comme un gant de base-ball sur le dôme noir de son crâne.

— Ça va mal finir, dites-vous ?

— Oui.

— Houla, j'ai peur !

Mike fouilla dans son portefeuille, en tira un billet.

— Ce n'est pas la peine, dit le videur. Vous n'entrerez pas.

— Vous ne comprenez pas.

Le videur fit un pas de plus. Mike avait son torse en face des yeux. Il les ferma, mais ne recula pas. L'entraînement de hockey, peut-être. On ne bat pas en retraite. Rouvrant les yeux, il regarda le colosse.

— Écartez-vous, dit-il.

— Vous allez dégager maintenant.

— J'ai dit, écartez-vous.

— Vous n'avez pas l'air de comprendre.

— Je cherche mon fils.

— Il n'y a pas de mineurs ici.

— Je veux entrer.

— Mettez-vous dans la queue.

Mike planta ses yeux dans les siens. Aucun des deux ne bougeait. On aurait dit deux boxeurs de deux catégories de poids bien distinctes recevant les consignes de l'arbitre au centre du ring. Il y avait de l'électricité dans l'air. Mike sentait des fourmillements dans ses membres. Il savait se battre. On n'atteignait pas son niveau de hockey sans apprendre à utiliser ses poings. Il se demandait si ce qu'il avait en face de lui, c'était du vrai muscle ou juste de la gonflette.

— J'ai bien l'intention d'entrer, déclara-t-il.

— Vous parlez sérieusement ?

— J'ai des amis dans la police, improvisa Mike. Ils vont faire une descente dans votre boîte. S'il y a des mineurs là-dedans, vous êtes cuits.

— Je suis mort de trouille !

— Laissez-moi passer.

Mike fit un pas de côté. Le colosse l'imita, lui barrant le passage.

— Vous êtes conscient, là, que je vais devoir employer la force ?

Mike connaissait la règle de base : ne jamais montrer sa peur.

— Ouais.

— Un dur à cuire, hein ?

— On y va ?

Le videur sourit. Il avait des dents magnifiques, d'un blanc nacré dans son visage noir.

— Non. Vous voulez savoir pourquoi ? Parce que, même si vous êtes plus coriace que je ne le pense, ce dont je doute fort, j'ai Reggie et Tyrone avec moi.

Il indiqua du pouce deux autres malabars en noir.

— Nous ne sommes pas là pour prouver notre virilité en nous battant avec le premier abruti venu.

Le combat est donc tout sauf égal. Si vous et moi, on y « va » – il singea l'intonation de Mike –, ils rappliqueront aussi sec. Reggie a un Taser. Vous comprenez ?

Il croisa les bras, et Mike aperçut son tatouage. Une lettre D verte sur l'avant-bras.

— C'est quoi, votre nom ?

— Comment ?

— Votre nom, répéta Mike. Comment vous appelez-vous ?

— Anthony.

— Et votre nom de famille ?

— En quoi ça vous regarde ?

Mike désigna son bras.

— Le D tatoué.

— Ça n'a rien à voir avec mon nom.

— Dartmouth ?

Antony le videur le regarda, puis hocha lentement la tête.

— Et vous ?

— *Vox clamantis in deserto,* répondit Mike, citant la devise de leur université.

Anthony se chargea de la traduction.

— La voix de celui qui crie dans le désert.

Il sourit.

— Je n'ai jamais bien su ce que ça voulait dire.

— Moi non plus, dit Mike. Vous jouez ?

— Au foot. Sélection interuniversitaire. Et vous ?

— Hockey. Sélection nationale.

Impressionné, Anthony haussa un sourcil.

— Vous avez des enfants, Anthony ?

— Un fils de trois ans.

— Si vous pensiez que votre gamin avait des ennuis, est-ce que Reggie et Tyrone vous empêcheraient d'entrer là-dedans ?

Anthony exhala un long souffle.

— Qu'est-ce qui vous fait croire qu'il est ici ?

Mike lui expliqua avoir vu DJ Huff avec son blouson de sport.

— Ce jeune-là ?

Anthony secoua la tête.

— Il n'est pas à l'intérieur. Vous ne pensez tout de même pas que j'aurais laissé entrer un petit merdeux dans son genre ? Il a filé dans la ruelle, là-bas.

Il indiqua la direction, dix mètres plus loin.

— Vous savez où ça mène ? s'enquit Mike.

— À mon avis, c'est un cul-de-sac. Je ne vais jamais par là. Je n'ai rien à y faire. C'est plein de camés. Bon, à vous maintenant de me rendre un petit service.

Mike attendit.

— Tout le monde nous regarde. Si je vous laisse partir comme ça, je perds ma crédibilité… or ma crédibilité, c'est mon fonds de commerce. Vous voyez ce que je veux dire ?

— Oui.

— Je vais brandir le poing, et vous vous enfuirez comme une fillette effrayée. Vous pouvez prendre la ruelle, si ça vous chante. Vous avez compris ?

— Je peux vous demander une chose d'abord ?

— Laquelle ?

Mike plongea la main dans son portefeuille.

— Je vous ai dit que je ne veux pas…

Mike lui montra une photo d'Adam.

— Avez-vous vu ce garçon ?

Anthony déglutit avec effort.

— C'est mon fils. Vous ne l'avez pas vu ?

— Il n'est pas ici.

— Ce n'était pas ma question.

— Jamais vu cette tête-là. Bon, allez...

Il attrapa Mike par le revers de sa veste et leva le poing. Mike se recroquevilla en criant :

— S'il vous plaît ! Bon, OK, excusez-moi, je m'en vais !

Il recula. Anthony le lâcha. Mike détala. Il entendit derrière lui Anthony qui disait :

— Oui, mon gars, t'as intérêt à courir vite...

Dans la queue, certains applaudirent. Mike s'engagea dans la ruelle et faillit entrer en collision avec une rangée de poubelles cabossées. Des éclats de verre brisé crissaient sous ses pas. Il s'arrêta, regarda devant lui et aperçut une autre prostituée. Du moins, il supposait que c'était une prostituée. Elle se tenait adossée à une benne à ordures comme si celle-ci faisait partie intégrante de son corps, et que si on la lui retirait, elle s'écroulerait et ne se relèverait plus. Sa perruque, dans les tons violets, semblait avoir été volée dans un placard de David Bowie en 1974. Ou plutôt dans une poubelle cabossée de Bowie. Et on avait l'impression qu'elle grouillait de poux.

La femme le gratifia d'un sourire édenté.

— Salut, chéri.

— Vous n'auriez pas vu un garçon passer par ici ?

— Y a plein de garçons qui passent par ici, trésor.

Sa voix, à peine audible, se voulait langoureuse. Elle était maigre et pâle – tout juste si elle ne portait pas le mot junkie tatoué sur le front.

Mike chercha une issue des yeux. Il n'y en avait pas. Pas de sortie, aucune porte non plus. Quelques échelles d'incendie tout au plus, mais elles avaient l'air bien rouillées. Si vraiment Huff était entré ici, par où était-il ressorti ? Avait-il déguerpi pendant que Mike discutait avec Anthony ? Ou bien Anthony lui avait-il menti pour qu'il lui fiche la paix ?

— Tu cherches le petit lycéen, trésor ?

Mike se retourna vers la junkie.

— Le lycéen, jeune, mignon et tout ? Ooh, rien que d'y penser, je me sens toute chose.

Mike esquissa un pas vers elle. Il craignait qu'à s'approcher de trop, l'onde de choc ne la fasse tomber en morceaux et se mélanger aux détritus qui jonchaient le sol à ses pieds.

— C'est ça.

— Viens par là, trésor, et je te dirai où il est.

Un deuxième pas.

— Plus près, trésor. Je ne mords pas. Sauf si tu aimes ça.

Elle rit, un gloussement cauchemardesque. Son dentier se décrocha quand elle ouvrit la bouche. Elle mâchait du bubble-gum – Mike sentit le parfum –, mais ça ne masquait pas l'odeur fétide dégagée par quelque dent pourrie.

— Où est-il ?

— T'as de la thune ?

— Plein si vous me dites où il est.

— Fais voir.

Mike n'aimait pas ça, mais il n'avait pas vraiment le choix. Il sortit un billet de vingt dollars. Elle tendit une main décharnée. Il pensa aux *Contes de la crypte*, de vieux albums de BD, avec la main du squelette émergeant du cercueil.

— Dites-moi d'abord.

— T'as pas confiance en moi ?

Mike n'avait pas le temps. Il déchira le billet et lui donna la moitié. Elle la prit en soupirant.

— L'autre moitié, c'est quand vous aurez parlé. Où est-il ?

— Ben, juste derrière toi, trésor.

Il allait pivoter lorsqu'il reçut un coup dans le foie.

Un bon coup dans le foie, ça vous neutralise pendant un moment. Mike le savait. Ce ne fut pas le cas, mais pas loin. La douleur était abominable. Il ouvrit la bouche, mais aucun son n'en sortit. Il s'affaissa sur un genou. Un deuxième coup, oblique, l'atteignit à l'oreille. Quelque chose de dur ricocha sur son crâne. Il tenta de réagir, de refaire surface, mais un coup de pied dans les côtes le fit tomber à la renverse.

L'instinct reprit le dessus.

Bouge, se dit-il.

Mike roula sur le flanc et sentit quelque chose d'acéré s'enfoncer dans son bras. Un éclat de verre, probablement. Il essaya de se relever, mais on le frappa à la tête. Il eut l'impression que son cerveau chavirait sur la gauche. Une main l'agrippa par la cheville.

Il se mit à ruer. Son talon heurta un obstacle souple et mou. Une voix hurla :

— Merde !

Quelqu'un se jeta sur lui. Des échauffourées, il en avait connu, mais uniquement sur la glace. Cependant, il avait appris deux ou trois choses. Par exemple, qu'on évite de donner des coups de poing dans la mesure du possible. Les coups de poing, ça vous brise les doigts. À distance, ça va, mais là, c'était trop près. Il plia le bras et le lança à l'aveuglette. Il y eut un craquement, une sorte de *splatch*, et le sang jaillit.

Mike comprit qu'il avait touché un nez.

Il prit un nouveau coup, essaya de rouler dans le sens de l'élan, se débattit furieusement. Il faisait noir. La nuit résonnait de grognements, de halètements. Mike renversa la tête, prêt à frapper.

— À l'aide ! cria-t-il. À l'aide ! Police !

Il parvint tant bien que mal à se remettre debout. On ne voyait pas les visages. Mais ils étaient plusieurs. Plus de deux, en tout cas. Ils bondirent tous en même temps. Il fut projeté contre les poubelles. Les corps, y compris le sien, dégringolèrent à terre. Mike se démenait comme un beau diable, mais ils étaient tous sur lui. Ses ongles griffèrent un visage. Sa chemise se déchira.

Soudain, il vit briller une lame.

Il se figea. Combien de temps, difficile à dire. Un bon moment. Il vit cette lame, il se figea et, tout de suite après, il ressentit un choc à la tête. Il retomba en arrière. Son crâne heurta le bitume. Un de ses agresseurs lui agrippa les bras. Un autre empoigna ses jambes. Quelque chose de lourd pesa sur sa poitrine. Et les coups recommencèrent à pleuvoir de tous les côtés. Il s'efforça de réagir, de se protéger, mais ses bras et ses jambes ne lui obéissaient pas.

Il se sentait partir. Il capitulait.

Soudain, les coups cessèrent. Le poids qui lui écrasait la poitrine s'allégea. Celui qui l'immobilisait l'avait lâché ou alors on l'avait fait fuir. Ses jambes étaient libres.

Mike rouvrit les yeux, mais ne vit que des ombres. Un ultime coup de pied, avec la pointe de la chaussure, l'atteignit directement à la joue. Tout devint noir autour de lui, puis ce fut le néant.

16

À trois heures du matin, Tia réessaya de joindre Mike sur son téléphone portable.

Pas de réponse.

Le Four Seasons de Boston était magnifique, et elle adorait sa chambre. Tia aimait séjourner dans les hôtels de luxe… Qui n'aimerait pas ça ? Elle aimait les draps, le room-service, le fait de pouvoir jouer avec la télécommande. Elle avait travaillé d'arrache-pied jusqu'à minuit pour préparer son rendez-vous du lendemain. Le téléphone portable était dans sa poche, réglé sur vibreur. Comme il restait muet, elle le sortait, vérifiait le nombre de barres, se rassurait, des fois qu'elle ne l'aurait pas senti vibrer.

Mais il n'y avait pas eu d'appels.

Où diable était Mike ?

Elle l'appela, bien sûr. Elle appela à la maison. Elle appela Adam sur son portable. Tout en s'efforçant de ne pas céder à la panique. Adam, c'était une chose. Mike, c'en était une autre. Mike était adulte. Et redoutablement efficace. C'était entre autres ce qui lui avait plu chez lui. Foin du féminisme… avec Mike Baye, Tia se sentait au chaud, en sécurité, protégée. Cet homme-là, c'était un roc.

Qu'est-ce qu'elle devait faire maintenant ?

Sauter dans une voiture de location et rentrer à la maison – cela prendrait quatre heures, peut-être cinq, elle y serait en début de matinée, et ensuite ? – ou appeler la police, mais prendraient-ils l'affaire au sérieux, et de toute façon, que pourraient-ils faire à une heure pareille ?

Trois heures du matin. Il n'y avait qu'une personne qu'elle pouvait se permettre de contacter à cette heure-ci.

Son numéro était dans son BlackBerry, même si elle ne s'en servait jamais. Mike et elle partageaient une version de Microsoft Outlook contenant un agenda et un carnet d'adresses communs à tous les deux. Ils synchronisaient leurs BlackBerry de sorte qu'ils savaient, en théorie, toujours où était l'autre. Cela signifiait aussi qu'ils avaient accès aux informations concernant les contacts personnels et professionnels de chacun.

C'était bien la preuve qu'ils n'avaient pas de secrets l'un pour l'autre, non ?

Elle songea aux secrets, aux pensées informulées, au besoin d'intimité, à ses angoisses d'épouse et de mère. Mais le temps pressait. Elle trouva le numéro et appuya sur la touche « Envoi ».

Si Mo dormait au moment où son téléphone sonna, sa voix n'en laissa rien paraître.

— Allô ?

— C'est Tia.

— Qu'est-ce qui se passe ?

Elle entendit l'angoisse dans sa voix. Mo n'avait ni femme ni enfants. À bien des égards, il n'avait que Mike.

— Tu as des nouvelles de Mike ?

— Pas depuis huit heures et demie.

Puis il répéta :

— Qu'est-ce qui se passe ?

— Il est parti à la recherche d'Adam.

— Je suis au courant.

— Nous nous sommes parlé vers neuf heures, je crois. Depuis, plus un mot.

— Tu l'as appelé sur son portable ?

Tia se souvint de la réaction de Mike quand elle lui avait posé la même question stupide.

— Bien sûr.

— Je m'habille pendant que nous parlons, déclara Mo. Je vais aller jeter un œil sur la maison. La clé est toujours planquée sous le faux rocher à côté du poteau ?

— Oui.

— OK, j'y vais.

— Tu penses que je devrais prévenir la police ?

— Attends que je sois sur place. Vingt minutes, une demi-heure maxi. Si ça se trouve, il s'est tout bêtement endormi devant la télé.

— Tu y crois, toi ?

— Non. Je t'appelle quand j'arrive là-bas.

Il raccrocha. Tia bascula ses jambes hors du lit. D'un seul coup, la chambre avait perdu tout son charme. Elle avait horreur de dormir seule, même dans un cinq étoiles. Il lui fallait son mari à côté d'elle. Toujours. Il était rare qu'ils passent la nuit loin l'un de l'autre, et il lui manquait plus qu'elle n'aurait voulu l'admettre. Mike n'était pas très grand, mais il était substantiel. Elle aimait la chaleur de son corps contre le sien, le baiser qu'il déposait sur son front quand il se levait, sa main vigoureuse au creux de ses reins.

Elle repensa à cette nuit où il avait été légèrement essoufflé. À force d'insistance, il avait reconnu éprouver comme un serrement dans la poitrine. Tia, qui voulait être forte pour son homme, avait failli s'effondrer en entendant cela. En fait, ce n'avait été qu'une grosse indigestion, mais, à la seule idée que leur histoire aurait pu s'arrêter là, elle avait pleuré sans retenue. Elle voyait son mari porter la main à sa poitrine et tomber inanimé. À cet instant, elle comprit. Elle comprit que cela pourrait arriver, dans trente ou quarante ans peut-être, mais cela arriverait, ça ou autre chose de tout aussi terrible, car c'est ce qui arrive dans chaque couple, uni ou non, et que, si Mike succombait de cette façon, elle n'y survivrait pas. Quelquefois, tard dans la nuit, elle le regardait dormir et chuchotait, à lui et aux puissances invisibles : « Promets-moi que je partirai la première. Promets-le-moi. »

Prévenir la police.

Mais que ferait-elle ? Rien du tout. Tia savait que, à la suite d'une récente réactualisation du Code pénal, un adulte de plus de dix-huit ans ne pouvait être porté disparu dans un laps de temps aussi court, à moins de prouver qu'il avait été enlevé ou qu'il courait un danger.

Or elle ne disposait d'aucune preuve de ce genre.

Par ailleurs, si elle appelait maintenant, dans le meilleur des cas ils enverraient une patrouille faire un tour du côté de la maison. Celle-ci tomberait sur Mo. Ce qui risquait de créer un malentendu.

Autant attendre encore vingt ou trente minutes.

Tia eut envie de téléphoner chez Guy Novak pour parler à Jill. Histoire d'entendre sa voix. D'être rassurée. Zut. Elle qui s'était réjouie de partir en mission, de se retrouver dans cette chambre luxueuse, d'enfiler le grand peignoir éponge, de commander quelque chose par le room-service, voilà que maintenant elle se languissait de son cadre familier. Cette chambre était dépourvue de vie, de chaleur. Le sentiment de solitude la fit grelotter. Elle se leva pour baisser la clim.

Le problème, c'est que tout était tellement fragile. C'est une évidence, certes, mais une évidence qu'on préfère occulter : on refuse d'admettre à quel point l'équilibre de notre vie ne tient qu'à un fil, sinon on deviendrait fou. Ceux qui ont tout le temps peur, qui ont besoin de médicaments pour fonctionner, c'est qu'ils ont pris conscience de la réalité, de la ténuité du fil en question. Ce n'est pas qu'ils n'acceptent pas la vérité… Ils n'arrivent pas à l'occulter.

Elle-même pouvait être comme ça. Elle le savait et luttait pour ne pas sombrer. Soudain, elle envia sa patronne, Hester Crimstein, de n'avoir personne dans sa vie. C'était peut-être mieux ainsi. Bien sûr, globalement, il était plus sain d'être entouré de gens dont on se préoccupait plus que de soi-même. Mais, d'un autre côté, il y avait la crainte insupportable de les perdre. On dit que vos possessions vous possèdent c'est faux : ce sont les êtres aimés qui vous possèdent. Quand on aime, on est otage pour la vie.

Le temps semblait s'être arrêté.

Tia alluma la télévision. Le paysage nocturne était dominé par les publireportages. Pour des formations, des métiers, des écoles. Les seules personnes qui regardaient la télé à cette heure de la nuit, pensa-t-elle, n'avaient rien de tout cela.

Son portable finit par vibrer vers quatre heures du matin. Tia se jeta dessus, vit le numéro de Mo, répondit :

— Allô ?

— Aucune trace de Mike, dit Mo. Ni d'Adam non plus.

Sur la porte de Loren Muse, il y avait une plaque : ENQUÊTEUR PRINCIPAL COMTÉ D'ESSEX. Chaque fois, avant d'entrer, elle s'arrêtait et relisait silencieusement l'inscription. Son bureau se trouvait au fond à droite. Au même étage que ses enquêteurs. Le bureau était vitré, la porte restait toujours ouverte. Histoire de montrer qu'elle était des leurs, tout en étant leur chef. Lorsqu'elle avait besoin d'être seule, ce qui était rare, elle s'enfermait dans l'une des salles d'interrogatoire qui bordaient le couloir.

Seuls trois de ses hommes étaient là quand elle arriva à six heures trente du matin, et tous s'apprêtaient à partir à sept heures. Loren consulta le tableau noir pour s'assurer qu'il n'y avait pas eu de nouveaux homicides. Elle espérait avoir les résultats du fichier des recherches criminelles sur les empreintes digitales de son inconnue, la non-prostituée qui reposait à la morgue. Elle jeta un œil sur l'ordinateur. Toujours rien.

La police de Newark avait localisé une caméra de vidéosurveillance en fonctionnement à proximité de la scène de crime. Si le corps avait été transporté là dans une voiture – et il n'y avait aucune raison de croire que le meurtrier l'avait porté sur son dos –, le véhicule en question pouvait très bien figurer sur l'enregistrement. Évidemment, l'identifier ne serait pas facile. Parmi les centaines de voitures, il y avait peu de chances d'en voir une avec un autocollant sur la lunette arrière portant la mention en lettres capitales : CADAVRE DANS LE COFFRE.

Elle vérifia son ordinateur : c'était bon, la vidéo avait été téléchargée. Comme tout était calme au bureau, elle se dit : « Pourquoi pas ? » Elle allait lancer le visionnage quand quelqu'un tambourina légèrement sur sa porte.

— Vous avez une seconde, chef ?

Clarence Morrow, qui se tenait dans le couloir, passa la tête à l'intérieur. Proche de la soixantaine, c'était un Noir avec une moustache rugueuse gris-blanc et un visage quelque peu boursouflé, comme s'il s'était battu la veille. Il y avait de la douceur en lui et, contrairement à ses collègues, il ne jurait pas et ne buvait jamais.

— Mais bien sûr, Clarence, c'est pour quoi ?

— J'ai failli téléphoner chez vous hier soir.

— Ah ?

— Je pensais avoir trouvé le nom de votre inconnue.

Loren se dressa sur son siège.

— Mais ?

— On a eu un appel de la police de Livingston au sujet d'un M. Neil Cordova. Il possède une chaîne de salons de coiffure pour hommes. Marié, deux enfants, pas de casier judiciaire. Bref, sa femme Reba a disparu, et ma foi, elle correspondait plus ou moins au signalement de la victime.

— Mais ? répéta Muse.

— Elle a disparu hier, après qu'on a découvert le corps.

— Vous en êtes sûr ?

— Sûr et certain. Le mari l'a vue le matin, avant de partir travailler.

— Peut-être qu'il ment.

— Ça m'étonnerait.

— On a examiné la question de plus près ?

— Pas tout de suite. Seulement il y a un *hic*. Cordova connaît un collègue de la police municipale. Ils ont retrouvé sa voiture. Garée devant le Ramada à East Hanover.

— Ah, fit Muse. Un hôtel.

— Exact.

— Donc, Mme Cordova n'avait pas vraiment disparu ?

— Eh bien, dit Clarence en se caressant le menton, le voilà, le *hic*.

— Quoi donc ?

— Le flic de Livingston, il a eu la même réaction que vous. Mme Cordova avait rencard avec son amant et du coup elle serait rentrée tard chez elle. C'est là qu'il m'a appelé... le flic de Livingston, j'entends. Il n'avait pas envie d'annoncer la nouvelle au mari. Il m'a demandé de le faire à sa place. Comme un service.

— Continuez.

— Moi, que voulez-vous... je téléphone à Cordova. J'explique qu'on a trouvé la voiture de sa femme sur le parking d'un hôtel. Il dit que c'est impossible. Je lui dis d'aller vérifier lui-même, qu'elle y est encore.

Il s'interrompit.

— Zut.

— Quoi ?

— Je n'aurais peut-être pas dû lui dire ça, hein ? Maintenant que j'y pense. C'est de l'ingérence dans la vie privée. Imaginez qu'il se pointe là-bas avec un flingue. Nom d'un chien, je n'ai pas réfléchi à ça.

Clarence grimaça sous sa moustache.

— J'ai eu tort de lui parler de la voiture, chef ?

— Ne vous inquiétez pas pour ça.

— OK, si vous le dites. Bon, bref, ce Cordova refuse de me croire.

— Comme la majorité des hommes.

— Oui, sûrement, mais il m'a appris une chose intéressante. Il a commencé à s'affoler quand elle n'est pas venue chercher leur fille de neuf ans à son cours de patinage à Airmont. Ce n'est pas son genre. Apparemment, elle avait prévu de passer au Palisades Mall à Nyack – elle aime bien acheter des bricoles à Target pour ses gamines –, et d'aller ensuite récupérer la fille.

— Et la mère ne s'est pas manifestée ?

— C'est ça. Comme ils n'arrivaient pas à la joindre, la patinoire a appelé le père sur son portable. Cordova est allé chercher sa môme. Il a cru que sa femme était peut-être coincée dans un embouteillage. Il y avait eu un accident sur la 287 plus tôt dans la journée, et vu qu'elle oubliait tout le temps de recharger son portable, il s'est inquiété, mais n'a pas paniqué parce qu'elle n'était pas joignable. C'est au fil des heures que son inquiétude a grandi.

Muse réfléchit un instant.

— Si Mme Cordova avait rendez-vous avec un amant, elle a simplement pu oublier d'aller chercher la petite.

— Je suis d'accord, à une chose près. Cordova a vérifié sur Internet les relevés de la carte bancaire de sa femme. Elle est bel et bien allée au Palisades Mall dans l'après-midi. Elle a fait des courses à Target. Pour quarante-sept dollars et dix-huit cents.

— Hmm.

Muse lui fit signe de s'asseoir.

— Elle se rend donc au Palisades Mall, après quoi elle refait la route en sens inverse pour retrouver l'amant, en oubliant sa gamine qui prend des cours de patinage juste à côté du centre commercial.

Elle regarda Clarence.

— Bizarre, en effet.

— Vous auriez dû entendre sa voix, chef. Je parle du mari. Il était dans tous ses états.

— Vous pourriez voir avec le Ramada, des fois que quelqu'un la reconnaîtrait.

— C'est fait. Le mari a scanné une photo et l'a envoyée par mail. Personne ne se rappelle l'avoir vue.

— Ça ne veut pas dire grand-chose. Il a dû y avoir un changement d'équipe parmi les employés depuis, et elle a pu s'introduire dans l'hôtel, je ne sais pas, après que son amant est venu réserver la chambre à son nom. Mais sa voiture est toujours là-bas ?

— Ouais. Étrange, non, que la voiture y soit toujours ? Normalement, on fait sa petite affaire, on reprend sa voiture, on rentre à la maison, point final. Alors, même si c'était un cinq à sept, c'est un cinq à sept qui a dû mal tourner, vous ne croyez pas ? Genre, il l'a embarquée ou il y a eu des actes de violence…

— … ou elle s'est enfuie avec lui.

— Tout est possible. Mais c'est une belle voiture. Une Acura MDX, qu'elle avait depuis quatre mois seulement. Vous abandonneriez une voiture comme ça, vous ?

Muse réfléchit, haussa les épaules.

— J'aimerais y jeter un œil, dit Clarence.

— Allez-y.

Elle réfléchit à nouveau.

— Rendez-moi un service. Voyez si une autre femme aurait été portée disparue à Livingston ou dans la région. Même pour une courte durée. Même si les flics n'ont pas pris ça très au sérieux.

— C'est déjà fait.

— Et ?

— Rien. Ah, si… une femme a téléphoné pour signaler la disparition de son fils et de son mari.

Il consulta son calepin.

— Son nom est Tia Baye. Le mari, c'est Mike, et le fils, Adam.

— Les municipaux s'en occupent ?

— Peut-être, je n'en sais rien.

— S'il n'y avait pas eu le gosse, dit Muse, on aurait pu penser que ce type, Baye, s'est enfui avec Mme Cordova.

— Dois-je chercher un lien entre les deux ?

— Si vous voulez. Mais si lien il y a, ce n'est pas une affaire criminelle pour autant. Deux adultes consentants ont le droit de disparaître ensemble pour quelque temps.

— Oui, OK. Sauf que… chef ?

Muse aimait bien qu'il l'appelle comme ça. Chef.

— Oui ?

— J'ai comme le pressentiment qu'il y a autre chose là-dessous.

— Alors, allez-y, Clarence. Et tenez-moi au courant.

17

Dans le rêve, il y a un bip, puis une voix : *Pardonne-moi, papa…*

Dans la réalité, Mike entendit parler espagnol dans le noir.

Il connaissait suffisamment cette langue – on ne travaille pas à l'hôpital de la 168ᵉ Rue sans connaître au moins l'espagnol médical – pour comprendre que la femme était en train de prier avec ferveur. Il essaya de tourner la tête, sans succès. Tant pis. L'obscurité était totale. Ses tempes palpitaient pendant que la femme récitait ses prières dans le noir.

Mike aussi avait un mantra qu'il se répétait en boucle :

Adam. Où est Adam ?

Peu à peu, il se rendit compte que ses yeux étaient fermés. Il voulut les ouvrir. Impossible d'y arriver du premier coup. Il écoutait, s'efforçant de se concentrer sur ses paupières, sur le simple fait de les soulever. Cela prit du temps, mais elles finirent par cligner. Le battement aux tempes se mua en martèlement. Il leva la main et appuya sur le côté de sa tête, comme pour contenir la douleur.

Plissant les yeux, il regarda le néon sur le plafond blanc. Le flot de prières en espagnol ne tarissait pas. Une odeur familière flottait dans l'air, un mélange de détergent, de fluides corporels, de flore fanée, le tout en l'absence totale d'aération naturelle. La tête de Mike roula sur la gauche. Il vit le dos d'une femme, penchée au-dessus d'un lit. Ses doigts égrenaient un chapelet. Sa tête semblait reposer sur le torse d'un homme. Elle alternait prières et sanglots… quand ce n'était pas les deux en même temps.

Il voulut tendre la main, essayer de la réconforter. Médecin avant tout. Mais il avait un cathéter dans le bras et, progressivement, il se rendit compte que lui aussi faisait partie des patients. Il chercha à se rappeler ce qui s'était passé, comment il avait atterri ici. Ce ne fut pas immédiat. Il avait le cerveau embrumé. L'explication dut se frayer un chemin à travers le brouillard.

Ce sentiment de malaise qui le taraudait depuis son réveil. Il avait essayé de l'ignorer, mais s'il voulait retrouver la mémoire, il se devait de faire front. Aussitôt, le mantra reprit, cette fois réduit à un seul mot :

Adam.

Le reste suivit. Il était parti à la recherche d'Adam. Il avait parlé au videur, Anthony. Il s'était aventuré dans la ruelle. Il y avait eu cette femme, la créature de cauchemar avec sa perruque monstrueuse…

Il y avait eu le couteau.

Avait-il été poignardé ?

Il n'en avait pas l'impression. Il se tourna de l'autre côté. Un autre patient. Un Noir qui avait les yeux clos. Mike chercha les siens, mais il n'y avait personne. Pas étonnant, au fond – il s'était absenté depuis peu de temps. Ils allaient devoir prévenir Tia. Elle était à Boston. Pas la porte à côté. Jill était chez les Novak. Et Adam… ?

Au cinéma, lorsqu'un malade se réveille dans ces conditions, c'est toujours dans une chambre particulière, avec un médecin et une infirmière à son chevet, comme s'ils avaient attendu toute la nuit, souriants, pour lui donner toutes les explications nécessaires. Ici, aucune trace de personnel soignant. Mike connaissait la routine. Il chercha le bouton de la sonnette, le trouva enroulé autour du garde-corps et sonna l'infirmière.

Elle mit du temps à arriver. Difficile de dire combien. Les minutes se traînaient en longueur. La femme en prière se tut. Elle se releva, s'essuya les yeux. Mike put apercevoir l'homme couché dans le lit. Beaucoup plus jeune qu'elle. Mère et fils, probablement. Il se demandait ce qui les avait conduits ici.

Il regarda par la fenêtre derrière elle. Les stores étaient levés, il y avait du soleil dehors.

Il faisait jour.

Il avait perdu connaissance en pleine nuit. Des heures plus tôt. Des heures ou des jours. Allez savoir. Il appuya de nouveau sur la sonnette, même s'il savait que cela ne servait à rien. La panique commençait à le gagner. La douleur à la tête empirait… quelqu'un lui attaquait la tempe droite au marteau-piqueur.

— Tiens, tiens.

Il se tourna vers la porte. L'infirmière, une grosse matrone avec des lunettes reposant sur son opulente poitrine, venait de faire son entrée. Sur son badge, on lisait BERTHA BONDY. Elle le regarda et fronça les sourcils.

— Bienvenue dans le monde libre, monsieur le dormeur. Comment vous sentez-vous ?

Mike mit une ou deux secondes à recouvrer sa voix.

— Comme si j'avais embrassé un trente-huit tonnes.

— Ç'aurait sûrement été plus salutaire que ce que vous avez fabriqué. Vous avez soif ?

— Je meurs de soif.

Hochant la tête, Bertha porta une tasse de glace pilée à ses lèvres. La glace avait un goût de médicament, mais Dieu que ça faisait du bien.

— Vous êtes à l'hôpital Lebanon dans le Bronx, annonça Bertha. Vous vous rappelez ce qui s'est passé ?

— J'ai été agressé. Par une bande d'individus, semble-t-il.

— Mmm-mmm. Quel est votre nom ?

— Mike Baye.

— Pouvez-vous m'épeler votre nom de famille ?

Mike s'exécuta et, pensant que l'infirmière lui faisait passer un test cognitif, fournit même un complément d'information.

— Je suis médecin. Chirurgien au New York Presbyterian Hospital. Service de transplantation.

Elle fronça à nouveau les sourcils, comme s'il avait donné une mauvaise réponse.

— C'est vrai, ça ?

— Oui.

Le froncement de sourcils s'accentua.

— J'ai réussi ? s'enquit-il.

— Réussi ?

— Le test cognitif ?

— Je ne suis pas médecin. Il sera là dans un moment. Je vous ai demandé votre nom parce que nous ne savons pas qui vous êtes. Vous êtes arrivé ici sans portefeuille, sans portable, sans clés, rien. Ils vous ont tout pris, ceux qui vous ont tabassé.

Mike ouvrit la bouche pour parler, mais une douleur lancinante lui transperça le crâne. Il attendit qu'elle passe, compta mentalement jusqu'à dix. Puis :

— Combien de temps suis-je resté inconscient ?

— Toute la nuit. Six ou sept heures.

— Quelle heure est-il ?

— Huit heures du matin.

— Ma famille n'a pas été prévenue ?

— Je vous l'ai dit, nous ignorions qui vous étiez.

— Il me faut un téléphone. Je voudrais appeler ma femme.

— Votre femme ? Vous en êtes sûr ?

Mike se sentait vaseux. Il devait être sous un traitement quelconque… c'était peut-être pour ça qu'il peinait à comprendre pourquoi elle posait une question aussi débile.

— Évidemment que j'en suis sûr.

Bertha haussa les épaules.

— Le téléphone est à côté du lit, mais il faut que je leur demande de le brancher. Vous aurez besoin d'aide pour composer le numéro, non ?

— Sûrement.

— Au fait, vous avez une assurance médicale ? Il y aurait des papiers à remplir.

Mike eut envie de sourire. Vous parlez d'une priorité !

— Oui, j'en ai une.

— J'enverrai quelqu'un des admissions pour remplir votre dossier. Le médecin passera tout à l'heure ; il vous parlera de votre état.

— C'est grave comment ?

— Vous avez pris une sacrée dérouillée, et, dans la mesure où vous êtes resté inconscient tout ce temps, il y a forcément eu commotion cérébrale et traumatisme crânien. Mais je préfère que vous voyiez ça avec le médecin. Je vais tâcher de vous l'expédier rapidement.

Mike comprenait. Ce n'était pas à l'infirmière d'étage de poser le diagnostic.

— Comment c'est, la douleur ? demanda Bertha.

— Moyen.

— Vous êtes sous antalgiques, donc ça va empirer avant d'aller mieux. Je vais vous installer une pompe à morphine.

— Merci.

— À tout de suite.

Elle se dirigea vers la porte. Une pensée soudaine traversa l'esprit de Mike.

— S'il vous plaît !

Elle se retourna.

— Il n'y aurait pas un agent de police qui voudrait me parler, par hasard ?

— Pardon ?

— J'ai été agressé et, d'après ce que vous me dites, détroussé. Les flics, ça les concerne, non ?

Elle croisa les bras sur sa poitrine.

— Et vous croyez quoi, qu'ils allaient rester là et attendre votre réveil ?

Elle n'avait pas tort… comme le médecin à la télé.

Et Bertha d'ajouter :

— De toute façon, les gens prennent rarement la peine de signaler ce genre de chose.

— Quel genre de chose ?

Elle plissa le front.

— Vous voulez que j'appelle la police aussi ?

— Je vais d'abord prévenir ma femme.

— Oui, c'est mieux.

Il tendit la main vers la télécommande du lit. La douleur irradia dans sa cage thoracique. Ses poumons se fermèrent. À tâtons, il pressa le bouton du haut. Son corps se plia en même temps que le lit. Il gigota pour se redresser davantage. Lentement, il décrocha le téléphone, le porta à son oreille. Il n'était toujours pas branché.

Tia devait être folle d'inquiétude.

Adam était-il à la maison à cette heure-ci ?

Qui diable l'avait agressé ?

— Monsieur Baye ?

Bertha avait reparu sur le pas de la porte.

— Docteur Baye, rectifia-t-il.

— Oh, suis-je bête… j'avais oublié.

Il n'avait pas dit ça pour la snober, mais, dans le milieu hospitalier, faire savoir qu'on est du métier peut toujours être utile. Si un flic se fait arrêter pour excès de vitesse, il ne manquera pas d'informer ses collègues de la façon dont il gagne sa vie. Classez ça dans la rubrique « Ne mange pas de pain ».

— J'ai trouvé un agent qui était là pour une autre affaire, déclara-t-elle. Désirez-vous lui parler ?

— Oui, merci, mais pourriez-vous aussi brancher mon téléphone ?

— Vous l'aurez d'une minute à l'autre.

Le policier en uniforme entra dans la chambre. C'était un petit Latino avec une fine moustache. Mike lui donna dans les trente-cinq ans. Il se présenta : agent Guttierez.

— Vous voulez vraiment porter plainte ? s'enquit-il.

— Et comment !

Il fronça les sourcils.

— C'est moi qui vous ai amené ici.

— Merci.

— Je vous en prie. Savez-vous où on vous a trouvé ?

— Sans doute dans l'impasse à côté de la boîte de nuit. Le nom de la rue m'échappe.

— Tout à fait.

L'homme regarda Mike, l'air d'attendre. Et Mike finit par comprendre.

— Ce n'est pas ce que vous croyez, dit-il.

— Qu'est-ce que je crois ?

— Que j'ai été détroussé par une prostituée.

— Détroussé ?

Mike essaya de hausser les épaules.

— Je regarde beaucoup la télé.

— Ma foi, je ne suis pas du style à juger à l'emporte-pièce, mais voici ce que je sais : on vous a trouvé dans une ruelle fréquentée par des prostituées. Vous avez vingt ou trente bonnes années de plus que la moyenne des clubbers qui traînent dans le secteur. Vous êtes marié. Vous avez été agressé, dépouillé et battu comme ça arrive quand un client – il esquissa des guillemets avec les doigts – se fait rouler par une prostituée ou par son mac.

— Je n'étais pas là pour m'offrir les services d'une de ces dames.

— Mais oui, c'est ça. Vous êtes venu pour le panorama. C'est vrai que la vue est exceptionnelle. Sans parler de l'odeur, un délice. Allez, pas la peine de me faire un dessin. Je vois très bien le tableau.

— Je cherchais mon fils.

— Dans cette ruelle ?

— Oui. Je venais de croiser un de ses amis...

La douleur était de retour. Mike pressentait déjà ce qui allait suivre. Les explications prendraient un certain temps. Et ensuite ? Ce flic, que pouvait-il faire de toute façon ?

Il fallait qu'il appelle Tia.

— Je ne me sens vraiment pas bien.

Guttierez hocha la tête.

— Je comprends. Tenez, voici ma carte. Contactez-moi si vous souhaitez m'en dire plus ou porter plainte, OK ?

Il posa sa carte sur la table de chevet et sortit. Sans se préoccuper de lui, Mike serra les dents, attrapa le téléphone et composa le numéro du portable de Tia.

18

Loren Muse visionnait la vidéo de la caméra de surveillance urbaine située à proximité du lieu où ils avaient découvert le cadavre. Il n'y avait rien là-dessous qui sautait aux yeux, mais bon, il ne fallait pas s'attendre à un miracle. Plusieurs dizaines de véhicules étaient passés par là à l'heure qui les intéressait. On ne pouvait en éliminer aucun. Le corps aurait même pu se trouver dans le coffre d'une toute petite voiture.

Elle regarda les images jusqu'au bout, continuant d'espérer envers et contre tout. Pour un résultat nul.

Clarence frappa et passa de nouveau la tête par la porte.

— Vous n'allez pas le croire, chef.

— Je vous écoute.

— Déjà, oubliez le type qui avait disparu. Le dénommé Baye. Savez-vous où il est ?

— Où ?

— Dans un hôpital du Bronx. Sa femme part en voyage d'affaires, et lui sort et se fait braquer par une prostituée.

Muse fit la moue.

— Un type de Livingston qui va voir les filles dans ce secteur ?

— Que voulez-vous… il y en a qui aiment s'encanailler. Mais ce n'est pas ça, la grande nouvelle.

Clarence s'assit sans y avoir été invité, ce qui ne lui ressemblait guère. Il avait retroussé les manches de sa chemise ; l'ombre d'un sourire jouait sur ses lèvres charnues.

— L'Acura MDX de Cordova est toujours sur le parking de l'hôtel. Les municipaux sont allés frapper aux portes. Elle n'est pas là-bas. Du coup, je suis revenu en arrière.

— En arrière ?

— Le dernier endroit où nous savons qu'elle s'est rendue. Le centre commercial de Palisades. C'est immense, et leur système de surveillance est très au point. Je les ai contactés.

— Le centre de surveillance ?

— Oui, et voici l'histoire : hier, vers cinq heures, un type s'est présenté pour raconter qu'il avait vu une femme avec une Acura MDX gris métallisé arriver à sa voiture, ranger ses courses, puis s'approcher d'une camionnette blanche garée juste à côté. Il y avait un homme devant la camionnette. Elle est montée dedans, d'après le témoin, sans y avoir été forcée ni rien, puis la portière s'est refermée. Pas de quoi en faire un fromage, sauf qu'une autre femme s'est pointée et a pris le volant de l'Acura. Après quoi, les deux véhicules sont partis.

Muse se cala dans son siège.

— La camionnette et l'Acura ?

— Oui.

— Et l'autre femme conduisait l'Acura ?

— C'est ça. Bref, ce type se rend au centre de surveillance, mais la réaction des vigiles, c'est : « Oui, bon et alors ? » Ils s'en fichent... Que peuvent-ils faire, de toute manière ? Ils notent l'information, et basta. Mais quand j'appelle, ça leur revient en mémoire, et ils me ressortent le procès-verbal. Pour commencer, l'incident s'est produit en face de Target. Le gars est venu faire sa déposition à dix-sept heures quinze. Nous savons que Reba Cordova est passée en caisse à seize heures cinquante-deux. L'heure figure sur la facturette.

Des rouages se mirent en branle dans son cerveau, mais Muse ne voyait pas encore l'ensemble du mécanisme.

— Contactez Target, dit-elle. Je parie qu'ils ont des caméras de vidéosurveillance.

— Nous nous sommes mis en rapport avec le siège. Ça va prendre une ou deux heures, pas plus. Autre chose. Peut-être un détail, peut-être pas. On a la liste de ce qu'elle a acheté à Target. Des DVD, des sous-vêtements pour enfants, des habits... rien que des trucs pour mômes.

— Ce n'est pas franchement ce qu'on achète quand on a décidé de partir avec son amant.

— Exact, sauf si on compte emmener les enfants. Ce qui n'était pas le cas. Mieux que ça, nous avons ouvert l'Acura : aucune trace de sac de chez Target. Chez les Cordova non plus : le mari a vérifié.

Muse sentit un frisson glacé à la base de son cou.

— Qu'est-ce qu'il y a ? demanda Clarence.

— Je veux ce P-V du centre de surveillance. Trouvez-moi le numéro de téléphone du type… celui qui l'a vue monter dans la camionnette. Voyez ce qu'il a retenu d'autre : véhicule, signalement des passagers, tout. Je suis sûre que les vigiles n'ont pas fait le tour de la question avec lui. Je veux tout savoir.

— OK.

Ils discutèrent encore une minute ou deux, mais son esprit était en effervescence, et son pouls s'était emballé. Après le départ de Clarence, Muse décrocha son téléphone et appela son chef, Paul Copeland, sur son portable.

— Allô ?

— Où êtes-vous ?

— Je viens de déposer Cara, j'arrive.

— J'ai quelque chose à vous soumettre, Cope.

— Quand ?

— Dès que possible.

— J'ai rendez-vous au restaurant avec ma promise pour finaliser le plan de table.

— Le plan de table ?

— Oui, Muse. Le plan de table. Pour indiquer aux gens où ils doivent s'asseoir.

— Et ça vous intéresse ?

— Pas le moins du monde.

— Alors laissez faire Lucy.

— C'est ça, comme si elle ne le faisait pas déjà. Elle me traîne partout, mais je n'ai pas voix au chapitre. Elle dit que je suis là pour faire joli.

— Mais vous êtes joli, Cope.

— Certes, mais j'ai un cerveau aussi.

— C'est votre cerveau qu'il me faut.

— Pourquoi, que se passe-t-il ?

— Je viens d'avoir une intuition complètement folle, et j'ai besoin de vous pour savoir si ça tient la route ou si je déraille.

— C'est plus important que de décider qui sera assis à la table de tante Carol et oncle Jerry ?

— Non, c'est juste un homicide.

— Allez, je me dévoue. À tout de suite.

Jill fut réveillée par la sonnerie du téléphone.

Elle était dans la chambre de Yasmin. Qui voulait à tout prix ressembler aux autres filles en feignant une passion pour les garçons. Il y avait un poster de Zac Efron, le beau gosse de la comédie musicale *High School Musical*, sur un mur, et un autre des jumeaux Sprouse de *La Vie de palace*. Il y avait aussi Miley Cyrus de *Hannah Montana*... une fille certes, mais quand même. C'était vraiment pathétique.

Le lit de Yasmin était près de la porte, tandis que Jill dormait côté fenêtre. Les deux lits croulaient sous les peluches. Un jour, Yasmin avait dit à Jill que le mieux, dans un divorce, était la compétition entre les parents en matière de cadeaux : c'était à qui la gâterait le plus. Elle ne voyait sa mère que quatre ou cinq fois par an, mais tout au long de l'année, celle-ci l'inondait de présents. Il y avait là une bonne vingtaine d'ours en peluche, dont un habillé en pom-pom girl et un autre, perché à côté de l'oreiller de Jill, déguisé en pop star avec short strassé, bustier et micro fixé à sa bouille poilue. Une flopée d'animaux Webkinz, dont trois hippopotames, jonchaient le sol. Des numéros de *J14*, *Teen People* et *Popstar* s'entassaient sur le chevet. La moquette à longues mèches, qui, à en croire ses parents, était passée de mode dans les années soixante-dix, faisait un retour inattendu dans les chambres d'ados. Un iMac flambant neuf trônait sur le bureau.

Yasmin était douée en informatique. Tout comme Jill.

Jill s'assit. Yasmin cilla et lui lança un regard. Quelque part dans la maison, on entendait une voix grave au téléphone. C'était M. Novak. Le réveil Homer Simpson, sur la table de chevet entre les deux lits, affichait sept heures et quart.

Les filles s'étaient couchées tard la veille. D'abord, elles étaient allées dîner et manger une glace avec M. Novak et sa nouvelle copine Beth, un vrai boulet, celle-là. Elle devait avoir dans les quarante ans, mais riait à tout ce que disait M. Novak comme ces filles à l'école qui ne pensent qu'aux garçons et qui font ça pour se rendre intéressantes. Jill croyait que ça passait avec l'âge. Apparemment, non.

Yasmin avait un écran plasma dans sa chambre. Son père les laissait regarder autant de films qu'elles voulaient.

— C'est le week-end, avait-il dit avec un grand sourire. Profitez-en.

Elles avaient donc préparé du pop-corn au micro-ondes et regardé des films déconseillés aux moins de treize ans et même un film interdit aux mineurs, qui aurait probablement donné la chair de poule aux parents Baye.

Jill sortit du lit. Elle avait envie d'aller aux toilettes, mais sa première pensée fut pour les événements de la veille : qu'était-il arrivé ? Son père avait-il remis la main sur Adam ? Elle était inquiète. Elle avait appelé Adam sur son portable. Qu'il se planque pour échapper aux parents, passe encore, mais elle n'aurait jamais imaginé qu'il puisse ne pas répondre aux appels et textos de sa petite sœur. Adam lui répondait toujours.

Sauf cette fois-ci.

Cela ne fit qu'ajouter à son inquiétude.

Elle consulta son portable.

— Tu fais quoi ? demanda Yasmin.

— Je regarde si Adam m'a rappelée.

— Et alors ?

— Rien.

Yasmin se tut.

On frappa légèrement à la porte. Elle s'ouvrit ; passant la tête à l'intérieur, M. Novak chuchota :

— Qu'est-ce que vous faites debout, les filles ?

— On a été réveillées par le téléphone, dit Yasmin.

— Qui c'était ? questionna Jill.

M. Novak la regarda.

— C'était ta maman.

Jill se raidit.

— Qu'est-ce qui se passe ?

— Mais rien, poulette.

Jill voyait bien qu'il mentait.

— Elle m'a juste demandé de te garder pour la journée. Je me dis qu'on pourrait aller au centre commercial cet après-midi, ou peut-être au cinéma. Qu'en pensez-vous ?

— Pourquoi elle veut que je reste ?

— Je ne sais pas, ma puce. Elle a simplement parlé d'un contretemps et m'a demandé ce service. Mais elle te fait dire qu'elle t'aime et que tout va bien.

Jill ne répondit pas. Il mentait. Elle le savait. Yasmin le savait. Elle regarda son amie. Inutile d'insister, il n'en dirait pas plus. Il cherchait à les épargner parce que, à onze ans, elles n'étaient pas capables d'affronter la réalité, ou pour un autre prétexte tout aussi débile dont les adultes se servent pour justifier leurs mensonges.

— Je vais m'absenter quelques minutes, annonça M. Novak.

— Tu vas où ? fit Yasmin.

— Au bureau. J'ai des affaires à récupérer. Mais Beth est passée à la maison. Elle regarde la télé en bas, si vous avez besoin de quelque chose.

Yasmin ricana.

— « Passée à la maison » ?

— Oui.

— Comme si elle n'avait pas dormi ici ? Mais bien sûr, papa. Tu crois qu'on a quel âge ?

Il fronça les sourcils.

— Ça suffit, jeune fille.

— Si tu le dis.

Il referma la porte. Jill s'assit sur le lit. Yasmin se rapprocha.

— Il est arrivé quoi, à ton avis ? demanda-t-elle.

Jill garda le silence, mais ses pensées prirent une direction qu'elle n'aimait guère.

Quand il entra dans son bureau, Muse trouva que Cope était très élégant dans son nouveau costume bleu nuit.

— Vous avez une conférence de presse aujourd'hui ?

— Comment avez-vous deviné ?

— Très classe, ce costume.

— Ça se dit encore, classe ?

— Ça devrait.

— Entièrement d'accord. Je suis la classe personnifiée. Je suis classieux. Un vrai classeur. Un classeur classique.

Loren Muse brandit une feuille de papier.

— Regardez ce qui vient d'arriver dans mon bureau.

— Dites-moi.

— La lettre de démission de Frank Tremont. Il envisage de prendre sa retraite.

— Une sacrée perte.

Muse le regarda.

— Quoi ?

— Le coup du journaliste, hier, dit-elle.

— Eh bien ?

— C'était un peu paternaliste de votre part. Je n'ai pas besoin qu'on vole à mon secours.

— Je n'ai pas volé à votre secours. Je dirais même que je vous ai tendu un piège.

— Comment ça ?

— Soit vous aviez de quoi clouer le bec à Tremont, soit c'était lui qui clouait le vôtre. L'un de vous deux allait passer pour une quiche.

— C'était lui ou moi, alors ?

— Tout à fait. À vrai dire, Tremont est un cafard qui perturbe la bonne marche de l'équipe. Je voulais le voir partir par pur égoïsme.

— Et si je n'avais pas pu le prendre en défaut ?

Cope haussa les épaules.

— Alors c'est vous qui m'auriez remis votre démission.

— Vous étiez prêt à prendre ce risque ?

— Quel risque ? Tremont est un triste crétin. S'il s'était montré plus malin que vous, alors vous ne méritiez pas votre titre de chef.

— Touché.

— Bien. Vous ne m'avez pas appelé pour me parler de Frank Tremont. Alors de quoi s'agit-il ?

Elle lui résuma l'affaire Reba Cordova : sa disparition, le témoin à la sortie de Target, la camionnette, le parking du Ramada à East Hanover. Assis dans le fauteuil, Cope posait sur elle son regard gris. Il avait de beaux yeux, le genre qui change de couleur selon l'éclairage. Loren Muse avait un faible pour Paul Copeland, mais bon, elle avait eu un faible pour son prédécesseur, un type beaucoup plus âgé, physiquement aux antipodes de Cope. Peut-être qu'elle était attirée par les hommes de pouvoir.

C'était une attirance inoffensive, tenant plus de l'estime que d'un désir inavoué. Ça ne l'empêchait pas de dormir la nuit, ne la faisait pas souffrir, n'intervenait pas dans ses fantasmes, sexuels ou autres. Elle succombait au charme de Paul Copeland sans le convoiter. Ses qualités, elle aurait voulu que chaque homme avec qui elle sortait les possède, mais Dieu savait que ses recherches restaient vaines.

Muse connaissait le passé de son chef, l'enfer qu'il avait vécu, les stigmates des révélations récentes. Elle l'avait même aidé à y voir clair. Comme beaucoup d'autres, Paul Copeland était un homme blessé, sauf que, lui, avait su en tirer parti. En politique – et son poste était éminemment politique –, il y a des tas de gens ambitieux, mais qui n'ont pas connu la souffrance. Cope, si. Cela le rendait à la fois plus compréhensif en tant que procureur et moins sensible aux excuses de la défense.

Muse lui exposa les faits concernant la disparition de Reba Cordova sans lui faire part de ses théories. Il scrutait son visage en hochant lentement la tête.

— Laissez-moi deviner, dit-il. Vous pensez qu'il existe un lien entre votre inconnue et cette Reba Cordova.

— Oui.

— Vous songez à un tueur en série ?

— Ce n'est pas exclu, bien que les tueurs en série agissent généralement seuls. Or, ici il y a une femme dans l'histoire.

— OK, dites-moi pourquoi vous croyez que les deux affaires sont liées.

— Le mode opératoire, d'abord.

— Deux femmes blanches à peu près du même âge, récapitula Cope. L'une est retrouvée déguisée en pute à Newark. L'autre, eh bien, nous ignorons encore où elle est.

— Ça, oui, mais le plus gros, la chose qui m'a sauté aux yeux, c'est la tactique de la tromperie et de la diversion.

— Je ne comprends pas.

— Voilà deux femmes de quarante ans, blanches, d'un milieu aisé, qui disparaissent à vingt-quatre heures d'intervalle. La coïncidence est étrange. Qui plus est, dans le premier cas, l'assassin s'est livré à une mise en scène alambiquée pour nous berner.

— Exact.

— Eh bien, il a fait pareil avec Reba Cordova.

— En garant sa voiture devant un hôtel ?

Muse hocha la tête.

— Dans les deux cas, il s'est appliqué à brouiller les pistes avec de faux indices. Notre inconnue, il s'est arrangé pour qu'on la prenne pour une prostituée. Reba Cordova, il l'a fait passer pour une femme adultère qui s'est enfuie avec un amant.

— Eh…

Cope esquissa une moue.

— C'est un peu léger, ça.

— Peut-être. Mais c'est un début. Sans vouloir être sexiste, combien de jolies mères de famille dans une petite ville comme Livingston prennent la poudre d'escampette avec un amant ?

— C'est déjà arrivé.

— Possible, mais elle s'y serait prise autrement, non ? Elle ne serait pas allée dans un centre commercial tout près de la patinoire de sa fille et n'aurait pas acheté de sous-vêtements à ses gosses pour tout bazarder et courir retrouver son amant. Et puis il y a ce témoin, un dénommé Stephen Errico, qui l'a vue monter dans une camionnette à la sortie de Target. Il a aussi vu une autre femme partir au volant de sa voiture.

— À supposer que ce soit vrai.

— C'est vrai.

— OK, admettons. Quel autre lien voyez-vous entre notre inconnue et Reba Cordova ?

Muse haussa un sourcil.

— J'ai gardé le meilleur pour la fin.

— Dieu merci.

— Revenons à Stephen Errico.

— Le témoin du centre commercial ?

— C'est ça. Errico fait sa déposition. À première vue, je comprends les vigiles du Palisades Mall. Ça n'a l'air de rien. Je l'ai cherché sur le Net. Il a son propre blog avec sa photo – un gros barbu avec un T-shirt de Grateful Dead – et, quand je lui ai parlé, j'ai bien senti qu'il était complètement parano. Il aime bien jouer un rôle dans ses histoires. Vous savez, le gars qui va faire ses courses dans l'espoir de tomber sur un chapardeur.

— Je vois.

— Mais c'est aussi ce qui le rend crédible. Il dit qu'il a vu une femme répondant au signalement de Reba Cordova monter dans une camionnette Chevy blanche. Mieux que ça, il a noté le numéro d'immatriculation de la camionnette.

— Et ?

— J'ai vérifié. Elle est au nom d'une certaine Helen Kasner qui habite à Scarsdale, dans l'État de New York.

— Est-ce qu'elle a une camionnette blanche ?

— Oui, mais la sienne est toujours garée dans son allée.

Cope hocha la tête, devinant où elle voulait l'emmener.

— Vous pensez que quelqu'un aurait échangé les plaques avec celles de Mme Kasner ?

— Oui. Un truc classique, mais qui marche… vous volez une voiture pour commettre un crime, puis vous changez les plaques au cas où quelqu'un l'aurait vue. Double astuce. Une chose à laquelle beaucoup de criminels ne pensent pas, c'est que la méthode la plus efficace consiste à échanger les plaques avec un véhicule du même modèle. C'est encore plus déroutant.

— D'après vous, la camionnette sur le parking de Target aurait été volée ?

— Vous n'êtes pas d'accord ?

— Si, sans doute, dit Cope. Ça apporte en tout cas de l'eau au moulin de M. Errico. Je vois bien pourquoi nous devrions nous faire du souci pour Reba Cordova. Ce que je ne vois pas, en revanche, c'est le lien avec notre inconnue.

— Jetez un œil là-dessus.

Elle fit pivoter l'écran de son ordinateur dans sa direction.

— Qu'est-ce que c'est ?

— La vidéo d'une caméra de surveillance à l'entrée d'un bâtiment proche de la scène de crime. Je la regardais ce matin, persuadée de perdre mon temps. Mais maintenant…

Muse avait préparé la vidéo. Elle cliqua sur « Play » – une camionnette blanche parut –, puis sur « Pause », et l'image se figea.

Cope se rapprocha.

— Une camionnette blanche.

— Une camionnette Chevy blanche, ouais.

— Des camionnettes Chevy blanches immatriculées à New York et dans le New Jersey, il doit y en avoir un paquet, fit remarquer Cope. Vous avez la plaque minéralogique ?

— Oui.

— Et j'imagine qu'elle correspond au numéro de cette Mme Kasner ?

— Non.

Cope plissa les yeux.

— Ah bon ?

— C'est un numéro totalement différent.

— Mais alors, c'est quoi, l'histoire ?

Elle désigna l'écran.

— Cette plaque d'immatriculation – JYL-419 – appartient à M. David Pulkingham résidant à Armonk, État de New York.

— Lui aussi possède une camionnette blanche ?

— Oui.

— Serait-ce notre homme ?

— Il a soixante-treize ans et un casier vierge.

— Vous pensez à un autre échange de plaques ?

— Oui.

Clarence Morrow passa la tête dans le bureau.

— Chef ?

— Oui ?

Apercevant Paul Copeland, il se mit presque au garde-à-vous.

— Bonjour, monsieur le procureur.

— Salut, Clarence.

Clarence marqua une pause.

— C'est bon, dit Muse. Qu'avez-vous appris ?

— J'ai eu Helen Kasner au téléphone.

— Et ?

— Je lui ai fait vérifier ses plaques d'immatriculation. Vous aviez raison : elles ont été remplacées à son insu.

— Autre chose ?

— Oui, le pompon. Les nouvelles plaques sur son véhicule ?

Il pointa le doigt sur l'écran de l'ordinateur.

— Ce sont celles de M. David Pulkingham.

Muse regarda Cope, sourit, leva les mains, paumes ouvertes.

— Ça vous suffit comme lien ?

— Oui, répondit Cope. Ça ira.

19

— Viens, on y va, chuchota Yasmin.

Jill regarda son amie. La petite moustache, source de tous ses ennuis, avait disparu, mais bizarrement, elle la voyait toujours. Lors d'une de ses visites, la mère de Yasmin – qui habitait quelque part dans le Sud maintenant, peut-être bien en Floride – l'avait emmenée dans une clinique de luxe pour lui offrir une électrolyse. Cela avait réglé son problème physique, mais n'avait rien changé au calvaire qu'elle vivait à l'école.

Elles étaient assises dans la cuisine. Beth, « le flirt de la semaine », comme disait Yasmin, avait voulu les impressionner en leur confectionnant un petit déjeuner complet : saucisses, omelette et ses « légendaires pancakes ». Mais les filles, à sa grande consternation, avaient opté pour les gaufres surgelées aux pépites de chocolat.

— OK, les filles, bon appétit, fit Beth entre ses dents. Moi, je vais aller prendre le soleil dans le jardin.

Dès qu'elle eut franchi la porte, Yasmin quitta la table et se coula jusqu'au bow-window. Beth n'était nulle part en vue. Elle regarda à droite, puis à gauche, et sourit.

— Qu'est-ce qu'il y a ? demanda Jill.

— Viens voir.

Jill se leva et rejoignit son amie.

— Regarde. Dans le coin derrière le grand arbre.

— Je ne vois rien.

— Regarde bien, dit Yasmin.

Elle mit un moment à repérer le filet arachnéen de brume grisâtre. Voilà donc à quoi Yasmin faisait allusion.

— Beth fume ?

— Ouaip. Elle va se planquer derrière l'arbre pour en griller une en douce.

— Pourquoi en douce ?

— Parce qu'elle a peur de fumer devant les petits êtres influençables que nous sommes, répliqua Yasmin avec un sourire ironique. Ou parce qu'elle ne veut pas que papa soit au courant. Il déteste les fumeurs.

— Tu vas la balancer ?

Yasmin sourit, haussa les épaules.

— Qui sait ? On a bien balancé toutes les autres, non ?

Et elle entreprit de fouiller dans un sac à main. Jill étouffa une exclamation.

— Il est à Beth ?

— Oui.

— On ne devrait pas faire ça.

Yasmin grimaça et poursuivit l'inspection du sac.

Se rapprochant, Jill jeta un œil à l'intérieur.

— Rien d'intéressant ?

— Non.

Yasmin jeta le sac sur le plan de travail.

— Viens, je vais te montrer un truc.

Elle s'engouffra dans l'escalier avec Jill sur ses talons. Il y avait une fenêtre dans la salle de bains du palier. Yasmin risqua un rapide coup d'œil dehors. Jill se joignit à elle. Beth était bel et bien derrière l'arbre – on la voyait distinctement maintenant – et tirait sur sa cigarette comme quelqu'un qui se noie s'accroche à une bouée de sauvetage. Elle aspirait de grandes bouffées, fermait les yeux, et son visage se déridait.

Yasmin s'éloigna sans mot dire et fit signe à Jill de la suivre dans la chambre de son père. Là, elle alla droit à la table de chevet et ouvrit le tiroir.

Jill n'était pas choquée. C'était même une chose qu'elles avaient en commun. Elles aimaient explorer. Tous les enfants doivent aimer ça, mais chez eux, son père l'avait surnommée Mata Hari. Elle s'introduisait toujours là où il ne fallait pas. À l'âge de huit ans, Jill avait trouvé des photos dans un tiroir de sa maman. Cachées tout au fond, sous une pile de vieilles cartes postales et de boîtes à pilules achetées lors d'un voyage à Florence pendant des vacances d'été.

Sur l'une des photos, il y avait un garçon de son âge… huit ou neuf ans. Et une fillette d'un ou deux ans plus jeune. Jill avait immédiatement reconnu sa mère. Elle avait retourné la photo. Au verso, quelqu'un avait tracé d'une écriture délicate : « Tia et Davey ». Et la date.

Elle n'avait jamais entendu parler d'un Davey. Mais sa curiosité lui avait appris une chose… une chose précieuse : les parents, eux aussi, avaient leurs secrets.

— Viens voir, dit Yasmin.

Jill regarda dans le tiroir. M. Novak y gardait un paquet de capotes.

— Beurk !

— Tu crois qu'il les utilise avec Beth ?

— Je préfère ne pas y penser.

— Et moi, ça me fait quoi, à ton avis ? C'est mon père.

Yasmin referma le tiroir et ouvrit celui du dessous. Puis, baissant la voix jusqu'au murmure :

— Jill ?

— Quoi ?

— Regarde ça.

Yasmin fourragea parmi des chaussettes, derrière une boîte métallique. Soudain, elle s'interrompit, sortit quelque chose et sourit.

Jill recula d'un bond.

— Qu'est-ce que… ?

— C'est un pistolet.

— Je vois bien que c'est un pistolet !

— Et il est chargé.

— Range ça. Ton père qui garde une arme chez lui, j'y crois pas.

— Il n'est pas le seul. Tu veux que je te montre comment on enlève la sécurité ?

— Non.

Mais Yasmin lui montra quand même. Elles contemplèrent l'arme, fascinées. Yasmin la tendit à Jill. Jill leva la main pour refuser, mais quelque chose dans sa forme, sa couleur, l'attirait. Elle la tint dans sa paume, séduite par son poids, sa fraîcheur, sa simplicité.

— Je peux te dire un truc ? demanda Yasmin.

— Bien sûr.

— Tu me promets de ne pas le répéter ?

— Évidemment.

— La première fois que je l'ai vu, j'ai pensé à M. Lewiston.

Jill reposa le pistolet avec précaution.

— Je me voyais entrer dans la classe, tu sais ? Je l'aurais caché dans mon sac à dos. Des fois, je me disais que j'attendrais la fin des cours, quand il n'y aurait plus personne dans les parages. J'effacerais mes empreintes digitales, ni vu ni connu. Ou alors je serais allée chez lui – je sais où il habite, à West Orange – et je l'aurais tué là-bas, pour qu'on n'aille pas me soupçonner moi. D'autres fois, j'avais envie de faire ça en plein cours, devant tout le monde, peut-être même d'arroser le reste de la classe, mais je me disais, non, ça ferait trop Columbine, et je ne suis pas non plus une espèce de goth à la manque.

— Yasmin ?

— Ouais ?

— Tu me fiches la trouille.

Yasmin sourit.

— C'était juste une idée comme ça. Il n'y a pas de mal. Je ne vais pas le faire, t'inquiète.

Elles se turent.

— Il paiera, dit Jill finalement. Tu le sais bien, non ? M. Lewiston.

— Oui, je sais.

Elles entendirent une voiture s'arrêter dans l'allée. M. Novak était de retour. Calmement, Yasmin ramassa le pistolet, le rangea au fond du tiroir, remit de l'ordre. En prenant tout son temps, même quand la porte s'ouvrit, et que son père appela :

— Yasmin ? Les filles ?

Elle referma le tiroir, sourit, sortit de la chambre.

— On arrive, papa !

Tia ne prit pas la peine de faire ses bagages. Sitôt qu'elle eut fini de parler à Mike, elle descendit en courant à la réception. Brett était en train de frotter ses yeux ensommeillés, et ses cheveux en bataille semblaient avoir moins que jamais connu le peigne. Il avait proposé de l'emmener dans le Bronx. Sa camionnette, chargée de matériel informatique, sentait la chicha, mais il conduisait sans lever le pied de l'accélérateur. Assise à côté de lui, Tia donnait des coups de téléphone. Elle réveilla Guy Novak pour lui expliquer en deux mots que Mike avait eu un accident. Pourrait-il garder Jill quelques heures de plus ? Il compatit dûment et accepta sans hésiter.

— Que dois-je dire à Jill ? demanda-t-il.

— Dites-lui simplement qu'on a eu un contretemps. Je ne veux pas qu'elle s'inquiète.

— Pas de problème.

— Merci, Guy.

Se redressant, Tia regarda fixement la route comme si elle avait le pouvoir de raccourcir le trajet. Elle s'efforçait de mettre de l'ordre dans ses idées. Mike disait avoir utilisé la puce GPS du téléphone portable d'Adam. Il avait pisté leur fils jusqu'à quelque endroit louche dans le Bronx. Là, il avait cru voir le jeune Huff, après quoi il s'était fait agresser.

Adam n'était toujours pas rentré. Peut-être, comme la dernière fois, avait-il simplement décidé de faire le mort pendant un jour ou deux.

Elle téléphona chez Clark. Et parla à Olivia aussi. Ni l'un ni l'autre ne l'avaient vu. Elle appela les Huff, mais personne ne répondit. La plus grande partie de la nuit et même ce matin, le fait de se préparer pour la déposition lui avait en partie occupé l'esprit, l'empêchant de céder à la panique… du moins, jusqu'à ce coup de fil de l'hôpital. Mais plus maintenant. Rongée par l'angoisse, Tia se trémoussa sur son siège.

— Ça va ? s'enquit Brett.

— Oui.

En fait, ça n'allait pas du tout. Elle repensait à la disparition de Spencer Hill, le soir de son suicide. Ce soir-là, elle avait reçu un appel de Betsy.

— *Adam n'a pas vu Spencer… ?*

La voix affolée de Betsy. La peur à l'état pur. La suite avait prouvé que toutes ses craintes étaient entièrement fondées.

Tia ferma les yeux. Tout à coup, elle avait du mal à respirer. Elle eut un haut-le-corps et aspira l'air à grandes goulées convulsives.

— Vous voulez que je baisse la vitre ? demanda Brett.

— Ça va aller.

Elle se ressaisit et téléphona à l'hôpital. Elle réussit à parler au médecin, mais celui-ci ne lui apprit rien de neuf. Mike avait été battu et dépouillé. D'après ce qu'elle avait compris, un groupe d'hommes l'avait attaqué dans une impasse. Victime d'un grave traumatisme, il était resté inconscient pendant plusieurs heures, mais maintenant il se reposait confortablement, et il n'y avait plus de souci à se faire.

Elle joignit Hester Crimstein chez elle. Sa patronne s'inquiéta modérément pour le fils et le mari de Tia... et énormément pour son dossier.

— Votre fils avait déjà fugué, non ? observa-t-elle.

— Une fois.

— Eh bien, il a récidivé, vous ne croyez pas ?

— Il y a peut-être autre chose.

— Quoi ? fit Hester. Écoutez, elle est à quelle heure, la déposition, déjà ?

— À trois heures.

— Je vais demander un ajournement. S'il n'est pas accordé, il faudra que vous y retourniez.

— Vous plaisantez, j'espère ?

— À ce que j'entends, vous ne pouvez pas faire grand-chose sur place. Vous pourrez communiquer par téléphone. Je vous enverrai mon jet pour que vous puissiez partir de Teterboro.

— C'est de ma famille dont on parle.

— Certes. Et moi, je parle d'une absence de quelques heures. Que vous soyez là ou pas ne changera rien, sinon pour vous-même. En attendant, je dois m'occuper d'un innocent qui risque vingt-cinq ans de prison si jamais on se plante.

Tia fut tentée de donner sa démission sur-le-champ, mais quelque chose la retint. Elle se calma suffisamment pour répondre :

— On verra, pour l'ajournement.

— Je vous rappelle.

Tia raccrocha, contempla le téléphone dans sa main comme s'il s'agissait de quelque excroissance bizarre. Était-ce arrivé pour de vrai ?

Lorsqu'elle pénétra dans la chambre de Mike, Mo s'y trouvait déjà. Il traversa la pièce en trombe, poings serrés, yeux humides.

— Il va bien, dit-il sitôt qu'elle fut entrée. Il vient juste de se rendormir.

Il y avait deux autres lits dans la chambre, tous les deux occupés. Mais pas d'autres visiteurs. En apercevant le visage de Mike, Tia eut l'impression qu'un bloc de ciment lui percutait l'estomac.

— Oh, mon Dieu…

Mo s'approcha par-derrière, posa les mains sur ses épaules.

— C'est moins grave que ça en a l'air.

Tia l'espérait de tout cœur. Elle n'aurait su dire à quoi elle s'attendait, mais ça ? Son œil droit était tuméfié. Une de ses joues était tailladée, comme par une lame de rasoir ; une ecchymose s'épanouissait sur l'autre. Sa lèvre était fendue. L'un des bras reposait sous la couverture, mais elle vit deux énormes hématomes sur l'autre.

— Qu'est-ce qu'ils lui ont fait ? chuchota-t-elle.

— Ces gars-là, ils sont morts, dit Mo. Tu m'entends ? Je les retrouverai, mais je ne les cognerai pas. Je les tuerai.

Tia posa la main sur l'avant-bras de son mari. Son mari. Si beau, si séduisant, si fort. Elle était tombée amoureuse de cet homme à Dartmouth. Elle avait partagé son lit, lui avait donné des enfants, l'avait choisi pour compagnon de route. Ces choses-là, on n'y pensait pas assez, mais au fond, l'idée était proprement terrifiante : choisir un autre être humain, un seul, pour vivre chaque jour de sa vie à ses côtés. Comment avait-elle pu laisser un fossé, même insignifiant, se creuser entre eux ? Comment avait-elle cédé à la routine au lieu d'employer chaque seconde de leur vie commune à la rendre encore meilleure, encore plus passionnante ?

— Je t'aime tellement, murmura-t-elle.

Il cilla et ouvrit les yeux. Dans son regard aussi on lisait la peur – c'était peut-être ça, le pire. Depuis le temps qu'elle connaissait Mike, jamais elle ne l'avait vu avoir peur. Comme elle ne l'avait jamais vu pleurer. Cela devait lui arriver, mais il était de ceux qui ne le montrent pas. Il voulait être l'homme fort, l'épaule solide, et, aussi vieux jeu que cela puisse sembler, elle le voulait également.

Il regarda fixement un point invisible au-dessus de lui, les yeux grands ouverts, comme s'il se trouvait face à un agresseur imaginaire.

— Mike, dit Tia. Je suis là.

Son regard pivota vers elle, mais la peur ne l'avait pas quitté. S'il était rassuré de la voir, il n'en laissa rien paraître non plus. Elle lui prit la main.

— Ça va aller, fit-elle.

Les yeux de Mike étaient rivés aux siens. Et soudain elle comprit. Elle sut ce qu'il allait dire avant même qu'il n'ait ouvert la bouche.

— Et Adam ? Où est-il ?

20

Dolly Lewiston vit la voiture passer devant la maison. Encore.

La voiture ralentit. Comme la dernière fois. Et comme la fois d'avant.

— C'est encore lui, dit-elle.

Son mari, Joe Lewiston, instituteur en classe de CM2, ne broncha pas. Il semblait un brin trop absorbé dans la correction de copies.

— Joe ?

— J'ai entendu, Dolly, riposta-t-il d'un ton cassant. Que veux-tu que j'y fasse ?

— Il n'a pas le droit.

Elle suivit des yeux la voiture qui parut s'évanouir à distance.

— On devrait peut-être appeler la police.

— Pour leur dire quoi ?

— Qu'il nous harcèle.

— Il passe dans notre rue. Aucune loi ne l'interdit.

— Il ralentit.

— Ça non plus aucune loi ne l'interdit.

— Tu peux leur expliquer ce qui s'est passé.

Il renifla sans lever les yeux de ses copies.

— Je ne doute pas que la police se montrera très compréhensive.

— Nous aussi nous avons un enfant.

Elle était en train de regarder la petite Allie, leur fille de trois ans, sur l'ordinateur. Le site Internet de K-Little Gym permettait aux parents de surveiller leur progéniture par le biais d'une webcam placée dans la pièce – l'heure du goûter, les cubes, la lecture, le travail indépendant, le chant et autres activités – pour s'assurer que tout allait bien. C'était pour ça que Dolly avait choisi K-Little.

Joe et elle étaient instits tous les deux. Joe enseignait en CM2 à Mount Ricker, elle en CE1 à Paramus. Dolly Lewiston voulait quitter son boulot, mais ils avaient besoin de deux salaires. Son mari aimait encore l'enseignement ; Dolly, elle, avait perdu sa motivation quelque part en route. D'aucuns pourraient noter que cela coïncidait avec la naissance d'Allie, mais elle pensait que c'était autre chose qui en était la cause. Elle continuait cependant à exercer son métier, à faire en sorte que les parents n'aient pas à se plaindre, alors que son seul souhait était de rester devant le site de K-Little pour être sûre que son bébé allait bien.

Guy Novak, l'homme qui passait en voiture devant leur maison, n'avait pas su veiller sur sa fille, la protéger. En un sens, Dolly comprenait et même elle compatissait. Mais elle ne le laisserait pas pour autant nuire aux siens. Dans la vie, c'était souvent « ou eux ou nous », et il n'était pas question que quoi que ce soit arrive à sa famille.

Elle se tourna vers Joe. Il avait fermé les yeux, baissé la tête.

Elle s'approcha, posa les mains sur ses épaules. Il tressaillit à son contact. Une seconde, pas plus, mais elle le ressentit dans tout son corps. Il était tellement tendu depuis quelques semaines. Elle ne retira pas ses mains, et il se détendit. Elle entreprit de lui masser les épaules. D'habitude, il adorait ça. Cela prit plusieurs minutes, mais ses épaules finirent par se décrisper.

— Tout va bien, dit-elle.

— J'ai perdu mon sang-froid.

— Je sais.

— Je suis allé trop loin, comme toujours, et là…

— Je sais.

C'était bien ce qui faisait de Joe un bon enseignant. Il était passionné. Il savait éveiller l'intérêt de ses élèves, leur racontait des blagues, franchissant parfois les limites de la bienséance, mais les gamins aimaient ça. Ils se montraient plus attentifs et apprenaient mieux. Ses frasques lui avaient déjà valu des démêlés avec certains parents dans le passé, mais il avait suffisamment de supporters pour le défendre. La grande majorité des parents se battaient pour inscrire leurs mômes dans la classe de M. Lewiston. Ils se réjouissaient que leurs enfants apprécient l'école, et que l'instituteur, au lieu de se borner à suivre le programme, fasse montre d'un authentique enthousiasme. Contrairement à Dolly.

— Je l'ai vraiment blessée, cette gamine, dit-il.

— Tu ne l'as pas fait volontairement. Les enfants et les parents t'aiment toujours autant.

Il ne répondit pas.

— Elle s'en remettra. Ça lui passera, Joe. Tout ira bien.

Sa lèvre inférieure se mit à trembler. Il était en train de craquer. Dolly avait beau l'aimer, elle avait beau considérer ses qualités d'enseignant et d'être humain tout court comme largement supérieures aux siennes, elle savait également que son mari n'était pas un homme de caractère. Même s'il ne donnait pas cette impression-là. Le dernier d'une fratrie de six, il avait eu affaire à un père autoritaire qui rabaissait le plus jeune et le plus gentil de ses cinq garçons ; du coup, pour exister, Joe avait pris le parti de faire le clown. Joe Lewiston était le meilleur des hommes, oui, mais c'était un faible.

Dolly n'y trouvait rien à redire. C'était son boulot à elle d'être forte. C'était à elle qu'il incombait de porter son mari, sa famille, à bout de bras.

— Pardon, dit Joe.

— Ce n'est rien.

— Tu as raison. Ça va passer.

— Absolument.

Elle l'embrassa dans le cou, puis derrière le lobe de l'oreille. Son endroit préféré. Qu'elle caressa doucement du bout de la langue. Elle s'attendait au petit gémissement. Qui ne vint pas. Dolly chuchota :

— Si tu arrêtais un moment de corriger tes copies, hmm ?

Il s'écarta, presque imperceptiblement.

— Je... euh... J'ai vraiment envie de finir ça.

Se redressant, Dolly recula d'un pas. Réalisant son impair, Joe essaya de se rattraper.

— On ne peut pas reporter ? demanda-t-il.

D'ordinaire, c'était *elle* qui disait ça quand elle n'était pas d'humeur. C'est ce que disent les femmes en général, non ? C'était toujours lui qui prenait l'initiative – aucune faiblesse de ce côté-là –, mais ces derniers temps, depuis sa malheureuse saillie, si on pouvait s'exprimer ainsi, il avait changé même en cela.

— Bien sûr.

Dolly tourna les talons.

— Où tu vas ?

— Je reviens. Je fais un saut au supermarché, puis j'irai chercher Allie. Finis de corriger tes copies.

Dolly Lewiston monta quatre à quatre, chercha sur Internet l'adresse de Guy Novak et le trajet correspondant. Elle vérifia aussi ses mails professionnels – des parents qui râlaient, il y en avait tous les jours –, mais depuis quarante-huit heures, sa messagerie était en panne.

— Ma boîte e-mail est toujours en rade, cria-t-elle.

— Je m'en occupe.

Dolly imprima la feuille de route pour se rendre chez Guy Novak, plia le papier et le fourra dans sa poche. En sortant, elle embrassa son mari sur le sommet du crâne. Il lui dit qu'il l'aimait. Elle répondit qu'elle l'aimait aussi.

Elle attrapa ses clés et partit régler son compte à Guy Novak.

Ça se lisait sur leurs visages : la police ne croyait pas à la disparition d'Adam.

— Je pensais que vous pourriez peut-être déclencher le plan Amber, dit Tia.

Les deux flics formaient une paire presque comique : le petit Latino en uniforme du nom de Guttierez, et la grande Black qui s'était présentée comme l'inspecteur Clare Schlich.

Ce fut Schlich qui répliqua :

— Votre fils ne répond pas aux critères du plan Amber.

— Et pourquoi ça ?

— Il faudrait des preuves qu'il a été enlevé.

— Mais il a seize ans et il a disparu.

— Certes.

— Alors quel genre de preuves vous faut-il ?

Schlich haussa les épaules.

— Un témoin, par exemple.

— Il n'y a pas toujours de témoin dans les cas d'enlèvement.

— C'est juste. Mais vous devez pouvoir prouver qu'il y a eu enlèvement ou qu'il y a danger ou menace pour l'intégrité physique de la personne. Le pouvez-vous ?

Ils n'étaient pas désagréables, non, « condescendants » serait un terme plus adapté. Ils prirent des notes. Ils comprenaient l'inquiétude des parents, mais n'étaient pas prêts pour autant à mobiliser toutes leurs forces sur cette affaire. On le sentait clairement à travers les questions et les commentaires de Clare Schlich face aux explications de Mike et Tia :

— *Vous avez contrôlé l'ordinateur de votre fils ?*

— *Vous avez activé la puce GPS de son portable ?*

— *Sa conduite vous inquiétait au point que vous l'avez suivi dans le Bronx ?*

— *Il a déjà fait une fugue ?*

Et ainsi de suite. D'un côté, Tia ne leur en voulait pas, mais tout ce qu'elle savait, elle, c'était qu'Adam avait disparu.

Guttierez s'était déjà entretenu avec Mike.

— Vous dites que vous avez vu Daniel Huff Junior dans la rue ? Qu'il était peut-être avec votre fils ?

— C'est ça.

— Je viens de parler à son père. Il est policier, vous le saviez ?

— Oui.

— Il dit que son fils n'a pas mis le nez dehors.

Tia regarda Mike. Quelque chose explosa dans ses yeux. Ses pupilles avaient la taille d'une tête d'épingle. Elle lui avait déjà vu cette tête-là. Elle posa la main sur son bras, mais il n'avait pas l'intention de se calmer.

— Huff ment.

Le flic haussa les épaules. Tia vit le visage tuméfié s'assombrir. Il la regarda, regarda Mo et dit :

— On s'en va. Tout de suite.

Le médecin aurait souhaité le garder vingt-quatre heures de plus, mais il ne voulait pas en entendre parler. Tia s'abstint de jouer les épouses angoissées. Elle savait que Mike surmonterait ses blessures physiques. C'était un coriace. Il en était à sa troisième commotion cérébrale : les deux premières, ç'avait été à la patinoire. Il avait perdu des dents et s'était fait recoudre le visage plus qu'il n'en aurait fallu dans une seule vie, sans compter les deux fractures du nez et une de la mâchoire, mais pas une fois il n'avait raté un match… la plupart du temps, même blessé, il avait tenu à jouer jusqu'au bout.

Elle savait donc qu'elle n'arriverait pas à le dissuader, et d'ailleurs elle n'en avait pas envie. Elle voulait qu'il sorte de ce lit pour partir à la recherche de leur fils. L'inaction risquait de lui faire plus de mal que de bien.

Mo aida Mike à s'asseoir. Tia l'aida à enfiler ses vêtements. Ils étaient tachés de sang, mais Mike s'en moquait. Il se leva. Au moment de franchir la porte, Tia sentit son portable vibrer. Elle pria pour que ce soit Adam. Ce n'était pas Adam.

Hester Crimstein ne prit pas la peine de s'annoncer.

— Des nouvelles de votre fils ?

— Aucune. La police considère ça comme une fugue.

— Parce que ce n'en est pas une ?

Tia resta momentanément sans voix.

— Je ne le crois pas, répondit-elle finalement.

— Brett m'a dit que vous l'espionniez.

Brett et sa grande gueule. Super.

— Je surveille ses activités sur Internet.

— Bonnet blanc, blanc bonnet.

— Adam ne serait pas parti comme ça.

— C'est bien la première fois qu'un parent dit ça !

— Je connais mon fils.

— Euh… ça, ajouta Hester. Mauvaise nouvelle : on n'a pas obtenu l'ajournement.

— Hester…

— Avant de me déclarer que vous ne retournerez pas à Boston, écoutez ce que j'ai à vous dire. Je me suis arrangée pour qu'une limousine vienne vous chercher. Elle vous attend à l'entrée de l'hôpital.

— Je ne peux pas…

— Écoutez-moi, Tia. Vous me devez bien ça. Le chauffeur vous conduira à l'aéroport de Teterboro, qui n'est pas très loin de chez vous. J'ai un avion privé. Vous avez un téléphone portable. À la moindre alerte, le chauffeur vous emmènera où il faut. Il y a un téléphone dans l'avion. Si vous apprenez quelque chose pendant le vol, mon pilote vous amènera sur place en un rien de temps. Adam sera peut-être retrouvé, je ne sais pas moi, à Philadelphie. Ça aide, d'avoir un jet privé à sa disposition.

Mike regarda Tia d'un air interrogateur. Elle secoua la tête, leur fit signe d'avancer.

— Une fois à Boston, poursuivait Hester, vous prendrez la déposition. S'il se passe quelque chose pendant la déposition, vous arrêterez tout et rentrerez chez vous en jet privé. Le vol dure quarante minutes entre Boston et Teterboro. Avec un peu de chance, votre gosse se pointera avec une excuse de son âge, genre : « On avait fait la bringue avec des copains. » D'une manière ou d'une autre, ce n'est qu'une question d'heures.

Tia se pinça l'arête du nez.

— Ça tient la route, ce que je dis là ? lui demanda Hester.

— Ça tient la route.

— Tant mieux.

— Mais je ne peux pas.

— Pourquoi ?

— Je serais incapable de me concentrer.

— Foutaises. Vous savez ce que j'attends de cette déposition.

— Que je flirte avec votre témoin. Alors que mon mari est à l'hôpital…

— Il est sur le point de sortir. Je suis au courant de tout, Tia.

— Parfait, mon mari s'est fait agresser, et mon fils reste introuvable. Croyez-vous vraiment que je serai d'humeur à flirter ?

— D'humeur ? Mais on s'en fiche, de vos humeurs. Vous avez un travail à faire. C'est la liberté d'un homme qui est en jeu, Tia.

— Il va falloir que vous trouviez quelqu'un d'autre.

Un silence.

— C'est votre dernier mot ? fit Hester.

— C'est mon dernier mot. Est-ce que ça va me coûter mon poste ?

— Pas aujourd'hui. Mais un jour prochain, oui. Car je sais maintenant que je ne peux pas compter sur vous.

— Je travaillerai dur pour regagner votre confiance.

— Vous ne la regagnerez pas. Les secondes chances, ce n'est pas trop mon truc. J'ai assez d'avocats dans mon cabinet qui n'auront jamais besoin de ça. Je vais vous refiler le sale boulot jusqu'à ce que vous démissionniez. Dommage. Je pense que vous aviez du potentiel.

Et Hester Crimstein raccrocha.

Ils sortirent dans la rue. Mike ne quittait pas sa femme des yeux.

— Tia ?

— Je n'ai pas envie d'en parler.

Mo les raccompagna chez eux.

Tia demanda :

— Qu'est-ce qu'on fait ?

Mike avala un cachet antidouleur.

— Tu devrais peut-être aller chercher Jill.

— OK. Où vas-tu ?

— Avant toute chose, dit Mike, j'aimerais avoir une petite conversation avec le capitaine Daniel Huff pour savoir pourquoi il a menti.

21

— Ce type, Huff, dit Mo, il est flic, n'est-ce pas ?

— Eh oui.

— Donc, il ne marchera pas à l'intimidation.

Ils venaient de se garer devant chez les Huff, presque à la même place où Mike s'était mis la veille, avant que tout n'explose autour de lui. Mike n'écoutait pas. Il fonça vers la porte d'entrée, Mo sur ses talons. Il frappa, attendit. Puis sonna.

Personne.

Mike fit le tour de la maison. Frappa à la porte qui donnait sur le jardin. Pas de réponse non plus. Les mains en visière, il jeta un œil par la fenêtre. Rien ne bougeait. Il essaya la poignée. La porte était fermée à clé.

— Mike ?

— Il ment, Mo.

Ils retournèrent à la voiture.

— Où va-t-on ? s'enquit Mo.

— Laisse-moi conduire.

— Non. Où va-t-on ?

— Au poste de police. Sur son lieu de travail.

Ce n'était pas bien loin, quinze cents mètres à peine. Mike pensa au trajet, à ce court chemin que Daniel Huff empruntait tous les jours. Quelle chance d'habiter aussi près de son boulot. Il songea à toutes ces heures perdues dans les bouchons sur le pont, s'étonna lui-même de l'inanité de ses réflexions, et se rendit compte qu'il avait le souffle court et que Mo l'observait du coin de l'œil.

— Mike ?

— Quoi ?

— Tâche de garder ton sang-froid.

Mike fronça les sourcils.

— Venant de toi…

— Ben oui, venant de moi. Libre à toi de savourer l'ironie du fait que je puisse t'exhorter à la prudence, mais tu peux comprendre que, si je le fais, c'est que j'ai une bonne raison. On ne se pointe pas comme ça dans un poste de police, les mains dans les poches, pour demander des comptes à un flic.

Mike ne répondit pas.

Le poste se trouvait en haut de la colline, dans une ancienne bibliothèque avec un parking cauchemardesque. Mo se mit à tourner à la recherche d'une place.

— Tu m'as entendu ?

— Oui, Mo, je t'ai entendu.

Il n'y avait pas de places devant l'entrée.

— Je vais aller voir plus loin.

— Pas le temps, dit Mike. Laisse-moi faire.

— Pas question.

Mike se tourna vers lui.

— Houla, Mike, t'as vraiment une sale tête.

— Tu veux être mon chauffeur, très bien. Mais tu n'es pas mon baby-sitter, Mo. Dépose-moi. Il faut que je parle à Huff seul à seul. Avec toi, il se méfiera. Seul, je peux l'entreprendre « de père à père ».

Mo se rangea sur le côté.

— Rappelle-toi ce que tu viens de dire.

— Pourquoi ?

— De père à père. Il est père, lui aussi.

— C'est-à-dire ?

— Réfléchis-y.

En se redressant, Mike éprouva une douleur fulgurante dans les côtes. Chose curieuse que la douleur physique. Il avait un seuil de tolérance très élevé. C'en était quasi réconfortant. Il aimait se sentir fourbu après l'effort. Il aimait avoir les muscles endoloris. Sur la glace, les manœuvres d'intimidation produisaient un effet inverse sur lui. Il en redemandait presque lorsqu'il se prenait un bon coup.

Il s'attendait à trouver un poste de police assoupi. Il n'était venu qu'une fois ici, pour demander l'autorisation de laisser sa voiture dans la rue pendant la nuit. Le règlement municipal interdisait de s'y garer après deux heures du matin, mais ils étaient en train de refaire leur allée, et il avait besoin d'une permission pour une durée de huit jours. Ce jour-là, il n'y avait qu'un seul flic à l'accueil, et tous les bureaux derrière lui étaient vides.

Aujourd'hui, ils étaient au moins quinze, et tous affairés.

— Puis-je vous aider ?

L'agent en uniforme paraissait beaucoup trop jeune pour tenir la réception. C'était peut-être encore un cas de conditionnement télévisuel, mais Mike imaginait plutôt un vieux flic chevronné, comme celui qui disait à tout le monde : « Faut faire très attention, là » dans *Capitaine Furillo*. Ce gamin-là avait l'air d'avoir douze ans. En voyant Mike, il écarquilla les yeux.

— Vous venez pour coups et blessures ?

— Non, dit Mike.

L'effervescence autour de lui s'accrut. Les policiers se passaient des papiers et s'interpellaient, le récepteur calé sous le menton.

— Je viens voir M. Huff.

— Le capitaine Huff, vous voulez dire ?

— Oui.

— Puis-je savoir à quel sujet ?

— Dites-lui que c'est Mike Baye.

— Comme vous le voyez, nous sommes pas mal débordés en ce moment.

— Je vois ça. Vous êtes sur un gros coup ?

Le jeune flic lui décocha un regard, l'air de lui dire de s'occuper de ses oignons. Mike capta des bribes à propos d'une voiture sur le parking d'un hôtel Ramada, mais il n'en entendit pas plus.

— Voulez-vous aller vous asseoir pendant que j'essaie de joindre le capitaine Huff ?

— Bien sûr.

Mike s'installa sur un banc, à côté d'un homme en complet-veston en train de remplir des papiers. L'un des flics lança à la cantonade :

— On a interrogé tout le personnel. Personne ne l'a vue.

Mike se demanda vaguement de quoi il parlait, mais c'était juste pour se changer les idées.

Huff avait menti.

Il ne quittait pas des yeux le jeune homme à la réception. Ce dernier raccrocha, et Mike sentit à son expression que les choses se présentaient mal.

— Monsieur Baye ?

— Docteur Baye, rectifia Mike.

Cette fois, il risquait d'être taxé d'arrogance, mais quelquefois un titre pouvait vous valoir un traitement de faveur. Pas toujours. Quelquefois seulement.

— Docteur Baye. Malheureusement, nous avons une matinée très chargée. Le capitaine Huff m'a prié de vous dire qu'il vous rappellera dès que possible.

— Ça ne va pas le faire.

— Pardon ?

Le poste de police se composait en grande partie de bureaux paysagers. Il y avait une cloison d'un mètre de hauteur – pourquoi on trouve ça dans tous les postes de police ? qui ça va arrêter ? – avec un portillon qu'il suffisait de pousser pour entrer. Au fond, Mike aperçut une porte sur laquelle on voyait clairement écrit CAPITAINE. Sans perdre une seconde, au prix de nouvelles douleurs irradiant dans son visage et sa poitrine, il contourna le bureau de la réception.

— Monsieur ?

— Ne vous inquiétez pas, je connais le chemin.

Il souleva le loquet et se hâta vers le bureau du capitaine.

— Arrêtez-vous tout de suite !

Convaincu que le gamin n'allait pas lui tirer dessus, Mike n'en fit rien. Il était à la porte avant que quiconque n'ait songé à l'intercepter. Il tourna la poignée. C'était ouvert. Il poussa le battant.

Huff était au téléphone.

— Bon sang, mais qui… ?

Le jeune réceptionniste arriva, prêt à ceinturer l'intrus, mais Huff l'arrêta d'un geste de la main.

— C'est OK.

— Désolé, capitaine. Il a foncé droit vers votre bureau.

— Ne vous inquiétez pas. Fermez la porte, voulez-vous ?

Le petit jeune s'exécuta à contrecœur. L'une des parois était vitrée. Il se posta derrière pour observer ce qui se passait dans la pièce. Mike le fusilla du regard avant de se tourner vers Huff.

— Vous avez menti.

— Je suis occupé, Mike.

— J'ai vu votre fils avant de me faire agresser.

— Vous n'avez pas pu le voir. Il était à la maison.

— C'est des conneries, ça.

Huff ne se leva pas. Il n'invita pas Mike à s'asseoir. Les mains derrière la tête, il se laissa basculer en arrière.

— Ce n'est pas vraiment le moment.

— Mon fils était chez vous. Puis il est allé dans le Bronx.

— Comment le savez-vous, Mike ?

— Il a une puce GPS dans son portable.

Huff haussa les sourcils.

— Eh bien !

Il devait déjà être au courant. Ses collègues new-yorkais avaient dû le prévenir.

— Pourquoi vous mentez, Huff ?

— Cette puce GPS, quel est son degré de précision ?

— Comment ?

— Il n'était peut-être pas du tout avec DJ. Il était peut-être chez des voisins. Le fils Lubetkin habite deux maisons plus loin. Ou alors, il est passé chez nous avant que je rentre. Ou encore, il était dans les parages et s'est ravisé au dernier moment.

— Vous parlez sérieusement ?

On frappa à la porte. Un autre flic glissa la tête à l'intérieur.

— M. Cordova est là.

— Installez-le dans la salle A, dit Huff. J'arrive dans une minute.

Le flic hocha la tête, laissa la porte se refermer. Huff se leva. C'était un homme de haute taille, aux cheveux plaqués en arrière. D'ordinaire, il se la jouait impassible, genre flic qui maîtrise la situation, comme lors de leur entrevue de la veille. Sauf que, là, on sentait que l'effort lui pesait. Mike soutint son regard sans ciller.

— Mon fils n'est pas sorti de la nuit.

— Mensonge.

— Il faut que j'y aille. Je n'ai pas envie de discuter de ça avec vous.

Il se dirigea vers la porte. Mike lui barra le passage.

— Je dois parler à votre fils.

— Écartez-vous, Mike.

— Non.

— Votre tête.

— Quoi, ma tête ?

— Vous êtes suffisamment amoché comme ça, observa Huff.

— Vous voulez vous y coller ?

Il ne répondit pas.

— Allez, Huff, je suis déjà cassé de partout. Vous voulez remettre ça ?

— Remettre ?

— Vous ne faisiez pas partie de la bande, par hasard ?

— Quoi ?

— Votre fils y était. Ça, j'en suis sûr. Alors allons-y. Mais cette fois, face à face. Un contre un. Plutôt qu'une bande d'individus qui profite qu'on a le dos tourné pour vous tomber dessus. Allez, on y va. Enlevez votre arme et verrouillez votre porte. Dites à vos petits camarades de nous fiche la paix. Voyons un peu quel dur à cuire vous êtes.

Huff esquissa un demi-sourire.

— Et vous croyez que ça va vous aider à retrouver votre fils ?

Soudain, Mike comprit le message que Mo avait tenté de lui faire passer. Plutôt que de défier Huff, il aurait dû faire appel à son instinct paternel. Non pas que cela l'eût amadoué. Bien au contraire. Mike voulait sauver son fils, et c'était pareil pour

Huff. Mike n'avait que faire de DJ Huff… et Huff n'avait que faire d'Adam Baye.

Chacun cherchait à protéger son propre enfant. Huff était prêt à se battre : qu'il perde ou qu'il gagne, il ne laisserait pas tomber son fils. *Idem* pour les autres parents, ceux de Clark ou d'Olivia. Là était l'erreur de Mike. Tia et lui interpellaient des adultes qui se jetteraient sur une grenade pour sauver leurs rejetons. Il s'agissait donc avant tout de circonvenir la vigilance parentale.

— Adam a disparu, dit Mike.

— Je comprends bien.

— J'en ai parlé à la police de New York. Mais à qui dois-je m'adresser ici pour qu'on m'aide à retrouver mon fils ?

— Dis à Cassandra qu'elle me manque, chuchota Nash.

Alors seulement – enfin – tout s'arrêta pour Reba Cordova.

Nash se rendit dans un garde-meuble sur la route 15 dans le comté de Sussex.

Il recula la camionnette jusqu'à la rampe d'accès de son box. La nuit était tombée. Il n'y avait personne pour les voir. Il avait placé le corps dans une grande poubelle, au cas – très improbable – où il croiserait du monde. Un garde-meuble était l'endroit rêvé pour ce genre de chose. Il se rappelait une affaire d'enlèvement où les ravisseurs avaient séquestré leur victime dans un box comme celui-là. Celle-ci était morte de suffocation accidentelle. Nash connaissait des histoires qui feraient se dresser les cheveux sur la tête. Ces affiches de disparus, les photos de mômes sur les briques de lait, les femmes qui quittent un beau jour leur foyer en toute innocence, on se demande ce qu'ils sont devenus, alors que souvent, plus souvent qu'on ne l'imagine, ils sont retenus, ligotés et bâillonnés, dans un lieu similaire.

La police croyait que les criminels opéraient selon un schéma établi. C'était peut-être vrai – la plupart des criminels sont des abrutis –, mais Nash, lui, employait la méthode inverse. Il avait battu Marianne de façon à la rendre méconnaissable, tandis qu'il n'avait pas touché au visage de Reba. Notamment pour une question de logistique. Il pouvait dissimuler la véritable identité de Marianne, pas celle de Reba. À l'heure qu'il était, son mari avait dû donner l'alerte. Si jamais on découvrait un nouveau cadavre, ensanglanté et défiguré lui aussi, la police ne manquerait pas de faire le lien avec Reba Cordova.

D'où le changement de mode opératoire : il n'y aurait pas de cadavre du tout.

C'était ça, la clé. Nash avait déposé Marianne quelque part où on pouvait la trouver, tandis que Reba allait se volatiliser purement et simplement. Sa voiture abandonnée sur le parking de l'hôtel laisserait croire à un rendez-vous clandestin. La police se focaliserait là-dessus, explorerait cette piste, fouillerait dans son passé pour essayer de dénicher un amant. Avec un peu de chance, peut-être que Reba avait bel et bien un autre homme dans sa vie. Tous les regards seraient braqués sur lui. D'une manière ou d'une autre, en l'absence de cadavre, la police n'aurait rien de concret à inscrire au dossier et conclurait probablement à une fugue. Il n'y aurait aucun lien entre Reba et Marianne.

Il allait la garder ici. Du moins, pour le moment.

Pietra avait à nouveau le regard éteint. Jadis, elle avait été une jeune et ravissante actrice dans ce qui s'appelait encore la Yougoslavie. Au cours d'un nettoyage ethnique, son mari et son fils avaient été tués sous ses yeux d'une manière trop atroce pour qu'on puisse la raconter. Pietra n'avait pas eu cette chance-là... elle avait survécu. Nash, qui était mercenaire à l'époque, l'avait sauvée. Ou plutôt ce qui restait d'elle. Depuis, Pietra ne revivait que quand elle devait tenir un rôle, comme dans ce bar où ils avaient ramassé Marianne. Le reste du temps, c'était le vide. Les soldats serbes avaient tout anéanti.

— J'avais promis à Cassandra, lui dit-il. Tu comprends ça, hein ?

Elle tourna la tête. Il étudia son profil.

— Tu as des remords, c'est ça ?

Pietra ne répondit pas. Ils avaient plongé le corps de Reba dans un mélange de sciure et de fumier, histoire de le conserver pendant un moment. Ne voulant pas prendre le risque de voler d'autres plaques minéralogiques, Nash sortit le rouleau de ruban isolant noir et transforma le F en E. Cela devrait suffire. Dans un coin du box, il y avait un tas d'autres « déguisements » pour sa camionnette. Une pancarte publicitaire aimantée pour les peintures Tremesis. Une autre sur laquelle on lisait « Institut de Cambridge ». Il choisit un autocollant acheté lors d'un rassemblement religieux intitulé L'AMOUR DU SEIGNEUR en octobre dernier. On y lisait :

DIEU NE CROIT PAS AUX ATHÉES

Nash sourit. C'était gentil comme formule. Mais surtout, ça ne passait pas inaperçu. Il le fixa avec du Scotch double face pour pouvoir le décoller facilement. Ce type de slogan, ça frappe ou ça choque, mais au moins on le remarque. Et lorsqu'on fait attention à ces choses-là, on ne fait pas attention aux plaques d'immatriculation.

Ils remontèrent dans la camionnette.

« Les yeux, fenêtres de l'âme. » Avant de rencontrer Pietra, Nash pensait que c'était du pipeau. Mais dans son cas, il fallait bien se rendre à l'évidence. Elle avait des yeux magnifiques, d'un bleu pailleté d'or, et pourtant on sentait qu'il n'y avait rien derrière – quelqu'un avait soufflé les bougies, et plus jamais on ne les rallumerait.

— Cela devait être fait, Pietra. Tu le sais bien.

Elle finit par ouvrir la bouche.

— Tu as aimé ça.

Ce n'était pas un jugement moral. Elle connaissait Nash depuis suffisamment longtemps pour qu'il ne lui raconte pas d'histoires.

— Et alors ?

Elle détourna les yeux.

— Qu'y a-t-il, Pietra ?

— Moi, je sais ce qui est arrivé aux miens, fit-elle.

Nash ne dit rien.

— J'ai vu mon fils et mon mari souffrir atrocement. Et eux, ils m'ont vue souffrir. C'est la dernière chose qu'ils ont vue avant de mourir… moi en train de souffrir avec eux.

— Je le sais, répondit Nash. Tu dis que j'ai aimé ça. Mais, toi aussi tu aimes ça, non ?

Elle acquiesça sans hésitation :

— Oui.

On aurait tendance à croire le contraire – que la victime d'une telle barbarie répugnerait d'instinct à toute effusion de sang. Malheureusement, le monde est fait autrement. La violence engendre la violence, et pas seulement de façon directe, sous forme de représailles. Un enfant maltraité devient en grandissant un adulte maltraitant. Le fils traumatisé par un père qui brutalise sa mère a toutes les chances de battre un jour sa propre femme.

Pourquoi ?

Pourquoi nous, les humains, ne tirons-nous jamais les leçons de l'expérience ? Qu'est-ce qui, dans notre constitution, nous pousse à faire des choses qui devraient nous horrifier ?

Après avoir été secourue par Nash, Pietra avait rêvé de vengeance. Elle n'avait pensé qu'à ça durant toute sa convalescence. Trois semaines après sa sortie d'hôpital, Nash et elle avaient retrouvé l'un des tortionnaires. Ils avaient réussi à le capturer. Nash l'avait ligoté et bâillonné. Puis il avait donné à Pietra une paire de cisailles et l'avait laissée seule avec lui. L'homme avait mis trois jours à mourir. À la fin du premier jour, il avait supplié Pietra de le tuer. Elle n'en avait rien fait.

Elle avait adoré ça.

En fin de compte, nombre de gens trouvent que le désir de vengeance est un sentiment stérile. On se sent vide après avoir fait du mal à un autre être humain, à supposer même qu'il l'ait mérité. Mais pas Pietra. Depuis cette expérience, elle en voulait toujours plus. C'était en grande partie pour cela qu'elle était restée aux côtés de Nash.

— Alors, qu'est-ce qui a changé cette fois ? s'enquit-il.

Elle prit son temps, mais finit par lâcher le morceau.

— Le fait de ne pas savoir, dit-elle d'une voix sourde. De ne *jamais* savoir. La douleur physique, ce n'est pas un problème.

Elle se retourna vers le box.

— Mais qu'un homme passe le reste de sa vie à se demander ce qu'est devenue la femme qu'il aimait…

Elle secoua la tête.

— À mon avis, c'est pire.

Nash posa la main sur son épaule.

— On n'y peut rien, là, tout de suite. Tu comprends ?

Elle hocha la tête, regardant droit devant elle.

— Mais un jour ?

— Oui, Pietra. Un jour. Quand on en aura terminé avec ça, on lui fera connaître la vérité.

22

Lorsque Guy Novak revint se garer dans son allée, ses mains agrippaient le volant dans la position dix heures dix, les jointures blanches à force de serrer. Le pied sur la pédale de frein, il demeura immobile, broyé par un terrible sentiment d'impuissance.

Il jeta un œil sur son reflet dans le rétroviseur. Ses cheveux commençaient à se raréfier. Sa raie partait de plus en plus sur le côté. Ce n'était pas encore un cache-misère, mais n'est-ce pas ce que tout le monde se dit ? La raie migre vers le sud, si lentement qu'on ne s'en rend pas compte au fil des jours, ni même au fil des semaines, jusqu'au moment où l'on entend des ricanements derrière son dos.

Guy contempla l'homme dans la glace, incapable d'admettre que c'était lui. La raie, il le savait, continuerait à descendre. Une chevelure clairsemée, ça valait mieux qu'une surface chromée et luisante.

Il ôta une main du volant, enclencha la position parking, tourna la clé de contact. Lança un autre regard dans le rétroviseur.

Pitoyable.

Ça, un homme ? Ce type qui passe devant la maison et qui ralentit. Un vrai dur, quoi. Allez, Guy, prouve que tu en as... ou as-tu trop peur de toucher à l'ordure qui a brisé ton enfant ?

Quel genre de père es-tu ? Quel genre d'homme ?

Le genre pitoyable.

Oui, bien sûr, il avait couru pleurer dans le giron du directeur. Lequel lui avait prêté une oreille attentive mais n'avait rien fait. Lewiston enseignait toujours. Lewiston rentrait chez lui, embrassait sa jolie épouse, faisait sauter sa petite fille dans ses bras et l'écoutait glousser. La femme de Guy, la mère de Yasmin, l'avait quitté alors que Yasmin n'avait pas deux ans. La plupart des gens reprochaient à son ex d'avoir abandonné sa famille, mais la vérité, c'était que Guy n'avait pas été à la hauteur. Son ex s'était mise à coucher à droite et à gauche, et cela lui était égal que Guy soit au courant ou pas.

Ça, c'était sa femme. Il n'avait pas su la garder. OK, c'était une chose.

Mais là, il s'agissait de son enfant.

Yasmin. Son adorable fille. La seule et unique réussite de sa vie d'homme. Avoir engendré un enfant. L'avoir élevé. Porter l'entière responsabilité de son bien-être.

N'était-ce pas son rôle de la protéger ?

Beau travail, Guy.

Il n'avait même pas le courage de se battre pour elle. Qu'aurait dit son propre père ? Il l'aurait gratifié de son regard méprisant, le regard qui tue. Il l'aurait traité de chochotte car si quelqu'un avait fait ça à l'un de ses proches, George Novak lui aurait flanqué la raclée de sa vie.

C'était ce que Guy brûlait de faire.

Il descendit de voiture. Cette maison, voilà douze ans qu'il y habitait. Il se souvint de la main de son ex dans la sienne quand ils étaient arrivés ici, de son sourire. Le trompait-elle déjà à l'époque ? C'était fort probable. Des années durant après son départ, Guy s'était demandé si Yasmin était de lui. Il s'efforçait de chasser cette pensée, de se convaincre que cela n'avait pas d'importance, d'ignorer le doute qui le rongeait. Pour finir, n'y tenant plus, il s'était arrangé voilà deux ans pour effectuer en douce un test de paternité. Trois pénibles semaines s'étaient écoulées dans l'attente des résultats. Mais cela en avait valu la peine.

Yasmin était sa fille.

Là encore, cela peut sembler pathétique, mais le fait d'avoir acquis cette certitude l'avait aidé à mieux remplir son rôle de père. Le bonheur de Yasmin, ses besoins passaient avant les siens. Il l'aimait, la chérissait et jamais il ne la rabaissait comme son père l'avait fait avec lui.

Mais il n'avait pas su la protéger.

Il s'arrêta, regarda la maison. S'il voulait la remettre en vente, un coup de peinture ne serait pas de trop. Et il faudrait aussi tailler les arbustes.

— Eh, vous !

Cette voix féminine lui était inconnue. Guy se retourna, plissant les yeux au soleil. Stupéfait, il vit la femme de Lewiston émerger de sa voiture. Le visage convulsé de rage, elle se dirigea vers lui.

Guy ne bougea pas.

— À quoi jouez-vous, demanda-t-elle, à passer et repasser devant chez moi ?

Guy, qui n'avait jamais eu la repartie facile, rétorqua :

— Nous sommes dans un pays libre.

Dolly Lewiston fonça sur lui tellement vite qu'il eut peur qu'elle ne le frappe. Il leva même les mains et recula d'un pas. Pathétiquement faible, une fois de plus. Incapable non seulement de défendre son enfant, mais d'affronter la femme de son bourreau.

Dolly s'arrêta, pointa un doigt sur lui.

— Ne vous approchez pas de ma famille, vous entendez ?

Il mit un moment à rassembler ses idées.

— Savez-vous ce que votre mari a fait à ma fille ?

— Il a commis une erreur.

— Il s'est moqué d'une gamine de onze ans.

— Je sais ce qu'il a fait. C'était idiot. Il regrette. Vous n'imaginez pas à quel point.

— Il lui a pourri la vie.

— Et donc, vous voulez nous rendre la pareille ?

— Votre mari devrait démissionner, dit Guy.

— Pour un simple lapsus ?

— Il lui a volé son enfance.

— Vous êtes en plein mélo, là.

— Vous ne savez vraiment pas ce que c'est… de se faire vanner jour après jour ? Ma fille était heureuse. Elle n'était pas parfaite, non, mais elle était heureuse. Alors que maintenant…

— Écoutez, je suis désolée. Sincèrement. Mais je veux que vous nous laissiez tranquilles.

— S'il l'avait frappée – giflée, je ne sais pas –, on l'aurait viré, non ? Or ce qu'il a fait à Yasmin est bien pire.

Dolly esquissa une moue.

— Vous êtes sérieux, là ?

— Je ne lâcherai pas l'affaire.

Elle fit un pas dans sa direction. Cette fois, il ne recula pas. Leurs visages étaient à trente centimètres l'un de l'autre. Sa voix n'était plus qu'un murmure :

— Vous croyez vraiment que se faire insulter est le pire qui puisse lui arriver ?

Il ouvrit la bouche, mais aucun son n'en sortit.

— Vous vous en prenez à ma famille, monsieur Novak. Ma famille. Les gens que j'aime. Mon mari a commis une erreur. Il s'est excusé. Mais vous continuez à vouloir nous faire du mal. Si c'est le cas, nous nous défendrons.

— Si vous parlez d'une action en justice…

Elle s'esclaffa.

— Oh non, répondit-elle, toujours dans un murmure. Il n'est pas question d'un procès.

— De quoi alors ?

Dolly Lewiston pencha la tête à droite.

— Avez-vous déjà été physiquement agressé, monsieur Novak ?

— C'est une menace ?

— C'est une question. Vous dites que mon mari, ce qu'il a fait, c'est pire qu'une agression physique.

Je vous assure que non, monsieur Novak. Je connais des gens. Un seul mot de ma part – une simple allusion, comme quoi quelqu'un cherche à me nuire –, et ils viendront ici la nuit, pendant que vous serez en train de dormir. Que votre fille sera en train de dormir.

La bouche sèche, Guy sentit ses genoux se transformer en coton.

— Ça m'a tout l'air d'une menace, madame Lewiston.

— Pas du tout. C'est une promesse. Si vous vous en prenez à nous, on ne restera pas les bras ballants à vous regarder faire. J'emploierai tous les moyens à ma disposition pour vous en empêcher. Suis-je claire ?

Il ne répondit pas.

— Soyez gentil, monsieur Novak. Occupez-vous de votre fille, pas de mon mari. Oubliez-nous.

— Non.

— Alors le cauchemar ne fait que commencer.

Dolly Lewiston fit volte-face et repartit sans ajouter un mot. Les jambes flageolantes, Guy Novak la regarda s'engouffrer dans la voiture. Elle ne se retourna pas, mais il vit qu'elle souriait.

Elle est cinglée, se dit-il.

Mais cela signifiait-il qu'il devait plier ? N'avait-il pas courbé l'échine tout au long de sa foutue vie ? N'était-ce pas la source de tous ses malheurs… tout ce temps qu'il avait passé à faire la carpette ?

Il poussa la porte et pénétra dans la maison.

— Ça va ?

C'était Beth, sa dernière conquête en date. Elle se mettait en quatre pour faire plaisir. Elles étaient toutes pareilles. La pénurie d'hommes dans cette tranche d'âge était telle qu'elles s'évertuaient en même temps à plaire et à masquer leur manque affectif, mais sans y parvenir tout à fait. Le manque, on avait beau le planquer, il suintait par tous les pores de la peau.

Guy aurait voulu pouvoir dépasser cela. Et que les femmes en fassent autant pour voir l'homme qu'il était réellement. Mais c'était comme ça et, du coup, toutes ses relations demeuraient superficielles. Les femmes demandaient davantage qu'il ne pouvait leur donner. Elles essayaient de ne pas lui mettre la pression, ce qui était oppressant en soi. Les femmes avaient besoin d'un nid. D'intimité. Pas lui. Mais elles restaient malgré tout, jusqu'à ce qu'il rompe.

— Ça va, répondit Guy. Excuse-moi d'avoir été aussi long.

— Aucun problème.

— Les filles vont bien ?

— Oui. La maman de Jill est passée la prendre. Yasmin est là-haut, dans sa chambre.

— OK, parfait.

— Tu as faim, Guy ? Tu veux que je te prépare à manger ?

— À condition que tu te joignes à moi.

Beth s'épanouit et, curieusement, il s'en voulut. La femme qu'il fréquentait lui donnait l'impression d'être minable et bien mieux qu'il n'était à la fois. À nouveau, il se sentit détestable.

Elle vint à lui et déposa un baiser sur sa joue.

— Va te reposer, je m'occupe du déjeuner.

— Super. Je vais juste jeter un œil sur mes mails.

Mais lorsque Guy alluma son ordinateur, il n'y avait qu'un seul nouveau message. Provenant d'un compte Hotmail anonyme, et dont la lecture lui glaça le sang.

S'il vous plaît, écoutez-moi. Vous devriez mieux cacher votre arme.

Tia en vint presque à regretter de n'avoir pas accepté l'offre d'Hester Crimstein. Jamais elle ne s'était sentie aussi inutile de sa vie. Elle avait appelé les amis d'Adam, mais ils ne savaient rien. Son anxiété grandissait. Jill, qui avait oublié d'être bête, surtout en matière d'humeur parentale, flaira que ça ne tournait pas rond dans sa tête.

— Maman, où est Adam ?

— Aucune idée, chérie.

— Je l'ai appelé sur son portable. Il n'a pas répondu.

— Je sais. Nous faisons tout pour le retrouver.

Tia regarda le visage de sa fille. Tellement adulte déjà. Le cadet grandit différemment de l'aîné. Le premier enfant, on le couve. On surveille chacun de ses pas. Chaque fois qu'il respire, on croit que ça fait partie du plan divin. La terre, la lune, le soleil, les étoiles… tout tourne autour du premier-né.

Tia songea aux pensées et aux peurs cachées, aux secrets – ceux de son fils qu'elle avait cherché à découvrir. Avait-elle eu raison ou tort, à la lumière des derniers événements ? Chacun a ses propres problèmes. Tia, elle, était une angoissée. Elle faisait systématiquement mettre un casque aux enfants pendant la pratique d'un sport, et des lunettes de protection s'il le fallait. Elle restait à l'arrêt du bus jusqu'à ce qu'ils montent… encore maintenant, même si Adam, à son âge, se serait rebiffé ; du coup elle se cachait et les observait de loin. Elle n'aimait pas qu'ils traversent une grande artère ou prennent le vélo pour se rendre au centre-ville. Elle n'aimait pas le covoiturage car les autres mères ne conduisaient pas forcément avec toute la prudence requise. Elle prêtait une oreille attentive à toutes les histoires effroyables survenues à des enfants : accidents de voiture, noyades en piscine, enlèvements, crashs d'avion, tout. Elle écoutait, puis, de retour à la maison, cherchait ce qu'Internet recelait sur le sujet et lisait tous les articles en ligne qui s'y rapportaient, pendant que Mike soupirait et essayait de la calmer en parlant de faibles probabilités, en démontrant que ses craintes étaient infondées, qu'elle se faisait du mal pour rien.

Pour rares qu'ils fussent, ces drames arrivaient bien à quelqu'un. Et aujourd'hui, ce quelqu'un, c'était elle.

Étaient-ce de simples angoisses ou avait-elle eu raison depuis le début ?

Son portable se mit à carillonner, et elle se précipita pour répondre, avec l'espoir fébrile que c'était Adam. Mais ce n'était pas lui. Le numéro était masqué.

— Allô ?

— Madame Baye ? Inspecteur Schlich à l'appareil.

La femme flic de l'hôpital. À nouveau, la peur l'étreignit. On croit que, la prochaine fois, ça ne pourra pas être pire, mais en fait on ne s'y habitue jamais.

— Oui ?

— Le téléphone de votre fils a été retrouvé dans une poubelle non loin de l'endroit où votre mari a été agressé.

— Donc, il était là-bas ?

— C'est ce qu'on supposait déjà.

— Et on lui a volé son portable.

— Ça, c'est une autre histoire. Si le téléphone a été jeté, c'est sans doute que quelqu'un – votre fils, très vraisemblablement – a vu votre mari et compris qu'il avait été suivi.

— Mais vous n'en êtes pas sûre.

— Non, madame Baye, je n'en suis pas sûre.

— Avec ça, vous allez prendre l'affaire plus au sérieux maintenant ?

— Nous l'avons toujours prise au sérieux, répliqua Schlich.

— Vous m'avez comprise.

— Oui. Écoutez, cette ruelle, nous l'appelons le passage du Vampire car il n'y a personne dans la journée. Personne. Ce soir, à la réouverture des bars et des clubs, nous irons enquêter sur place.

Des heures à attendre. Jusqu'à la tombée de la nuit.

— Si jamais il y a du nouveau, je vous préviendrai.

— Merci.

Tia allait reposer son portable quand elle vit une voiture s'engager dans l'allée. S'approchant de la fenêtre, elle vit Betsy Hill, la mère de Spencer, en sortir et se diriger vers la porte d'entrée.

Réveillée de bon matin, Ilene Goldfarb mit la cafetière en route, puis enfila son peignoir et ses mules et sortit pour aller chercher le journal. Herschel, son mari, était encore au lit. Son fils Hal était rentré tard dans la nuit, comme il sied à un adolescent de son âge. Hal avait été admis à Princeton, là où elle-même avait fait ses études. Il avait travaillé dur et, maintenant, il décompressait, rien que de très normal.

Le soleil matinal réchauffait la cuisine. Ilene s'assit dans son fauteuil préféré et replia ses jambes sous elle. Elle écarta les revues médicales – il y en avait un paquet. Non seulement elle était un chirurgien de renom, mais son mari – il exerçait au Valley Hospital à Ridgewood – était considéré comme l'un des plus grands cardiologues du nord du New Jersey.

Ilene lut le journal en sirotant son café. Elle pensait aux petits plaisirs de la vie et au peu de temps qu'elle avait à leur consacrer. Elle pensait à Herschel, là-haut, à ce beau garçon rencontré à la fac de médecine. Ils avaient survécu aux horaires et aux exigences draconiennes de la fac, de l'internat, des bourses d'études, du travail. Au fil des ans, ses sentiments pour lui s'étaient atténués, créant une bulle paisible et rassurante, jusqu'à ce que, récemment, Herschel la fasse s'asseoir et lui suggère une « séparation à l'essai » maintenant qu'Hal allait quitter le nid.

— Qu'est-ce qu'il reste ? lui avait-il demandé en écartant les mains. Quand on pense à nous en tant que couple, qu'est-ce qu'il reste, Ilene ?

Assise seule dans la cuisine, à l'endroit même où, après vingt-quatre années de vie commune, son mari lui avait posé cette question, elle croyait entendre encore le son de sa voix.

Ilene avait travaillé en repoussant toujours plus loin ses limites, et elle avait tout eu : une carrière prestigieuse, une famille unie, une grande maison, le respect de ses pairs et de ses amis. Et son mari se demandait ce qu'il en restait. Interrogation légitime. Le glissement avait été lent, progressif ; elle n'avait rien vu venir. Ou alors ça ne l'avait pas intéressée. Ou elle n'en avait pas désiré davantage. Allez savoir.

Elle jeta un œil en direction de l'escalier. Tentée de remonter dans la minute qui suivait, de se glisser dans le lit tout contre Herschel et de lui faire l'amour des heures durant, comme du temps de leur jeunesse, pour lui extirper le doute – ce « qu'est-ce qu'il reste ? » – de la tête. Mais elle était incapable de se lever. Incapable. Elle continua donc à lire le journal et à boire son café en se tamponnant les yeux.

— Salut, maman.

Hal ouvrit le frigo et but à même le carton de jus d'orange. Il fut une époque où elle l'aurait repris – elle l'avait fait pendant des années –, mais au fond, Hal était le seul à boire du jus d'orange, et franchement, que d'heures perdues à parlementer là-dessus ! Il allait partir pour l'université. Leur vie commune allait s'interrompre. Pourquoi gâcher ces derniers instants avec des détails insignifiants ?

— Bonjour, chéri. Tu es rentré tard ?

Il but, haussa les épaules. Il portait un short, un T-shirt gris et un ballon de basket sous le bras.

— Tu joues au gymnase du lycée ?

— Non, à Heritage.

Il avala une dernière lampée.

— Et toi, ça va ? lui demanda-t-il.

— Moi ? Mais oui, pourquoi ?

— Tu as les yeux rouges.

— Tout va bien.

— Et puis, j'ai vu ces types qui sont passés à la maison.

Les agents du FBI. Venus l'interroger sur sa clientèle, sur Mike, sur des choses qui n'avaient aucun sens pour elle. En temps normal, elle en aurait parlé à Herschel, mais il semblait trop occupé à préparer sa future vie sans elle.

— Je croyais que tu étais sorti.

— Je me suis arrêté pour prendre Ricky et j'ai fait une marche arrière dans la rue. On aurait dit des flics.

Ilene Goldfarb ne dit rien.

— C'étaient des flics ?

— Ce n'est pas important. Ne t'inquiète pas.

Il n'insista pas et s'en alla en faisant rebondir le ballon. Vingt minutes plus tard, le téléphone sonna. Elle regarda la pendule. Huit heures. À cette heure-ci, ce devait être l'hôpital, même si elle n'était pas de garde. Les standardistes se trompaient souvent et transféraient l'appel au mauvais médecin.

Elle vérifia l'identité de l'appelant et vit le nom LORIMAN.

Ilene décrocha.

— C'est Susan Loriman.

— Oui, bonjour.

— Je ne veux pas parler à Mike de cette...

Elle s'interrompit comme si elle cherchait le mot juste.

— ... cette situation. À propos du donneur le plus compatible pour Lucas.

— Je comprends, répondit Ilene. Je reçois au cabinet le mardi, si vous souhaitez...

— On ne pourrait pas se voir aujourd'hui ?

Ilene allait protester. La dernière chose dont elle avait envie en ce moment, c'était de couvrir ou même d'aider une femme qui s'était mise toute seule dans le pétrin. Sauf qu'il ne s'agissait pas de Susan Loriman, se rappela-t-elle. Il s'agissait de son fils Lucas et de son patient à elle, Ilene.

— Oui, entendu.

23

Tia ouvrit la porte avant que Betsy Hill n'ait eu le temps de frapper et demanda à brûle-pourpoint :

— Savez-vous où est Adam ?

Décontenancée, Betsy s'arrêta net, les yeux agrandis. Voyant l'expression de Tia, elle secoua vivement la tête.

— Non, absolument pas.

— Alors pourquoi êtes-vous venue ?

— Adam a disparu ?

— Oui.

La couleur déserta le visage de Betsy. On imaginait aisément ce que cela lui évoquait. Tia elle-même avait déjà songé à la similitude de leur situation par rapport à ce qui était arrivé à Spencer.

— Tia ?

— Oui ?

— Avez-vous pensé à regarder sur le toit du lycée ?

Là où on avait retrouvé Spencer.

Tia n'objecta pas, ne discuta pas. Elle cria à Jill qu'elle revenait tout de suite – Jill serait bientôt en âge de rester seule pour un court laps de temps, et de toute façon elle n'avait pas le choix –, puis les deux femmes coururent jusqu'à la voiture de Betsy Hill.

Betsy prit le volant. Tia était assise, figée, à côté d'elle. Deux rues plus loin, Betsy dit :

— J'ai parlé à Adam hier.

Tia entendit les mots, mais leur sens peinait à pénétrer son cerveau.

— Quoi ?

— Vous êtes au courant, pour la page qu'ils ont créée à la mémoire de Spencer sur MySpace ?

Tia s'efforça d'émerger du brouillard, de se concentrer. La page sur MySpace. Oui, elle en avait entendu parler.

— Oui.

— Il y avait une nouvelle photo là-dessus.

— Je ne comprends pas.

— Prise juste avant la mort de Spencer.

— Je croyais qu'il était seul le soir de sa mort.

— Moi aussi, je l'ai cru.

— Je ne vois toujours pas.

— Je pense, dit Betsy, qu'Adam était avec Spencer ce soir-là.

Tia se tourna vers elle. Betsy avait les yeux rivés sur la route.

— Et vous lui en avez parlé hier ?

— Oui.

— Où ?

— Sur le parking, après les cours.

Tia se souvint alors des messages instantanés échangés avec CJ8115 :

Qu'est-ce qui ne va pas ?
Sa mère m'a chopé après les cours.

Elle demanda :
— Pourquoi n'êtes-vous pas venue me voir ?
— Parce que je ne voulais pas entendre votre version, Tia, rétorqua Betsy sèchement. Je voulais la version d'Adam.
Le lycée, un vaste complexe en brique morne, se profila au loin. Betsy s'était à peine arrêtée que déjà Tia avait bondi hors de la voiture et se précipitait vers la bâtisse. Le corps de Spencer, se rappela-t-elle, avait été découvert sur le toit d'une dépendance, une planque bien connue des fumeurs depuis l'édification du bâtiment. Les jeunes grimpaient sur le rebord de la fenêtre et de là escaladaient la gouttière.
— Attendez, cria Betsy.
Mais Tia y était presque. Même un samedi, le parking était bondé. Rien que des monospaces et des 4 × 4. C'était l'heure des matchs de base-ball et de la permanence du club de foot. Les parents, le long de la ligne de touche, serraient des gobelets Starbucks dans leurs mains, bavardaient sur leurs portables, prenaient des photos au téléobjectif, jouaient avec leurs BlackBerry. Tia n'aimait pas ces manifestations sportives car, elle avait beau s'en défendre, elle finissait par prendre les choses trop à cœur. Elle détestait ces parents qui ne vivaient qu'à travers les performances de leurs

mômes – elle trouvait ça à la fois mesquin et pitoyable – et ne voulait surtout pas devenir comme eux. Mais lorsqu'elle venait voir son propre fils en compétition, elle s'angoissait tellement, elle avait tant envie de le savoir heureux, qu'elle en sortait complètement vidée.

Ravalant ses larmes, Tia courut jusqu'à la dépendance. Arrivée à la fenêtre, elle s'arrêta.

Il n'y avait plus de rebord.

— Ils l'ont détruit après ce qui est arrivé à Spencer, dit Betsy en la rejoignant. Pour que les gamins ne puissent plus monter là-haut. Désolée, j'avais oublié de vous le dire.

Tia leva la tête.

— Ils ont bien dû trouver un autre moyen d'accès.

— Sûrement.

Tia et Betsy examinèrent rapidement la bâtisse, sans résultat. Elles foncèrent vers la porte d'entrée. Celle-ci étant verrouillée, elles tambourinèrent jusqu'à ce que le concierge, avec son nom, « Karl », cousu sur son uniforme, fasse son apparition.

— C'est fermé, annonça-t-il à travers la vitre.

— Il faut qu'on puisse accéder au toit, cria Tia.

— Au toit ?

Il fronça les sourcils.

— Pour quoi faire ?

— S'il vous plaît, laissez-nous entrer.

Le regard du concierge glissa sur elle. Puis il aperçut Betsy Hill et tressaillit visiblement. À tous les coups, il l'avait reconnue. Sans un mot, il s'empara de ses clés et ouvrit la porte à la volée.

— Par ici.

Ils repartirent tous les trois en courant. Le cœur de Tia cognait si fort qu'il risquait de jaillir hors de sa poitrine d'une seconde à l'autre. Les larmes lui brouillaient la vue. Karl poussa une porte et désigna un coin. Il y avait là une échelle fixée au mur, comme celles qu'on voit dans les sous-marins. Tia ne perdit pas de temps. Elle s'y rua et entreprit d'escalader les barreaux. Betsy Hill la suivait de près.

Elles atteignirent le toit, mais du côté opposé de l'endroit qui les intéressait. Tia foula le goudron et le gravier, Betsy sur ses talons. Il y avait des dénivelés. À un moment, elles durent sauter presque l'équivalent de la hauteur d'un étage. Elles le firent sans hésiter.

— Là, juste derrière, lança Betsy.

Elles contournèrent le pan de mur et s'immobilisèrent.

Il n'y avait pas de corps.

C'était l'essentiel. Adam ne gisait pas là. Mais quelqu'un était venu là.

Il y avait des bouteilles de bière cassées. Des mégots de cigarettes et ce qui ressemblait à des bouts de joints. Comment on appelait ça, déjà ? Des cafards. Mais Tia, ce n'était pas cela qui l'avait clouée sur place.

Des bougies.

Des bougies par dizaines. Consumées pour la plupart jusqu'à ne plus former que de petits tas de cire. Tia s'approcha, les toucha. Le résidu avait durci, sauf à un ou deux endroits où la cire était encore malléable, comme si on avait éteint les bougies récemment.

Elle se retourna. Betsy Hill était là. Immobile, les yeux secs, elle contemplait la scène.

— C'est ici qu'on a trouvé le corps de Spencer, dit-elle.

Tia s'accroupit, examina les bougies. Il lui semblait bien les avoir déjà vues quelque part.

— Pile à l'endroit où il y a les bougies. Je suis montée avant qu'ils ne le déplacent. J'ai insisté. Ils voulaient le descendre, mais j'ai dit non. Je voulais le voir d'abord. Je voulais voir où était mort mon garçon.

Betsy fit un pas en avant. Tia ne bougea pas.

— Je me suis servie du rebord. Celui qu'ils ont démoli. Un policier a voulu me hisser. Je l'ai envoyé sur les roses. Je les ai tous fait reculer. Ron pensait que j'étais devenue folle. Il a essayé de me dissuader. Mais je suis montée. Spencer était là. Exactement là où vous êtes. Couché sur le côté. Les jambes repliées en chien de fusil. C'est comme ça qu'il dormait. En position fœtale. Jusqu'à l'âge de dix ans, il a sucé son pouce en dormant. Ça vous arrive, Tia, de regarder dormir vos enfants ?

Tia hocha la tête.

— À mon avis, tous les parents font ça.

— Pourquoi, d'après vous ?

— Parce qu'ils ont l'air si innocents.

— Peut-être bien, sourit Betsy. Moi, je crois que c'est pour pouvoir les regarder et les admirer tout notre saoul, sans culpabiliser. Parce que, si on fait ça en plein jour, ils nous prennent pour des timbrés. Mais quand ils dorment...

Elle se tut. Inspecta les alentours. Puis :

— Il est grand, ce toit.

Le changement de sujet déconcerta Tia.

— Oui, sûrement.

— Le toit, répéta Betsy. Il est grand. Il y a des tessons de bouteilles un peu partout.

Elle regarda Tia. Ne sachant que répondre, celle-ci se contenta d'acquiescer.

— Celui qui a allumé ces bougies, poursuivit Betsy, a choisi l'endroit précis où Spencer a été trouvé. Ce n'était pas dans les journaux. Comment a-t-il su ? Si Spencer était seul cette nuit-là, comment a-t-il fait pour placer des bougies exactement là où il est mort ?

Mike frappa à la porte.

Puis il attendit sur le perron. Mo était resté dans la voiture. Ils étaient à cinq minutes du lieu de l'agression. Il voulait retourner dans cette ruelle, tâcher de se souvenir, fouiller… enfin, avancer, quoi. Pour l'instant, il n'avait rien, aucun indice. Il tâtonnait dans le noir à la recherche de quelque chose qui le conduirait auprès de son fils.

Et ceci était indubitablement sa meilleure chance.

Il avait appelé Tia pour lui raconter son fiasco avec Huff. Elle lui parla de sa descente au lycée avec Betsy Hill. Betsy était toujours à la maison.

— Adam est beaucoup plus renfermé depuis le suicide, lui dit-elle.

— Je sais.

— Il y a peut-être eu autre chose cette nuit-là.

— Comme quoi, par exemple ?

Un silence.

— Il faut qu'on parle, Betsy et moi, dit Tia.

— Fais attention, OK ?

— Comment ça ?

Mike ne répondit pas, mais ils s'étaient compris. Leurs intérêts, hélas, ne coïncidaient plus forcément avec ceux des Hill. Aucun des deux n'avait envie de l'exprimer tout haut. Mais ils le savaient l'un comme l'autre.

— Commençons déjà par le retrouver, dit Tia.

— C'est ma seule préoccupation. Fais ton boulot, je ferai le mien.

— Je t'aime, Mike.

— Je t'aime aussi.

Mike frappa à nouveau. Personne. Il leva la main pour frapper une troisième fois quand la porte s'ouvrit. Anthony le videur emplit l'embrasure. Croisant ses bras massifs, il lâcha :

— Vous avez une sale gueule.

— Merci du compliment.

— Comment m'avez-vous trouvé ?

— J'ai consulté les photos récentes de l'équipe de foot de Dartmouth sur Internet. Vous avez eu votre diplôme l'année dernière. Votre adresse est sur le site des anciens étudiants.

— Futé, fit Anthony avec un petit sourire. On est des futés, nous, les anciens de Dartmouth.

— Je me suis fait agresser dans cette ruelle.

— Ouais, je sais. Qui a appelé la police à votre avis ?

— Vous ?

Il haussa les épaules.

— Venez, on va faire un tour.

Anthony referma la porte derrière lui. Il était en tenue de sport, un short et un T-shirt moulant sans manches, comme c'était la mode chez les gars de son âge qui pouvaient se le permettre, mais aussi chez les hommes de la génération de Mike qui, eux, ne le pouvaient absolument plus.

— C'est juste un job d'été, dit-il. Là-bas, au club. Mais j'aime bien ça. À la rentrée, je vais faire mon droit à Columbia.

— Ma femme est juriste.

— Je suis au courant. Et vous, vous êtes toubib.

— Comment le savez-vous ?

Il eut un grand sourire.

— Vous n'êtes pas le seul à utiliser des contacts universitaires.

— Vous avez trouvé des renseignements sur Internet ?

— Nan. J'ai appelé l'actuel entraîneur de hockey… un type nommé Ken Karl qui a aussi entraîné la ligne de défense de l'équipe de foot. Je vous ai décrit en expliquant que vous prétendiez avoir fait partie de la sélection nationale. Il a tout de suite dit : « Mike Baye ». Selon lui, vous étiez l'un des meilleurs joueurs de hockey que Dartmouth ait jamais connus. Vous détenez toujours une espèce de record en matière de buts.

— Il existe donc un lien entre nous, Anthony ?

Le colosse ne répondit pas.

Ils descendirent les marches du perron. Anthony tourna à droite. Un homme qui arrivait en sens inverse lui lança :

— Yo, Ant !

Et tous deux d'échanger une complexe poignée de main avant de poursuivre chacun son chemin.

— Dites-moi ce qui s'est passé hier soir, demanda Mike.

— Vous vous êtes fait tabasser par trois ou quatre individus. J'ai entendu le vacarme. Quand je suis arrivé, ils étaient en train de s'enfuir. L'un d'eux avait un couteau. J'ai cru que vous étiez fichu.

— Vous leur avez fait peur ?

Anthony haussa les épaules.

— Merci.

Encore un haussement d'épaules.

— Vous les avez vus ?

— Pas les visages. Ils étaient blancs. Tatoués de partout. Habillés en noir. Tout maigres, tout moches et défoncés grave, je parie. Fous de rage. Il y en a un, il se tenait le nez en pestant.

Anthony sourit à nouveau.

— Je crois bien que vous l'avez cassé.

— Et c'est vous qui avez appelé les flics ?

— Ouaip. Je n'en reviens pas que vous soyez déjà debout. Je pensais que vous en auriez pour une bonne semaine avant de vous remettre.

Ils longeaient toujours le trottoir.

— Hier soir, le jeune avec le blouson de sport, dit Mike. Vous l'aviez déjà vu auparavant ?

Anthony ne répondit pas.

— Et mon fils, vous l'avez reconnu sur la photo.

Anthony s'arrêta, prit les lunettes noires accrochées à l'encolure de son T-shirt et les mit. Elles lui cachaient les yeux. Mike attendait.

— Notre affinité d'anciens de Dartmouth ne va pas jusque-là, Mike.

— Ça vous épate, dites-vous, que je sois déjà debout.

— C'est vrai.

— Vous voulez savoir pourquoi ?

Haussement d'épaules.

— Mon fils n'a toujours pas donné signe de vie. Il s'appelle Adam. Il a seize ans, et je pense qu'il est en danger.

Anthony continua à marcher d'un bon pas.

— J'en suis désolé pour vous.

— J'ai besoin de renseignements.

— C'est marqué Pages jaunes, là ? J'habite ici, moi. Je ne parle pas de ce que je vois.

— Épargnez-moi le couplet du code de la rue.

— Et vous, épargnez-moi le couplet du : « Entre anciens de Dartmouth, on se serre les coudes. »

Mike posa la main sur le bras du colosse.

— J'ai besoin de votre aide.

Anthony se dégagea, accéléra l'allure. Mike le rattrapa.

— Je ne partirai pas, Anthony.

— Je n'y comptais pas.

Il marqua une pause.

— Vous étiez bien là-bas ?

— Où ça ?

— À Dartmouth.

— Oui, dit Mike. J'y étais très bien.

— Moi aussi. C'était comme un autre monde. Vous voyez ce que je veux dire ?

— Je vois.

— Personne ici n'en avait entendu parler.

— Comment avez-vous atterri là-bas ?

Anthony sourit, rajusta ses lunettes de soleil.

— Vous voulez dire, un gros Black des quartiers dans ce temple de la blancheur ?

— Oui, dit Mike. C'est exactement ce que je veux dire.

— J'étais bon au foot, excellent même. J'ai été recruté dans la division 1A. J'aurais même pu aller jusqu'au Big Ten[1].

— Mais ?

— Je connais mes limites. Je n'avais pas le niveau pour devenir un pro. Alors quel intérêt ? Zéro éducation, un diplôme bidon. Du coup, j'ai choisi Dartmouth. Le grand jeu, un premier cycle en sciences humaines. Comme ça, quoi qu'il arrive, je serai toujours diplômé d'une université prestigieuse.

— Et là, vous allez étudier le droit à Columbia.

— Ouais.

— Et ensuite ? Après vos études, j'entends ?

— Je reste dans le coin. Je ne fais pas ça pour m'échapper. Je me plais ici. Je veux seulement aider les gens à vivre mieux.

— C'est bien d'être celui qui a réussi tout seul.

— Oui, mais c'est mal d'être une balance.

— Vous ne vous en tirerez pas comme ça, Anthony.

— Je sais.

— Dans d'autres circonstances, j'aurais été ravi de continuer à bavarder avec vous, dit Mike.

---

1. Groupement de onze universités gérant les compétitions sportives dans le Middle West américain. *(N.d.T.)*

— Mais vous avez un gamin à secourir.

— Exact.

— J'ai l'impression d'avoir déjà vu votre fils. Quoique pour moi, ils se ressemblent tous, avec leurs fringues noires et leurs têtes d'enterrement, genre la vie leur a tout donné et ça les gonfle. J'ai du mal à les plaindre. Ici, on se défonce pour s'évader. Ces jeunes, qu'est-ce qu'ils cherchent à fuir… une belle baraque, des parents qui les aiment ?

— Ce n'est pas aussi simple.

— Il faut croire.

— Moi aussi, je suis parti de rien. Parfois, je pense que c'est plus facile. L'ambition, c'est naturel quand on manque de tout. On sait à quoi on aspire.

Anthony ne dit rien.

— Mon fils est quelqu'un de bien. En ce moment, il traverse une passe difficile. Mon rôle est de veiller à ce qu'il s'en sorte sans dommages.

— Votre rôle. Pas le mien.

— L'avez-vous vu hier soir, Anthony ?

— Peut-être. En fait, je n'en sais trop rien.

Mike se borna à le regarder.

— Il y a un club pour mineurs, un lieu théoriquement réservé aux ados. Avec conseillers, thérapeutes et tout le bazar, mais on dit que c'est juste une façade.

— Et ça se trouve où ?

— À deux ou trois cents mètres de la boîte où je bosse.

— Quand vous dites « une façade », qu'entendez-vous exactement par là ?

— À votre avis ? Trafic de drogue, vente d'alcool aux mineurs... on parle même de lavage de cerveau, mais moi je n'y crois pas. Sauf qu'il y a une chose : les gens de l'extérieur évitent de se frotter à eux.

— Ce qui veut dire ?

— Qu'ils passent pour être dangereux. Peut-être même liés à la mafia, allez savoir. En tout cas, on leur fiche la paix. C'est tout ce que je sais.

— Et vous pensez que mon fils est allé là-bas ?

— S'il a seize ans et qu'il était dans les parages, oui. Je pense qu'il est allé là-bas.

— Il a un nom, cet endroit ?

— Le Club Jaguar, me semble-t-il. J'ai l'adresse.

Mike lui remit sa carte professionnelle en échange.

— Il y a tous mes numéros là-dessus.

— Mm-mm.

— Si jamais vous apercevez mon fils...

— Je ne suis pas un baby-sitter, Mike.

— Ça tombe bien. Mon fils n'est pas un bébé.

Tia tenait à la main la photo de Spencer Hill.

— Je ne vois pas comment vous pouvez être si sûre que c'est Adam.

— Je ne l'étais pas, répondit Betsy Hill, avant de lui avoir parlé.

— Peut-être qu'il a flanché simplement parce qu'il a vu la photo de son ami mort.

— Peut-être, acquiesça Betsy d'un air qui voulait clairement dire : « À d'autres. »

— Et vous êtes certaine que cette photo a été prise le soir de sa mort ?

— Oui.

Tia hocha la tête. Il y eut un silence. Elles étaient de retour chez les Baye. Jill était en haut, en train de regarder la télé. Des bribes de la bande sonore de *Hannah Montana* filtraient du premier étage. Les deux femmes étaient assises l'une en face de l'autre.

— D'après vous, qu'est-ce que cela signifie, Betsy ?

— Tout le monde a nié avoir vu Spencer ce soir-là. Ils ont dit qu'il était seul.

— Et vous pensez que ce n'était pas le cas ?

— Exactement.

— S'il n'était pas seul, insista Tia, ça voudrait dire quoi ?

Betsy réfléchit brièvement.

— Je ne sais pas.

— Vous avez bien reçu le mot d'adieu ?

— Par SMS. N'importe qui peut envoyer un SMS.

Encore une fois, il sembla bien que leurs intérêts divergeaient. Si ce que disait Betsy Hill à propos de cette photo était vrai, alors Adam avait menti. Or si Adam avait menti, qui pouvait savoir ce qui s'était réellement passé ce soir-là ?

Du coup, Tia préféra ne pas lui parler des messages de CJ8115. Pas tout de suite. Pas avant d'en savoir plus.

— Il y a eu des signes, et j'ai laissé courir, dit Betsy.

— Comme quoi ?

Betsy Hill ferma les yeux.

— Betsy ?

— Je l'ai espionné une fois. Enfin, pas vraiment espionné... Spencer était sur l'ordinateur et, quand il est sorti, je me suis glissée dans sa chambre. Pour voir ce qu'il faisait. Je n'aurais pas dû. On n'a pas le droit de s'immiscer dans l'intimité des autres.

Tia se taisait.

— Bref, j'ai cliqué sur la flèche, vous savez, pour revenir en arrière ?

Tia hocha la tête.

— Et... Et j'ai vu qu'il avait visité des sites consacrés au suicide. Il y avait des histoires de jeunes qui s'étaient tués, je crois. Je ne me suis pas attardée. Et je n'ai pas réagi. J'ai tout simplement zappé.

Tia examina Spencer sur la photo. Cherchant des signes annonçant sa mort prochaine, comme si on pouvait le deviner en regardant sa figure. Elle ne vit rien, mais quelle conclusion fallait-il en tirer ?

— Avez-vous montré cette photo à Ron ? demanda-t-elle.

— Oui.

— Et qu'en pense-t-il ?

— Il ne voit pas ce que ça change. « Notre fils s'est suicidé, a-t-il dit, qu'est-ce que tu cherches à prouver, Betsy ? » Il croit que je fais ça pour accomplir mon travail de deuil.

— Et ce n'est pas le cas ?

— « Travail de deuil », répéta Betsy, crachant presque ces mots comme s'ils lui laissaient un mauvais goût dans la bouche. Ça veut dire quoi, au juste ? Que je suis payée huit heures par jour pour oublier Spencer ? Je ne veux pas de ça, Tia. Existe-t-il quelque chose de plus obscène qu'un travail de deuil ?

Elles se turent à nouveau. Seuls les rires préenregistrés de l'émission de Jill troublaient inopportunément le silence.

— La police considère que votre fils a fugué, dit Betsy. Et que le mien s'est suicidé.

Tia opina de la tête.

— Mais imaginez qu'ils se trompent. Imaginez qu'ils se trompent dans un cas comme dans l'autre.

24

Assis dans la camionnette, Nash réfléchissait à la prochaine étape.

Il avait grandi dans des conditions on ne peut plus normales. Un psy amateur irait examiner cette affirmation de près, à la recherche d'abus sexuels, d'excès ou de traces de conservatisme religieux. En pure perte, pensait Nash. Ses parents, ses frères et sœurs étaient des gens bien. Trop bien même, peut-être. Ils avaient pris fait et cause pour lui, comme c'est souvent le cas au sein d'une famille. À la réflexion, ils avaient probablement eu tort, mais la vérité est difficile à admettre lorsqu'elle touche un de vos proches.

Nash était intelligent, et il avait compris de bonne heure qu'il était ce que d'aucuns appelaient un « détraqué ». On a tendance à croire qu'un psychotique, du fait de sa maladie même, est incapable de se reconnaître comme tel. Erreur. On peut très bien se rendre compte qu'on déraille. Nash était conscient que ses câbles n'étaient pas connectés comme il fallait ou qu'il y avait un bug dans le système. Il se savait différent, pas conforme. Pas nécessairement inférieur, non... ni supérieur aux autres. Son esprit se plaisait à explorer les ténèbres. Il ne ressentait pas les choses de la même façon, ne feignait pas comme la plupart des gens de compatir aux malheurs de son prochain.

Ne feignait pas : c'était ça, le mot-clé.

Pietra était assise à côté de lui.

— Pourquoi l'homme se prend-il pour un être d'exception ? lui demanda-t-il.

Elle ne répondit pas.

— Oublions le fait que notre planète – non, notre système solaire – est d'une taille si infinitésimale que cela dépasse notre entendement. Tiens, imagine-toi sur une plage immense. Imagine que tu ramasses un minuscule grain de sable. Un seul. Puis tu balaies du regard cette plage qui s'étend à perte de vue. D'après toi, notre système solaire serait-il aussi petit que ce grain de sable par rapport à la plage à l'échelle de l'univers ?

— Je ne sais pas.

— Eh bien, si tu dis oui, tu te trompes. Il est infiniment plus petit. Imagine que tu as toujours ce grain de sable dans la main. Et alors, pas seulement la plage où tu te trouves, mais toutes les plages du monde, toutes, jusqu'à la côte californienne, et sur la côte Est, depuis le Maine jusqu'en Floride, et au bord de l'océan Indien, et le long des côtes africaines. Imagine tout ce sable, toutes ces plages tout autour de la planète, puis regarde ce grain de sable dans ta main et dis-toi que notre système solaire – je ne parle pas de la Terre – est encore plus petit que ça, comparé au reste de l'univers. Ton cerveau peut-il seulement appréhender notre insignifiance ?

Pietra se taisait.

— Mais oublie ça pour l'instant, poursuivit Nash, parce que l'homme est insignifiant même ici, sur notre planète. Ramenons momentanément cette discussion sur le plan exclusivement terrestre, OK ?

Elle hocha la tête.

— Est-ce que tu te rends compte que les dinosaures ont arpenté la Terre plus longtemps que l'homme ?

— Oui.

— Mieux que ça. Cela prouve que l'homme n'est pas un être exceptionnel : même sur cette planète microscopique, nous n'avons pas toujours été rois. Mais allons plus loin… sais-tu combien de temps il a duré, le règne des dinosaures, par rapport au nôtre ? Deux fois plus longtemps ? Cinq fois ? Dix fois ?

Elle le regarda.

— Je ne sais pas.

— Quarante-quatre mille fois plus longtemps.

Emporté par son élan, il gesticulait avec frénésie.

— Réfléchis un peu. Quarante-quatre mille fois. C'est plus de cent vingt ans pour chaque jour qui passe. Es-tu seulement capable d'appréhender ça ?

Crois-tu qu'on va survivre quarante-quatre mille fois plus longtemps que ce qu'on a déjà vécu ?

— Non, dit-elle.

Nash se cala dans son siège.

— Nous ne sommes rien. L'homme n'est rien. Et pourtant, nous nous croyons exceptionnels. Nous nous croyons importants, les chouchous de Dieu. Quelle rigolade !

À la fac, Nash avait étudié l'état de nature de John Locke : l'idée que le meilleur gouvernement est un gouvernement minimum car, pour faire simple, il se rapproche le plus de son état naturel, autrement dit du dessein de Dieu. Mais dans cet état, nous sommes des animaux. Il est absurde de prétendre le contraire. De croire que l'homme est un être supérieur, que l'amour et l'amitié sont autre chose que les divagations d'un esprit plus évolué, un esprit capable de discerner la futilité et qui doit inventer des solutions pour se rassurer et s'en distraire.

Nash était-il plus lucide que ses semblables parce qu'il avait conscience de la part de ténèbres qu'il y a en chaque homme, ou bien étaient-ce les autres qui vivaient dans l'illusion ? N'empêche.

N'empêche que, pendant des années, il avait aspiré à la normalité.

Il rêvait d'insouciance. Son intelligence était largement supérieure à la moyenne. Il avait excellé dans ses études – il avait étudié la philosophie au Williams College – tout en s'efforçant de tenir la bride à sa folie. Une folie qui ne demandait qu'à galoper au grand jour.

Et pourquoi pas, après tout ?

Un instinct primitif lui dictait de protéger ses parents et ses frères et sœurs, mais le reste du monde n'avait aucune espèce d'importance. Ce n'était qu'une toile de fond, les hommes n'étaient que de simples figurants. Il avait su très tôt qu'il aimait faire souffrir. Il n'avait jamais su s'expliquer pourquoi. Certains tirent leur plaisir d'un souffle de brise, d'une caresse, d'un panier victorieux au basket. Nash prenait le sien en débarrassant la planète de l'un de ses occupants. Il en était conscient ; des fois il était capable d'y résister, et des fois non.

Puis, un jour, il avait rencontré Cassandra.

On aurait dit une de ces expériences de chimie où l'on ajoute une petite goutte – un catalyseur – à un liquide clair, et cela change tout. La couleur change, l'aspect change, et la consistance aussi. Cela peut paraître bateau, mais Cassandra fut ce catalyseur-là.

Il la vit, elle le bouleversa, et il en fut transformé.

Soudain, ça y était. Soudain il avait l'amour, un espoir, des rêves, l'envie de se réveiller et de passer sa vie aux côtés de quelqu'un. Ils s'étaient connus en deuxième année de fac. Cassandra était belle, mais il n'y avait pas que ça. Elle faisait fantasmer les garçons, quoique pas dans le sens où on l'entend habituellement. Avec sa démarche de faon et son sourire complice, c'était la femme qu'on aurait voulu ramener chez soi. La femme qui vous donnait envie d'acheter une maison, de tondre la pelouse, de construire un barbecue, de lui éponger le front pendant qu'elle donnait naissance à votre enfant. On était frappé par sa beauté, oui, mais plus encore par sa bonté foncière. Elle n'était pas comme les autres ; on la sentait d'instinct incapable de faire du mal.

Nash avait perçu un peu la même chose chez Reba Cordova, un peu, pas beaucoup, et, au moment de la tuer, il avait eu un petit pincement au cœur. Il pensa à son mari, à ce qu'il allait endurer maintenant, non parce qu'il s'en souciait, mais parce qu'il savait ce que c'était.

Cassandra.

Elle avait cinq frères qui l'adoraient, des parents qui l'adoraient, et son sourire faisait craquer jusqu'aux passants dans la rue. Sa famille l'appelait Cassie. Nash, ça ne lui plaisait pas. Pour lui, elle était Cassandra, il l'aimait, et le jour de leur mariage, il avait compris ce que le mot « béni » signifiait.

Ils étaient revenus à Williams pour les fêtes annuelles et les réunions d'anciens. Ils descendaient toujours au Porches Inn, à North Adams. Il la revoyait dans la maisonnette grise, la tête sur son ventre comme dans la chanson, les yeux tournés vers le plafond, pendant qu'il lui caressait les cheveux et qu'ils bavardaient de tout et de rien. C'était cette image d'elle qui était restée gravée dans sa mémoire… avant qu'elle ne tombe malade et qu'on ne parle de cancer. On lui avait charcuté sa belle Cassandra, et elle était morte, comme n'importe quel autre organisme insignifiant sur cette petite planète de rien du tout.

Oui, Cassandra était morte, et à ce moment-là il sut avec certitude que tout cela était du pipeau, une vaste blague ; après son départ, il n'eut pas la force de contenir sa folie. À quoi bon ? Il lâcha prise, et, une fois la folie déchaînée, il n'y eut plus moyen de revenir en arrière.

La famille de Cassandra avait cherché à le consoler. Ils avaient la « foi » ; ils lui répétaient qu'il avait été « béni » de l'avoir connue, et qu'elle l'attendrait dans un lieu paradisiaque pour l'éternité. Nash se disait qu'ils avaient besoin de ça. La famille avait déjà vécu un drame : le frère aîné, Curtis, avait été tué trois ans plus tôt au cours d'un règlement de comptes. En même temps, Curtis avait mené une existence mouvementée. Anéantie par la mort de son frère, Cassandra avait pleuré toutes les larmes de son corps – Nash aurait bien voulu soulager son chagrin –, mais bon, ceux qui avaient la foi pouvaient justifier la mort de Curtis comme faisant partie de quelque dessein grandiose.

Or comment expliquer la perte d'un être aussi aimant et généreux que Cassandra ?

C'était impossible. Ses parents parlaient de l'après-vie, mais, au fond, ils n'y croyaient pas. Personne n'y croit. Pourquoi pleurer la mort de quelqu'un si on est persuadé qu'il va vivre éternellement dans la béatitude ? N'est-il pas terriblement égoïste de regretter qu'il ait accédé à un monde meilleur ? Et si on croit qu'on va passer l'éternité au paradis avec l'être aimé, alors il suffit d'être patient… la vie est à peine un souffle face à l'éternité.

On pleure et on souffre, pensait Nash, parce que quelque part on sait que c'est du pipeau.

Cassandra n'était pas avec son frère Curtis, elle ne baignait pas avec lui dans une lumière blanche. Ce qui restait d'elle, et qui n'avait pas été rongé par le cancer et la chimio, était en train de pourrir six pieds sous terre.

À l'enterrement, la famille avait parlé de destin, de plan divin et autres foutaises. Que tel avait été le destin de sa bien-aimée : traverser l'existence en un éclair, tournebouler tous ceux qui l'avaient côtoyée, l'élever à une hauteur fabuleuse, la laisser retomber à terre avec un bruit flasque. Car ç'avait été son destin aussi. Nash se posait des questions. Même du vivant de Cassandra, il avait parfois eu du mal à contenir sa véritable nature – cet état de nature qui le rapprochait de Dieu. Aurait-il fini par trouver la paix intérieure ? Ou avait-il été programmé dès l'origine pour plonger dans les ténèbres et semer la destruction, avec ou sans Cassandra ?

La réponse, personne ne la connaissait. Mais d'une manière ou d'une autre, c'était son destin.

— Elle n'aurait pas parlé, dit Pietra.

Il comprit qu'elle faisait allusion à Reba.

— On n'en sait rien.

Pietra regarda par la vitre.

— La police finira bien par identifier Marianne, ajouta-t-il. Ou quelqu'un s'apercevra de sa disparition. Il y aura une enquête. La police interrogera ses amis. Et là, à tous les coups, Reba aurait parlé.

— Ça fait beaucoup de vies sacrifiées.

— Deux jusqu'à présent.

— Plus les survivants. Leur vie ne sera plus jamais la même.

— C'est vrai.

— Pourquoi ?

— Tu sais pourquoi.

— Tu vas dire que c'est Marianne qui a commencé ?

— Commencé n'est pas le mot juste. Elle a changé la dynamique.

— Donc elle devait mourir ?

— Elle a pris une décision susceptible d'aliéner, voire de briser plusieurs vies.

— Donc elle devait mourir ? répéta Pietra.

— Chaque décision est lourde de conséquences, Pietra. Nous jouons à Dieu tous les jours. Une femme qui s'achète une paire de chaussures neuves aurait pu dépenser cet argent pour nourrir quelqu'un qui meurt de faim. Quelque part, ces chaussures comptent plus à ses yeux qu'une vie humaine. Tout le monde tue pour pouvoir mener une existence plus confortable. Nous ne l'exprimons pas en ces termes-là. Mais c'est un fait.

Elle n'objecta pas.

— Qu'est-ce que tu as, Pietra ?

— Rien. Laisse tomber.

— J'ai promis à Cassandra.

— Oui, tu me l'as dit.

— Nous devons maîtriser la situation, Pietra.

— Tu crois qu'on va y arriver ?

— Oui.

— Alors combien d'autres personnes allons-nous tuer ?

La question le prit au dépourvu.

— Ça t'intéresse vraiment ? Tu en as assez ?

— Je parle de maintenant. D'aujourd'hui. Combien d'autres personnes allons-nous tuer ?

Nash réfléchit. Au fond, peut-être que Marianne lui avait dit la vérité. Dans ce cas, il devait retourner à la case départ et régler le problème à la source.

— Avec un peu de chance, répondit-il, juste une.

— Eh bien, dit Loren Muse, elle est d'un ennuyeux, cette femme-là !

Clarence sourit. Ils étaient en train d'éplucher les facturettes de la carte bancaire de Reba Cordova. Le tableau était sans surprises. Elle achetait de la nourriture, des fournitures scolaires et des vêtements pour ses enfants. Elle avait acheté un aspirateur chez Sears qu'elle leur avait rapporté. Elle avait acheté un micro-ondes chez PC Richard. Elle avait un compte dans un restaurant chinois appelé Baumgart où elle commandait un repas à emporter tous les mardis soir.

Ses e-mails étaient tout aussi passionnants. Elle écrivait à d'autres parents pour des goûters à la maison. Elle correspondait avec la prof de danse de sa fille. Elle recevait les mails de l'école Willard. Elle était en contact avec ses partenaires de tennis pour fixer les heures et trouver des remplaçantes en cas d'empêchement. Elle figurait au fichier clients d'un magasin de décoration et d'aménagement de la maison, et d'une animalerie. Elle avait écrit à sa sœur pour lui demander le nom d'un spécialiste car sa fille Sarah avait des problèmes avec la lecture.

— Je ne savais pas que ces gens-là, ça existait pour de vrai, fit Muse.

Ce qui n'était pas tout à fait exact. Elle les croisait au Starbucks, ces femmes harassées aux yeux de biche, convaincues qu'un café était l'endroit idéal pour un plan « maman et moi », avec Brittany, Madison et Kyle qui cavalaient partout pendant que les mamans – diplômées de l'université, anciennes intellectuelles – parlaient de leurs rejetons comme s'il n'y avait pas d'autres enfants au monde. De leur caca… oui, parfaitement, de leur transit intestinal, de leurs premiers mots, de leur sociabilité, de leurs écoles Montessori, de leurs cours de gym, de leurs DVD d'Einstein en herbe ; toutes, elles avaient ce sourire inexpressif comme si un alien les avait décérébrées en leur siphonnant le crâne, et Muse les méprisait d'un côté, les plaignait de l'autre et se retenait à grand-peine de les envier.

Bien sûr, Loren Muse jurait que jamais elle ne serait comme ces mères, si un jour elle avait des enfants. Mais allez savoir. Ces certitudes lui faisaient penser aux gens qui affirmaient préférer mourir plutôt que de se retrouver dans une maison de vieux ou à la charge de leur progéniture. Or presque tous les parents de ses relations étaient aujourd'hui dans une maison de retraite, ou à leur charge, et aucune de ces personnes âgées n'avait l'intention de mourir.

Il est facile, de l'extérieur, d'assener ce genre de jugement à l'emporte-pièce.

— Où en est l'alibi du mari ? demanda-t-elle.

— Cordova a été interrogé par la police de Livingston. Apparemment, c'est du solide.

Muse pointa le menton sur la pile de paperasses.

— Le mari, il est aussi ennuyeux que la femme ?

— J'en suis encore à examiner ses mails, ses relevés téléphoniques et bancaires, mais pour le moment on peut dire que oui.

— Quoi d'autre ?

— Eh bien, dans l'hypothèse où notre inconnue et Reba Cordova auraient été tuées par le même ou les mêmes individus, on a envoyé des patrouilles dans les quartiers chauds pour voir si on n'y a pas balancé un autre cadavre.

Loren Muse en doutait, mais il ne coûtait rien de vérifier. L'un des scénarios possibles était qu'un tueur en série, avec l'aide volontaire ou forcée d'une complice, enlevait des banlieusardes, les assassinait et les faisait passer pour des prostituées. Ils étaient en train d'étudier les fichiers informatiques pour voir s'il y avait eu des cas similaires dans les villes voisines. En vain, jusque-là.

Cette théorie, Muse n'y croyait pas non plus. Psychologues et profileurs prendraient leur pied à l'idée d'un serial killer qui s'attaquait aux mères de famille pour les déguiser en putes. Ils pontifieraient sur le thème sempiternel de la maman et la putain, mais, avec Muse, ça ne marchait pas. Il y avait une question qui ne collait pas avec ce scénario, une question qui la taraudait depuis qu'elle avait compris que la première victime n'était pas une prostituée : pourquoi personne n'avait signalé sa disparition ?

Elle voyait deux explications plausibles. Primo, on n'était pas au courant qu'elle avait disparu. Elle était en vacances, en voyage d'affaires ou autre. Secundo, son assassin était quelqu'un qui la connaissait. Et il ne tenait pas à ce qu'on remarque son absence.

— Il est où, le mari, là ?

— Cordova ? Toujours chez les flics de Livingston. Ils vont faire une enquête de voisinage pour voir si personne n'a aperçu une camionnette blanche, la routine, quoi.

S'emparant d'un crayon, Muse en glissa l'extrémité avec la gomme dans sa bouche et la mâchonna.

On frappa à la porte. Elle leva les yeux et vit le futur retraité, Frank Tremont, s'encadrer sur le seuil.

Trois jours d'affilée avec le même costume marron, pensa-t-elle. Impressionnant.

Il la regardait sans rien dire. Muse n'avait pas trop le temps, mais d'un autre côté, il fallait en finir.

— Clarence, ça ne vous ennuie pas de nous laisser ?

— Oui, bien sûr, chef.

En sortant, il adressa à Tremont un petit signe de tête. Tremont ne réagit pas. Une fois Clarence hors de portée de voix, il dit :

— Il vous a appelée chef ?

— J'ai du boulot, Frank.

— Vous avez eu ma lettre ?

Sa lettre de démission.

— Oui.

Un silence.

— J'ai quelque chose pour vous, annonça Tremont.

— Pardon ?

— Je ne pars qu'à la fin du mois prochain. Alors il faut bien que je bosse, non ?

— Certes.

— Donc, j'ai quelque chose.

Elle se laissa aller en arrière, espérant que ce ne serait pas long.

— Je me suis penché sur cette camionnette blanche. Celle qu'on voit sur les deux scènes de crime.

— Oui ?

— Je ne pense pas qu'elle a été volée, ou alors c'était hors de notre juridiction. Je n'ai rien trouvé dans les déclarations de vol. Du coup, j'ai contacté les loueurs de voitures, des fois qu'ils auraient loué une camionnette correspondant à la description.

— Et ?

— Il y en a, mais je les ai identifiées pour la plupart. Toutes ont l'air clean.

— Bref, c'est une impasse.

Frank Tremont sourit.

— Je peux m'asseoir une seconde ?

Elle fit un geste vers le fauteuil.

— J'ai essayé autre chose, fit-il. Ce gars-là, il a été très malin. Comme vous l'avez dit. Faire passer la première victime pour une pute. Garer la voiture de la deuxième sur le parking d'un hôtel. Changer les plaques d'immatriculation et tout. Il n'opère pas de façon traditionnelle. Alors j'ai cherché ce qui serait plus discret que de voler ou de louer un véhicule.

— Je vous écoute.

— En acheter un d'occasion sur le Net. Vous connaissez ces sites ?

— Non, pas vraiment.

— On y vend des bagnoles par centaines de milliers. J'en ai acheté une l'an dernier, sur autoused.com. On peut faire de très bonnes affaires, et puisque c'est entre particuliers, on n'est pas très regardant avec les papiers. Nous pouvons contrôler les revendeurs agréés, ça oui, mais qui va s'intéresser à une voiture achetée sur Internet ?

— Et donc ?

— J'ai appelé les deux plus gros gestionnaires de sites et leur ai demandé de me retrouver toutes les camionnettes Chevy blanches vendues dans la région au cours du dernier mois. Il y en a eu six. J'ai fait le tour des vendeurs. Quatre ont été payées par chèque, on a donc les adresses correspondantes. Deux ont été payées en liquide.

Muse se redressa, toujours avec le crayon dans la bouche.

— Très intelligent. Vous achetez un véhicule d'occasion que vous payez cash. Vous donnez un nom bidon, à supposer qu'on vous en demande un. Vous avez les papiers, mais vous ne signalez pas le changement de propriétaire et ne prenez pas d'assurance. Vous piquez les plaques sur des camionnettes du même modèle, et roule, ma poule.

— C'est ça, sourit Tremont. À un détail près.

— Lequel ?

— Le type qui leur a vendu la camionnette...

— Leur ?

— Ouais. Un homme et une femme. Dans les trente, trente-cinq ans, d'après lui. J'ai demandé un signalement complet, mais on a peut-être mieux. Le vendeur, Scott Parsons de Kasselton, travaille chez Best Buy[1]. Ils ont un excellent système de surveillance. Tout numérique. Et ils sauvegardent tout. Parsons pense qu'ils pourraient figurer sur une vidéo. Il est avec le technicien, là. J'ai envoyé une voiture le chercher. On va lui présenter des photos, tâcher de dresser un portrait-robot.

— On a un dessinateur pour travailler avec lui ?

Tremont hocha la tête.

— Il est sur place.

C'était une piste sérieuse, la meilleure qu'ils avaient. Muse ne savait trop que dire.

— Qu'est-ce qu'on a d'autre, sinon ? s'enquit-il.

Elle lui parla des mails, des relevés bancaires et téléphoniques qui jusque-là n'avaient rien donné. Tremont se cala dans le fauteuil et joignit les mains sur sa panse.

— Quand je suis entré, je vous ai vue vous acharner sur votre crayon. À quoi pensiez-vous ?

— La dernière hypothèse en date, c'est qu'il pourrait s'agir d'un tueur en série.

— Et vous n'achetez pas, hein ?

— Non, je n'achète pas.

— Moi non plus, déclara Tremont. Bon, faisons le point de la situation.

1. Grand magasin d'électronique et d'informatique. *(N.d.T.)*

Se levant, Muse se mit à arpenter son bureau.

— Nous avons deux victimes. Pour l'instant… dans le secteur, du moins. On continue les recherches, mais admettons qu'on n'en trouve pas d'autres. On va dire que ça s'arrête là. Qu'il y a juste Reba Cordova – qui pourrait bien être en vie, d'ailleurs – et notre inconnue.

— OK.

— Allons un peu plus loin. Disons qu'il y a une raison à ce que ces deux-là aient été agressées.

— Laquelle ?

— Je ne sais pas encore, on verra ça plus tard. Donc, s'il y a une raison… non, laissez tomber. Même sans raison, si on part du principe que ce n'est pas l'œuvre d'un tueur en série, il y a forcément un lien entre les deux victimes.

Tremont hocha la tête. Maintenant, il voyait à quoi elle voulait en venir.

— Et s'il y a un lien entre elles, ajouta-t-il, peut-être bien qu'elles se connaissaient.

Muse se figea.

— Parfaitement.

— Or si Reba Cordova connaissait la première victime…

Tremont lui sourit.

— Alors Neil Cordova pourrait la connaître lui aussi. Appelez la police de Livingston. Dites-leur de nous amener Cordova. Peut-être qu'il va nous l'identifier.

— Ça marche.

— Frank ?

Il se retourna.

— Bon travail, dit-elle.

— Je suis un bon flic.

Elle ne répondit pas.

Il pointa le doigt.

— Vous aussi, vous êtes un bon flic, Muse. Voire remarquable. Mais vous n'êtes pas un bon chef. Un bon chef doit tirer le meilleur parti de ses bons flics. Il va falloir apprendre à manager une équipe.

Muse secoua la tête.

— Mais oui, c'est ça, Frank. Mes talents de manager vous ont fait foirer votre enquête et prendre notre inconnue pour une prostituée. Trop dur.

Il sourit.

— C'était mon enquête.

— Et vous vous êtes planté.

— Au début, peut-être, mais je suis toujours là. Peu importe ce que je pense de vous. Peu importe ce que vous pensez de moi. Tout ce qui compte, c'est de trouver l'assassin.

25

Mo les conduisit dans le Bronx et se gara à l'adresse qu'Anthony avait indiquée à Mike.

— Tu ne vas pas me croire, déclara-t-il.

— Quoi ?

— On est suivis.

Mike eut le bon sens de ne pas se retourner.

— Une Chevy bleue quatre portes arrêtée en double file juste avant le carrefour. Deux types, lunettes noires et casquettes des Yankees.

La veille au soir, cette même rue grouillait de monde. Mais à cette heure-ci, il n'y avait pas un chat. Les rares individus qu'on apercevait dormaient sur un pas de porte ou se déplaçaient avec une incroyable léthargie, jambes congelées, bras soudés au corps. Mike s'attendait presque à voir le vent chasser une pelote d'herbes folles au milieu de la rue.

— Vas-y, toi, dit Mo. J'ai un pote. Je vais lui filer le numéro d'immatriculation, on verra ce que ça donne.

Mike hocha la tête. En descendant de voiture, il coula subrepticement un regard en direction de la Chevy. Il l'entrevit à peine, mais n'osa pas s'attarder. Il s'approcha de la porte métallique coiffée de l'enseigne CLUB JAGUAR et pressa le bouton. Celui-ci bourdonna, et Mike poussa le battant.

Les murs étaient jaune canari, comme dans un McDo ou le service de pédiatrie d'un hôpital. Sur la droite, un tableau d'affichage avec des feuilles d'inscription pour des entretiens d'aide psychologique, des leçons de musique, des ateliers de lecture, des groupes de parole pour drogués, alcooliques, victimes d'abus de toute sorte. Des petites annonces aussi. Une avec un numéro de téléphone détachable, pour partager un appartement. Quelqu'un vendait un canapé, à cent dollars. Un autre cherchait à fourguer ses amplis de guitare.

Mike alla droit à la réception. Une jeune femme avec un anneau dans le nez leva les yeux sur lui.

— Vous désirez ?

Il avait la photo d'Adam à la main.

— Avez-vous vu ce garçon ?

— Je ne suis que réceptionniste.

— Les réceptionnistes ont des yeux. Je vous demande si vous l'avez vu.

— Je ne peux pas parler de nos clients.

— Je ne vous demande pas d'en parler. L'avez-vous vu, oui ou non ?

Elle pinça les lèvres. Il remarqua alors qu'elle avait aussi des piercings dans la région de la bouche. Elle se contenta de le regarder sans bouger, et il comprit que c'était peine perdue.

— Puis-je voir votre responsable ?

— C'est Rosemary, la responsable.

— Parfait. Puis-je lui parler ?

La réceptionniste aux piercings décrocha le téléphone et, couvrant le combiné de la main, marmonna quelque chose. Dix secondes après, elle lui sourit.

— Mlle McDevitt va vous recevoir tout de suite. Troisième porte à droite.

Mike ne savait pas trop à quoi s'attendre, mais Rosemary McDevitt le surprit. Elle était jeune, gracile et dégageait une sensualité brute qui faisait songer à un puma. Elle avait une mèche violette dans ses cheveux bruns et un tatouage qui serpentait par-dessus son épaule et jusque dans le cou. Elle portait un gilet sans manches en cuir noir à même la peau, et ses bras musclés étaient ceints de bandes de cuir à la hauteur des biceps.

Souriante, elle se leva et lui tendit la main.

— Soyez le bienvenu.

Mike serra la main offerte.

— Que puis-je pour vous ?

— Mon nom est Mike Baye.

— Bonjour, Mike.

— Euh… bonjour. Je cherche mon fils.

Il se tenait tout près d'elle. Avec son mètre soixante-quinze, il la dépassait d'un peu plus de quinze centimètres. Rosemary McDevitt regarda la photo d'Adam. Pas un cil ne bougea autour de ses yeux.

— Vous le connaissez ? fit Mike.

— Vous savez bien que je ne peux pas vous répondre.

Elle voulut lui rendre la photo, mais il ne la reprit pas. La méthode forte s'étant révélée infructueuse, il baissa d'un ton, prit une inspiration.

— Je ne vous demande pas de trahir un secret…

— Mais si, Mike.

Elle sourit suavement.

— C'est exactement ce que vous me demandez de faire.

— Je veux juste retrouver mon fils. C'est tout.

Elle écarta les bras.

— Vous vous croyez dans un bureau des objets trouvés ?

— Il a disparu.

— Ceci est un refuge, Mike, vous voyez ce que je veux dire ? Les jeunes viennent ici parce qu'ils fuient leurs parents.

— Je crains qu'il ne soit en danger. Il est parti sans rien dire. Hier soir, il était chez vous…

— Houla !

Elle l'arrêta d'un geste de la main.

— Quoi ?

— Il était chez nous hier soir. C'est bien ce que vous avez dit, Mike ?

— Oui.

Ses yeux s'étrécirent.

— Et comment le savez-vous, Mike ?

Cette manie de l'appeler par son prénom à tout bout de champ commençait à lui taper sur le système.

— Pardon ?

— Comment savez-vous que votre fils était ici ?

— Aucune importance.

Elle sourit et s'écarta de lui.

— Ah, mais si.

Il fallait à tout prix qu'il change de sujet. Son regard fit le tour de la pièce.

— Qu'est-ce que vous êtes, au juste ?

— Nous sommes en quelque sorte un lieu hybride.

Rosemary le regarda une dernière fois, l'air de dire qu'elle n'était pas dupe.

— Imaginez un club de jeunes, revu au goût du jour.

— C'est-à-dire ?

— Vous vous rappelez le plan « Basket de minuit » ?

— Dans les années quatre-vingt-dix, oui. Pour éviter aux jeunes de traîner dans la rue.

— Tout à fait. Qu'il ait marché ou pas, la question n'est pas là... Le problème, c'est qu'il s'adressait aux jeunes des quartiers défavorisés, et, pour certains, il y avait clairement une connotation raciste. Voyons, du basket-ball en pleine ville ?

— Et vous, ce n'est pas pareil ?

— Pour commencer, nous ne ciblons pas spécialement les pauvres. Ça peut paraître réac, mais je doute que nous soyons les mieux placés pour venir en aide aux Afro-Américains ou aux jeunes des quartiers. Il faut qu'ils trouvent la même chose au sein de leurs propres communautés. Et, à long terme, je ne crois pas que cela suffise à inverser la tendance. Ils doivent comprendre qu'ils ne s'en sortiront pas avec des armes ou de la drogue, et qu'un match de basket n'y changera pas grand-chose.

Un groupe de jeunes gens passa en traînant les pieds devant son bureau. Ils étaient tous habillés en noir gothique, accessoirisé avec force chaînes et clous. Les pantalons avaient des revers surdimensionnés, et on ne voyait pas leurs chaussures.

— Salut, Rosemary.

— Salut, les gars.

Ils poursuivirent leur chemin. Rosemary se tourna vers Mike.

— Où habitez-vous ?

— Dans le New Jersey.

— La banlieue, hein ?

— C'est ça.

— Les jeunes de votre ville, quel genre de danger les guette ?

— Je ne sais pas. La drogue, l'alcool.

— Exactement. Ils ont envie de faire la fête. Ils ont l'impression de s'ennuyer – ou peut-être que c'est vrai, après tout –, et ils cherchent à sortir, à aller en boîte, à s'éclater, à draguer les filles. Le basket, ça ne les intéresse pas. Et c'est là que nous intervenons.

— Pour leur permettre de s'éclater ?

— Oui, mais pas comme vous l'imaginez. Venez, je vais vous montrer.

Elle s'engagea dans le couloir jaune canari, avec Mike à ses côtés. Elle marchait la tête haute et les épaules en arrière. Une clé à la main, elle déverrouilla une porte et descendit l'escalier. Mike suivit.

C'était un night-club, une discothèque ou quel que soit le nom qu'on donne aujourd'hui à ces endroits-là. Il y avait des bancs capitonnés, des tables rondes éclairées par en dessous, des tabourets bas. Il y avait une cabine de DJ et une piste de danse en bois. Pas de boules à facettes, mais des spots de couleur qui tournaient en créant tout un jeu de lumières. Les mots CLUB JAGUAR étaient bombés à la manière d'un tag sur le mur du fond.

— Voilà ce que veulent les ados, déclara Rosemary McDevitt. Un lieu pour décompresser. Pour faire la fête avec des copains. Nous ne servons pas d'alcool, mais des boissons qui ressemblent à de l'alcool. Nous avons de beaux barmen et des serveuses sexy. Comme dans les meilleurs clubs. Mais surtout, nous veillons sur eux. Vous comprenez ? Des jeunes comme votre fils essaient d'obtenir de faux papiers d'identité pour se procurer de l'alcool parce qu'ils sont mineurs. Notre but est d'empêcher cela et de canaliser leurs besoins de façon plus saine.

— Avec ça ?

— En partie. Nous offrons aussi une aide psychologique, en cas de besoin. Nous avons des ateliers de lecture, des groupes de soutien, une salle avec des consoles de jeux et tout ce qu'on trouve habituellement dans un club de jeunes. Mais notre principale raison d'être, c'est cette salle. C'est ce qui nous rend, pardon pour le langage djeun's, aussi cool.

— Le bruit court que vous dealez.

— C'est faux. La plupart des bruits sont propagés par les autres clubs parce que nous leur faisons perdre de la clientèle.

Mike ne dit rien.

— Écoutez, admettons que votre fils soit venu en ville pour s'éclater. Il n'a qu'à descendre la Troisième Avenue pour acheter de la cocaïne dans l'un des passages. Le type sur le pas de porte à cinquante mètres d'ici vend de l'héroïne. Les jeunes peuvent trouver tout ce qu'ils veulent dans ce quartier. Ou alors ils parviennent à entrer dans un club et se pintent ou pire. Ici, ils sont protégés. Ils peuvent décompresser en toute sécurité.

— Vous acceptez aussi des jeunes en rupture avec la société ?

— On ne leur ferme pas notre porte, mais il y a des structures d'accueil mieux équipées pour ça. Nous ne cherchons pas à changer leur vie parce que, franchement, je n'y crois pas. Un gamin qui a mal tourné ou qui vient d'une famille ravagée a besoin d'autre chose. Notre objectif à nous est d'aider des jeunes *a priori* sans histoire à ne pas déraper. Leur problématique est presque inverse… des parents trop présents. Ils les ont sur le dos vingt-quatre heures sur vingt-quatre, sept jours sur sept. Les ados d'aujourd'hui n'ont pas la place pour se révolter.

C'était le langage qu'il tenait à Tia depuis des années. Nous sommes trop après eux. Mike, lui, se baladait seul dans les rues. Le samedi, il jouait dans le parc toute la journée et ne rentrait que tard dans la soirée. Or ses propres enfants ne pouvaient pas traverser la rue sans que Tia ou lui les surveillent d'un œil de lynx, craignant… mais quoi, au juste ?

— Alors c'est vous qui la leur offrez, cette place ?

— Oui.

Il hocha la tête.

— Qui dirige ce club ?

— Moi. J'ai commencé il y a trois ans, après que mon frère est mort d'une overdose. Greg était quelqu'un de super. Il avait seize ans. Comme il n'était pas sportif, il n'avait pas beaucoup de copains. Nos parents et la société en général étaient trop stricts. C'était peut-être la deuxième fois en tout qu'il prenait de la drogue.

— Je suis désolé.

Elle haussa les épaules et remonta l'escalier. Il suivit en silence.

— Mademoiselle McDevitt ?

— Rosemary.

— Rosemary. Je ne veux pas que mon fils devienne une donnée statistique parmi d'autres. Il est venu ici hier soir. Mais je ne sais pas où il se trouve à l'heure qu'il est.

— Je ne peux rien pour vous.

— L'avez-vous déjà vu ?

Elle continuait à lui tourner le dos.

— J'ai une plus grande mission à remplir, Mike.

— Donc mon fils est un consommable ?

— Ce n'est pas ce que j'ai dit. Mais nous ne communiquons pas avec les parents. Ce lieu est réservé aux adolescents. Si on apprend...

— Je ne dirai rien.

— Ça fait partie de notre engagement.

— Et si Adam était en danger ?

— Alors je vous aiderais, si je le pouvais. Mais ce n'est pas le cas ici.

Mike allait protester lorsqu'il repéra une bande de goths dans le couloir.

— Des clients à vous ? s'enquit-il en entrant dans le bureau.

— Clients et animateurs.

— Animateurs ?

— Ils font un peu de tout. De l'entretien, et de la surveillance aussi.

— Des videurs en quelque sorte ?

Elle dodelina de la tête.

— Le terme est un peu fort. Ils aident les nouveaux à s'intégrer. Ils font en sorte que tout se passe bien, que personne ne fume ni ne se drogue dans les toilettes, par exemple.

Mike fit la moue.

— Des prisonniers qui jouent aux matons, quoi.

— Ce sont des gars bien.

Mike les regarda. Puis regarda Rosemary. Il l'étudia un instant. Oui, elle était à tomber, avec son visage de top model aux pommettes en lame de couteau. Il jeta un autre coup d'œil sur les goths. Ils étaient quatre ou cinq, une nébuleuse noir et argent. Mais pour ce qui était d'avoir l'air méchant, ils pouvaient toujours se brosser.

— Rosemary ?

— Oui ?

— Il y a quelque chose qui me gêne dans votre baratin.

— Mon baratin ?

— Le boniment pour me vendre votre concept. D'un côté, tout se tient.

— Et de l'autre ?

Il la regarda bien en face.

— Je pense que vous vous foutez du monde. Où est mon fils ?

— Vous feriez mieux de partir maintenant.

— Si jamais vous le planquez, votre club, je vais vous le mettre sens dessus dessous.

— Là, vous abusez, docteur Baye.

Se retournant vers les goths, elle hocha imperceptiblement la tête. Ils s'approchèrent sans hâte, formant un cercle autour de Mike.

— S'il vous plaît, allez-vous-en.

— Sinon, vos « animateurs » – il esquissa des guillemets avec ses doigts – vont me jeter dehors ?

— On dirait que vous vous êtes déjà fait jeter, vieux, ricana le plus grand de la bande.

Ses copains s'esclaffèrent… mélange flou de noir et de blafard, de métal et de mascara. Ils avaient tellement envie qu'on les prenne pour de gros durs – et ça ne leur allait tellement pas – qu'ils n'en étaient que plus effrayants. Tant d'acharnement. Et cette quête désespérée d'être quelque chose qu'on n'est pas.

Mike réfléchit à la meilleure attitude à adopter. Le grand goth, dégingandé, pomme d'Adam saillante, devait avoir une vingtaine d'années. Quelque part, il aurait voulu lui mettre son poing dans la figure, flanquer le meneur par terre pour montrer qu'il ne rigolait pas. Balayer ce cou élastique d'un revers de l'avant-bras, histoire de le laisser sans voix pendant une quinzaine de jours. Mais alors, les autres lui tomberaient dessus. Il pourrait en neutraliser un, peut-être deux, mais pas plus.

Pendant qu'il hésitait, la lourde porte en métal bourdonna, et un nouveau goth fit son apparition. Ce ne furent pas ses habits noirs qui frappèrent Mike cette fois.

Mais ses yeux noirs.

Le nouvel arrivant avait aussi un pansement en travers du nez.

Une fracture récente, pensa Mike.

Certains goths allèrent vers Nez cassé et lui tapèrent mollement dans la main. Ils se mouvaient comme dans du sirop d'érable. Leurs voix étaient lentes, léthargiques, on aurait dit qu'ils étaient tous sous Prozac.

— Yo, Carson, lâcha péniblement l'un d'eux.

— Ça va, mec ? croassa un autre.

Ils le gratifièrent d'une tape dans le dos, ce qui sembla leur demander un effort quasi surhumain. Carson accepta les hommages comme un dû, comme s'il en avait l'habitude.

— Rosemary ? dit Mike.

— Oui ?

— Vous ne connaissez pas seulement mon fils, vous me connaissez moi.

— Comment ça ?

— Vous m'avez appelé docteur Baye.

Son regard était rivé sur le goth au nez cassé.

— Comment savez-vous que je suis médecin ?

Sans attendre sa réponse, il se hâta vers la porte, bousculant le grand goth sur son passage. Nez cassé – Carson – le vit rappliquer. Les yeux noirs s'agrandirent. Il battit en retraite dans la rue. Mike pressa le pas et empoigna la porte métallique avant qu'elle ne se referme.

Carson au nez cassé était à trois mètres devant lui.

— Eh, toi ! l'apostropha Mike.

Le punk se retourna. Ses cheveux aile-de-corbeau lui tombaient sur un œil à la manière d'un rideau noir.

— Qu'est-ce qui est arrivé à ton nez ?

Carson renifla avec difficulté.

— Qu'est-ce qui est arrivé à ta tronche ?

Mike le rattrapa. Les autres goths étaient sortis aussi. Six contre un. Du coin de l'œil, il vit Mo descendre de voiture et se diriger vers eux. Six contre deux... mais deux avec Mo. Mike décida de tenter le coup.

Se plantant droit sous le nez cassé de Carson, il déclara :

— Une bande de couilles molles m'a sauté dessus pendant que j'avais le dos tourné. Voilà ce qui est arrivé à ma tronche.

— Dur, répondit Carson sur un ton qui se voulait bravache.

— Merci, mais tu sais la meilleure ? Qui c'est, le gros naze qui m'a agressé avec sa bande de lâches et qui a fini avec le nez cassé ?

Carson haussa les épaules.

— Un accident, ça arrive à tout le monde.

— C'est vrai. Alors peut-être que le gros naze aimerait avoir une seconde chance. D'homme à homme. Face à face.

Le chef des goths regarda autour de lui pour s'assurer de la présence de ses acolytes. Qui hochèrent la tête, ajustèrent leurs bracelets métalliques, serrèrent les poings... tout pour montrer qu'ils étaient prêts.

S'approchant du grand goth, Mo le saisit par le cou avant que quiconque ne puisse esquisser le moindre geste. Le goth s'efforça d'émettre un son, mais Mo le tenait comme dans un étau.

— Le premier qui bouge, lui dit-il, je te dégomme. Pas celui qui aura bougé. Pas celui qui interviendra. Toi. Je t'éclate, tu entends ?

Le goth essaya de hocher la tête.

Mike regarda Carson.

— Alors, on y va ?

— Eh, j'ai rien contre toi.

— Moi, si.

Mike le poussa, comme dans une cour de récré. Par provocation. Désarçonnés, les autres goths ne savaient pas comment réagir. Mike le poussa une seconde fois.

— Eh !

— Qu'avez-vous fait à mon fils, les mecs ?

— Hein ? Qui ?

— Mon fils, Adam Baye. Où est-il ?

— Qu'est-ce que j'en sais ?

— Tu m'as bien agressé hier soir, non ? Si tu ne veux pas prendre la raclée de ta vie, je te conseille de parler.

Soudain, une voix :

— Plus personne ne bouge ! FBI !

Mike leva les yeux. C'étaient les casquettes de base-ball, les deux hommes qui leur filaient le train. Une arme dans une main, une plaque dans l'autre.

— Michael Baye ?

— Oui.

— Darryl LeCrue, FBI. Vous allez devoir nous suivre.

26

Après le départ de Betsy Hill, Tia monta à l'étage, passa à pas de loup devant la chambre de Jill et pénétra dans celle de son fils. Elle ouvrit le tiroir de son bureau et se mit à fourrager dedans. Au point où elle en était... Elle se détesta aussitôt. C'était odieux, cette violation de la vie privée de son fils.

Elle n'en continua pas moins de fouiller.

Adam n'était encore qu'un enfant. Le tiroir n'avait pas été rangé depuis une éternité et contenait les restes des « âges » successifs, comme un chantier de fouilles archéologiques. Cartes de baseball, de Pokémon, Yu-Gi-Oh, un Tamagotchi dont les piles étaient mortes depuis des lustres : tous ces gadgets à la mode que les gamins collectionnaient avant qu'ils ne tombent aux oubliettes. Et encore, Adam avait été plutôt mesuré là-dessus ;

il ne demandait pas toujours plus et ne balançait pas le nouveau jouet tout de suite.

Tia secoua la tête. Il avait tout gardé dans son tiroir.

Il y avait des crayons, des stylos, son vieil appareil orthodontique (elle l'avait harcelé longtemps parce qu'il refusait de le porter), des pin's collector rapportés d'un séjour à Disneyworld quatre ans plus tôt, des talons de tickets d'entrée pour une douzaine de matchs des Rangers. Elle le revit, joyeux et concentré à la fois, lorsqu'il regardait un match de hockey. À chaque nouveau but des Rangers, son père et lui se levaient et se tapaient dans la main en entonnant le chant débile qui se résumait à faire « Oh, oh, oh » et à applaudir.

Elle se mit à pleurer.

Reprends-toi, Tia.

Elle se tourna vers l'ordinateur. C'était là le nouvel univers d'Adam. Une chambre d'ado s'organisait autour de l'ordinateur. Sur cet écran, Adam jouait à la dernière version de Halo en ligne. Chattait avec des amis et des inconnus. Conversait avec des cyberpotes par le biais de MySpace et de Facebook. Il s'était essayé au poker en ligne, mais s'en était vite lassé, à la grande satisfaction de ses parents. Il y avait des vidéos de gags copiées sur YouTube, des bandes-annonces, des vidéos musicales et des choses un peu plus lestes, évidemment. Il y avait d'autres jeux d'aventures, des jeux de simulation ou quel que soit le nom qu'on leur donnait, où l'on pouvait se perdre comme Tia pouvait se perdre dans un livre, et il était très difficile de dire si c'était bon ou mauvais.

C'était le grand déballage du sexe qui la rendait folle. On a beau vouloir protéger les enfants en contrôlant le flot d'informations, c'est pratiquement impossible. Il suffit d'allumer la radio le matin pour entendre parler nichons, infidélité et orgasmes. Il n'y a qu'à ouvrir n'importe quel magazine ou regarder une émission télé pour se rincer l'œil… S'en plaindre serait carrément inutile. Alors comment faire ? Expliquer à son enfant que c'est mal ? Et qu'est-ce qui est mal, au juste ?

Pas étonnant que les gens trouvent refuge dans le manichéisme du style abstinence, mais franchement, ce n'était pas la bonne solution ; on ne tient pas à faire passer le message que le sexe, c'est mauvais, ou sale, ou tabou… et pourtant, on veut les préserver de ce qui pourrait les perturber. On a envie de leur dire que c'est normal et sain… mais qu'il ne faut le pratiquer que dans des circonstances particulières. Comment un parent est-il censé respecter cet équilibre-là ? Curieusement, nous voulons que nos enfants partagent ce point de vue, comme si, malgré les ratés de nos propres parents, c'était le meilleur et le plus salubre. Mais pourquoi ? Avons-nous reçu l'éducation qu'il fallait ou trouvé nous-mêmes l'équilibre en question ? Et eux, y parviendront-ils ?

— Maman ?

Jill s'était arrêtée, déconcertée, sur le pas de la porte ; elle ne s'attendait probablement pas à voir sa mère dans la chambre d'Adam. Il y eut une pause, qui dura une fraction de seconde, mais Tia sentit comme un souffle d'air glacé dans son cou.

— Oui, ma chérie.

Jill avait son BlackBerry à la main.

— Je peux jouer à Casse Brick ?

Elle adorait jouer aux jeux sur le BlackBerry de sa mère. En temps ordinaire, Tia l'aurait gentiment grondée pour l'avoir pris sans demander la permission. Les enfants, c'était leur grande spécialité. Jill se servait de son BlackBerry, de son iPod ou de l'ordinateur de ses parents parce que le sien n'était pas assez puissant ; ou elle laissait le téléphone portable de sa mère dans sa chambre à elle, et Tia le cherchait partout.

Toutefois, le moment était mal choisi pour un sermon sur la responsabilité.

— Bien sûr. Mais si ça sonne, tu me l'apportes tout de suite.

— OK.

Jill promena son regard sur la pièce.

— Qu'est-ce que tu fais ici ?

— Je cherche.

— Quoi ?

— Je ne sais pas. Un indice pour comprendre ce que fait ton frère.

— Il va bien, tu crois ?

— Mais oui, ne t'inquiète pas.

Puis, se rappelant que la vie continuait, et peut-être pour retrouver un semblant de normalité, Tia demanda :

— Tu as des devoirs à faire ?

— Ils sont faits.

— Parfait. Et le reste, ça va ?

Jill haussa les épaules.

— Tu as des choses à me dire ?

— Non, pas spécialement. Je m'inquiète pour Adam, c'est tout.

— Je sais, chérie. Et comment ça va à l'école ?

Nouveau haussement d'épaules. Question idiote. Tia l'avait posée des milliers de fois au fil des années, n'obtenant pour toute réponse que ce haussement d'épaules, « Ça va », « OK » ou « Comme à l'école ».

Elle sortit de la chambre. Il n'y avait rien à découvrir là-dedans. Le rapport d'E-Spy l'attendait dans son imprimante. Elle ferma sa porte et parcourut les pages. Les amis d'Adam, Clark et Olivia, lui avaient envoyé des mails dans la matinée, au contenu assez abscons du reste. Ils voulaient savoir où il était et précisaient que ses parents téléphonaient partout pour tâcher de le retrouver.

Il n'y avait pas de message de DJ Huff.

Hmm. DJ et Adam communiquaient beaucoup. Et tout à coup, plus de mails… comme si DJ savait qu'Adam ne lui répondrait pas.

On frappa discrètement à la porte.

— Maman ?

— Tu peux ouvrir.

Jill tourna le bouton.

— J'ai oublié de te dire. On a appelé du cabinet du Dr Forte. J'ai rendez-vous chez le dentiste mardi.

— OK, merci.

— Mais pourquoi faut-il que j'aille chez le Dr Forte ? Je viens juste d'avoir un détartrage.

Les préoccupations quotidiennes. Une fois de plus, Tia les accueillit avec reconnaissance.

— On devra peut-être t'appareiller bientôt.

— Déjà ?

— Oui. Adam était ton…

Tia s'interrompit.

— Mon quoi ?

Elle regarda le rapport d'E-Spy sur son lit, le dernier en date, mais ce n'était pas le bon. Il lui fallait celui avec l'e-mail sur la fête chez les Huff.

— Maman ? Qu'est-ce qui se passe ?

Tia et Mike avaient pris soin de passer les anciens rapports dans la déchiqueteuse, mais elle avait gardé cet e-mail pour le montrer à Mike. Où était-il ? Elle inspecta les abords de son lit. Des papiers, il y en avait partout. Elle entreprit de les feuilleter.

— Je ne peux pas t'aider ? s'enquit Jill.

— Non, ça ira, chérie.

Il n'y était pas. Tia se redressa. Aucune importance.

Vite, elle retourna sur le Net. Le site d'E-Spy était classé dans ses favoris. Elle tapa le mot de passe et cliqua sur « Historique ». Puis elle trouva la bonne date et demanda le compte rendu.

Pas la peine de l'imprimer. Tia le fit défiler à l'écran jusqu'à ce qu'elle tombe sur l'e-mail. Elle ne s'attarda pas sur le contenu – la fête chez les Huff en l'absence des parents –, mais réflexion faite, qu'en était-il véritablement ? Mike était allé sur place, et non seulement il n'y avait pas eu de fête, mais Daniel Huff était chez lui.

Avaient-ils changé leurs plans ?

Mais pour l'instant, ce n'était pas le plus important. Tia déplaça le curseur pour vérifier ce que d'aucuns jugeraient complètement futile.

À savoir la date et l'heure.

E-Spy consignait non seulement la date et l'heure auxquelles l'e-mail avait été envoyé, mais le moment précis où Adam l'avait ouvert.

— Maman, qu'est-ce qu'il y a ?

— Une petite seconde, mon cœur.

Tia décrocha le téléphone et appela le Dr Forte. Avec toutes ces activités extrascolaires, les dentistes travaillaient souvent le samedi. Elle consulta sa montre, écouta la troisième sonnerie, puis la quatrième. À la cinquième sonnerie, son cœur se serra, quand enfin :

— Cabinet du Dr Forte.

— Oui, bonjour, ici Tia Baye, la maman d'Adam et Jill.

– Oui, madame Baye, que puis-je pour vous ?

Tia s'efforça de se rappeler le nom de la réceptionniste de Forte. Elle était là depuis des années, elle connaissait tout le monde, c'était elle qui régentait tout. Elle était la gardienne du temple. Cela finit par lui revenir.

— C'est bien Caroline ?

— Oui, c'est moi.

— Écoutez, Caroline, ma demande va vous paraître bizarre, mais il faut absolument que vous me rendiez un service.

— Je vais voir ce que je peux faire. Nous avons pas mal de monde la semaine prochaine.

— Non, ce n'est pas ça. Adam avait rendez-vous le dix-huit à quatre heures moins le quart.

Pas de réponse.
— J'aimerais savoir s'il est venu.
— Autrement dit, s'il ne nous a pas posé un lapin ?
— Oui.
— Oh non, je vous aurais appelée. Adam était là, sans problème.
— Savez-vous s'il était à l'heure ?
— Je peux vous donner l'heure exacte, si vous le désirez. C'est marqué sur le registre.
— Ce serait formidable.
Une nouvelle pause. Tia entendit un cliquetis de touches, puis un bruissement de papier.
— Adam est arrivé en avance, madame Baye… il était là à trois heures vingt.
Ça tombait sous le sens ; en général, il venait directement en sortant du lycée.
— Et il a été pris à l'heure, trois heures quarante-cinq pile. C'est ça que vous vouliez savoir ?
Tia faillit lâcher le combiné du téléphone. Quelque chose ne tournait pas rond. Elle regarda l'écran, la date et l'heure.
L'e-mail de la fête chez les Huff avait été envoyé à quinze heures trente-deux. Il avait été lu à quinze heures trente-sept.
Adam n'était pas à la maison.
C'était à n'y rien comprendre, à moins que…
— Merci, Caroline.
Tia appela Brett, l'informaticien.
— Yo, répondit-il.
Elle décida d'attaquer de front.
— Merci de m'avoir donnée à Hester.
— Tia ? Écoutez, je suis désolé, vraiment.

— J'espère bien.

— Non, sérieusement, Hester est au courant de tout ce qui se passe ici. Elle surveille tous les ordinateurs du cabinet ! Il lui arrive même de lire les mails personnels, pour s'amuser. Elle estime que lorsqu'on est sur ses terres…

— Je n'étais pas sur ses terres.

— Je sais, je regrette.

Il était temps d'aller plus loin.

— D'après E-Spy, mon fils a lu un mail à quinze heures trente-sept.

— Oui, et alors ?

— Il n'était pas à la maison à cette heure-là. Aurait-il pu le lire quelque part ailleurs ?

— Vous l'avez su par E-Spy ?

— Oui.

— Dans ce cas, la réponse est non. E-Spy contrôle ses activités uniquement sur son propre ordinateur. S'il s'était connecté et avait lu son mail sur un autre ordinateur, ça n'apparaîtrait pas dans le rapport.

— Comment est-ce possible, alors ?

— Hmm. Déjà, pour commencer, vous êtes sûre qu'il n'était pas chez vous ?

— Sûre et certaine.

— Eh bien, il y avait quelqu'un d'autre. Et ce quelqu'un s'est servi de son ordinateur.

Tia jeta un coup d'œil.

— Apparemment, le mail a été effacé à quinze heures trente-huit.

— Quelqu'un s'est servi de l'ordinateur de votre fils, a lu le mail et l'a effacé.

— Donc, Adam ne l'aurait même pas vu ?

— Probablement.

Elle élimina rapidement les principaux suspects : Mike et elle étaient au travail ce jour-là, et Jill avait accompagné Yasmin chez les Novak.

Il n'y avait personne à la maison.

Qui aurait pu s'introduire chez eux sans effraction ? Elle songea à la clé cachée dans le faux rocher à côté du poteau.

Le téléphone bourdonna. Elle vit que c'était Mo.

— Je vous rappelle, Brett.

Elle prit le second appel.

— Mo ?

— Tu ne vas pas me croire. Mike vient de se faire embarquer par le FBI !

Assise dans la salle d'interrogatoire improvisée, Loren Muse examina Neil Cordova de pied en cap.

Plutôt petit, mince, compact, il était d'une joliesse presque trop parfaite. Un peu comme sa femme. Il avait apporté des photos, tout un tas de photos : en croisière, sur la plage, lors d'une soirée, dans le jardin. Neil et Reba Cordova étaient photogéniques et aimaient à poser joue contre joue. Ils avaient l'air heureux.

— Retrouvez-la, s'il vous plaît, dit Neil Cordova pour la troisième fois depuis son arrivée.

Ayant déjà dit deux fois : « Nous faisons tout notre possible », Muse s'abstint de répéter cette phrase une nouvelle fois.

— Je ferai ce que je peux pour vous aider, ajouta-t-il.

Il avait les cheveux coupés ras et portait blazer et cravate, comme si c'était la tenue de circonstance, susceptible à elle seule de le maintenir debout. Ses chaussures brillaient d'un bel éclat. Muse ne put s'empêcher de le remarquer. Son propre père tenait beaucoup aux chaussures qui brillent. « On juge un homme à ses chaussures », disait-il à sa fille. Toujours bon à savoir. Quand, âgée de quatorze ans, Loren Muse avait trouvé le corps de son père dans le garage, où il s'était fait sauter le caisson, ses chaussures, en effet, avaient été soigneusement lustrées.

Merci du conseil, papa. Surtout en matière de suicide.

— Je sais comment c'est, poursuivit Cordova. On soupçonne toujours le mari, n'est-ce pas ?

Muse ne répondit pas.

— Vous pensez que Reba avait un amant à cause de sa voiture garée devant cet hôtel... mais je vous jure que ce n'est pas possible. Il faut me croire.

Muse prit un air impénétrable.

— Nous n'excluons aucune hypothèse.

— Je suis prêt à passer au détecteur de mensonges, je ne prendrai pas d'avocat, tout ce que vous voudrez. Il ne faut pas que vous perdiez votre temps à explorer la mauvaise piste. Reba n'est pas partie, je le sais. Et je n'ai rien à voir avec ce qui lui est arrivé.

Ne croire personne sur parole. C'était la règle. Muse avait interrogé des suspects dont les talents de comédien auraient mis DeNiro au chômage. Mais les faits parlaient en sa faveur, et, en son for intérieur, elle était convaincue que Neil Cordova disait la vérité. D'ailleurs, pour le moment, le problème n'était pas là.

Muse avait fait venir Cordova pour identifier le corps de son inconnue. Ami ou ennemi, c'était la seule chose qui comptait. Elle déclara donc :

— Monsieur Cordova, je ne pense pas que vous soyez coupable de quoi que ce soit.

Le soulagement, instantané, s'évanouit tout aussi rapidement. On sentait bien qu'il n'était pas inquiet pour lui, mais pour la jolie femme sur ces jolies photos.

— Votre épouse aurait-elle eu des soucis récemment ?

— Pas vraiment, non. Sarah, c'est notre cadette de huit ans…

Une fêlure dans la voix, il ferma les yeux et se mordit la jointure de l'index.

— Sarah a des difficultés avec la lecture. Je l'ai dit à la police de Livingston quand ils m'ont demandé la même chose. C'était un sujet de préoccupation pour Reba.

Au moins, cela le faisait parler.

— Je vais vous poser une question qui risque de vous sembler bizarre, dit Muse.

Il hocha la tête, se pencha en avant avec empressement.

— Reba n'aurait-elle pas mentionné devant vous une amie à elle qui aurait des ennuis ?

— Je ne vois pas ce que vous entendez exactement par « ennuis ».

— Déjà, pour commencer, je suppose que personne n'a été porté disparu parmi vos connaissances ?

— Comme ma femme, vous voulez dire ?

— Comme quelqu'un qui aurait disparu. Voyons un peu. Avez-vous des amis qui sont partis, ne serait-ce qu'en vacances ?

— Les Friedman sont à Buenos Aires pour la semaine. Elle et Reba sont très liées.

— Parfait.

Elle savait que Clarence était en train de tout noter. Il se chargerait de vérifier que Mme Friedman était bien là où elle était censée se trouver.

— Personne d'autre ?

Neil se mordilla l'intérieur de la lèvre.

— J'essaie de réfléchir.

— C'est bon, détendez-vous. Et quelque chose de bizarre, n'importe quoi qui sorte de l'ordinaire ?

— Reba m'a dit que les Colder avaient des problèmes de couple.

— Très bien. Autre chose ?

— Tonya Eastman a eu de mauvais résultats lors d'une mammographie. Elle ne l'a pas encore annoncé à son mari de peur qu'il ne la quitte. Je l'ai su par Reba. C'est ce genre de renseignement que vous voulez ?

— Oui. Continuez.

Il exhuma deux ou trois autres histoires. Clarence prit des notes. Lorsque Neil Cordova parut avoir épuisé le sujet, Muse saisit le taureau par les cornes.

— Monsieur Cordova ?

Elle accrocha son regard.

— J'ai besoin que vous me rendiez un service. Je ne tiens pas trop à entrer dans le détail du pourquoi ni du comment…

— Inspecteur Muse ? interrompit-il.

— Oui ?

— Ne perdez pas de temps à vouloir me ménager. De quoi s'agit-il ?

— Nous avons un cadavre ici. Ce n'est absolument *pas* votre épouse. Vous me comprenez ? *Pas* votre épouse. Cette femme-là a été trouvée morte la veille de sa disparition. Nous ne savons pas qui elle est.

— Et vous croyez que je pourrais le savoir ?

— Je veux que vous jetiez un œil à son cadavre.

Les mains sur les genoux, il se tenait un peu trop droit.

— OK, dit-il. Allons-y.

Muse avait envisagé de lui montrer des photos pour lui épargner le pénible spectacle. Mais les photos ne feraient pas l'affaire. Peut-être que si elle avait eu un gros plan du visage… sauf que le visage semblait avoir séjourné trop longtemps sous une tondeuse à gazon. Il ne restait que des fragments d'os et des lambeaux de muscles. Elle aurait pu lui présenter les clichés du torse en indiquant la taille et le poids de la victime, mais elle savait par expérience que rien ne valait le contact direct.

Neil Cordova ne s'était pas posé de questions sur le lieu de l'interrogatoire. Quelque part, c'était compréhensible. Ils étaient dans Norfolk Street à Newark, à l'institut médico-légal. Muse avait arrangé ce rendez-vous ici pour gagner du temps. Elle ouvrit la porte. Cordova s'efforçait de garder la tête haute. Sa démarche était assurée, mais ses épaules en disaient long ; Muse devinait la crispation sous le blazer.

Le corps était prêt. Tara O'Neill, le médecin légiste, avait enveloppé le visage de gaze. Ce fut la première chose que Neil Cordova remarqua, ces bandages comme sur une momie de cinéma. Il demanda pourquoi on avait fait ça.

— Elle a été défigurée, expliqua Muse.

— Comment suis-je censé la reconnaître ?

— Nous comptions sur la morphologie, la taille ou autre.

— Ça m'aiderait si je pouvais voir le visage.

— Non, monsieur Cordova, ça n'aiderait pas.

Il déglutit avec effort, regarda à nouveau.

— Que lui est-il arrivé ?

— Elle a été battue à mort.

Il se tourna vers Muse.

— Vous croyez que quelque chose de semblable est arrivé à ma femme ?

— Je ne sais pas.

Cordova ferma brièvement les yeux, rassembla ses esprits, opina de la tête.

— OK.

Nouveau hochement de tête.

— OK, je comprends.

— Je sais que ce n'est pas facile.

Elle remarqua alors qu'il avait les yeux humides. Il s'essuya avec sa manche. En cet instant, il ressemblait tant à un petit garçon que Muse eut envie de le prendre dans ses bras. Elle le regarda se tourner vers le corps.

— Vous la connaissez ?

— Je ne crois pas.

— Prenez votre temps.

— Le problème, c'est qu'elle est nue.

Ses yeux étaient fixés sur le visage bandé, comme pour préserver un reste de pudeur.

— Si c'était une femme que je connaissais, je ne l'aurais jamais vue comme ça, vous voyez ce que je veux dire ?

— Oui. Ce serait mieux si on la rhabillait ?

— Non, ça ne fait rien. C'est juste que…

Il fronça les sourcils.

— Quoi ?

Le regard de Neil Cordova glissa du cou de la victime jusqu'à ses jambes.

— Pouvez-vous la retourner ?

— Sur le ventre ?

— Oui. J'aimerais surtout voir l'arrière de la jambe. Oui, c'est ça.

Muse jeta un coup d'œil à Tara O'Neill qui aussitôt fit venir un garçon de salle. Avec précaution, ils retournèrent le corps de l'inconnue. Cordova fit un pas en avant. Muse restait immobile, pour ne pas le distraire. Tara O'Neill et le garçon s'écartèrent. Le regard de Cordova descendit le long des jambes et s'arrêta sur la cheville droite.

Ornée d'une tache de vin.

Les secondes passaient. Finalement, Muse dit :

— Monsieur Cordova ?

— Je sais qui c'est.

Muse attendait. Il se mit à trembler. Sa main se plaqua contre sa bouche. Ses yeux se fermèrent.

— Monsieur Cordova ?

— C'est Marianne, fit-il. Seigneur Dieu, c'est Marianne.

27

Ilene Goldfarb se glissa dans le box de la cafétéria face à Susan Loriman.

— Merci d'être venue, dit Susan.

Elles avaient pensé à se retrouver en dehors de la ville, mais pour finir Ilene avait écarté cette idée. Quiconque les verrait les prendrait pour deux femmes en train de déjeuner ensemble, activité à laquelle elle se livrait rarement, faute de temps et d'envie, parce qu'elle travaillait trop et que, justement, elle ne tenait pas à devenir une de ces femmes qui passent leur vie à déjeuner les unes avec les autres.

Même quand ses enfants étaient petits, pouponner n'avait jamais été son truc. Elle n'avait pas rêvé de renoncer à sa carrière médicale pour rester à la maison et remplir le rôle plus traditionnel de la mère de famille. C'était exactement l'inverse : elle avait attendu avec impatience la fin du congé de maternité pour pouvoir décemment retourner au travail. Les enfants ne semblaient pas en avoir souffert. Elle n'avait pas toujours été là, mais, dans son esprit, cela les avait rendus plus autonomes et leur avait donné une vision plus saine de la vie.

Du moins, c'était ce qu'elle se disait.

Mais l'année dernière, il y avait eu une fête à l'hôpital en son honneur. Bon nombre de ses anciens stagiaires et internes étaient venus rendre hommage à leur professeur préféré. Ilene avait entendu une de ses meilleures étudiantes chanter ses louanges à Kelci en disant combien elle devait être fière d'avoir Ilene Goldfarb comme mère. Kelci, qui avait un verre ou deux dans le nez, avait rétorqué : « Elle passe tellement de temps ici que je ne l'ai jamais connue sous cet angle-là. »

Eh oui. Carrière, maternité, mariage heureux… elle avait jonglé avec les trois sans effort apparent, n'est-ce pas ?

Sauf que, maintenant, les balles retombaient à terre avec un bruit sec. Même sa carrière était menacée, si les agents fédéraux disaient vrai.

— Aucune nouvelle de la banque d'organes ? demanda Susan Loriman.

— Non.

— Dante et moi sommes en train de travailler sur un projet. Un appel public à des donneurs éventuels. Je suis allée à l'école élémentaire de Lucas. Jill, la fille de Mike, est dans la même école que lui. J'ai parlé avec quelques enseignants. Ils ont adoré l'idée. Ça aura lieu samedi prochain ;

on va recruter des volontaires pour le don d'organe.

Ilene hocha la tête.

— C'est bien.

— Et vous, vous continuez à chercher, n'est-ce pas ? Je veux dire, ce n'est pas sans espoir ?

Ilene n'était tout simplement pas d'humeur.

— Il n'y a pas des masses d'espoir non plus.

Susan Loriman se mordit la lèvre. Elle possédait cette beauté naturelle qu'il était difficile de ne pas envier. Une beauté qui troublait les hommes. Même Mike se mettait à parler d'une drôle de voix quand Susan Loriman était dans les parages.

La serveuse arriva avec un pot de café. Ilene lui fit signe de remplir sa tasse, mais Susan demanda ce qu'ils avaient comme tisanes. À voir la tête de la fille, on aurait dit qu'elle lui avait commandé un lavement. Un thé ferait l'affaire, concéda Susan. La serveuse revint avec un sachet de thé Lipton et versa de l'eau chaude dans son mug.

Susan Loriman contempla le breuvage comme on contemple un oracle.

— Lucas a eu une naissance difficile. Une semaine avant l'accouchement, j'ai attrapé une pneumonie ; je toussais si fort que je me suis fêlé une côte. J'ai été hospitalisée. La douleur était abominable. Dante est resté avec moi, il ne m'a pas quittée une minute.

Lentement, elle porta le thé à ses lèvres, tenant le mug à deux mains comme si c'était un oiseau blessé.

— Quand on a appris la maladie de Lucas, on a tenu un conseil de famille. Devant moi, Dante a fait front : on allait se battre ensemble, en famille – « Nous sommes des Loriman », répétait-il ; ce même soir, il est allé dehors et a pleuré si fort que j'ai cru qu'il allait faire un malaise.

— Madame Loriman ?

— S'il vous plaît, appelez-moi Susan.

— Je vois bien le tableau, Susan. C'est le père modèle. Il donnait le bain à Lucas quand il était petit. Il changeait ses couches, entraînait son équipe de foot, et il serait effondré d'apprendre qu'il n'est pas le père du petit. Est-ce que ça résume la situation ?

Susan Loriman but une autre gorgée de thé. Ilene pensa à Herschel, au fait qu'il ne restait plus rien. Herschel avait-il une maîtresse ? Peut-être cette jolie réceptionniste fraîchement divorcée qui riait à toutes ses plaisanteries. Oui, à tous les coups c'était elle.

Qu'est-ce qu'il reste, Ilene… ?

Un homme qui pose cette question a depuis longtemps fait le deuil de son mariage. Ilene avait mis du temps à s'en rendre compte, voilà tout.

— Vous ne comprenez pas, dit Susan Loriman.

— Je ne suis pas sûre que ce soit utile. Vous ne voulez pas qu'il sache. D'accord. Ça va lui faire mal. OK. Votre famille risque d'en pâtir. Ne vous fatiguez pas. Je n'ai vraiment pas le temps. Je pourrais vous faire la morale, vous dire que vous auriez dû y songer neuf mois avant la naissance de Lucas, mais c'est le week-end, mon seul moment de libre, et j'ai d'autres chats à fouetter. Aussi, pour être tout à fait franche, vos écarts de conduite, madame Loriman, ne m'intéressent pas. Ce qui me préoccupe, c'est la santé de votre fils. Point barre. Si le fait de mettre votre mariage en péril peut le sauver, je suis prête à signer les papiers de votre divorce. Suis-je suffisamment claire ?

Susan baissa les yeux. Prude... Ilene n'avait jamais vraiment su ce que cela voulait dire. À présent, elle en avait une illustration sous les yeux. Combien d'hommes auraient craqué, *avaient* craqué devant ce minois ?

Elle avait tort d'en faire une affaire personnelle. Ilene prit une inspiration, s'efforçant de mettre de côté ses propres soucis : son aversion pour l'adultère, ses craintes devant l'avenir sans l'homme qu'elle avait choisi pour partager sa vie, la visite perturbante des agents fédéraux.

— Cela dit, je ne vois pas pourquoi il devrait savoir, ajouta-t-elle.

Susan leva les yeux. Une lueur d'espoir brillait dans son regard.

— On pourrait contacter le père biologique en toute discrétion, lui demander de faire une analyse de sang.

La lueur s'éteignit.

— Ce n'est pas possible.

— Pourquoi ?

— Parce que.

— Allons, Susan, c'est la meilleure solution.

Ilene prit un ton tranchant.

— J'essaie de vous aider, mais je ne suis pas là pour vous écouter vanter les mérites de Dante, le mari cocu. Vos problèmes familiaux me touchent jusqu'à un certain point. Je ne suis ni psy, ni pasteur. Je suis le médecin de votre fils. Si vous cherchez l'absolution, vous vous êtes trompée d'adresse. Qui est le père ?

Susan ferma les yeux.

— Vous ne comprenez pas.

— Si vous ne me donnez pas son nom, j'en parlerai à votre mari.

Cela lui avait échappé malgré elle, sous le coup de la colère.

— Vous faites passer votre inconduite avant la santé de votre fils. C'est lamentable. Et je ne le tolérerai pas.

— S'il vous plaît.

— Qui est le père, Susan ?

Susan détourna les yeux, se mordilla la lèvre.

— Qui est le père ?

Elle finit par répondre :

— Je ne sais pas.

Ilene Goldfarb cilla. Les mots continuaient à résonner dans l'air, creusant un fossé qui lui paraissait infranchissable.

— Je vois.

— Ça m'étonnerait.

— Vous avez eu plus d'un amant. OK, c'est gênant ou tout ce que vous voudrez. Mais on n'a qu'à les convoquer un par un.

— Je n'ai pas eu plus d'un amant. Je n'ai pas eu d'amant du tout.

Ilene attendit la suite, sans bien comprendre où Susan voulait en venir.

— J'ai été violée.

28

Assis dans la salle d'interrogatoire, Mike s'efforçait de garder son calme. Sur le mur d'en face, il y avait une grande glace rectangulaire, à tous les coups un miroir sans tain. Les autres murs étaient peints en vert pisseux. Le sol était recouvert de lino gris.

Deux hommes se trouvaient dans la pièce avec lui. Le premier, assis dans un coin comme un enfant puni, baissait le nez sur son clipboard. Le second – celui qui l'avait interpellé devant le Club Jaguar – était un Noir avec un diamant à l'oreille gauche. Il faisait les cent pas, une cigarette non allumée à la main.

— Je suis l'agent fédéral Darryl LeCrue, annonça-t-il. Lui, là-bas, c'est Scott Duncan, le substitut du procureur chargé des relations avec la DEA[1]. On vous a lu l'avertissement d'usage ?

---

1. *Drug Enforcement Administration*, agence rattachée au ministère de la Justice américain, équivalent de la brigade des stupéfiants. *(N.d.T.)*

— Oui.

LeCrue hocha la tête.

— Et vous êtes prêt à parler ?

— Oui.

— Signez, s'il vous plaît, la décharge qui est sur la table.

Mike s'exécuta. En temps normal, il aurait refusé. Il n'était pas fou. Mo allait appeler Tia. Elle allait accourir ou lui envoyer un confrère. D'ici là, il ferait mieux de la boucler. Sauf que, à dire vrai, il s'en fichait.

LeCrue poursuivit ses déambulations.

— Savez-vous de quoi il s'agit ? demanda-t-il.

— Non, dit Mike.

— Vous n'avez pas une petite idée ?

— Pas la moindre.

— Que faisiez-vous ce matin au Club Jaguar ?

— Pourquoi me suiviez-vous ?

— Docteur Baye ?

— Oui.

— Je fume. Vous savez ça ?

La question déconcerta Mike.

— Je vois la cigarette.

— Est-ce qu'elle est allumée ?

— Non.

— Croyez-vous que ça m'enchante ?

— Je n'en sais rien.

— Eh bien, justement. J'ai toujours fumé dans cette pièce. Pas pour intimider les suspects ni leur souffler la fumée au visage, même si cela m'est déjà arrivé. Non, je fumais parce que j'aimais bien ça. Cela me détendait. Maintenant, avec leurs nouvelles lois, je n'ai plus le droit de m'en griller une. Vous entendez ce que je dis là ?

— Je pense que oui.

— En d'autres termes, la loi interdit la détente. Moi, ça me dérange. J'ai besoin de ma dose de nicotine. Du coup, quand je me retrouve ici, je suis de mauvais poil. J'ai cette cigarette entre les doigts, et ça me démange de l'allumer. Mais je ne peux pas. C'est comme mener un cheval à l'abreuvoir et l'empêcher de boire. Je ne dis pas ça pour que vous me plaigniez, mais pour que les choses soient claires car vous m'énervez déjà.

Il abattit sa main sur la table, mais sans élever la voix.

— Je n'ai pas à répondre à vos questions. C'est vous qui allez répondre aux miennes. On s'est bien compris ?

— Peut-être que je devrais attendre mon avocat, dit Mike.

— Cool.

Il se tourna vers Duncan dans son coin.

— Scott, on a de quoi l'inculper ?

— Oui.

— Génial. On n'a qu'à faire ça. Le mettre au frais pour le week-end. Quand est-ce qu'on doit examiner sa mise en liberté sous caution ?

Duncan haussa les épaules.

— Ça peut prendre des heures. Peut-être même qu'il faudra attendre demain matin.

Mike essaya de masquer sa réaction de panique.

— De quoi m'accuse-t-on ?

— On trouvera bien quelque chose, rétorqua LeCrue. Pas vrai, Scott ?

— C'est sûr.

— À vous de décider, docteur Baye. Tout à l'heure, vous aviez l'air très pressé de partir. Allez, on refait une tentative et on voit ce que ça donne. Que faisiez-vous au Club Jaguar ?

Mike aurait pu protester, mais il sentit que ça n'aurait pas été judicieux. Comme le fait d'attendre Tia. Il voulait sortir d'ici. Il voulait retrouver Adam.

— Je cherchais mon fils.

Il pensait que LeCrue allait embrayer là-dessus, mais ce dernier se contenta d'un simple hochement de tête.

— Vous étiez sur le point de vous battre, n'est-ce pas ?

— Oui.

— Ça pouvait vous aider à retrouver votre fils ?

— J'espérais que oui.

— Expliquez-vous.

— J'étais dans le coin hier soir, commença-t-il.

— Oui, nous sommes au courant.

Mike marqua une pause.

— Vous étiez déjà en train de me filer ?

LeCrue sourit, leva la cigarette en guise de rappel et arqua un sourcil.

— Parlez-nous de votre fils.

Une sonnette d'alarme retentit dans la tête de Mike. Il n'aimait pas ça. Il n'aimait pas les menaces, le fait d'avoir été suivi, et encore moins le ton sur lequel LeCrue avait formulé sa phrase. Mais bon, avait-il vraiment le choix ?

— Il a disparu. Je croyais le trouver au Club Jaguar.

— C'est pour ça que vous y étiez hier soir ?

— Oui.

— Vous pensiez qu'il était dans ce club ?

— Oui.

Mike leur fit un résumé des événements. Il n'avait rien à cacher... d'ailleurs, il avait raconté la même chose à la police – à l'hôpital et au poste.

— Pourquoi étiez-vous tellement inquiet pour lui ?

— Nous étions censés aller à un match des Rangers hier soir.

— L'équipe de hockey ?

— Oui.

— Ils ont perdu, vous savez.

— Non, je ne savais pas.

— Mais enfin, c'était un bon match. Ça s'est bagarré sec.

LeCrue sourit à nouveau.

— Je suis un des rares Blacks à suivre le hockey. J'aimais bien le basket, mais aujourd'hui la NBA me gonfle. Trop de fautes techniques, vous ne trouvez pas ?

Supposant qu'il devait s'agir d'une manœuvre de déstabilisation, Mike fit :

— Mm-mm.

— Donc, votre fils ne se manifestant pas, vous êtes allé le chercher dans le Bronx ?

— Oui.

— Et vous vous êtes fait agresser.

— Oui.

Puis :

— Puisque vous me surveilliez, les gars, comment se fait-il que vous ne soyez pas intervenus ?

— Qui a dit qu'on vous surveillait ?

Scott Duncan leva les yeux.

— Qui a dit qu'on n'est pas intervenus ?

Il y eut un silence.

— Vous êtes déjà allé là-bas ?

— Au Club Jaguar ? Non.

— Jamais ?

— Jamais.

— Mettons les choses au clair : vous êtes en train de me dire qu'avant la soirée d'hier, vous n'aviez jamais mis les pieds au Club Jaguar ?

— Même pas hier soir.

— Pardon ?

— Je ne suis pas arrivé jusque-là. Je me suis fait attaquer avant.

— Que faisiez-vous dans cette ruelle, au fait ?

— Je suivais quelqu'un.

— Qui ?

— DJ Huff. Il est dans la même classe que mon fils.

— Donc, vous êtes en train de nous dire que c'est la première fois aujourd'hui que vous êtes entré au Club Jaguar ?

Mike ravala son exaspération.

— C'est ça. Écoutez, agent LeCrue, n'y aurait-il pas moyen d'accélérer un peu ? Mon fils a disparu, et je m'inquiète pour lui.

— C'est tout à fait normal. Allez, on continue. À propos de Rosemary McDevitt, présidente et fondatrice du Club Jaguar…

— Oui, eh bien ?

— Quand l'avez-vous rencontrée pour la première fois ?

— Aujourd'hui.

LeCrue se tourna vers Duncan.

— Vous y croyez, vous, Scott ?

Scott Duncan agita la main, paume vers le bas.

— J'avoue que j'ai du mal.

— S'il vous plaît, écoutez-moi, fit Mike, se retenant de prendre un ton suppliant. Il faut que je sorte d'ici pour retrouver mon fils.

— Vous ne faites pas confiance aux forces de l'ordre ?

— Mais si, je leur fais confiance. Simplement, je doute qu'elles considèrent mon fils comme une priorité.

— Certes. Je vais vous poser une question. Savez-vous ce qu'est une pharm party ? Pharm avec un p et un h.

Mike réfléchit.

— Ça me dit vaguement quelque chose.

— Laissez-moi vous aider, docteur Baye. Vous êtes bien docteur en médecine, exact ?

— Tout à fait.

— Je peux donc vous appeler docteur. Cool. Parce que j'ai horreur de donner du « docteur » au premier crétin diplômé... qu'il soit chiropracteur ou le gars qui me fait essayer mes lentilles de contact chez Pearle Express.

— Vous m'avez parlé de pharm parties, fit Mike pour le remettre sur la voie.

— Oui, exact. Vous êtes pressé, et moi qui suis là en train de radoter. Bref, venons-en au fait. Vous qui êtes docteur en médecine connaissez le prix exorbitant des produits pharmaceutiques, n'est-ce pas ?

— Oui.

— Je vais vous dire ce qu'est une pharm party. En deux mots, les ados se servent dans l'armoire à pharmacie des parents. À notre époque, chaque foyer possède des médicaments prescrits par le médecin de famille : Vicodin, Adderall, Ritaline, Xanax, Prozac, OxyContin, Percocet, Demerol, Valium... enfin, vous voyez le tableau. Les ados les chapardent, puis ils se retrouvent et font des mélanges, des cocktails de médocs. C'est l'apéro, quoi. Et ils se défoncent avec.

LeCrue s'interrompit. Pour la première fois, il attrapa une chaise, la retourna et s'assit à califourchon sans quitter Mike des yeux. Mike ne broncha pas.

Au bout d'un moment, il dit :

— Maintenant je sais ce qu'est une pharm party.

— Maintenant vous savez ce que c'est. En tout cas, ça commence comme ça. Des jeunes qui se réunissent et se disent : « Au fait, ces substances sont légales, pas comme le shit ou la cocaïne. » Peut-être que le petit frère est sous Ritaline pour cause d'hyperactivité. Le papa prend de l'OxyContin pour soulager la douleur après l'opération du genou. Bref, ils ne risquent rien aux yeux de la loi.

— Je vois ça.

— C'est vrai ?

— Oui.

— Vous imaginez un peu à quel point c'est facile ? Avez-vous des médicaments chez vous ?

Mike pensa à son propre genou, à l'ordonnance de Percocet ; il était tellement débordé de travail qu'il en prenait un minimum. La boîte de comprimés se trouvait en effet dans son armoire à pharmacie. S'en apercevrait-il s'il en manquait quelques-uns ? Et les autres parents, ceux qui ne connaissaient rien aux médicaments ? La disparition de quelques cachets leur mettrait-elle la puce à l'oreille ?

— Comme vous dites, il y en a dans chaque foyer.

— OK, essayez de suivre mon raisonnement. Vous connaissez la valeur des médocs. Vous êtes au courant de ces soirées. Admettons que vous ayez l'esprit d'entreprise. Que faites-vous ? Vous passez à la vitesse supérieure. Vous cherchez à réaliser des profits. Admettons que vous soyez le patron et que vous touchiez votre part des bénéfices. Peut-être que vous incitez les jeunes à se servir davantage dans leurs armoires à pharmacie. Vous pouvez même fabriquer des comprimés de substitution.

— Des comprimés de substitution ?

— Ben oui. S'ils sont blancs, vous les remplacez tout bêtement par de l'aspirine : les autres n'y verront que du feu. Il y a aussi les comprimés en sucre qui n'ont d'autre fonction que de se faire passer pour des médicaments. Il existe un vaste marché noir des médicaments. De quoi faire fortune. Mais là encore, vous voyez les choses en grand. Vous n'avez que faire d'une soirée merdique à huit participants. Il vous faut des centaines, voire des milliers de clients. Comme dans un night-club, par exemple.

Mike commençait à comprendre.

— Et vous pensez que c'est ce qui se passe au Club Jaguar.

Il se souvint soudain que Spencer Hill s'était suicidé en absorbant des médicaments qu'il avait pris chez lui. Du moins, à en croire la rumeur. Il avait volé des cachets dans l'armoire à pharmacie de ses parents, à la suite de quoi il avait fait une overdose.

LeCrue hocha la tête.

— Vous pouvez, continua-t-il, si vous êtes réellement entreprenant, aller plus loin encore. Tous les médicaments ont de la valeur au marché noir. Cette vieille boîte d'Amoxycillin que vous n'avez jamais terminée. Ou le grand-père qui garde du Viagra à la maison. Personne ne tient les comptes, pas vrai, docteur ?

— Rarement.

— Oui, et s'il en manque, vous vous dites que c'est la pharmacie qui vous a arnaqué, que vous avez oublié la date de début du traitement ou consommé plus que vous ne le pensiez. Qui irait soupçonner un ado ? Astucieux, vous ne trouvez pas ?

Mike faillit demander ce que cela avait à voir avec Adam ou lui, mais il se retint.

Se penchant en avant, LeCrue chuchota :

— Dites, docteur…

Mike attendit la suite.

— Savez-vous quelle serait la prochaine étape pour un esprit entreprenant ?

— LeCrue ?

C'était Duncan.

LeCrue jeta un œil par-dessus son épaule.

— Oui, Scott ?

— Vous aimez bien ce mot, entreprenant.

— Je veux.

Il se tourna vers Mike.

— Vous aimez ce mot, docteur ?

— Il est super.

LeCrue s'esclaffa comme s'ils étaient de vieux amis.

— Bref, un gamin futé et *entreprenant* peut se débrouiller pour se procurer encore plus de médicaments à la maison. Comment ? Il repasse la commande, disons, avec un peu d'avance. Si les deux parents travaillent et que vous ayez un service de livraison à domicile, vous rentrez du lycée avant eux. Si le parent veut commander ensuite, et que sa demande est refusée, il se dit que c'est une erreur ou bien qu'il ne sait plus très bien où il en est. Vous comprenez, une fois que vous êtes embarqué là-dedans, il y a des tas de façons d'arrondir ses fins de mois. Ni vu ni connu.

La question évidente résonnait dans la tête de Mike : Adam aurait-il pu faire une chose pareille ?

— Et puis, qu'est-ce qu'ils risquent, hein ? Réfléchissez deux minutes. On a une poignée de gosses de riches, tous mineurs – ayant les moyens de s'offrir les meilleurs avocats –, et qui ont fait quoi ? Chapardé des médicaments légalement prescrits par le médecin de famille ? Ça intéresse qui ? Vous voyez, encore une fois, à quel point on peut se faire de l'argent facile ?

— Peut-être.

— *Peut-être ?* Allons, docteur Baye, on arrête de jouer. Ce n'est pas peut-être. C'est sûr. Pratiquement garanti sans faille. Bon, vous savez comment on procède dans ces cas-là. Nous, on ne veut pas d'une bande de merdeux qui se pètent la gueule. On veut le gros poisson. Or si le gros poisson est malin, il ou elle – disons elle, pour ne pas être accusés de sexisme – s'arrangera pour que les ados fassent le sale boulot à sa place. Des abrutis de goths qui devraient monter d'un cran dans l'échelle de l'évolution pour qu'on les considère comme des losers. Ils se sentiraient exister, et si la poupée en question était une criminelle de haut vol, elle les mènerait à la baguette, vous me suivez ?

— Parfaitement, dit Mike. Vous pensez à Rosemary McDevitt. Elle gère un night-club fréquenté par des mineurs en toute légalité. D'un côté, ça se tient.

— Et de l'autre ?

— Une femme dont le propre frère est mort d'une overdose, mêlée à un trafic de médicaments ?

Sa réponse fit sourire LeCrue.

— Elle vous a raconté cette histoire larmoyante, hein ? Le frère en quête d'un exutoire qui a trop fait la fête et qui en est mort ?

— Ce n'est pas vrai ?

— De la fiction pure, d'après ce qu'on en sait. Elle prétend être originaire d'un patelin qui s'appelle Breman, dans l'Indiana. Renseignements pris, il n'y a eu aucune affaire de ce genre dans la région.

Mike se tut.

Scott Duncan leva les yeux de ses notes.

— Il faut dire qu'elle est top canon.

— Ça, c'est clair, opina LeCrue. Une bombe atomique.

— De quoi vous rendre stupide.

— Forcément, Scott. Et elle en joue. Elle tient les mecs par les couilles. Remarquez, ça ne me dérangerait pas de tenter l'expérience, vous voyez ce que je veux dire, docteur ?

— Désolé, je ne vois pas.

— Vous êtes gay ?

Mike se retint de lever les yeux au ciel.

— Mais oui, c'est ça, je suis gay. Où en étions-nous ?

— Elle utilise des hommes, docteur. Pas que les merdeux. Des hommes plus intelligents. Plus âgés.

Il s'interrompit. Le regard de Mike alla de Duncan à LeCrue.

— C'est là que je me récrie parce que je viens de comprendre que vous parlez de moi ?

— Pourquoi irait-on imaginer une chose pareille ?

— Je suppose que vous n'allez pas tarder à me le dire.

— Après tout…

LeCrue écarta les mains comme un élève qui débute dans un cours de théâtre.

— Vous dites que vous l'avez rencontrée seulement aujourd'hui. Exact ?

— Exact.

— Et on vous croit sur parole. Alors passons à autre chose. Comment ça va, le boulot ? À l'hôpital, je veux dire.

Mike poussa un soupir.

— Admettons que je sois désarçonné par ce brusque changement de sujet. Écoutez, je ne sais pas ce que vous me reprochez. J'ai compris que ça a un rapport avec le Club Jaguar, pas parce que j'ai fait quelque chose, mais parce qu'il faut être un crétin pour ne pas s'en rendre compte. Normalement, j'aurais attendu mon avocat ou du moins ma femme, qui est avocate, pour poursuivre cet entretien. Mais comme je vous l'ai déjà dit et répété, mon fils a disparu. Alors trêve de conneries. Dites-moi ce que vous voulez savoir pour que je puisse repartir à sa recherche.

LeCrue haussa un sourcil.

— Ça m'excite quand un suspect nous tient ce langage viril. Pas vous, Scott ?

— J'en suis tout retourné, acquiesça Duncan.

— Allez, avant qu'on se ramollisse tout à fait, j'ai encore quelques questions à vous poser, et ensuite on n'en parle plus. Avez-vous un patient du nom de William Brannum ?

Mike hésita et, une fois de plus, opta pour la coopération.

— Pas que je me souvienne.

— Vous vous rappelez les noms de tous vos patients ?

— Celui-ci ne me dit rien, mais il pourrait être suivi par mon associée, par exemple.

— Autrement dit, Ilene Goldfarb ?

Pas de doute, ils connaissaient leur affaire.

— Oui, c'est ça.

— On lui a posé la question. Elle ne se souvient pas de lui.

Mike ravala le *Quoi, vous lui avez parlé ?* Ils avaient parlé à Ilene. C'était quoi à la fin, cette histoire de fous ?

LeCrue était de nouveau tout sourire.

— Prêt à aller plus loin dans le côté entreprenant, docteur Baye ?

— Mais oui.

— Bien. Laissez-moi vous montrer quelque chose.

Il se tourna vers Duncan qui lui tendit une chemise cartonnée. Glissant sa cigarette intacte dans sa bouche, LeCrue l'attrapa avec des doigts aux ongles jaunis par le tabac. Il en tira une feuille de papier et la poussa par-dessus la table vers Mike.

— Ça ne vous rappelle rien ?

Mike regarda la feuille. C'était une photocopie d'ordonnance. Avec son nom et celui d'Ilene sur l'en-tête. Ainsi que leur adresse au New York Presbyterian Hospital et leurs numéros de licence. Il s'agissait d'une prescription d'OxyContin au nom de William Brannum.

Signée par le Dr Michael Baye.

— Alors, ça vous dit quelque chose ?

Mike s'exhorta au silence.

— Parce que le Dr Goldfarb dit que ce n'est pas à elle et qu'elle ne connaît pas ce patient.

Il sortit une autre feuille de papier. Une autre ordonnance. Cette fois pour du Xanax. Toujours signée du Dr Michael Baye. Et une troisième.

— Ces noms-là ne vous disent rien ?

Mike se taisait.

— Tiens, celle-ci est intéressante. Vous voulez savoir pourquoi ?

Mike leva les yeux vers LeCrue.

— Parce qu'elle est établie au nom de Carson Bledsoe. Vous voyez qui c'est ?

Mike le devinait, ce qui ne l'empêcha pas de demander :

— Pourquoi, je devrais ?

— C'est le gars au nez cassé que vous étiez en train d'engueuler quand on vous a interpellé.

Un pas de plus dans le côté entreprenant, pensa Mike. Mettre le grappin sur un gosse de toubib. Le contraindre à voler des carnets d'ordonnances et à les rédiger lui-même.

— Alors voilà, au mieux – je veux dire, si tout joue en votre faveur et que les dieux vous sourient – vous perdrez votre licence et serez interdit d'exercice. Ça, c'est le scénario optimiste. Vous ne serez plus médecin.

Ce coup-ci, Mike comprit qu'il fallait la boucler.

— Voyez-vous, ça fait un bail qu'on est sur l'affaire, qu'on surveille le Club Jaguar. On sait ce qui s'y trame. On pourrait embarquer tous ces gosses de riches, mais, encore une fois, si on ne coupe pas la tête, à quoi ça servirait ? Hier soir, on a eu vent d'une grande réunion. C'est ça, l'ennui, à ce stade de l'esprit d'entreprise : vous avez besoin d'intermédiaires. Le crime organisé fait de sérieuses incursions sur ce marché-là. L'OxyContin peut leur rapporter autant que la cocaïne, sinon plus. Bref, nous ici on ouvre l'œil. Mais hier soir, les choses se sont gâtées. Vous, le toubib incriminé, vous vous pointez là-bas. Vous vous faites agresser. Aujourd'hui, vous y retournez pour fiche le bordel. Notre crainte – à la DEA et au bureau du procureur fédéral – est que le Club Jaguar plie bagage et qu'on se retrouve sans rien. Il fallait donc frapper tout de suite.

— Je n'ai rien à vous dire.

— Mais bien sûr que si.

— J'attends l'arrivée de mon avocat.

— Vous n'allez pas nous faire ce coup-là, puisque nous pensons que ce n'est pas vous qui êtes derrière tout ça. Nous nous sommes procuré quelques-unes de vos ordonnances officielles. On a comparé les écritures. Ce n'est pas la vôtre. Alors soit vous avez donné vos blocs d'ordonnances à quelqu'un – ce qui est un crime puni par la loi –, soit on vous les a volés.

— Je n'ai rien à dire.

— Inutile de le couvrir, docteur. Tous les parents ont ce réflexe-là. Mais ce n'est pas la bonne solution. Les médecins que je connais ont tous des blocs d'ordonnances chez eux. Juste au cas où. Il est facile de piquer des médicaments dans une armoire à pharmacie. Il est sans doute encore plus facile de piquer un bloc d'ordonnances.

Mike se leva.

— Je m'en vais.

— Sûrement pas. Votre fils fait partie de ces gosses de riches dont on a parlé, mais lui joue dans la cour des grands. Il peut être inculpé pour association de malfaiteurs et trafic de stupéfiants de catégorie II, pour commencer. Ça va chercher dans les vingt ans dans une prison fédérale. Mais c'est Rosemary McDevitt que nous voulons, pas votre fils. Alors on vous propose un marché.

— J'attends mon avocat, dit Mike.

— Ça tombe bien, répondit LeCrue. Parce que cette charmante personne vient d'arriver à l'instant.

29

Violée.

Le silence qui suivit cet aveu, un silence assourdissant, évoquait une sensation de dépressurisation, de chute libre, comme si la cafétéria était en train de tomber dans le vide et qu'on en avait les oreilles bouchées.

Violée.

Ilene Goldfarb ne savait que dire. Les mauvaises nouvelles étaient son lot quasi quotidien, mais cela était tellement inattendu qu'elle finit par opter pour le plus universel de tous les clichés.

— Je suis désolée.

Susan Loriman ne fermait pas les yeux, elle serrait les paupières à la manière d'un enfant. Ses mains étaient toujours jointes autour de sa tasse de thé. Ilene faillit la toucher, puis se ravisa. La serveuse se dirigea vers elles, mais Ilene secoua la tête. Susan gardait les yeux clos.

— Je ne l'ai jamais dit à Dante.

Un serveur passa avec un plateau chargé d'assiettes en équilibre précaire. Quelqu'un demanda de l'eau. Une femme à la table voisine tendait l'oreille ; Ilene la foudroya du regard, et elle se détourna.

— Je ne l'ai dit à personne. Quand je suis tombée enceinte, j'ai pensé que l'enfant était de Dante. Je l'espérais, en tout cas. Puis Lucas est né, et je crois que j'ai compris. Mais je me suis tue. J'ai fait comme si de rien n'était. C'était il y a longtemps.

— Vous n'avez pas porté plainte ?

Susan secoua la tête.

— Surtout n'en parlez pas. S'il vous plaît.

— OK.

Les deux femmes restèrent assises en silence.

— Susan ?

Elle leva les yeux.

— Je sais, c'est de l'histoire ancienne..., commença Ilene.

— Ça fait onze ans.

— Oui. Mais peut-être que vous pourriez envisager de porter plainte.

— Quoi ?

— S'il est arrêté, nous pourrons le tester. Si ça se trouve, il est déjà connu des services de police. Les violeurs se contentent rarement d'une seule fois.

Susan secoua la tête.

— On est en train d'organiser une campagne d'appel à des donneurs à l'école.

— Savez-vous quelles sont les chances pour que ça marche ?

— Ça va marcher.

— Susan, il faut que vous alliez à la police.

— S'il vous plaît, oubliez ça.

Une curieuse pensée vint à l'esprit d'Ilene.

— Vous connaissez votre violeur ?

— Quoi ? Non.

— Réfléchissez bien à ce que je vous ai dit.

— Il ne sera jamais arrêté, OK ? Bon, je dois y aller.

Susan se glissa hors du box et se tint debout à côté d'Ilene.

— S'il y avait eu la moindre chance de sauver mon fils de cette façon, je l'aurais tentée. Mais ce n'est pas le cas. S'il vous plaît, docteur Goldfarb, aidez-nous pour l'appel aux donneurs. Aidez-moi à trouver une autre solution. Vous savez la vérité maintenant. Je vous en prie, n'insistez pas.

Dans sa salle de classe, Joe Lewiston était en train de nettoyer le tableau à l'aide d'une éponge. Bien des choses avaient changé dans le métier au fil des ans ; les tableaux verts avaient été remplacés par de nouveaux tableaux blancs effaçables d'un simple coup de chiffon, mais Joe avait tenu à garder cette survivance de l'école d'autrefois. Quelque chose dans la poussière, le cliquètement de la craie quand on écrivait dessus et le fait de le nettoyer à l'aide d'une éponge le reliait au passé, lui rappelait qui il était et ce qu'il faisait.

De l'eau dégoulinait de la grosse éponge le long du tableau. Il essuya les coulures, de haut en bas et de bas en haut, s'efforçant de s'absorber dans cette tâche rudimentaire.

Il y parvint presque.

Cette salle, il l'appelait « Lewiston Land ». Les gamins s'y sentaient bien, mais, finalement, pas autant que lui. Lui qui voulait tant se démarquer des autres, ne pas réciter ses cours comme un perroquet, suivre le programme à la lettre et se faire oublier dès la sortie des classes, en avait fait leur royaume. Chaque élève tenait son journal… lui aussi, d'ailleurs. Il lisait les leurs, ils avaient le droit de lire le sien. Il ne criait jamais. Quand un gamin se distinguait en bien, il mettait une croix à côté de son nom. Quand il ou elle se conduisait mal, Joe effaçait la croix. C'était aussi simple que ça. Porter un élève au pinacle ou le couvrir de honte, ce n'était pas son truc.

Il voyait ses collègues vieillir, leur enthousiasme mollir d'une rentrée à l'autre. Ce n'était pas son cas. Il s'habillait en costume d'époque lorsqu'il enseignait l'histoire. Il organisait d'extraordinaires chasses au trésor au bout desquelles la résolution d'un problème de mathématiques donnait accès au butin. Sa classe était en train de réaliser son propre film. Il y avait tant de bonnes choses qui se passaient ici, à Lewiston Land, et puis il y avait eu ce jour où il aurait dû rester chez lui parce que sa grippe intestinale n'était pas tout à fait guérie ; là-dessus la clim était tombée en panne, il se sentait abominablement mal, avec des poussées de fièvre, et…

Mais pourquoi avait-il dit ça ? Mon Dieu, quelle vacherie à faire à une gamine.

Il alluma l'ordinateur. Ses mains tremblaient. Il tapa le nom du site de l'école de sa femme. Le mot de passe était maintenant JoeAimeDolly.

Sa boîte e-mail fonctionnait normalement.

Dolly ne connaissait pas grand-chose à l'informatique ni à Internet. Alors Joe en avait profité pour changer son mot de passe. Voilà pourquoi sa messagerie ne répondait plus.

À présent, dans la quiétude de ce lieu cher à son cœur, Joe Lewiston consultait les mails qu'elle avait reçus. En espérant ne plus voir apparaître l'adresse du même expéditeur.

Pas de chance.

Il se mordit violemment la lèvre pour ne pas hurler. Combien de temps avait-il devant lui avant que Dolly ne cherche à savoir ce qui clochait dans sa messagerie ? Une journée, pas plus. Or il doutait qu'une journée suffise.

Tia déposa une nouvelle fois Jill chez Yasmin. Si Guy Novak en fut surpris ou contrarié, il ne le montra pas. De toute façon, le moment n'était pas aux urbanités. Elle fonça au siège local du FBI, 26, Federal Plaza, et arriva pratiquement en même temps qu'Hester Crimstein. Elles se retrouvèrent dans la salle d'attente.

— Consultez le scénario, dit Hester. Vous jouez l'épouse bien-aimée. Moi, je suis la star du petit écran qui fait une brève apparition dans le rôle de l'avocate du mari injustement arrêté.

— Je sais.

— Surtout, ne dites pas un mot. Laissez-moi m'en occuper.

— C'est pour ça que je vous ai appelée.

Hester se dirigea vers la porte, Tia sur ses talons. Elle fit irruption dans la pièce. Mike était assis à la table. Il y avait deux hommes avec lui : l'un dans un coin, et l'autre penché sur Mike. En les voyant entrer, le penché se redressa.

— Bonjour. Agent fédéral Darryl LeCrue.

— Je m'en fiche, rétorqua Hester.

— Pardonnez-moi ?

— Non, je n'en ai pas l'intention. Mon client est-il en état d'arrestation ?

— Nous avons des raisons de penser…

— Rien à cirer. La réponse est oui ou non. Mon client est-il en état d'arrestation ?

— Nous espérons ne pas en arriver…

— Encore une fois, rien à battre.

Hester se tourna vers Mike.

— Docteur Baye, s'il vous plaît, levez-vous et quittez cette pièce immédiatement. Votre femme vous accompagnera à côté où vous pourrez m'attendre tous les deux.

— Une petite minute, madame Crimstein, fit LeCrue.

— Vous connaissez mon nom ?

Il haussa les épaules.

— Ben oui.

— Comment ?

— Je vous ai vue à la télé.

— Vous voulez mon autographe ?

— Non.

— Ah bon, pourquoi ? Enfin, peu importe… vous ne l'aurez pas. Mon client en a fini avec vous. Si vous aviez pu l'inculper, vous l'auriez fait. Il va donc sortir d'ici, et vous et moi, on va causer gentiment. Si je le juge nécessaire, je le ferai revenir pour vous parler. C'est clair pour tout le monde ?

LeCrue regarda son collègue assis dans le coin.

— La bonne réponse est : « Comme de l'eau de roche, madame Crimstein », déclara Hester.

Puis, avec un coup d'œil à l'adresse de Mike :

— Allez-y.

Mike se leva. Tia et lui sortirent dans le couloir. La porte se referma derrière eux. La première question de Mike fut :

— Où est Jill ?

— Chez les Novak.

Il hocha la tête.

— Raconte-moi, dit Tia.

Il lui parla de sa visite au Club Jaguar, de sa rencontre avec Rosemary McDevitt, de la bagarre avortée, de l'arrivée des agents fédéraux, de l'interrogatoire et des pharm parties.

— Club Jaguar, conclut Mike. Rappelle-toi ces messages instantanés.

— De la part de CJ8115, acquiesça Tia.

— Ce n'étaient pas les initiales d'une personne. CJ comme Club Jaguar.

— Et le 8115 ?

— Je ne sais pas. Peut-être qu'il y a beaucoup de gens avec ces initiales-là.

— Alors tu crois que c'est elle… Rosemary Trucmuche ?

— Oui.

Elle s'efforça d'absorber l'information.

— Quelque part, ça paraît logique. Spencer Hill a pris des médicaments dans l'armoire à pharmacie de son père. C'est comme ça qu'il s'est tué. Peut-être qu'il l'a fait au cours d'une de ces pharm parties. Peut-être qu'ils en avaient organisé une sur le toit.

— Tu penses qu'Adam y était ?

— Tout se tient. Ils donnent une pharm party. Ils mélangent les médicaments, croyant que c'est sans risque…

Ils s'interrompirent tous les deux.

— Est-ce que Spencer s'est suicidé ? demanda Mike.

— Il a envoyé les textos.

Ils se turent, répugnant à envisager l'alternative.

— Il faut qu'on retrouve Adam, fit Mike. Concentrons-nous là-dessus, OK ?

Tia hocha la tête. La porte de la salle d'interrogatoire s'ouvrit. Hester s'approcha d'eux et dit :

— Pas ici. On parlera dehors.

Elle ne s'arrêta pas. Mike et Tia se levèrent précipitamment pour la suivre. Même dans l'ascenseur, Hester ne desserra pas les dents. D'un pas énergique, elle franchit la porte à tambour, toujours avec Mike et Tia dans son sillage.

— Dans ma voiture, lança-t-elle.

C'était une longue limousine avec un écran télé, des verres en cristal et une carafe vide. Hester leur laissa les meilleurs sièges, à l'opposé du chauffeur, et s'assit en face d'eux.

— Je me méfie des bâtiments fédéraux, dit-elle, avec leurs caméras partout.

Elle regarda Mike.

— Vous avez mis votre femme au parfum, je suppose ?

— Oui.

— Vous devez subodorer alors de quoi il retourne. Ils ont des tas d'ordonnances, vraisemblablement bidon, avec votre en-tête. Ce Club Jaguar a eu la bonne idée de s'approvisionner un peu partout. Dans les pharmacies de l'État, en dehors de l'État, sur Internet, partout. Y compris pour les renouvellements. Le FBI en a tiré la conclusion logique.

— Ils pensent que c'est Adam qui les a volées, dit Mike.

— Oui. Et ce ne sont pas les preuves qui leur manquent.

— Quelles preuves ?

— Ils savent, par exemple, que votre fils participe à des pharm parties. C'est ce qu'ils prétendent, du moins. Et ils étaient dans la rue hier soir, devant le Club Jaguar. Ils ont vu Adam y entrer, et un peu plus tard, ils vous ont repéré, vous.

— Ils m'ont vu me faire agresser ?

— Ils affirment que vous vous êtes faufilé dans une ruelle et qu'ils n'ont pas su tout de suite ce qui se passait. Ils étaient en train de surveiller le club.

— Et Adam était là-bas ?

— C'est ce qu'ils disent. Mais ils ne sont pas très bavards sur le sujet. Ils n'ont pas précisé s'ils l'avaient vu ressortir. Une chose est sûre : ils veulent retrouver votre fils. Ils comptent sur lui pour témoigner contre le Club Jaguar et ses responsables.

C'est un gamin, disent-ils. S'il coopère, il s'en tirera avec une tape sur la main.

— Et vous, qu'avez-vous fait ? s'enquit Tia.

— La danse du ventre, pour commencer. J'ai soutenu que votre fils n'était au courant de rien, ni pour ces soirées ni pour vos carnets d'ordonnances. Puis j'ai voulu savoir ce qu'ils offraient comme contrepartie, en termes de charges et de peines encourues. Mais pour l'instant, ils n'ont pas donné de précisions.

— Adam n'aurait jamais pris les blocs d'ordonnances de Mike, dit Tia. Il n'est pas si bête.

Hester se contenta de la regarder d'un œil dubitatif. Et Tia se rendit compte combien ses protestations pouvaient paraître naïves.

— Vous connaissez le pitch. Peu importe ce que je pense ou ce que vous pensez. Je vous ai exposé leur théorie. Et ils ont un joker. Vous, docteur Baye.

— Comment ça ?

— Ils font mine de n'être pas entièrement convaincus que vous n'êtes pas dans le coup. Pour preuve, hier soir vous vous rendiez au Club Jaguar lorsque vous avez eu une altercation violente avec des habitués du lieu. Comment pouviez-vous connaître son existence, sans être impliqué ? Que faisiez-vous dans les parages ?

— J'étais à la recherche de mon fils.

— Et comment saviez-vous qu'il était là-bas ? Pas la peine de répondre, on est tous au courant. Mais vous voyez où je veux en venir ? Ils peuvent vous inculper pour complicité avec cette Rosemary McDevitt. Vous êtes adulte et médecin. Ça leur ferait de la pub dans les médias et vous vaudrait une jolie peine de prison. Si vous êtes assez stupide pour vouloir prendre la place de votre fils, eh bien, ils diront que vous étiez tous deux dans la combine, Adam et vous. Adam participait à des pharm parties et, un jour, lui et la demoiselle du Club Jaguar ont pensé qu'ils pouvaient se faire encore plus de blé avec l'aide d'un vrai professionnel de la santé. C'est là qu'ils vous ont approché.

— N'importe quoi.

— Pas du tout. Vos ordonnances peuvent très bien leur servir de pièces à conviction. Avez-vous la moindre idée des sommes que cela représente ? L'OxyContin, ça vaut une fortune. C'est en train de tourner à l'épidémie. Et vous, docteur Baye, sauriez parfaitement quoi prescrire et à qui. D'accord, je pourrais vous tirer de là. C'est même fort probable. Mais à quel prix ?

— Alors que nous conseillez-vous ?

— Quoique j'aie horreur de coopérer, je pense qu'en définitive, ça reste notre meilleure chance. Mais on n'en est pas là. Pour le moment, il faut retrouver Adam, le prendre entre quat'z'yeux et lui tirer les vers du nez. Alors seulement nous pourrons décider en connaissance de cause.

Loren Muse tendit la photo à Neil Cordova.

— C'est Reba, dit-il.

— Oui, je sais. Cette image a été prise par une caméra de surveillance à Target où elle a fait ses courses hier.

Il leva les yeux.

— Et ça nous avance à quoi ?

— Vous voyez cette femme, là ?

Muse pointa l'index.

— Oui.

— Vous la connaissez ?

— Non, je ne crois pas. Vous n'auriez pas une photo avec un angle différent ?

Muse lui remit le second cliché. Neil Cordova l'étudia avec attention, désireux de trouver quelque chose de tangible, un indice susceptible de les mettre sur la voie. Finalement, il secoua la tête.

— Qui est-ce ?

— On a un témoin qui a vu votre épouse monter dans une camionnette, et une autre femme partir avec l'Acura de Reba. Nous lui avons fait visionner les vidéos. Il dit que c'est cette femme-là.

Il regarda à nouveau.

— Je ne la connais pas.

— OK, monsieur Cordova, je vous remercie. Je reviens tout de suite.

— Je peux garder la photo ? Au cas où j'aurais une idée ?

— Bien sûr.

Il avait l'air hébété – encore sous le choc de ce qu'il venait de voir à la morgue. Muse sortit dans le couloir. La réceptionniste lui fit signe de la main. Elle frappa à la porte de son patron qui lui cria d'entrer.

Paul Copeland était assis devant un écran de contrôle. Plutôt qu'un miroir sans tain, ils utilisaient des caméras dans leurs salles d'interrogatoire. Il continuait d'observer Neil Cordova.

— On a du nouveau, lui dit-il.

— Ah ?

— Marianne Gillespie était descendue au Travelodge à Livingston. Elle était censée libérer sa chambre ce matin. On a aussi un membre du personnel qui l'a vue monter avec un homme.

— Quand ?

— Il ne sait plus très bien, il y a quatre, cinq jours, peu après son arrivée à l'hôtel.

Muse hocha la tête.

— Génial.

Cope avait les yeux fixés sur l'écran.

— On devrait peut-être tenir une conférence de presse. Faire agrandir l'image de la femme prise par la caméra de surveillance. Des fois que quelqu'un la reconnaîtrait.

— Il faut voir. J'ai horreur de rendre public l'état d'une enquête en cours quand ce n'est pas absolument nécessaire.

Cope examinait toujours le mari sur son écran vidéo. Muse se demanda à quoi il pensait. Il avait connu tant de drames dans sa vie, y compris la mort de sa première femme. Elle promena son regard à travers la pièce. Il y avait sur la table cinq iPod tout neufs dans leurs emballages.

— Qu'est-ce que c'est ?

— Des iPod.

— Je vois bien, mais pour quoi faire ?

Sans quitter Cordova des yeux, Cope répondit :

— Je souhaite presque que ce soit lui.

— Cordova ? Ce n'est pas lui.

— Je sais. On le sent extrêmement malheureux.

Il y eut un silence.

— Les iPod, c'est pour les demoiselles d'honneur, ajouta-t-il.

— C'est gentil.

— Je devrais peut-être lui parler.

— À Cordova ?

Cope hocha la tête.

— Ça pourrait être utile.

— Lucy aime les chansons tristes, dit-il. Vous le savez, n'est-ce pas ?

Bien que faisant partie des demoiselles d'honneur, Muse connaissait mal Lucy, et depuis peu de temps. Elle acquiesça néanmoins d'un signe de tête, mais Cope continuait à fixer l'écran.

— Tous les mois, je lui enregistre un nouveau CD. C'est ringard, je sais, mais elle adore ça. Alors chaque mois je déniche les chansons les plus tristes que je puisse trouver. De véritables crève-cœur. Comme ce mois-ci... j'ai *Congratulations* de Blue October et *Seed* d'Angie Aparo.

— Jamais entendu parler ni de l'un ni de l'autre.

Il sourit.

— Ah, mais ça va venir. C'est le cadeau. J'ai téléchargé toutes ces playlists dans votre iPod.

— C'est une belle idée.

Muse ressentit un pincement au cœur. Cope enregistrait des CD pour la femme qu'il aimait. Elle en avait, de la chance.

— Je me suis longtemps demandé pourquoi Lucy raffolait tant de ces chansons. Vous voyez ce que je veux dire ? Elle reste assise dans le noir, écoute et pleure. La musique lui fait cet effet-là. J'avais du mal à comprendre. Tenez, le mois dernier, j'ai eu cette chanson de Missy Higgins. Vous connaissez ?

— Non.

— Elle est géniale. Une musique de folie. Dans cette chanson, elle parle d'un ancien amour et du fait qu'elle ne supporte pas l'idée qu'une autre puisse le toucher, même si elle sait qu'elle a tort.

— Triste.

— Justement. Mais Lucy est heureuse maintenant, non ? Je veux dire, nous sommes bien ensemble. On a fini par se trouver, on va se marier. Alors pourquoi est-ce qu'elle continue d'écouter ces chansons ?

— Vous me le demandez, à moi ?

— Non, Muse, je suis en train de vous expliquer quelque chose. Longtemps, j'ai ignoré la réponse. Mais aujourd'hui, je comprends. Les chansons tristes ne vous mettent pas en péril. C'est une diversion. Une peine maîtrisable. Qui pourrait donner à croire que le véritable chagrin est lui aussi contrôlable. Sauf que ce n'est pas vrai. Lucy en est consciente, bien sûr. On ne se prémunit pas contre le chagrin. Il nous happe, c'est tout.

Son téléphone bourdonna. S'arrachant enfin à l'écran, il répondit :

— Copeland.

Puis il leva les yeux sur Muse.

— Ils ont des infos sur la famille de Marianne Gillespie. Vous feriez mieux d'y aller.

30

Dès qu'elles furent seules dans la chambre, Yasmin fondit en larmes.

— Qu'est-ce qu'il y a ? demanda Jill.

Yasmin désigna son ordinateur et s'assit.

— Ce qu'ils peuvent être vaches !

— Qu'est-ce qui se passe ?

— Je vais te montrer. C'est trop nul.

Jill rapprocha une chaise et s'assit à côté de son amie. Elle se mordit la lèvre.

— Yasmin ?

— Quoi ?

— Je suis inquiète pour mon frère. Et il est arrivé quelque chose à papa aussi. C'est pour ça que maman m'a ramenée ici.

— Tu lui as demandé ?

— Elle ne veut pas me dire.

Yasmin essuya ses larmes sans cesser de pianoter.

— Toujours à vouloir nous protéger, hein ?

Jill ne savait pas si elle était sérieuse ou ironique, ou peut-être un peu des deux. Le regard de Yasmin revint se poser sur l'écran. Elle pointa le doigt.

— Attends, ça y est. Regarde.

C'était une page MySpace intitulée : *Mâle ou femelle – l'histoire de XY.* Le fond d'écran se composait de gorilles et autres macaques. Dans la rubrique « Films préférés » figuraient *La Planète des singes* et *Hair.* La chanson par défaut était celle de Peter Gabriel, *Shock the Monkey*. Il y avait des vidéos de National Geographic, toutes avec des primates. Dont un court métrage de YouTube qui s'appelait *Le gorille qui danse.*

Mais le pire, c'était la photographie par défaut : une photo scolaire de Yasmin avec une barbe dessinée sur le visage.

— J'y crois pas, murmura Jill.

Yasmin se remit à pleurer.

— Comment as-tu trouvé ça ?

— C'est Marie Alexandra, la salope, qui m'a envoyé le lien. Avec une copie adressée à la moitié de la classe.

— Et qui a fait ça ?

— Je ne sais pas. Elle, je parie. Elle me l'a envoyé, genre elle était embêtée et tout, mais j'avais l'impression de l'entendre rigoler.

— Elle a envoyé des copies ?

— Oui, à Heidi et Annie et…

Jill secoua la tête.

— Je suis désolée.

— Désolée ?

Jill n'ajouta rien.

Le visage de Yasmin s'empourpra.

— Quelqu'un doit payer pour ça.

Jill regarda son amie. Yasmin si douce, qui aimait jouer du piano, danser et rire devant des films idiots. Aujourd'hui, elle n'était plus que colère. Ça faisait peur à Jill. Tout allait de travers ces temps-ci : son frère avait fugué, son père avait des ennuis, et voilà que Yasmin était plus furieuse que jamais.

— Les filles ?

C'était M. Novak qui les appelait d'en bas. Yasmin se frotta les yeux. Ouvrant la porte, elle cria :

— Oui, papa ?

— J'ai fait du pop-corn.

— On descend dans une minute.

— Beth et moi, on pensait vous emmener au centre commercial. On pourrait se faire un cinéma, ou alors vous pourriez jouer aux arcades. Qu'en dites-vous ?

— Une seconde.

Yasmin referma la porte.

— Papa flippe complètement. Il a besoin d'aller prendre l'air.

— Pourquoi ?

— Il nous est arrivé un truc trop bizarre. La femme de M. Lewiston s'est pointée ici.

— Chez vous ? Non !

Les yeux agrandis, Yasmin hocha la tête.

— Enfin, je suppose que c'était elle. Je ne l'avais jamais vue, mais j'ai reconnu la bagnole pourrie de M. Lewiston.

— Et alors ?

— Ils se sont engueulés.

— Arrête !

— J'ai pas pu entendre. Mais elle avait l'air furax.

D'en bas :

— Le pop-corn est prêt !

Les deux filles descendirent. Guy Novak les attendait, le sourire crispé.

— Il y a le nouveau *Spiderman* à l'IMAX, annonça-t-il.

On sonna à la porte.

Guy Novak se retourna. Tout son corps se raidit.

— Papa ?

— J'y vais.

Il se dirigea vers la porte d'entrée. Les filles suivirent à distance. Beth était là aussi. Novak jeta un œil par la lucarne, fronça les sourcils et ouvrit. Une femme se tenait sur le perron. Jill regarda Yasmin. Yasmin secoua la tête. Ce n'était pas la femme de M. Lewiston.

— Que puis-je pour vous ?

La femme jeta un œil derrière lui, aperçut les filles, le regarda à nouveau.

— Guy Novak ?

— Oui.

— Mon nom est Loren Muse. Puis-je vous parler un instant en privé ?

Loren Muse se tenait sur le perron. Elle entrevit les deux gamines derrière Guy Novak. L'une devait être sa fille ; l'autre, eh bien, peut-être qu'elle était celle de la femme qui venait de sortir dans le vestibule. Cette femme, nota-t-elle au passage, n'était pas Reba Cordova. Elle avait l'air bien, parfaitement détendue, mais on ne savait jamais. Muse la scruta, guettant le moindre signe de détresse, de coercition.

Il n'y avait nulle trace de sang ni de traumatisme dans le foyer. Les filles paraissaient un peu timides, mais sans plus. Avant de sonner, Muse avait collé l'oreille contre la porte. Elle n'avait rien entendu de spécial, sinon Guy Novak qui parlait de pop-corn et de cinéma.

— C'est à quel sujet ? demanda-t-il.

— À mon avis, ce serait mieux qu'on en parle seule à seul.

Elle souligna le mot « seul », espérant qu'il comprenne le message. Peine perdue.

— Qui êtes-vous ?

Peu désireuse de se réclamer de la police en présence des filles, Muse se pencha à l'intérieur, les regarda, puis le regarda droit dans les yeux.

— Ce serait mieux en privé, monsieur Novak.

Il finit par saisir l'allusion.

— Beth, tu veux bien emmener les filles dans la cuisine et leur donner du pop-corn ?

— Bien sûr.

Muse les suivit des yeux, essayant de décrypter le maître de maison. Il semblait quelque peu à cran, mais davantage agacé que vraiment effrayé par sa visite inopinée.

Clarence Morrow et Frank Tremont accompagnés de flics municipaux n'étaient pas très loin. Ils inspectaient discrètement les lieux au cas – très improbable, mais il fallait l'envisager – où Guy Novak aurait enlevé et séquestré Reba Cordova.

Cependant, plus les minutes passaient, moins elle y croyait.

Novak ne l'invita pas à entrer.

— Alors ?

Elle brandit sa plaque.

— Vous plaisantez ou quoi ? Ce sont les Lewiston qui vous envoient ?

Muse ignorait totalement qui étaient les Lewiston, mais elle décida de jouer le jeu et esquissa un vague mouvement de la tête, ni oui ni non.

— Je n'en reviens pas. Je n'ai fait que passer en voiture devant chez eux. C'est tout. Il y a une loi qui l'interdit ?

— Ça dépend, fit Muse.

— De quoi ?

— De vos intentions.

Guy Novak remonta ses lunettes sur l'arête de son nez.

— Savez-vous ce que cet homme a fait à ma fille ?

Elle n'en avait pas la moindre idée, mais visiblement cela le perturbait. Tant mieux… elle pourrait rebondir là-dessus.

— Je suis prête à entendre votre version des faits, dit-elle.

Il partit dans une longue diatribe contre un instituteur qui aurait dit quelque chose à sa fille. Muse observait son visage. Une fois de plus, comme avec Neil Cordova, elle n'eut pas l'impression qu'il lui jouait la comédie. Il fulminait contre l'injustice commise à l'égard de sa petite Yasmin, et contre l'instit qui ne s'était même pas fait taper sur les doigts.

Lorsqu'il s'interrompit pour reprendre son souffle, Muse demanda :

— Et votre femme, qu'en pense-t-elle ?

— Je ne suis pas marié.

Ça, elle le savait déjà.

— Oh, j'ai cru que la femme qui était avec les filles…

— Beth. C'est juste une amie.

Muse attendit, pour voir s'il allait ajouter quelque chose à ce sujet.

Il inspira profondément, à plusieurs reprises.

— OK, j'ai reçu le message.

— Le message ?

— Je suppose que les Lewiston vous ont appelée pour se plaindre. Message reçu. Je verrai la suite avec mon avocat.

Cela ne les menait nulle part. Il était temps de changer de registre, se dit Muse.

— Puis-je vous poser une autre question ?

— Ben, allez-y.

— Comment la mère de Yasmin a-t-elle réagi à tout cela ?

Ses yeux s'étrécirent.

— Pourquoi me demandez-vous ça ?

— Ce n'est pas totalement absurde comme question.

— La mère de Yasmin n'est pas très présente dans sa vie.

— Tout de même. Un événement comme celui-ci.

— Marianne est partie quand Yasmin était toute petite. Elle vit en Floride et voit sa fille peut-être quatre ou cinq fois par an.

— À quand remonte sa dernière visite ?

Il fronça les sourcils.

— Qu'est-ce que ça vient faire… ? Attendez une minute, puis-je voir votre plaque encore une fois ?

Muse ressortit sa plaque. Ce coup-ci, il l'examina de près.

— Police du comté ?

— Oui.

— Vous permettez que j'appelle votre bureau pour vérifier si c'est authentique ?

— Je vous en prie.

Muse fouilla dans sa poche et en sortit une carte.

— Tenez.

Il lut à voix haute :

— Loren Muse, enquêteur principal. Principal, répéta-t-il. Vous êtes quoi, une amie personnelle des Lewiston ?

À nouveau, elle se demanda si c'était de la comédie ou s'il parlait sérieusement.

— Dites-moi quand vous avez vu votre ex-femme pour la dernière fois.

Il se frotta le menton.

— Vous ne m'avez pas dit que c'était au sujet des Lewiston ?

— S'il vous plaît, répondez à ma question. Quand avez-vous vu votre ex-femme pour la dernière fois ?

— Il y a trois semaines.

— Elle était venue pour quoi ?

— Pour voir Yasmin.

— Vous lui avez parlé ?

— Pas vraiment. Elle est passée prendre Yasmin en promettant de la ramener à une heure précise. En général, Marianne respecte les horaires. Elle n'a pas trop de temps à consacrer à sa fille.

— Lui avez-vous parlé depuis ?

— Non.

— Mmm. Savez-vous où elle loge d'habitude quand elle vient vous rendre visite ?

— Au Travelodge à côté du centre commercial.

— Étiez-vous au courant qu'elle y était descendue voilà quatre jours ?

Il eut l'air surpris.

— Elle a dit qu'elle partait pour Los Angeles.

— Quand ça ?

— J'ai reçu un mail… euh, je ne sais plus. Hier, je crois.

— Puis-je le voir ?

— Le mail ? Je l'ai effacé.

— Savez-vous si votre ex-femme avait un homme dans sa vie ?

Son visage se fendit d'un rictus.

— Elle en a sûrement eu plus d'un, mais je n'ai pas la liste sur moi.

— Quelqu'un d'ici ?

— D'ici et d'ailleurs.

— Vous n'en connaissez aucun ?

Guy Novak secoua la tête.

— Non, et ça ne m'intéresse pas.

— Pourquoi cette amertume, monsieur Novak ?

— Je ne sais pas si amertume est le terme adéquat.

Il retira ses lunettes, fronça les sourcils à la vue de quelque salissure, tenta de les nettoyer avec sa chemise.

— J'aimais Marianne, mais, franchement, elle ne le méritait pas. Si on veut rester gentil, on dira qu'elle avait un penchant pour l'autodestruction. Elle s'ennuyait dans cette ville. Elle s'ennuyait avec moi. Elle s'ennuyait dans la vie. C'est une tricheuse-née. Elle a abandonné sa propre fille et depuis elle n'a cessé de la décevoir. Il y a deux ans, elle a promis à Yasmin de l'emmener à Disneyworld. Et voilà que la veille, elle m'appelle pour tout annuler. Comme ça, sans raison.

— Est-ce que vous versez une pension alimentaire ou une allocation quelconque ?

— Non. C'est moi qui ai la garde exclusive.

— Votre ex-femme a-t-elle toujours des amis dans la région ?

— Je n'en sais trop rien, mais ça m'étonnerait.

— Et Reba Cordova ?

Guy Novak réfléchit un instant.

— Elles étaient très liées à l'époque où Marianne habitait ici. Je n'ai jamais compris pourquoi. Ces deux femmes, c'était le jour et la nuit. Mais oui, c'est vrai, si Marianne a gardé des contacts avec quelqu'un, c'est probablement avec Reba.

— Quand avez-vous vu Reba Cordova pour la dernière fois ?

Il regarda vers le haut et à droite.

— Ça fait un moment. Je ne sais plus, à une réunion de parents d'élèves peut-être.

S'il était au courant du meurtre de son ex, se dit Muse, cela n'avait pas l'air de le perturber outre mesure.

— Reba Cordova est portée disparue.

Il ouvrit la bouche, la referma.

— Vous croyez que Marianne y est pour quelque chose ?

— Et vous ?

— Dans autodestruction, il y a « auto ». Je ne pense pas qu'elle ferait du mal à quelqu'un d'autre, sauf peut-être aux membres de sa propre famille.

— Monsieur Novak, j'aimerais beaucoup parler à votre fille.

— Pourquoi ?

— Parce que nous pensons que votre ex-femme a été assassinée.

Elle le dit comme ça, de but en blanc, pour voir la réaction. Qui tarda à venir. On avait l'impression que les mots flottaient et lui parvenaient un à un, et qu'il mettait du temps à les entendre et à les comprendre. Pendant quelques secondes, il ne fit que la regarder. Puis il grimaça comme s'il croyait avoir mal entendu.

— Je ne… vous *pensez* qu'elle a été assassinée ?

Muse se retourna et hocha la tête. Clarence se dirigea vers le perron.

— Nous avons découvert un corps dans une ruelle, le corps d'une femme habillée en prostituée. D'après Neil Cordova, il s'agirait de votre ex-femme, Marianne Gillespie. Je vais vous demander, monsieur Novak, d'accompagner mon collègue, M. Morrow, à l'institut médico-légal afin de voir le corps par vous-même. Comprenez-vous ?

— Marianne est morte ? fit-il d'une voix blanche.

— C'est ce que nous pensons, oui, et c'est pour ça que nous avons besoin de votre aide. M. Morrow va vous conduire à la morgue et vous poser quelques questions. Votre amie Beth peut rester avec les enfants. Je serai là également. Je voudrais interroger votre fille sur sa mère, si vous n'y voyez pas d'inconvénients.

— Aucun.

Voilà qui parlait en sa faveur. S'il avait hésité... Bref, l'ex-mari fait toujours un bon suspect. Non pas qu'elle soit entièrement sûre de son innocence – là encore, elle aurait pu tomber sur un comédien digne d'être primé aux oscars –, mais elle ne croyait pas vraiment à sa culpabilité. D'une façon ou d'une autre, Clarence allait le cuisiner.

— On y va, monsieur Novak ? s'enquit Clarence.

— Il faut que je l'annonce à ma fille.

— Je préfère pas, fit Muse.

— Pardon ?

— Je vous le répète, nous n'en sommes pas sûrs. Je lui poserai des questions, sans lui dire ce qui est arrivé à sa mère. Je vous laisserai le soin de le faire, si tant est que cela se révèle nécessaire.

Guy Novak acquiesça, hagard :

— OK.

Lui prenant le bras, Clarence dit avec une grande douceur :

— Allons-y, monsieur Novak. Par ici.

Sans plus se préoccuper d'eux, Muse alla droit dans la cuisine. Les yeux agrandis, les deux fillettes faisaient mine de manger du pop-corn.

— Qui êtes-vous ? demanda l'une d'elles.

Muse esquissa un sourire crispé.

— Mon nom est Loren Muse. J'appartiens à la police du comté.

— Où est mon père ?

— C'est toi, Yasmin ?

— Oui.

— Ton papa est parti aider un de mes enquêteurs. Il va revenir. En attendant, tu veux bien répondre à quelques questions ?

31

Assise par terre dans la chambre de son fils, Betsy Hill tenait le vieux téléphone portable de Spencer à la main. La batterie était morte depuis longtemps. Elle le regardait et se demandait que faire.

Le lendemain du jour où l'on avait découvert le corps, elle avait surpris Ron en train de vider cette pièce... comme il avait vidé le placard de Spencer. Elle lui avait ordonné d'interrompre ce déménagement en utilisant des termes non équivoques sur ce qu'elle en pensait. Le tournant, c'était une chose, la rupture en était une autre ; même Ron était capable de faire la différence.

Dans les jours qui avaient suivi le suicide, elle était venue se coucher en position fœtale sur le sol de la chambre pour sangloter tout son saoul. L'estomac en capilotade, elle n'avait eu alors qu'une envie : mourir, se laisser entièrement consumer par le chagrin. Pour finir, elle n'était pas morte. Posant les mains sur le lit, elle lissa les draps, enfouit le visage dans l'oreiller, mais elle n'y sentait plus l'odeur de son fils.

Comment était-ce arrivé ?

Elle repensa à sa conversation avec Tia Baye, à ce que tout cela pouvait signifier. Au fond, rien du tout. Spencer était mort. Ron avait raison sur ce point. Le fait de savoir la vérité n'y changerait pas grand-chose, ne la guérirait pas. Le fait de savoir la vérité ne l'aiderait pas à faire ce fichu « travail de deuil » car, en définitive, elle n'en avait pas envie. Quelle mère fallait-il être – une mère qui n'avait pas su préserver la vie de son enfant – pour vouloir aller de l'avant, ne plus souffrir, obtenir une absolution en quelque sorte ?

— Ça va ?

Elle leva les yeux. Ron, dans l'embrasure de la porte, s'efforça de sourire. Elle glissa le téléphone dans sa poche arrière.

— Tout va bien ? demanda-t-il.

— Ron ?

Il attendait.

— Il faut que je sache ce qui s'est réellement passé cette nuit-là.

— Je le vois bien.

— Ça ne le ramènera pas, dit-elle. J'en suis consciente. On ne se sentira même pas mieux pour autant. Mais à mon avis, il faut le faire.

— Pourquoi ?

— Je ne sais pas.

Hochant la tête, il s'approcha et voulut se pencher vers elle. Un instant, elle crut qu'il allait la prendre dans ses bras ; à cette idée, son corps se raidit. Il s'en aperçut, cilla, se redressa.

— Allez, je te laisse.

Une fois Ron parti, Betsy sortit le téléphone de sa poche, le brancha sur le chargeur et l'alluma. Sans le lâcher, elle se roula en boule et pleura. Elle songea à son fils, dans cette même position du fœtus – ça aussi, est-ce que c'était héréditaire ? – sur le toit dur et froid.

Elle ouvrit le journal dans le menu du téléphone. Là non plus, pas de surprises. Ce n'était pas la première fois, mais elle ne l'avait pas fait depuis quelques semaines. Cette nuit-là, Spencer avait appelé Adam Baye à trois reprises. Le dernier appel avait eu lieu une heure avant le texto d'adieu. Il n'avait duré qu'une minute. Adam affirmait que Spencer lui avait laissé un message inintelligible. Aujourd'hui, elle se demandait s'il n'avait pas menti.

La police avait trouvé le téléphone sur le toit à côté du corps.

Betsy ferma les yeux. Elle s'était assoupie, plongée dans un état de semi-conscience entre la veille et le sommeil, lorsqu'elle entendit le téléphone sonner. Elle crut tout d'abord que c'était le portable de Spencer, mais c'était leur poste fixe.

Elle aurait bien laissé la boîte vocale prendre le message mais si c'était Tia Baye ? Elle se releva avec effort. Il y avait un téléphone dans la chambre de Spencer. Le numéro entrant lui était inconnu.

— Allô ?

Silence.

— Allô ?

Une voix étranglée, une voix de garçon, murmura :

— Je vous ai vue avec maman sur le toit.

Betsy se redressa.

— Adam ?

— Je suis vraiment désolé, madame Hill.

— D'où appelles-tu ?

— D'une cabine.

— Où ça ?

Il était en larmes.

— Adam ?

— Spencer et moi, on se retrouvait souvent dans votre jardin. Dans le bosquet où vous aviez mis la balançoire. Vous voyez où c'est ?

— Oui.

— Je vous attendrai là-bas.

— OK, quand ?

— Spencer et moi, on aimait bien cet endroit parce qu'on voit passer les gens. Si vous venez avec quelqu'un, je le saurai. Promettez-moi de ne rien dire à personne.

— Je te le promets. Dans combien de temps ?

— Une heure.

— OK.

— Madame Hill ?

— Oui ?

— Ce qui est arrivé à Spencer, dit Adam. C'est ma faute.

À quelques dizaines de mètres de la maison, Tia et Mike aperçurent le type chevelu aux ongles sales en train d'arpenter leur pelouse.

— Ce ne serait pas Brett ? fit Mike.

Tia hocha la tête.

— Il devait jeter un œil sur l'e-mail, tu sais, celui qui parlait de la fête chez les Huff.

Ils s'engagèrent dans l'allée. Susan et Dante Loriman étaient dehors également. Dante leur adressa un signe de la main. Mike fit de même, puis regarda Susan. Elle se força à le saluer avant de tourner les talons. Il ne s'attarda pas ; il avait la tête ailleurs.

Son téléphone se mit à triller. En voyant le numéro, il fronça les sourcils.

— Qui est-ce ? demanda Tia.

— Ilene. Le FBI l'a interrogée elle aussi. Je suis obligé de répondre.

— OK. Moi, je vais voir Brett.

Tia descendit de voiture. Brett continuait à faire les cent pas en parlant avec animation dans le vide. Elle l'interpella.

— Il y a quelqu'un qui vous fait tourner en bourrique, Tia, déclara-t-il.

— Comment ça ?

— Il faut que j'examine l'ordinateur d'Adam pour en être tout à fait sûr.

Elle aurait aimé en savoir plus, mais, pour ne pas perdre de temps, elle alla ouvrir la porte. Brett connaissait déjà le chemin.

— Vous n'avez parlé à personne de ce que j'ai installé sur sa bécane ? questionna-t-il.

— L'espiogiciel, vous voulez dire ? Non. Enfin si, hier soir. À la police.

— Et avant ça ?

— Non. Il n'y avait pas de quoi se vanter. Oh, attendez... notre ami Mo.

— Qui ?

— C'est presque un parrain pour Adam. Jamais Mo ne ferait de mal à notre fils.

Brett haussa les épaules. Ils étaient dans la chambre d'Adam. L'ordinateur était allumé. Brett s'assit et se mit à pianoter. Il ouvrit la messagerie d'Adam et lança un programme ; des symboles défilèrent à l'écran, totalement incompréhensibles pour Tia.

— Qu'est-ce que vous cherchez ?

Repoussant ses mèches en queue de rat derrière ses oreilles, il scruta l'écran.

— Une seconde. Ce mail dont vous m'avez parlé, il a été effacé, n'est-ce pas ? Je veux juste voir s'il y a une fonction heure d'envoi... non, bon alors...

Il marqua une pause.

— Attendez... ouais, ça y est.

— Ça y est, quoi ?

— C'est bizarre. Vous dites qu'Adam n'était pas là quand il a reçu ce mail. Mais nous savons que le mail a été lu sur son ordinateur, n'est-ce pas ?

— Oui.

— Vous avez une idée de qui a pu faire ça ?

— Pas vraiment. Il n'y avait personne à la maison.

— Parce que c'est ça, le *hic*. Non seulement le message a été lu sur l'ordinateur d'Adam, mais il a aussi été envoyé d'ici.

Tia fit la moue.

— Donc quelqu'un serait entré chez nous, aurait allumé l'ordinateur d'Adam, envoyé un message parlant de la fête chez les Huff, puis l'aurait ouvert et effacé ?

— C'est à peu près ça.

— Mais pourquoi ?

Brett haussa les épaules.

— Je ne vois qu'une seule explication. Pour vous faire tourner en bourrique.

— Personne n'était au courant, pour E-Spy. À part Mike et moi, Mo et…

Elle leva les yeux sur lui, mais il évita son regard.

— … et vous.

— Eh, j'ai rien fait, moi.

— Vous l'avez dit à Hester Crimstein.

— Désolé. Mais c'est la seule à savoir.

Songeuse, Tia contempla Brett et ses ongles crasseux, sa barbe naissante, son T-shirt quasi transparent. Quelle sottise de lui avoir confié cette tâche, alors qu'elle le connaissait à peine.

Comment être sûr qu'il ne lui racontait pas des craques ?

Il lui avait montré comment consulter le site et obtenir des rapports à partir d'un autre ordinateur. De là à imaginer que Brett avait créé un autre mot de passe pour pouvoir accéder au site et lire ces rapports lui-même, il n'y avait qu'un pas. Pouvait-elle vraiment lui faire confiance ? Qui pourrait dire ce qu'il y avait réellement dans l'ordinateur ? Les sociétés utilisaient les espiogiciels pour connaître les sites que vous visitiez. Les magasins vous offraient des cartes de fidélité pour suivre vos achats à la trace. Allez donc savoir ce que le fabricant de votre ordinateur avait installé sur votre disque dur. Les moteurs de recherche consignaient jusqu'à votre moindre clic et, avec les possibilités de stockage actuelles, n'avaient même plus besoin de l'effacer.

Et si Brett en savait plus que ce qu'il voulait bien laisser croire ?

— Allô ?

Ilene Goldfarb dit :

— Mike ?

Le regard rivé sur Tia et Brett, Mike colla le téléphone à son oreille.

— Quoi de neuf ? demanda-t-il à son associée.

— J'ai parlé à Susan Loriman du père biologique de Lucas.

— Quand ça ? fit-il, surpris.

— Aujourd'hui. Elle m'a appelée. On s'est retrouvées à la cafétéria.

— Et ?

— C'est fichu.

— Quoi, le vrai père ?

— Oui.

— De quel point de vue ?

— Elle veut que ça reste confidentiel.

— Le nom du père ? Dommage.

— Non, pas le nom du père.

— Alors quoi ?

— Elle m'a expliqué pourquoi cette piste-là était un cul-de-sac.

— Je ne comprends pas, dit Mike.

— Fais-moi confiance. Elle m'a exposé la situation. C'est fichu.

— Je ne vois pas pourquoi.

— Moi non plus, je ne voyais pas pourquoi avant d'avoir parlé à Susan.

— Et elle veut que tu gardes le secret ?

— C'est ça.

— J'imagine que c'est quelque chose de gênant. C'est pour ça qu'elle a préféré te le dire.

— Je n'appellerais pas ça gênant.

— Et comment l'appellerais-tu ?

— On dirait que tu ne te fies pas à mon jugement.

Mike changea le téléphone d'oreille.

— En temps normal, Ilene, je mettrais ma vie entre tes mains…

— Mais ?

— Je viens de me faire cuisiner par le FBI et le bureau du procureur fédéral réunis.

Un silence.

— Tu les as vus aussi, non ? s'enquit Mike.

— En effet.

— Pourquoi ne m'as-tu rien dit ?

— Ils ont été très clairs. Si je t'en parlais, je risquais de compromettre une importante enquête fédérale. Ils ont menacé de me traîner en justice et de me faire perdre ma clientèle, si jamais j'enfreignais la consigne.

Mike ne dit rien.

— N'oublie pas, poursuivit Ilene, une note métallique dans la voix, qu'il y a aussi mon nom sur ces carnets d'ordonnances.

— Je sais.

— Bon sang, mais que se passe-t-il, Mike ?

— C'est une longue histoire.

— As-tu fait ce dont on t'accuse ?

— S'il te plaît, ne me dis pas que tu es sérieuse quand tu me demandes ça.

— Ils m'ont montré les ordonnances. Et la liste des prescriptions. Ces gens-là ne sont pas des patients à nous. Voyons, on n'utilise même pas la moitié de tout ce qui est prescrit là-dedans !

— Je sais.

— Moi aussi, je joue ma carrière, dit-elle. C'est moi qui ai ouvert ce cabinet. Tu te doutes bien de ce que ça représente pour moi.

Au-delà de la semonce, il y avait comme une fêlure dans sa voix.

— Je suis désolé, Ilene. Moi-même, je patauge pour l'instant.

— Je crois que j'ai droit à autre chose que : « C'est une longue histoire. »

— À dire vrai, je suis un peu perdu. Adam a disparu. Il faut que je le retrouve.

— Comment ça, disparu ?

Il lui fit un résumé rapide de la situation. Lorsqu'il eut terminé, Ilene dit :

— Je m'en voudrais de poser la question qui tue.

— Ne la pose pas, alors.

— Je n'ai pas envie de perdre ma clientèle, Mike.

— C'est notre clientèle, Ilene.

— Très juste. Si je peux faire quoi que ce soit pour t'aider à retrouver Adam…

— Je te tiendrai au courant.

Nash arrêta la camionnette devant l'immeuble de Pietra à Hawthorne.

Ils avaient besoin de souffler. Cela se sentait. Les fissures commençaient à refaire surface. Le lien existerait toujours… rien à voir, loin de là, avec celui qui l'avait uni à Cassandra. Mais il y avait quelque chose, une force d'attraction qui les poussait à se revoir de temps à autre. Au début, on aurait pu parler de reconnaissance, de gratitude parce qu'il l'avait sauvée de l'enfer, mais en fin de compte, peut-être qu'elle n'avait pas voulu qu'on la sauve. Peut-être que ce sauvetage était une malédiction pour elle, et à présent, c'était Nash qui lui était redevable.

Pietra regarda par la vitre.

— Nash ?

— Oui ?

Elle porta la main à son cou.

— Ces soldats qui ont massacré ma famille. Qui leur ont infligé toutes ces choses innommables. À eux et à moi…

Elle s'interrompit.

— Je t'écoute, dit-il.

— Crois-tu qu'ils étaient tous des tueurs, des violeurs et des tortionnaires… qu'ils auraient fait pareil même s'il n'y avait pas eu la guerre ?

Nash ne répondit pas.

— Celui que nous avons attrapé, fit-elle, c'était un boulanger. On avait l'habitude d'aller chez lui. Toute la famille. Il souriait. Il nous offrait des sucettes.

— Où veux-tu en venir ?

— S'il n'y avait pas eu la guerre, déclara Pietra, ils auraient continué à vivre leur vie. Ils auraient été boulangers, forgerons ou charpentiers. Pas des assassins.

— Et toi aussi, tu penses ? demanda-t-il. Tu aurais continué à être actrice ?

— Je ne parle pas de moi. Je parle des soldats.

— OK, d'accord. Si je suis ton raisonnement, leur conduite s'expliquerait par les turpitudes de la guerre.

— Tu ne le crois pas ?

— Non.

Lentement, elle tourna la tête dans sa direction.

— Pourquoi ?

— De ton point de vue, c'est la guerre qui les a forcés à agir d'une façon qui ne leur était pas naturelle.

— Oui.

— Si ça se trouve, c'est tout le contraire, dit-il. Si ça se trouve, la guerre leur a permis de se montrer sous leur vrai jour. C'est peut-être la société, et non la guerre, qui oblige l'homme à aller contre sa nature profonde.

Pietra ouvrit la portière et descendit. Il la regarda s'engouffrer dans l'immeuble. Puis il enclencha la vitesse et repartit vers sa prochaine destination. Une demi-heure plus tard, il se gara dans une rue latérale, entre deux maisons qui paraissaient inhabitées. Il ne voulait pas qu'on voie la camionnette sur le parking.

Nash mit la fausse moustache et une casquette de base-ball. La grande bâtisse en brique avait l'air abandonnée. L'entrée principale serait certainement verrouillée. Mais une porte de service avait une pochette d'allumettes coincée dans la gâche de la serrure. Il tira le battant et descendit les marches.

Le couloir était tapissé d'œuvres enfantines, des peintures pour la plupart. Sur le tableau d'affichage, on avait épinglé des rédactions. Nash s'arrêta, en lut quelques-unes. Ces gamins-là étaient au cours élémentaire et ne parlaient que d'eux. C'est ça qu'on leur apprenait aujourd'hui. Moi, je. Tu es unique, exceptionnel ; personne, mais alors personne n'est ordinaire… ce qui, à la réflexion, nous rend tous plus ordinaires les uns que les autres.

Il entra dans une salle de classe au sous-sol. Lewiston était assis par terre en tailleur. Avec des papiers dans les mains et des larmes aux yeux. En voyant Nash, il leva la tête.

— Ça ne marche pas, dit-il. Elle continue à envoyer des mails.

32

Muse interrogea avec d'infinies précautions la fille de Marianne Gillespie, mais Yasmin ne savait rien.

Elle n'avait pas revu sa mère. Elle ne savait même pas qu'elle était de retour en ville.

— Je croyais qu'elle était à LA.

— C'est elle qui te l'a dit ? demanda Muse.

— Oui.

Puis :

— Enfin, elle m'a envoyé un mail.

Muse se souvint que Guy Novak lui avait dit la même chose.

— Ce mail, tu l'as toujours ?

— Je peux aller voir. Elle va bien, Marianne ?

— Tu appelles ta mère par son prénom ?

Yasmin haussa les épaules.

— En fait, elle n'avait pas très envie d'être mère. Alors, pour ne pas lui mettre trop de pression, je l'appelle Marianne.

Ça grandit vite, pensa Muse.

— Tu as toujours ce mail ? répéta-t-elle.

— Je crois, oui. Il doit être sur mon ordinateur.

— J'aimerais bien que tu me l'imprimes.

Yasmin fronça les sourcils.

— Mais vous ne me direz pas pourquoi vous faites tout ça.

Ce n'était pas une question.

— Pour l'instant, il n'y a pas de quoi s'inquiéter.

— Je vois. Vous ne voulez pas perturber la petite fille. Mais si c'était votre mère et que vous ayez mon âge, vous n'auriez pas cherché à comprendre ?

— Très juste. Seulement, encore une fois, nous ne savons rien pour l'instant. Ton papa ne va pas tarder à rentrer. Allez, je dois vraiment voir ce mail.

Yasmin gravit l'escalier. Son amie resta en bas. Normalement, Muse aurait interrogé la gamine seule à seule, mais la présence de son amie semblait l'apaiser.

— Comment tu t'appelles, déjà ?

— Jill Baye.

— Jill, as-tu déjà rencontré la maman de Yasmin ?

— Deux ou trois fois, oui.

— Tu as l'air inquiète.

Jill fit la grimace.

— Vous êtes de la police et vous me posez des questions sur la mère de mon amie. Il y a de quoi, non ?

Les mômes.

Yasmin redescendit d'un pas léger avec une feuille de papier à la main.

— Tenez.

Salut ! Je m'en vais quelques semaines à Los Angeles. Je vous recontacte à mon retour.

Ceci expliquait cela. Muse s'était demandé pourquoi personne n'avait signalé sa disparition. La réponse était simple. Marianne vivait seule en Floride. Avec son mode de vie et ce message, il aurait pu se passer des semaines, voire des mois, avant que quelqu'un ne s'inquiète de son sort.

— Ça peut vous servir ? s'enquit Yasmin.

— Oui, je te remercie.

Les yeux de Yasmin s'emplirent de larmes.

— N'empêche, c'est quand même ma maman, vous savez.

— Je sais.

— Elle m'aime.

Yasmin se mit à pleurer. Muse fit un pas vers elle, mais la fillette l'arrêta d'un geste de la main.

— C'est juste qu'elle n'est pas très douée comme maman. Elle essaie. Mais ce n'est pas son truc.

— Rassure-toi, je n'ai pas l'intention de la juger.

— Alors dites-moi ce qui se passe. S'il vous plaît ?

— Je ne peux pas, fit Muse.

— C'est grave, hein ? Ça au moins, vous pouvez me le dire. C'est grave ?

Muse aurait aimé répondre honnêtement, mais ce n'était ni le moment ni l'endroit.

— Ton papa sera là bientôt. Il faut que je retourne au travail.

— Calme-toi, dit Nash.

Joe Lewiston se releva de sa position en tailleur souplement et sans effort. Les instits devaient avoir l'habitude de faire ça, pensa Nash.

— Excuse-moi. Je n'aurais pas dû te mêler à cette histoire.

— Tu as bien fait de m'appeler.

Nash regarda son ancien beau-frère. Il disait « ancien » parce que « ex » sous-entend un divorce. Cassandra Lewiston, la femme de sa vie, avait cinq frères. Joe était à la fois le plus jeune, et son préféré. Lorsque le frère aîné, Curtis, avait été assassiné voilà un peu plus de dix ans, Cassandra, effondrée, avait pleuré des jours durant, sans quitter son lit ; et, même si c'était irrationnel, Nash s'était demandé si ce n'était pas le chagrin qui l'avait rendue malade. Elle était tellement malheureuse que peut-être cela avait joué sur son système immunitaire. Peut-être qu'on porte tous le cancer en nous, ces cellules tueuses qui attendent le moment propice, quand nos défenses sont au plus bas, pour passer à l'attaque.

« Je retrouverai celui qui a tué Curtis », avait promis Nash à sa bien-aimée.

Il n'avait pas tenu sa promesse. De toute façon, le problème n'était pas là. Cassandra ne rêvait pas de vengeance. Simplement son grand frère lui manquait. Alors il avait juré. Il lui avait juré que plus jamais elle ne souffrirait de la sorte. Il veillerait sur ses proches. Jusqu'à la fin de ses jours.

Ce serment, il l'avait réitéré sur son lit de mort.

Cela avait paru la réconforter.

— Tu seras toujours là pour eux ? avait-elle demandé.

— Oui.

— Et ils seront toujours là pour toi.

Il n'avait pas relevé.

Joe s'approcha de lui. Nash promena son regard sur la salle de classe. Au fond, rien n'avait changé depuis l'époque où il avait été écolier lui-même. Il y avait les mêmes règles de vie rédigées à la main, le même alphabet aux lettres cursives, majuscules et minuscules. Partout des taches de couleur. Des œuvres récentes étaient en train de sécher sur un fil à linge.

— Il y a eu autre chose, fit Joe.

— Dis-moi.

— Guy Novak n'arrête pas de passer et de repasser devant chez nous. Il ralentit et regarde fixement la maison. Je crois qu'il fait peur à Dolly et Allie.

— Depuis quand ?

— Ça fait une semaine environ.

— Pourquoi ne me l'as-tu pas dit plus tôt ?

— Je pensais que ce n'était pas important. Qu'il finirait par se lasser.

Nash ferma les yeux.

— Et pourquoi c'est devenu important, tout à coup ?

— Parce que Dolly a pété les plombs quand il est revenu ce matin.

— Guy Novak est repassé devant chez vous aujourd'hui ?

— Oui.

— D'après toi, il s'agirait d'une tentative de harcèlement ?

— Tu vois un autre motif ?

Nash secoua la tête.

— On a eu tout faux depuis le début.

— Comment ça ?

Mais il n'avait pas d'explications à lui donner. Dolly Lewiston continuait à recevoir les mails. Cela signifiait une chose. Ce n'était pas Marianne qui les envoyait, même si, au pire de son supplice, elle avait avoué l'avoir fait.

C'était Guy Novak.

Il songea à Cassandra, à sa promesse. Maintenant, il savait quoi faire pour régler le problème une bonne fois pour toutes.

— Je suis une vraie tache, dit Joe.

— Écoute-moi, Joe.

Il avait l'air terrifié. En un sens, heureusement que Cassandra ne pouvait pas voir son petit frère dans cet état. Il repensa à son état à elle, vers la fin. Elle avait perdu ses cheveux. Sa peau était mangée par la jaunisse. Il y avait des plaies ouvertes sur son visage et son cuir chevelu. Elle ne contrôlait plus ses intestins. Par moments, la douleur semblait insoutenable, mais elle lui avait fait promettre de ne pas intervenir. Les lèvres pincées, les yeux exorbités, on aurait dit que des serres d'acier étaient en train de la déchiqueter de l'intérieur. Sa bouche s'était ulcérée, si bien qu'elle ne pouvait plus parler. Assis à son chevet, Nash avait la haine.

— Ça va s'arranger, Joe.

— Qu'est-ce que tu vas faire ?

— Ne t'occupe pas de ça, OK ? Tout ira bien. Je te le promets.

Betsy Hill attendait Adam dans le petit bosquet derrière la maison.

Cette partie envahie par la végétation sauvage, ils n'avaient jamais pris la peine de la débroussailler. À un moment, Ron et elle avaient songé à nettoyer ce bout de terrain pour y installer une piscine, mais cela creusait un gros trou dans le budget, et les jumeaux étaient encore trop petits. Du coup, ils l'avaient laissé à l'abandon. Quand Spencer avait neuf ans, Ron y avait construit un fortin. Les gamins venaient y jouer. Il y avait eu une balançoire aussi, qu'ils avaient achetée chez Sears. Tout cela était tombé en ruine depuis des lustres, mais en regardant bien, on trouvait des clous par-ci par-là, ou un bout de tube rouillé.

En grandissant, Spencer avait pris l'habitude de traîner là avec des copains. Un jour, Betsy était tombée sur des bouteilles de bière. Elle avait hésité à aborder la question avec son fils, mais chaque fois qu'elle tentait une approche, il se fermait comme une huître. Un ado pouvait bien boire une bière de temps à autre, non ?

— Madame Hill ?

Betsy se retourna. Adam se tenait derrière elle. Il était venu de l'autre côté, par le jardin des Kadison.

— Mon Dieu, s'exclama-t-elle, qu'est-ce qui t'est arrivé ?

Son visage était sale et tuméfié, sa chemise déchirée, et il avait un énorme bandage autour du bras.

— Ça va, c'est rien.

Fidèle à sa promesse, Betsy n'avait pas appelé ses parents. Elle craignait trop de rater cette opportunité. Ç'avait peut-être été une erreur, mais elle en avait commis tellement, des erreurs, ces derniers mois, qu'elle n'était pas à une bourde près.

Cependant, elle dit :

— Tes parents se font un sang d'encre.

— Je sais.

— Que s'est-il passé, Adam ? Où étais-tu ?

Il secoua la tête. En cet instant, il lui rappela son père. Avec le temps, la ressemblance entre parents et enfants s'accentue – pas seulement la ressemblance physique, mais la gestuelle aussi. Adam était grand et costaud, plus grand que son papa, presque un homme.

— Cette photo, dit-il, ça doit faire un moment qu'elle est sur le site. Je n'y vais jamais, moi.

— Je peux te demander pourquoi ?

— Pour moi, ce n'est pas Spencer. Je ne connais même pas les filles qui ont créé cette page. Je n'ai pas besoin de ça pour penser à lui tout le temps.

— Sais-tu qui a pris cette photo ?

— DJ Huff, je crois. Enfin, je n'en suis pas sûr parce que je suis tout au fond. Je regarde ailleurs. DJ a téléchargé plein de photos sur ce site.

— Que s'est-il passé, Adam ?

Il se mit à pleurer. Dire qu'elle le voyait presque comme un homme ! À présent, elle avait un petit garçon en face d'elle.

— Nous nous sommes disputés.

Betsy ne bougeait pas. Même à deux mètres de distance, elle sentait son sang palpiter.

— C'est pour ça qu'il avait un œil au beurre noir.

— C'est toi qui l'as frappé ?

Adam hocha la tête.

— Vous étiez amis, dit Betsy. Pourquoi vous êtes-vous disputés ?

— On avait bu, on était pas mal déchirés. C'était à cause d'une fille. Les choses ont dégénéré. On s'est bousculés, et il m'a balancé un coup de poing. Je l'ai esquivé et j'ai frappé Spencer au visage.

— À cause d'une fille ?

Adam baissa les yeux.

— Qui y avait-il d'autre ? demanda-t-elle.

Il secoua la tête.

— Ça n'a pas d'importance.

— Pour moi, si.

— Je ne vois pas pourquoi. C'est avec moi qu'il s'est battu.

Betsy essaya d'imaginer la scène. Son fils. Son beau garçon… c'était son dernier jour sur terre, et son meilleur ami l'avait frappé au visage. Elle s'efforça de parler posément, mais sa voix la trahit :

— Je n'y comprends rien. Où étiez-vous ?

— On devait aller dans le Bronx. Il y a une boîte là-bas qui accepte des jeunes de notre âge.

— Dans le Bronx ?

— Mais avant de partir, Spencer et moi, on s'est disputés. Je l'ai cogné et traité de tous les noms.

J'étais fou de rage. Du coup, il s'est enfui. J'aurais dû le suivre. Je ne l'ai pas fait. Je l'ai laissé partir. J'aurais dû me douter de ce qu'il allait faire.

Betsy Hill restait là, comme tétanisée. Elle se rappela ce que Ron avait dit à propos du fait que personne n'avait forcé leur fils à prendre de la vodka et des cachets à la maison.

— Qui a tué mon garçon ? souffla-t-elle.

Mais elle le savait déjà.

Elle l'avait toujours su. Elle avait cherché des explications à l'inexplicable ; peut-être qu'il en existait, mais le comportement humain est généralement beaucoup trop complexe pour qu'on puisse le comprendre. Prenez deux frères élevés exactement de la même façon : l'un d'eux sera un gentil garçon, et l'autre un assassin. Certains attribuent cela au « câblage », à la suprématie de l'inné sur l'acquis, mais quelquefois c'est juste un événement fortuit qui change le cours d'une vie, quelque chose dans l'air qui interagit avec la chimie particulière de votre cerveau, et le drame survient. On cherche des explications, on peut même en trouver, mais ce n'est que de la rationalisation *a posteriori*.

— Dis-moi ce qui s'est passé, Adam.

— Il a essayé de me rappeler. Plusieurs fois. J'ai vu que c'était lui. Et je n'ai pas répondu. Il était déjà complètement parti. Il était déprimé, j'aurais dû m'en rendre compte. J'aurais dû lui pardonner. Son dernier message, c'était pour me demander pardon et dire qu'il connaissait le moyen de s'en sortir. Il avait déjà pensé au suicide. On en parle tous. Mais lui, c'était différent. C'était plus sérieux.

Et moi, je me suis battu avec lui. Je l'ai insulté et lui ai dit que je ne lui pardonnerais jamais.

Betsy Hill secoua la tête.

— Spencer était quelqu'un de bien, madame Hill.

— Il a pris des médicaments chez nous, dans notre armoire à pharmacie…, dit-elle, moins pour lui répondre que comme si elle réfléchissait tout haut.

— Je sais. On a tous fait ça.

Ses paroles l'ébranlèrent, elle ne savait plus où elle en était.

— Une fille ? Vous vous êtes battus à cause d'une fille ?

— C'est ma faute, dit Adam. J'ai pété les plombs. Je ne suis pas parti à sa recherche. J'ai écouté ses messages trop tard. Je suis monté sur le toit dès que j'ai pu. Mais il était déjà mort.

— C'est toi qui l'as trouvé ?

Il hocha la tête.

— Et tu n'as rien dit ?

— Je me suis dégonflé. Mais c'est fini. Ça s'arrête là.

— Qu'est-ce qui s'arrête ?

— Je suis désolé, madame Hill. Je n'ai pas pu le sauver.

Ce à quoi Betsy répliqua :

— Moi non plus, Adam.

Elle fit un pas vers lui, mais il se déroba.

— Ça s'arrête là, répéta-t-il.

Il s'éloigna à reculons, pivota sur lui-même et repartit en courant.

33

Debout face à une forêt de micros, Paul Copeland déclara :

— Nous avons besoin de votre aide pour retrouver une femme portée disparue. Son nom est Reba Cordova.

Muse observait depuis le bord de l'estrade. Une photo d'une douceur poignante s'afficha à l'écran. Le sourire de Reba était contagieux à vous fendre le cœur. Il y avait un numéro de téléphone en bas de l'écran.

— Nous avons également besoin d'aide pour localiser cette personne.

Et ils projetèrent l'image captée par la caméra de vidéosurveillance de Target.

— Cette femme présente un intérêt particulier pour nous. Si vous avez des informations, appelez, s'il vous plaît, le numéro ci-dessous.

Voilà qui allait rameuter tous les cinglés de service, mais pour Muse, les avantages potentiels l'emportaient sur les inconvénients. Elle doutait que quelqu'un ait vu Reba Cordova ; en revanche, il y avait des chances qu'on reconnaisse la femme sur la photo de Target. Du moins, c'était ce qu'elle espérait.

Neil Cordova se tenait à côté de Cope, avec ses deux petites filles devant lui. Il levait le menton, mais son émotion était perceptible. Les deux petites étaient ravissantes, avec des yeux immenses, comme ces êtres qu'on voit errer entre les immeubles calcinés dans un reportage de guerre. Les médias adoraient ça, une famille photogénique en deuil. Cope avait dit à Cordova qu'il n'était pas obligé de venir ou qu'il pouvait venir sans les gamines. Mais ce dernier n'avait rien voulu entendre.

— Nous devons tout faire pour la sauver, sinon quand elles regarderont en arrière, les filles se poseront des questions.

— Ça risque d'être traumatisant, répliqua Cope.

— Si leur mère est morte, ça va être l'enfer de toute façon. Je veux au moins qu'elles sachent qu'on a fait tout ce qu'on a pu.

Muse sentit son téléphone vibrer. Elle jeta un œil sur le numéro : c'était Clarence Morrow qui l'appelait de la morgue. Il était temps.

— Le corps est bien celui de Marianne Gillespie, annonça-t-il. L'ex-mari est sûr de lui.

Elle s'avança légèrement pour que Cope puisse la voir. Lorsqu'il se tourna dans sa direction, elle eut un petit hochement de tête. Se retournant vers le micro, il dit :

— Par ailleurs, nous avons identifié le corps d'une femme qui pourrait être liée à la disparition de Mme Cordova. Il s'agit d'une certaine Marianne Gillespie…

Muse reprit la communication.

— Vous avez interrogé Novak ?

— Oui. Je ne crois pas qu'il soit dans le coup, et vous ?

— Moi non plus.

— Il n'avait aucun mobile. Son amie n'est pas la femme sur la vidéo, et il ne correspond pas au signalement du type à la camionnette.

— Ramenez-le chez lui, qu'il puisse parler tranquillement à sa fille.

— On y va, là. Il a déjà téléphoné à sa copine pour qu'elle éloigne les filles du poste jusqu'à son retour.

Entre-temps, la photo de Marianne Gillespie était apparue à l'écran. Curieusement, Novak n'avait aucune vieille photo de son ex, mais Reba Cordova, qui lui avait rendu visite en Floride au printemps dernier, avait pris quelques clichés. Sur celui-ci en particulier, Marianne posait en bikini au bord de la piscine, mais ils l'avaient coupé pour ne garder que sa tête. Dans le temps, elle avait dû être une bombe, se dit Muse. Depuis, ça s'était un peu relâché, mais il y avait encore de quoi faire.

Neil Cordova finit par prendre la parole. Les flashes crépitèrent, créant un effet stroboscopique qui perturbait toujours les non-initiés. Il attendit en cillant. Il semblait plus calme à présent. La mine de circonstance, il déclara à la cantonade qu'il aimait sa femme, que c'était une mère formidable et que si quelqu'un avait des informations, il devait appeler le numéro affiché à l'écran.

— Psst.

Muse se retourna. C'était Frank Tremont. Il lui fit signe d'approcher.

— On a quelque chose.

— Déjà ?

— La veuve d'un flic de Hawthorne vient d'appeler. Elle dit que la femme sur la vidéo est sa voisine du dessous. Elle vit seule, c'est une étrangère, et son nom est Pietra.

Avant de quitter l'école, Joe Lewiston alla jeter un œil sur son casier dans la salle des profs.

Il y trouva un tract et un mot personnalisé de la part de la famille Loriman qui cherchait un donneur pour leur fils Lucas. Joe n'avait jamais eu les petits Loriman en classe, mais il avait croisé la mère. Les instituteurs ont beau se croire au-dessus de la mêlée, une jolie maman passe rarement inaperçue.

Le tract – c'était déjà le troisième – annonçait que vendredi prochain, un « professionnel de la santé » passerait à l'école pour faire des prises de sang.

S'il vous plaît, écoutez votre cœur, aidez-nous à sauver la vie de Lucas…

Joe se sentit très mal. Les Loriman se démenaient comme des fous pour leur enfant.

Mme Loriman lui avait envoyé un mail et l'avait appelé pour implorer son aide – « Je sais que vous n'avez pas eu mes enfants en classe, mais vous êtes une référence parmi vos collègues » –, et il avait pensé égoïstement, parce que tous les humains sont égoïstes, que cela pourrait redorer son blason après l'affaire XY ou du moins le libérer un peu de son sentiment de culpabilité. Il songea à son enfant, imagina la petite Allie à l'hôpital, avec des tuyaux partout, malade, souffrante. Voilà qui aurait dû l'aider à relativiser ses propres problèmes, mais ce ne fut pas le cas. Le fait de savoir qu'il y a plus malheureux que soi n'a jamais été d'un grand réconfort.

Sur le chemin du retour, il repensa à Nash. Il lui restait encore trois frères, mais c'était sur Nash qu'il comptait en cas de pépin. Cassie et Nash semblaient former un couple improbable, mais lorsqu'ils étaient ensemble, c'était comme s'ils ne faisaient qu'un. Joe en avait entendu parler, de ces couples-là, mais il n'en avait jamais vu, ni avant ni après. Dieu sait qu'il en était loin, avec Dolly.

La mort de Cassie avait été un véritable séisme. On ne croyait pas que ça finirait comme ça. Même après le diagnostic. Même après les premiers signes dévastateurs de la maladie. Pas de doute, Cassie s'en sortirait. Sa fin n'aurait pas dû être un choc, mais elle le fut quand même.

Le plus marqué, ce fut Nash… ou peut-être que quand on se retrouve seul après avoir été deux, il y a des choses qui refont surface. Sa froideur, bizarrement, rassurait Joe car Nash n'aimait pas grand monde. Les gens soi-disant généreux font mine d'être disponibles nuit et jour, mais dans un moment difficile, comme aujourd'hui, on a besoin d'un ami sûr, qui fait passer votre intérêt avant le sien, qui n'hésite pas une seconde à voler à votre secours.

Cet ami-là, c'était Nash.

— J'ai promis à Cassandra, avait-il dit après l'enterrement. Je lui ai promis de veiller sur toi.

Venant de n'importe qui, cela aurait pu sembler étrange, voire gênant, mais pas de Nash : on savait qu'il ferait tout ce qui était en son pouvoir quasi surnaturel pour tenir sa promesse. C'était effrayant et exaltant à la fois, et pour quelqu'un comme Joe, jugé quantité négligeable par un père exigeant, cela voulait dire beaucoup.

En entrant, il vit que Dolly était sur l'ordinateur. Elle le regarda d'un drôle d'air. Joe sentit son estomac se nouer.

— Où étais-tu ?

— À l'école.

— Pour quoi faire ?

— J'avais un boulot à finir.

— Ma messagerie ne marche toujours pas.

— Je vais regarder ça.

Dolly se leva.

— Tu veux du thé ?

— Très volontiers, merci.

Elle l'embrassa sur la joue. Joe s'assit devant l'ordinateur et, une fois qu'elle eut quitté la pièce, se connecta à sa propre messagerie. Il allait consulter ses mails quand quelque chose sur la page d'accueil capta son attention.

Des photos de dernière minute défilaient sur l'écran. Actualités internationales, suivies d'infos locales, sports et loisirs. C'était une photo dans les infos locales qui avait attiré son regard. Le temps qu'il réagisse, elle avait déjà disparu, remplacée par un article sur les New York Knicks.

Joe cliqua sur la flèche pour revenir en arrière.

C'était la photo d'un homme avec deux petites filles. Il reconnut l'une des deux : elle était élève dans son école. Ou du moins elle lui ressemblait. Le gros titre disait :

UNE FEMME PORTÉE DISPARUE

Il vit son nom, Reba Cordova. Joe la connaissait ; elle avait fait partie du comité de gestion de la bibliothèque où lui-même avait représenté le corps enseignant. Elle était vice-présidente du conseil des parents d'élèves, et il revit son visage souriant à la sortie des cours.

Elle avait disparu ?

Il lut la suite de l'article, sur le lien présumé avec un meurtre commis à Newark. Le nom de la victime lui coupa le souffle.

Oh, Seigneur Dieu, qu'avait-il fait ?

Joe Lewiston courut vomir dans la salle de bains. Puis il attrapa son téléphone et composa le numéro de Nash.

34

Pour commencer, Ron s'assura que ni Betsy ni les jumeaux n'étaient à la maison. Puis il monta dans la chambre de son aîné.

Il ne voulait pas que les autres sachent.

Adossé au chambranle, il contempla le lit comme pour faire surgir l'image de son fils mort… comme si, à force de le fixer, Spencer allait finir par se matérialiser, allongé sur le dos, silencieux, une petite larme au coin de l'œil.

Pourquoi n'avaient-ils rien vu venir ?

Avec le recul, on se dit que ce gamin avait toujours été un peu trop maussade, un peu trop triste, trop effacé. Pas question de lui coller l'étiquette « maniaco-dépressif ». Ce n'était qu'un gosse, ça lui passerait. Mais avec l'éclairage de la rétrospection, combien de fois s'était-il arrêté devant cette porte fermée, combien de fois l'avait-il poussée sans frapper – il était chez lui, bon sang, pas besoin de frapper – pour trouver Spencer couché sur le dos, les larmes aux yeux, regardant droit devant lui ? Il lui demandait : « Ça va ? » Spencer répondait : « Mais oui, papa. » Il refermait la porte, et les choses en restaient là.

Vous parlez d'un père.

Il s'en voulait. Il s'en voulait de n'avoir pas su décrypter les signaux d'alerte dans le comportement de son fils. Il s'en voulait d'avoir laissé vodka et médicaments à portée de sa main. Mais, par-dessus tout, il s'en voulait du tour que prenaient ses pensées.

C'était peut-être la crise de la quarantaine, mais Ron en doutait. Trop facile comme explication. La vérité, c'était qu'il détestait cette vie-là. Il détestait son boulot. Il détestait rentrer le soir chez lui, avec les gosses qui ne l'écoutaient pas, le bruit permanent, devoir foncer chez Home Depot racheter des ampoules électriques, s'angoisser pour la facture de gaz, épargner de l'argent pour les études universitaires et… Dieu qu'il avait envie de fuir ! Comment s'était-il retrouvé piégé de la sorte ? Lui et tant d'autres hommes ? Il rêvait d'une cabane dans les bois, de solitude… Il rêvait de s'enfoncer dans la forêt, d'être injoignable, juste ça, pouvoir lever le visage et sentir la caresse du soleil par une trouée entre les arbres.

Il voulait changer de vie, s'évader, et voilà, Dieu avait exaucé ses prières en tuant son fils.

Il redoutait d'être ici, dans cette maison, ce cercueil. Betsy ne voudrait jamais déménager. Il y avait un fossé entre les jumeaux et lui. Un homme reste par obligation, mais pourquoi ? À quoi bon ?

On sacrifie son bonheur dans le mince espoir que la jeune génération s'en portera mieux. Mais quelle garantie a-t-on : je suis malheureux ; mes gosses en revanche seront plus épanouis ? Quelle fumisterie. Cela avait-il marché pour Spencer ?

Il repensa aux jours qui avaient suivi la mort de leur fils. Il était venu ici moins pour ranger ses affaires que pour les passer en revue. Cela lui avait fait du bien. Il n'aurait su dire pourquoi. Il avait besoin de toucher aux affaires de son fils, comme si le fait de mieux le connaître maintenant allait changer quelque chose. Sur ce, Betsy était arrivée et avait piqué une crise. Il avait laissé tomber, et n'avait pas dit un mot sur ce qu'il avait découvert. Il continuerait certes ses travaux d'approche, sa danse de séduction, mais la femme qu'il avait aimée n'était plus. Peut-être avait-elle cessé d'exister depuis quelque temps déjà – il n'était plus sûr de rien –, mais ce qui en restait était enseveli dans cette maudite boîte avec Spencer.

Le bruit de la porte du jardin le prit au dépourvu. Il n'avait pas entendu la voiture. Il se hâta vers l'escalier et aperçut Betsy. En voyant son expression, il demanda :

— Que se passe-t-il ?

— Spencer s'est suicidé.

Ron était trop surpris pour pouvoir répliquer.

— Je voulais qu'il se soit passé autre chose, ajouta-t-elle.

Il hocha la tête.

— Je sais.

— On se demandera toujours ce qu'on aurait pu faire pour le sauver. Mais peut-être, je ne sais pas, peut-être qu'il n'y avait rien à faire. Peut-être qu'il y a des choses qui nous ont échappé, mais au fond ça n'a aucune espèce d'importance. Je n'aime pas cette idée parce que c'est une façon de nous défausser... et en même temps je me dis qu'on s'en fiche, de la culpabilité, qui a fait quoi et tout ça. Ce que je veux, c'est revenir en arrière. Tu comprends ? Avoir une deuxième chance. Et alors là, si on changeait juste une chose, une toute petite chose, comme tourner à gauche au lieu de tourner à droite en sortant de l'allée ou comme si on avait peint la maison en jaune au lieu de la peindre en bleu, eh bien, tout serait différent.

Il attendait qu'elle continue, mais elle se tut, et il répéta :

— Que s'est-il passé, Betsy ?

— Je viens de voir Adam Baye.

— Où ça ?

— Au fond du jardin. Là où ils se retrouvaient pour jouer.

— Qu'est-ce qu'il a dit ?

Elle lui parla de la bagarre, des coups de fil, d'Adam qui se sentait coupable. Ron s'efforçait de suivre.

— À cause d'une fille ?

— Oui.

Il savait cependant que c'était bien plus compliqué que ça.

Betsy tourna les talons.

— Où vas-tu ?

— Il faut que je prévienne Tia.

Tia et Mike décidèrent de se partager la tâche.

Mo les rejoignit à la maison. Mike et lui retournèrent dans le Bronx pendant que Tia s'installait devant l'ordinateur. En chemin, Mike fit un résumé de la situation. Mo l'écouta sans l'interrompre. À la fin, il dit simplement :

— Ces messages instantanés. De la part de CJ 8115.

— Eh bien ?

Mo conduisait, les yeux rivés sur la route.

— Mo ?

— Je ne vois pas comment il pourrait y avoir 8114 autres CJ sur le Net.

— Et alors ?

— Les chiffres ne sont jamais dus au hasard. Ils correspondent forcément à quelque chose. Reste à savoir quoi.

Mike aurait dû s'en douter. Mo était une sorte de savant Cosinus... c'était comme ça, du reste, qu'il était entré à Dartmouth, avec des notes faramineuses en maths et des résultats brillantissimes aux tests d'admission.

— Tu as une idée ?

Mo secoua la tête.

— Pas encore.

Puis :

— Et maintenant ?

— J'ai un coup de fil à passer.

Mike composa le numéro du Club Jaguar. À sa surprise, ce fut Rosemary McDevitt en personne qui répondit.

— Mike Baye à l'appareil.

— Oui, j'avais deviné. Nous sommes fermés aujourd'hui, mais j'attendais votre appel.

— Il faut qu'on parle.

— Entièrement d'accord, acquiesça Rosemary. Vous savez où me trouver. Venez le plus vite possible.

Tia consulta la messagerie d'Adam, mais n'y releva rien d'intéressant. Ses amis Clark et Olivia continuaient à lui envoyer des mails, de plus en plus pressants, mais toujours rien de DJ Huff. Elle trouvait ça inquiétant.

Elle sortit de la maison. La clé était toujours dans sa cachette. Mo, qui s'en était servi récemment, l'avait remise à sa place. En théorie, il tombait dans la catégorie des suspects, mais quels que soient ses rapports avec Mo, Tia savait qu'elle pouvait lui faire confiance. Jamais il ne chercherait à nuire à sa famille. Il y a peu de gens dont on est sûr qu'ils se feraient tuer pour vous. Mo était un de ceux-là… peut-être pas pour Tia, mais pour Mike, Adam et Jill, assurément.

Elle était encore dehors quand elle entendit le téléphone. Elle se précipita et décrocha à la troisième sonnerie, sans prendre le temps de vérifier le numéro entrant.

— Allô ?

— Tia ? C'est Guy Novak.

Il avait la voix de quelqu'un qui saute du toit d'un immeuble sans savoir où il va atterrir.

— Qu'est-ce qui se passe ?

— Les filles vont bien, ne vous inquiétez pas. Vous avez vu les infos ?

— Non, pourquoi ?

Il étouffa un sanglot.

— Mon ex-femme a été assassinée. Je viens d'identifier le corps.

Tia s'était attendue à tout, sauf à cela.

— Oh, mon Dieu, Guy ! Je suis désolée.

— Ne vous faites pas de souci pour les filles. Mon amie Beth est avec elles. J'ai appelé à la maison. Elles vont bien.

— Qu'est-ce qui est arrivé à Marianne ? demanda Tia.

— Elle a été battue à mort.

— Oh non...

Tia avait croisé Marianne seulement une fois ou deux. Son départ avait beaucoup fait jaser en ville : une femme incapable d'assumer sa maternité qui lâche mari et enfant pour se la couler douce au soleil. Les autres mères de famille avaient été si promptes à la condamner que Tia s'était demandé s'il n'y avait pas de la jalousie là-dessous, de l'admiration pour quelqu'un qui avait su rompre ses chaînes, même si ç'avait été d'une manière égoïste et destructrice.

— Ils ont arrêté l'assassin ?

— Non. Ils ne savaient même pas qui elle était jusqu'à aujourd'hui.

— Je suis vraiment désolée, Guy.

— Je rentre à la maison, là. Yasmin n'est pas encore au courant. Je dois le lui annoncer.

— Bien sûr.

— Je ne crois pas que Jill devrait être là quand je le ferai.

— C'est évident. Je passe la prendre tout de suite. Y a-t-il autre chose que nous puissions faire ?

— Non, ça ira. Enfin, ce serait bien si Jill pouvait revenir un peu plus tard. Je sais que c'est beaucoup demander, mais Yasmin risque d'avoir besoin d'une amie.

— Certainement. Quand vous voudrez, Guy.

— Merci, Tia.

Il raccrocha. Tia resta assise, pétrifiée. Battue à mort. Son cerveau refusait d'enregistrer cette information. C'en était trop. Elle n'avait jamais eu à encaisser autant de coups à la fois, et ces derniers jours avaient mis ses nerfs d'angoissée chronique à rude épreuve.

Elle attrapa ses clés, hésita à appeler Mike et y renonça. Elle ne voulait pas le perturber dans ses recherches. Lorsqu'elle sortit de chez elle, le ciel était bleu pervenche. Elle contempla la rue, les maisons paisibles, les pelouses bien entretenues. Les Graham étaient dehors tous les deux. Lui apprenait à son fils de six ans à faire du vélo, la main sur la selle… un rite de passage, une question de confiance aussi, comme dans ces exercices où on se laisse tomber en arrière sachant qu'il y aura quelqu'un pour vous rattraper. Côté forme physique, il n'était pas au top. Sa femme observait la scène, une main en visière. Elle sourit. Dante Loriman s'engagea dans l'allée avec sa BMW 550i.

— Bonjour, Tia.

— Salut, Dante.

— Comment ça va ?

— Bien, et vous ?

— Très bien.

Tous deux mentaient, naturellement. Elle regarda autour d'elle. Les maisons se ressemblaient toutes. Des coques solides pour protéger des vies trop fragiles. Le fils Loriman était malade. Leur propre fils avait disparu, et en plus on l'accusait d'activités illégales.

Au moment où elle se glissait derrière le volant, son portable se mit à bourdonner. Elle jeta un œil sur le numéro. C'était Betsy Hill. Mieux valait ne pas répondre. Betsy et elle ne poursuivaient pas le même objectif. Elle ne lui parlerait pas des pharm parties, ni des soupçons de la police. Pas encore.

Le téléphone recommença à sonner.

Son doigt s'attarda au-dessus de la touche. Pour l'instant, l'urgence était de retrouver Adam. Tout le reste passait au second plan. Peut-être que Betsy avait trouvé quelque chose qui les mettrait sur une piste.

Elle appuya.

— Allô ?

Betsy dit :

— Je viens juste de voir Adam.

Le nez cassé de Carson commençait à lui faire mal. Il regarda Rosemary McDevitt reposer le combiné du téléphone.

Un silence de mort régnait dans le club. Rosemary avait fermé et renvoyé tout le monde après la bagarre avortée avec Baye et son copain aux cheveux en brosse. Il ne restait plus qu'eux deux.

Rosemary la bombe, sa façade d'ordinaire impassible semblait sur le point de se fissurer. Elle replia ses bras autour d'elle.

Assis en face d'elle, Carson essaya de ricaner, mais ça lui fit mal au nez.

— C'était le vieux à Adam ?

— Oui.

— Faudrait qu'on se débarrasse d'eux.

Elle secoua la tête.

— Quoi ?

— Ce qu'il faut surtout, répliqua-t-elle, c'est que tu me laisses faire.

— T'as toujours pas capté, hein ?

Rosemary ne dit rien.

— Ces gens pour qui on bosse…

— On ne bosse pour personne, interrompit-elle.

— OK, appelle ça comme tu veux. Nos associés. Nos distributeurs. Peu importe.

Elle ferma les yeux.

— Ces gens-là, c'est pas des tendres.

— Personne ne peut prouver quoi que ce soit.

— Tu rigoles ou quoi ?

— Laisse-moi m'en occuper, OK ?

— Il doit venir ici ?

— Oui. Je vais lui parler. Je sais ce que je fais. Tu n'as qu'à partir.

— Pour que tu puisses rester seule avec lui ?

Rosemary secoua la tête.

— Il ne s'agit pas de cela.

— Et de quoi, alors ?

— Je vais régler ça. Je peux arriver à le raisonner. Laisse-moi gérer les choses à ma façon.

Seul sur la colline, Adam croyait entendre la voix de Spencer.

Je suis désolé…

Il ferma les yeux. Ces messages sur sa boîte vocale, il les avait conservés, les avait écoutés jour après jour, la plaie était toujours à vif.

Adam, réponds, s'il te plaît...

Pardonne-moi, OK? Dis-moi simplement que tu me pardonnes...

Ces paroles le hantaient chaque nuit, surtout celles du dernier message, où Spencer avait déjà la voix pâteuse, à l'approche de la mort :

C'est pas ta faute, Adam. Essaie de comprendre, quoi. C'est la faute à personne. Seulement c'est trop dur. Ç'a toujours été...

Adam attendait DJ Huff sur la colline derrière le lycée. D'après le père de DJ, capitaine dans la police, qui avait grandi dans cette ville, les jeunes se retrouvaient ici pour boire après les cours. Des jeunes genre loubards. Les autres préféraient faire un détour d'un quart d'heure pour éviter l'endroit.

Il regarda autour de lui. À distance, on apercevait le terrain de foot. Adam avait joué là-bas quand il avait huit ans, mais, le foot, ce n'était pas pour lui. Il aimait la glace. Il aimait le froid et la sensation de glisse. Les protections, le masque, la concentration qu'exigeait la fonction de gardien de but. Là, tout de suite, on était quelqu'un. Si on était bon, si on était au top, l'équipe ne pouvait pas perdre. La plupart de ses camarades ne supportaient pas cette pression. Adam, lui, s'éclatait.

Pardonne-moi, OK...

Non, pensa-t-il, c'est à *toi* de me pardonner.

Spencer avait toujours été lunatique, avec des hauts et des bas comme les montagnes russes. Il parlait de s'enfuir, de se lancer dans le business, mais le plus souvent de mourir et d'en finir avec la souffrance. Tous les ados font ça, jusqu'à un certain point. L'année dernière, Adam avait même failli conclure un pacte de suicide avec lui. Pour lui, ce n'étaient que des mots.

Il aurait dû savoir que Spencer passerait à l'acte.

Pardonne-moi...

Cela aurait-il changé quelque chose ? Ce soir-là, sûrement. Son ami aurait vécu un jour de plus. Puis un autre. Et ensuite qui sait ?

— Adam ?

Il se retourna. C'était DJ Huff.

— Ça va ? demanda DJ.

— Oui, mais pas grâce à toi.

— Je ne savais pas que ça allait se passer comme ça. J'ai vu ton père qui me suivait et j'ai appelé Carson, c'est tout.

— Et tu t'es barré.

— Je ne savais pas qu'ils lui tomberaient dessus.

— Tu t'attendais à quoi, DJ ?

Il haussa les épaules. Adam vit qu'il avait les yeux rouges. Un fin voile de sueur perlait sur son visage. Il avait du mal à tenir debout.

— Tu es déchiré.

— Et alors ? Y a un truc que je pige pas, mec. Comment as-tu pu cafter à ton père ?

— Je n'ai rien cafté du tout.

Adam avait tout prévu pour la soirée. Il s'était même rendu dans une boutique spécialisée. Il croyait avoir besoin d'un micro comme à la télé, mais on lui avait fourni un stylo qui faisait office de magnétophone et une boucle de ceinture qui fonctionnait comme une caméra vidéo. Une fois les enregistrements effectués, il comptait aller à la police – pas à la police locale où travaillait le père de DJ – et leur remettre le tout. C'était risqué, mais il n'avait guère le choix.

Il était en train de couler.

Il se noyait et, s'il ne réagissait pas, il allait finir comme Spencer. Alors il avait pris ses dispositions.

Là-dessus, son père avait insisté pour qu'ils aillent au match des Rangers.

C'était impossible. Il pouvait remettre son plan à plus tard, mais s'il ne se montrait pas, Rosemary, Carson et les autres se poseraient des questions. Il était déjà sur la sellette. Ils l'avaient déjà menacé de chantage. Du coup, il avait filé en douce pour aller au Club Jaguar.

Puis son père avait fait son apparition, et son plan était tombé à l'eau.

Sa blessure – le coup de couteau qu'il avait reçu au bras – l'élançait. Il avait probablement besoin de se faire recoudre, il devait même y avoir un risque d'infection. Adam avait essayé de la nettoyer. La douleur avait manqué lui faire tourner de l'œil. Mais, pour l'instant, il fallait faire avec. Le plus urgent était d'aller au bout de son projet.

— Carson et les autres pensent que tu voulais nous piéger, dit DJ.

— C'est faux, mentit Adam.

— Ton père, il s'est pointé chez nous aussi.

— Quand ça ?

— Je ne sais pas. Peut-être une heure avant d'arriver dans le Bronx. Mon père l'a trouvé garé juste en face de la maison.

Adam aurait voulu y réfléchir, mais le temps pressait.

— Il faut qu'on arrête ça, DJ.

— Écoute, j'en ai parlé à mon vieux. Il y travaille. Il est flic. Ça le connaît.

— Spencer est mort.

— On n'y est pour rien.

— Si, DJ.

— Spencer était à l'ouest. Il a fait ça tout seul.

— Nous l'avons laissé mourir.

Adam regarda sa main droite, serra le poing. Ç'avait été l'ultime contact de Spencer avec un autre être humain. Le poing de son meilleur ami.

— Je l'ai frappé.

— Si tu le dis, mec. T'as envie de te sentir coupable, c'est ton problème. Mais tu ne vas pas nous le faire payer.

— Ce n'est pas une question de culpabilité. Ils ont essayé de tuer mon père. Ils ont essayé de me tuer, bordel.

DJ secoua la tête.

— T'imprimes pas.

— Quoi ?

— Si on se dénonce, on est foutus. On risque de finir en taule. Adieu, l'université. Et à qui crois-tu que Carson et Rosemary revendaient ces médocs… à l'Armée du Salut ? Y a des gens de la mafia dans le coup, tu comprends ça ? Carson, il est mort de trouille.

Adam se taisait.

— Mon vieux, il dit que, si on la ferme, tout se passera bien.

— Et tu y crois, toi ?

— Je t'ai fait connaître cet endroit, mais c'est tout ce qu'ils ont contre moi. Les blocs d'ordonnances, c'est à ton père. On n'a qu'à dire qu'on arrête.

— Et s'ils ne nous permettent pas de laisser tomber ?

— Mon père leur mettra la pression. Il dit que ça va marcher. Au pire du pire, on se la boucle et on prend un avocat.

Adam le dévisagea en silence.

— Cette décision nous affecte tous, déclara DJ. Y a pas que ton avenir que tu vas foirer. Y a le mien aussi. Sans oublier ceux de Clark et d'Olivia.

— Tu ne vas pas me resservir toujours le même argument.

— Il reste valable, Adam. Ils sont peut-être moins directement impliqués que toi et moi, mais ils tomberont en même temps.

— Non.

— Non quoi ?

Il considéra son ami.

— C'est l'histoire de ta vie, ça, DJ.

— Qu'est-ce que tu racontes ?

— Tu te mets dans le pétrin et ton père rapplique pour t'en sortir.

— T'es qui, toi, pour me parler sur ce ton ?

— On ne peut pas toujours fuir ses responsabilités.

— Spencer s'est suicidé. Nous ne lui avons rien fait.

Adam jeta un regard à travers les arbres. Le terrain de foot était vide, mais il y avait des gens qui faisaient leur jogging le long de la piste. Il tourna légèrement la tête sur la gauche. La partie du toit où l'on avait trouvé Spencer était masquée par la tour centrale. DJ s'approcha de lui.

— Mon père venait traîner par ici. Quand il était au lycée. Il fumait de la dope et buvait de la bière. Et il se battait.

— Pourquoi tu me dis tout ça ?

— Pour que tu comprennes. À l'époque, on pouvait survivre à une bêtise. Les gens regardaient ailleurs. Un jeune, c'était normal que ça se défoule. Mon père a volé une bagnole quand il avait notre âge. Il s'est fait choper, mais on lui a proposé un marché. Aujourd'hui, y a pas plus respectueux des lois que lui. Sauf que, s'il avait grandi à notre époque, il serait cuit. C'est n'importe quoi. Si tu siffles une fille à l'école, tu risques la prison. Si tu te cognes à quelqu'un dans le couloir, on peut t'accuser de ceci ou de cela. Une seule bêtise, et t'es mort. Mon père dit que c'est aberrant. Comment ferons-nous pour trouver notre voie ?

— Ça ne veut pas dire qu'on a carte blanche.

— Adam, dans deux ans, on sera à l'université. Tout ça, ce sera derrière nous. On n'est pas des criminels. Il ne faut pas que ce petit dérapage fiche notre vie en l'air.

— C'est pourtant ce qui est arrivé à Spencer.

— Ce n'est pas notre faute.

— Ces gars-là ont failli tuer mon père. Il a atterri à l'hosto.

— Je sais. Et je sais ce que j'aurais ressenti si ç'avait été le mien. Mais tu ne peux pas te griller à cause de ça. Tu dois te calmer, réfléchir à froid. J'ai parlé à Carson. Il veut qu'on passe le voir.

Adam fronça les sourcils.

— Mais oui, c'est ça.

— Non, sérieusement.

— Il est cinglé, DJ. Tu le sais bien. Tu viens de le dire toi-même… Il croit que j'ai voulu le piéger.

Il s'efforça de remettre de l'ordre dans ses idées, mais il était mort de fatigue. Il n'avait pas dormi de la nuit. Il avait mal, il était épuisé et perdu. Il n'avait pas cessé de cogiter depuis la veille, mais il ne voyait vraiment pas quoi faire.

Il aurait dû dire la vérité à ses parents.

Il aurait dû, mais ça n'avait pas été possible. À force de déconner, il en était arrivé à se persuader que les seules personnes au monde à l'aimer inconditionnellement, les seules qui l'aimeraient toujours contre vents et marées, étaient devenues des ennemis.

Et puis, ils l'espionnaient.

Maintenant, il le savait. Ils n'avaient pas confiance en lui. Cela l'avait rendu furieux, mais réflexion faite, n'avaient-ils pas eu des raisons de douter de lui ?

Alors, après la soirée d'hier, il avait paniqué. Il avait pris la fuite, et, depuis, il était en cavale. Il avait besoin de temps pour réfléchir.

— Il faut que je parle à mes parents, dit-il.

— À mon avis, ce n'est pas une bonne idée.

Adam le regarda.

— Prête-moi ton téléphone.

DJ secoua la tête. Serrant les poings, Adam fit un pas vers lui.

— Ne m'oblige pas à te le prendre de force.

DJ avait les yeux humides. Il leva la main, sortit son téléphone portable et le lui tendit. Adam appela à la maison. Pas de réponse. Il composa le numéro du portable de son père. Pas de réponse. Il essaya celui de sa mère. Même chose.

— Adam ? fit DJ.

Adam hésita. Il l'avait déjà appelée une fois pour la rassurer et lui avait fait jurer de ne rien dire aux parents.

Il composa le numéro de Jill.

— Allô ?

— C'est moi.

— Adam ? S'il te plaît, rentre à la maison. J'ai peur.

— Tu sais où sont papa et maman ?

— Maman doit venir me chercher chez Yasmin. Papa est parti te chercher.

— Tu sais où ?

— Dans le Bronx, je crois. J'ai entendu maman parler de ça. Et du Club Jaguar.

Adam ferma les yeux. Zut. Ils étaient au courant.

— Il faut que j'y aille.

— Où ça ?

— C'est bon, ne t'inquiète pas. Quand tu verras maman, dis-lui que j'ai téléphoné, que je vais bien et que je serai bientôt à la maison. Qu'elle joigne papa et qu'elle lui dise de rentrer, OK ?

— Adam ?

— Tu lui diras ?

— J'ai très peur.

— Ne t'inquiète pas, Jill, OK ? Fais ce que je te demande. C'est presque fini.

Il raccrocha et regarda DJ.

— Tu as ta caisse ?
— Ouais.
— Allez, faut qu'on se magne.

Nash vit un véhicule banalisé s'arrêter devant la maison.

Guy Novak en sortit. Un flic en civil voulut descendre à son tour, mais Novak lui fit signe de ne pas bouger. Il se pencha à l'intérieur, serra la main du flic et tituba, hagard, vers la porte d'entrée.

Nash sentit son téléphone vibrer. Pas besoin de vérifier le numéro, ça devait être encore Joe Lewiston. Quelques minutes plus tôt, il avait écouté son premier message désespéré :

Oh, mon Dieu, Nash, que se passe-t-il ? Je ne voulais pas ça. S'il te plaît, ne touche à personne d'autre, OK ? Je... Je pensais que tu pourrais lui parler ou récupérer la vidéo, je ne sais pas. Si tu as quelque chose à voir avec l'autre femme, s'il te plaît, ne lui fais pas de mal. Oh, mon Dieu, mon Dieu...

Et ainsi de suite.

Guy Novak entra dans la maison. Nash se rapprocha. Trois minutes plus tard, la porte se rouvrit. Une femme apparut. La copine de Novak. Il l'embrassa sur la joue. La porte se referma. La copine longea l'allée. Arrivée sur le trottoir, elle se retourna et secoua la tête. Peut-être qu'elle était en train de pleurer... difficile à dire à cette distance-là.

Trente secondes plus tard, elle était partie, elle aussi.

Son temps était compté. Les choses étaient allées de travers. Ils avaient réussi à identifier Marianne. C'était aux informations. L'ex-mari avait été interrogé par la police. Les gens ont tendance à prendre les policiers pour des abrutis. Ce qu'ils ne sont pas. Ils ont tous les avantages. Nash respectait cela. C'était pour ça, entre autres, qu'il s'était donné tant de mal pour dissimuler l'identité de Marianne.

L'instinct de conservation lui soufflait de fuir, de quitter le pays. Mais ça n'allait pas le faire. Il pouvait encore aider Joe Lewiston, contre son gré, s'il le fallait. Il le rappellerait plus tard pour le convaincre de se taire. Ou peut-être que Joe comprendrait tout seul que c'était ce qu'il avait de mieux à faire. Actuellement, il était paniqué, mais qui avait appelé Nash à l'aide en premier lieu ? Il pouvait encore réagir dans le bon sens.

Ça le démangeait. La folie reprenait le dessus. Nash savait qu'il y avait des enfants dans la maison. Il n'avait pas l'intention de leur faire du mal... ou bien se mentait-il à lui-même ? Allez savoir. Les hommes aiment à se bercer d'illusions, et Nash ne résistait pas toujours à la tentation.

D'un point de vue purement pratique, il n'avait pas le temps d'attendre. Il devait agir tout de suite. Ça voulait dire – folie ou pas – que les enfants risquaient de subir des dommages collatéraux.

Il y avait un couteau dans sa poche. Il le sortit, le garda dans la main.

Puis il gagna la porte de derrière et s'attaqua à la serrure.

35

Le gilet et les tatouages de Rosemary McDevitt étaient cachés par un ample sweat-shirt gris. Elle nageait dedans ; ses mains disparaissaient dans les longues manches. Elle semblait plus petite, moins dangereuse ainsi, et Mike se demanda si ce n'était pas un calcul de sa part. Il y avait un café devant elle. Devant Mike aussi.

— Les flics vous ont mis un micro ? s'enquit-elle.

— Non.

— Ça vous ennuie de me donner votre téléphone portable, juste au cas où ?

Il haussa les épaules et le lui lança. Elle l'éteignit et le posa sur la table entre eux.

Ses genoux relevés étaient recouverts par son sweat. Mo attendait dehors, dans la voiture. Il avait tenté de dissuader Mike, craignant un guet-apens, mais lui aussi savait qu'ils n'avaient pas vraiment le choix. Si quelqu'un pouvait les mettre sur la piste d'Adam, c'était elle.

— Ce que vous faites ici, dit Mike, ça ne m'intéresse que dans la mesure où ça concerne mon fils. Savez-vous où il est ?

— Non.

— Quand l'avez-vous vu pour la dernière fois ?

Elle posa sur lui ses yeux bruns de biche. Peut-être qu'elle cherchait à le manipuler, ou peut-être pas. Il s'en moquait. Il voulait des réponses. Et il était prêt à jouer le jeu pour parvenir à ses fins.

— Hier soir.

— Où exactement ?

— En bas, au club.

— Il était venu faire la fête ?

Rosemary sourit.

— Ça m'étonnerait.

Il laissa filer.

— Vous avez échangé des messages instantanés avec lui. C'est bien vous, CJ8115 ?

Elle ne répondit pas.

— Vous avez dit à Adam de la boucler. Qu'il ne risquait rien. Il vous a prévenue qu'il avait parlé à la mère de Spencer Hill, n'est-ce pas ?

Elle noua les bras autour de ses genoux.

— Comment se fait-il que vous soyez au courant de sa correspondance privée, docteur Baye ?

— Ça ne vous regarde pas.

— Pourquoi l'avez-vous suivi au Club Jaguar hier soir ?

Mike ne dit rien.

— Vous êtes sûr de vous y prendre comme il faut ? demanda-t-elle.

— Je ne pense pas avoir le choix.

Elle jeta un regard par-dessus son épaule. Mike se retourna. Carson au nez cassé les observait à travers la vitre. Mike soutint calmement son regard. Au bout d'un moment, Carson se détacha de la vitre et partit.

— Ce sont des gamins, fit Mike.

— Vous vous trompez.

Il n'insista pas.

— Je vous écoute.

Rosemary se cala dans son siège.

— Ce que je vous dis là, ce ne sont que des suppositions, OK ?

— Si ça vous fait plaisir.

— Ça me fait plaisir. Admettons que vous soyez une fille originaire d'une petite ville. Votre frère meurt d'une overdose.

— D'après la police, c'est faux. Ils n'ont rien trouvé qui accrédite cette version des faits.

Elle ricana.

— Ils vous ont dit ça, au FBI ?

— Ils disent qu'il n'y a rien de concret pour étayer vos déclarations.

— C'est parce que j'ai changé certaines données, voilà pourquoi.

— Lesquelles ?

— Le nom de la ville, le nom de l'État.

— Pourquoi ?

— La raison principale ? La nuit où mon frère est mort, j'ai été arrêtée pour possession de drogue destinée au trafic.

Elle le regarda dans les yeux.

— Eh oui. C'est moi qui lui fournissais la came. J'ai omis de le préciser dans mon histoire. Les gens ont vite fait de vous jeter la pierre.

— Continuez.

— J'ai donc fondé le Club Jaguar. Je voulais créer un endroit où les jeunes viendraient faire la fête et s'éclater en toute sécurité. Je voulais canaliser leurs penchants naturels pour la rébellion.

— D'accord.

— C'est comme ça que tout a commencé. Je me suis remué le cul et j'ai réuni suffisamment d'argent pour démarrer. On a ouvert ce lieu en un an. Vous n'imaginez pas les difficultés qu'on a rencontrées.

— J'imagine tout à fait, mais ce n'est pas la peine d'entrer dans le détail. Si on passait directement aux pharm parties et au moment où vous vous êtes mis à voler les carnets d'ordonnances ?

Elle sourit et secoua la tête.

— Ce n'est pas ce que vous croyez.

— Hmm.

— Dans le journal d'aujourd'hui il y avait un papier sur une veuve qui travaillait comme bénévole pour sa paroisse. En cinq ans, elle a piqué vingt-huit mille dollars dans le panier de la quête. Vous l'avez lu ?

— Non.

— Des cas comme celui-ci, il y en a eu des dizaines. Le type qui travaille pour une œuvre de bienfaisance et qui se sert dans la caisse pour s'acheter une Lexus… croyez-vous qu'il s'est réveillé un beau matin avec cette idée-là en tête ?

— Franchement, je n'en sais rien.

— Cette dame, à l'église. Ce qui a dû lui arriver, c'est qu'un jour, elle était en train de compter l'argent de la quête. Peut-être qu'il était tard, que sa voiture était en panne et qu'elle ne pouvait pas rentrer chez elle. La nuit était tombée. Alors elle a appelé un taxi, en se disant que depuis le temps qu'elle bossait à l'œil, la paroisse lui devait bien ça. Elle n'a pas demandé. Elle a pris cinq dollars dans le panier. C'est tout. Cet argent, elle l'avait largement gagné. Ça commence comme ça. C'est l'effet boule de neige. Toutes ces honnêtes gens qui se font choper pour avoir escroqué une école, une paroisse, une association caritative. Au départ, c'est imperceptible… comme quand on regarde une pendule, on ne voit pas les aiguilles bouger. On ne se rend pas compte. On n'a pas l'impression de mal agir.

— C'est ce qui s'est passé au Club Jaguar ?

— Je pensais que les jeunes voulaient se retrouver entre eux pour faire la fête. Mais c'est un peu comme le « Basket de minuit ». Ils veulent faire la fête, oui, mais avec drogue et alcool. On ne peut pas leur offrir un lieu pour se rebeller. Un lieu sûr, sans drogue, parce que, justement,… la sécurité, ils n'en veulent pas.

— Votre concept a échoué, dit Mike.

— Personne ne s'est manifesté, ou alors les gens ne revenaient pas. On a été taxés de ringards. On nous considérait comme un de ces groupes évangéliques qui prônent la virginité avant le mariage.

— Je ne comprends pas très bien. Du coup, vous leur avez permis de venir avec leur propre came ?

— Non, pas vraiment. C'est arrivé comme ça. Au début, je n'ai rien su, mais quelque part, c'était logique. Rappelez-vous l'effet boule de neige. Un ou deux jeunes ont rapporté des médicaments, rien de bien méchant. Il ne s'agit pas de cocaïne ni d'héroïne. C'étaient des substances vendues en toute légalité dans le commerce.

— Foutaises, dit Mike.

— Pardon ?

— Ce sont des drogues. Des drogues dures, pour la plupart. Pourquoi les délivre-t-on sur ordonnance, à votre avis ?

— Ça, c'est le médecin qui parle, persifla-t-elle. Sans cette obligation de prescription, votre fonds de commerce est mort. Vous avez déjà perdu des fortunes à cause de l'aide médicale gratuite et des assurances santé qui paient avec un lance-pierre.

— C'est n'importe quoi.

— Dans votre cas, peut-être. Mais tous les toubibs n'ont pas les mêmes scrupules.

— Vous êtes en train de justifier un crime.

Rosemary haussa les épaules.

— Vous avez peut-être raison. Mais c'est comme ça que tout a commencé, avec quelques jeunes qui ont rapporté des cachets de chez eux. Des médicaments, quoi. Légalement prescrits. Quand je l'ai appris, ça m'a contrariée, puis j'ai vu le monde que cela nous amenait. Ils le feraient de toute façon, et moi je leur offrais un cadre sécurisé. J'ai même fait appel à un médecin. Elle effectuait des permanences au club, au cas où il y aurait un problème. Vous comprenez ? Je veillais à ce que tout ça reste raisonnable. Ils étaient mieux ici que n'importe où ailleurs. Et je leur proposais un suivi pour pouvoir parler d'eux... Vous avez vu les tracts. Certains jeunes se sont inscrits. Nous faisions plus de bien que de mal.

— Effet boule de neige, dit Mike.

— Exactement.

— Mais bon, vous aviez encore et toujours besoin d'argent. Et quand vous avez découvert ce que ces médicaments valaient au marché noir, vous avez réclamé votre part du gâteau.

— Pour la maison. Pour les dépenses courantes. Comme ce médecin que j'ai embauché.

— La dame de l'église qui voulait juste de quoi se payer un taxi.

Rosemary eut un sourire sans joie.

— C'est ça.

— Et là-dessus, Adam est arrivé. Fils de médecin.

Les flics l'avaient dit. L'esprit d'entreprise. Ses explications ne l'intéressaient pas vraiment. Peut-être qu'elle le menait en bateau, et peut-être pas. Aucune importance, au fond. Là où elle n'avait pas tort, c'était qu'on pouvait déraper de cette manière insidieuse. Cette dame, à l'église, n'avait sûrement pas offert ses services à la paroisse pour chaparder dans le panier de la quête. Ce sont des choses qui arrivent. C'était arrivé dans le club de foot de leur ville il y a deux ou trois ans de cela. Ça arrive dans les écoles, les mairies, et chaque fois qu'on en entend parler, on n'en croit pas ses oreilles. Ces gens-là, on les connaît. Ils ne sont pas malhonnêtes. Était-ce un concours de circonstances... ou une forme de déni que Rosemary lui décrivait ?

— Que s'est-il passé avec Spencer Hill ? demanda Mike.

— Il s'est suicidé.

Mike secoua la tête.

— Je vous dis ce que je sais.

— Mais alors pourquoi Adam – comme vous l'avez mis dans votre message – devait la boucler ?

— Spencer Hill s'est suicidé.

Mike secoua la tête de plus belle.

— Il a fait une overdose chez vous, c'est ça ?

— Non.

— C'est la seule explication plausible. La seule raison pour laquelle Adam et ses amis devaient garder le silence. Ils avaient peur. J'ignore quels moyens de pression vous avez employés. Vous avez pu leur dire qu'eux aussi risquaient d'être arrêtés. C'est pour ça qu'ils se sentent tous coupables. Qu'Adam ne se supporte plus. Il était avec Spencer ce soir-là. Mieux que ça, il a aidé à transporter son corps sur le toit.

Un petit sourire étira les lèvres de Rosemary.

— Vous ne savez vraiment rien, n'est-ce pas, docteur Baye ?

Il n'aimait pas la façon dont elle avait dit cela.

— Eh bien, éclairez-moi.

Rosemary avait toujours les genoux sous son menton, avec son sweat par-dessus, une posture d'ado qui lui donnait un air jeune et innocent... totalement usurpé, pensa Mike.

— Vous ne connaissez pas du tout votre fils, n'est-ce pas ?

— Je l'ai connu dans le temps.

— C'est ce que vous croyez. Mais vous êtes son papa. Vous n'êtes pas censé tout savoir. Et eux sont censés pouvoir s'évader. Que vous ne le connaissiez pas, je trouve ça plutôt bien.

— Expliquez-vous.

— Il y a une puce GPS dans son portable. C'est comme ça que vous l'avez retrouvé. À l'évidence, vous surveillez son ordinateur et lisez sa correspondance. Vous pensez que ça va aider, mais en réalité ça étouffe. Un parent n'a pas à savoir tout ce qui se passe dans la tête de son gosse.

— Il faut leur laisser la place de se révolter ?

— Quelque part, oui.

Mike se redressa.

— Si j'avais découvert votre existence plus tôt, peut-être que je l'aurais empêché de faire certaines bêtises.

— Vraiment, c'est comme ça que vous voyez les choses ?

Rosemary pencha la tête, comme si elle attendait sa réponse avec un intérêt sincère. Celle-ci ne venant pas, elle ajouta :

— C'est ça, votre projet pour le futur ? Contrôler les moindres faits et gestes de vos enfants ?

— Soyez gentille, Rosemary, ne vous occupez pas de mes projets éducatifs, OK ?

Elle le scruta attentivement. Puis, pointant le doigt sur le bleu qui couronnait son front :

— Je suis désolée pour ça.

— C'est vous qui avez lâché ces goths sur moi ?

— Non. Je ne l'ai appris que ce matin.

— Qui vous l'a dit ?

— Peu importe. Hier soir, votre fils était là ; la situation était délicate. Et voilà que vous rappliquez. DJ Huff vous a vu. Il a appelé ici, et c'est Carson qui a répondu.

— Lui et ses potes ont tenté de me tuer.

— Et ils l'auraient probablement fait. Alors, vous pensez toujours que ce sont des gamins ?

— C'est un videur qui m'a sauvé.

— Non, le videur vous a trouvé.

— Que voulez-vous dire par là ?

Elle secoua la tête.

— Quand j'ai su pour l'agression, quand j'ai vu que la police était là... ç'a été comme un signal d'alarme. Tout ce que je souhaite maintenant, c'est arrêter les frais.

— Comment ?

— Je ne sais pas, c'est pour ça que je voulais vous rencontrer. Pour réfléchir à un plan.

Il comprenait à présent cet empressement à se mettre à table. Avec le FBI à ses trousses, le moment était venu de fermer boutique. Elle avait besoin d'aide, et un père angoissé pourrait bien faire l'affaire.

— J'ai un plan, déclara-t-il. On va voir les agents fédéraux et on leur dit la vérité.

— Ce n'est peut-être pas ce qu'il y a de mieux pour votre fils.

— Il est mineur.

— N'empêche. Lui et moi sommes dans le même pétrin. Il faut trouver le moyen d'en sortir.

— Vous avez fourni des substances illicites à des mineurs.

— C'est faux. Ils ont utilisé ce lieu pour échanger des médicaments délivrés sur ordonnance. C'est tout ce que vous pourriez prouver. Vous ne prouverez pas que j'étais au courant.

— Et les blocs d'ordonnances volés ?

Elle arqua un sourcil.

— Vous croyez que c'est moi qui les ai pris ?

Un silence.

Elle soutint son regard.

— Ai-je accès à votre bureau ou à votre domicile, docteur Baye ?

— Le FBI vous a dans le collimateur. Ils ont monté un dossier contre vous. Vous pensez que ces petits goths tiendront le coup face à une menace d'incarcération ?

— Ils sont très attachés à cet endroit. Ils ont failli vous tuer pour le préserver.

— Allons. Une fois dans la salle d'interrogatoire, ils vont se dégonfler.

— Il y a d'autres considérations aussi.

— Lesquelles ?

— Qui, à votre avis, revendait les médicaments au marché noir ? Vous voulez que votre fils aille témoigner contre ces gens-là ?

Mike eut envie de lui tordre le cou.

— Dans quoi l'avez-vous entraîné, Rosemary ?

— L'important, c'est de l'en sortir. C'est là-dessus qu'il faut se concentrer. Il faut qu'on trouve une solution… pour moi, oui, mais surtout pour votre fils.

Mike ramassa son téléphone portable.

— Je n'ai pas grand-chose à ajouter.

— Vous avez un avocat, n'est-ce pas ?

— Oui.

— Ne faites rien avant que je lui aie parlé, OK ? Il y a trop d'éléments en jeu. Plus les autres jeunes… les copains de votre fils.

— Je me fiche de ses copains. Il n'y a qu'Adam qui m'intéresse.

Il ralluma le téléphone qui aussitôt se mit à sonner. Numéro inconnu. Mike le colla à son oreille.

— Papa ?

Son cœur s'arrêta de battre.

— Adam ? Tu vas bien ? Où es-tu ?

— Tu es au Club Jaguar ?

— Oui.

— Sors de là. Je suis dans la rue, j'arrive. S'il te plaît, sors tout de suite.

36

Anthony travaillait trois jours par semaine comme videur dans une boîte minable nommée Le Nec Plus. Un nom bien ronflant pour un bouge. Avant ça, il avait bossé pour un club de strip-tease appelé Le Clandé. Il préférait ça, une enseigne qui annonçait la couleur.

La plupart du temps, il était là à l'heure du déjeuner. On a tendance à croire que c'est la mauvaise heure, que ces endroits-là ne s'emplissent qu'à la tombée de la nuit. En fait, pas du tout.

La clientèle de jour, c'est comme l'Assemblée générale des Nations unies. Toutes les ethnies, religions, couleurs et catégories socioéconomiques y sont représentées. Il y avait des hommes en costume-cravate, avec des chemises en flanelle rouge qu'il associait à la chasse, mocassins Gucci et boots d'une sous-marque de Timberland. Jolis garçons, beaux parleurs, banlieusards et fruits d'amours consanguines, on rencontrait de tout dans ce milieu-là.

Tous unis devant la fesse à quat'sous.

— Prends une pause, Anthony. Dix minutes.

Anthony se dirigea vers la porte. Malgré le soleil déclinant, la lumière le fit ciller. C'était toujours pareil dans les boîtes de strip-tease ; même la nuit, l'obscurité y était différente. Du coup, en sortant, on se retrouvait à papilloter des yeux comme un Dracula en goguette.

Il fouilla dans ses poches à la recherche d'une cigarette, puis se rappela qu'il avait décidé d'arrêter. Pas de gaieté de cœur, non, mais sa femme était enceinte, et c'était la règle : pas de tabagisme passif pour le bébé. Il songea à Mike Baye et à ses problèmes avec son fils. Anthony aimait bien Mike. C'était un vrai dur, même s'il était allé à Dartmouth. Il ne reculait devant rien. Il y a des gars qui friment quand ils ont bu, ou pour impressionner une fille ou un copain. Il y a des tocards, tout bêtement. Mike n'était ni l'un ni l'autre. On ne lui avait pas fourni la marche arrière. C'était quelqu'un de solide. Et, curieusement, il donnait à Anthony l'envie d'être solide aussi.

Anthony regarda sa montre. Plus que deux minutes de pause. Dieu qu'il aurait aimé pouvoir s'en griller une. Ce job-là était moins bien payé que le travail de nuit, mais bon, c'était du gâteau. Il n'était pas superstitieux ; toutefois, l'influence de la lune n'était plus à démontrer. La nuit était faite pour la bagarre, et quand c'était la pleine lune, il avait du pain sur la planche. La clientèle de jour était plus calme. Les gars étaient assis tranquillement à regarder le spectacle, et se levaient juste pour aller se servir au « buffet », une tambouille innommable qu'on ne donnerait même pas à manger à son chien.

— Anthony ? C'est l'heure.

Il hocha la tête et pivota sur lui-même quand un adolescent le dépassa à la hâte, le téléphone collé à l'oreille. Il l'entrevit brièvement, l'espace d'une seconde, pas plus ; il n'avait même pas eu le temps de distinguer ses traits. Un autre jeune le suivait en traînant les pieds. Avec un blouson.

Un blouson de sport.

— Anthony ?

— Je reviens tout de suite, lança-t-il. Juste un truc à vérifier.

Guy Novak embrassa Beth sur le pas de sa porte.

— Merci d'avoir gardé les filles.

— Pas de souci. Tant mieux si j'ai pu me rendre utile. Je suis vraiment désolée, pour ton ex.

Tu parles d'une amoureuse.

Guy se demanda vaguement s'il la reverrait un jour. Cela ne le tracassait pas plus que ça.

— Merci, répéta-t-il.

Il ferma la porte et alla à l'armoire à alcools. Guy n'était pas un grand buveur, mais, là, il avait besoin d'un remontant. Les filles étaient en haut, en train de regarder un DVD. « Finissez tranquillement », leur avait-il crié. Comme ça, Tia aurait le temps de passer prendre Jill… et lui pourrait réfléchir à la façon d'annoncer la nouvelle à Yasmin.

Guy se servit un whisky d'une bouteille à laquelle il n'avait pas dû toucher depuis trois ans.

Il vida son verre – l'alcool lui brûla la gorge – et l'emplit à nouveau.

Marianne.

Il repensa à leur rencontre, un amour de vacances sur la côte... tous deux travaillaient dans un restaurant pour touristes. À minuit, après avoir fini de ranger, ils emportaient une couverture sur la plage et contemplaient les étoiles. Les vagues venaient se briser sur le sable ; la délicieuse odeur d'eau salée rafraîchissait leur peau nue. Lorsqu'ils avaient repris la fac – lui à Syracuse, elle dans le Delaware –, ils s'étaient parlé au téléphone tous les jours. Ils s'étaient écrit aussi. Il avait acheté une antique Oldsmobile Ciera pour aller voir Marianne, quatre heures et quelques de route, tous les week-ends. Le trajet semblait chaque fois interminable. Il avait hâte de sauter hors de la voiture et dans ses bras.

Le temps jouait avec lui, travelling avant, travelling arrière – zoom sur des événements lointains qui se confondaient avec le présent.

Guy but une grande gorgée de whisky, qui le réchauffa.

Dieu sait qu'il l'avait aimée, Marianne... et elle avait tout fichu par terre. Pour quoi ? Pour finir comme ça ? Atrocement mutilée, ce visage qu'il avait tendrement embrassé sur la plage broyé comme une coquille d'œuf, son corps superbe balancé sur un tas d'ordures.

Comment est-ce qu'on en arrive là ? Alors qu'on tombe raide amoureux, qu'on rêve de passer chaque instant de sa vie avec l'autre, qu'on s'émerveille de chacun de ses gestes... et un beau jour, tout part en fumée, pourquoi ?

Guy ne culpabilisait plus. Il termina son whisky, se leva en titubant, alla s'en verser un autre. Marianne avait fait son lit... et elle était morte dedans.

Pauvre conne.

Que cherchais-tu dehors, Marianne ? Après quoi courais-tu ? Ces nuits glauques de bar en bar, toutes ces coucheries, regarde où ça t'a menée, mon amour. As-tu trouvé la paix ? La joie ? Autre chose que du vide ? Tu avais une fille adorable, un mari qui te vénérait, un foyer, des amis, un cadre de vie... qu'est-ce qu'il te fallait de plus ?

Sale pauvre conne.

Sa tête retomba en arrière. Ce beau visage réduit en bouillie... jamais il n'oublierait cette image. Elle ne le quitterait pas. Il aurait beau l'évacuer, l'enfouir dans un tiroir au plus profond de sa mémoire, elle resurgirait et reviendrait le hanter la nuit. Quelle injustice. Lui, il était le gentil de l'histoire. Marianne avait entrepris de démolir sa vie – pas seulement la sienne car, pour finir, elle avait fait plein de victimes –, alors qu'elle cherchait quelque nirvana inaccessible.

Assis dans le noir, il choisissait les mots qu'il allait dire à Yasmin. « Faisons simple, pensait-il. Sa mère est morte. Inutile de préciser comment. » Mais Yasmin était curieuse. Elle voudrait des détails. Elle irait sur le Net où elle trouverait toutes les informations nécessaires, ou bien ses copines de classe se chargeraient de les lui faire découvrir. Encore un dilemme parental : dire la vérité ou tenter d'épargner sa fille ? Non, ça ne marcherait pas. Avec Internet, impossible de garder un secret. Il allait devoir tout lui dire.

Mais en douceur. Pas d'un seul coup. Faire simple.

Guy ferma les yeux. Il n'y eut pas un bruit, pas le moindre signal d'alarme, une main lui recouvrit la bouche, et la pointe d'un couteau lui piqua cou.

— Chut, souffla une voix à son oreille. Ne m'oblige pas à tuer les filles.

Susan Loriman était assise seule dans son jardin.

C'était une bonne année. Dante et elle travaillaient dur pour l'entretenir, mais ils profitaient rarement du fruit de leur labeur. Chaque fois qu'elle s'installait ici pour se détendre au milieu de toute cette verdure, son œil critique ne pouvait s'empêcher de remarquer que telle plante était en train de mourir, que celle-ci avait besoin d'être taillée ou que la floraison de telle autre était moins abondante que l'année précédente. Aujourd'hui, elle ne se laissa pas aller à toutes ces considérations et s'efforça de se fondre dans le paysage.

— Chérie ?

Elle ne broncha pas. S'approchant par-derrière, Dante posa les mains sur ses épaules.

— Ça va ? fit-il.

— Oui.

— On va trouver un donneur.

— Je sais.

— On ne baissera pas les bras. On demandera à tous ceux qu'on connaît de donner leur sang. Quitte à les supplier à genoux. Tu n'as peut-être pas beaucoup de famille, mais moi, si. On les fera tester tous, je te le promets.

Elle hocha la tête.

Le sang, pensait-elle. Le sang n'avait aucune espèce d'importance car quoi qu'il en fût, Dante serait toujours le vrai père de Lucas.

Susan tripota la croix en or autour de son cou. Elle devrait lui dire la vérité. Sauf que le mensonge avait fini par faire partie de leur vie. Après le viol, elle s'était empressée de coucher avec Dante, le plus souvent possible. Pourquoi ? Se doutait-elle de quelque chose ? Quand Lucas était né, elle était sûre qu'il était de Dante. Question de probabilités. Le viol n'avait eu lieu qu'une fois. Ce même mois, elle avait multiplié les rapports avec son mari. Physiquement, Lucas tenait d'elle, alors elle s'était efforcée d'oublier.

Mais, bien sûr, elle n'avait pas oublié. Elle ne s'en était jamais remise, malgré toutes les promesses de sa mère.

— C'est mieux comme ça. Tu dois aller de l'avant. Préserver ta famille…

Pourvu qu'Ilene Goldfarb garde son secret. Plus personne n'était au courant. Ses parents étaient morts, son père d'une maladie cardiaque, sa mère d'un cancer. De leur vivant, ils n'avaient plus jamais abordé le sujet. Pas une fois. Ils ne l'avaient pas prise à part pour la serrer dans leurs bras, lui demander comment elle allait, si elle s'en sortait.

Ils avaient accueilli sans sourciller, trois mois après le viol, l'annonce qu'ils allaient être grands-parents.

Ilene Goldfarb voulait retrouver le violeur pour faire appel à ses services.

Mais ce n'était pas possible.

Dante était parti en virée à Las Vegas avec des copains. Au grand dam de Susan. Leur couple traversait une mauvaise passe, et alors qu'elle se demandait si elle ne s'était pas mariée trop jeune, il avait pris la poudre d'escampette pour aller jouer au casino et probablement faire la tournée des boîtes de strip-tease.

Avant cette nuit-là, Susan Loriman n'était pas croyante. Adolescente, ses parents l'avaient emmenée à l'église tous les dimanches, mais la sauce n'avait pas pris. Lorsqu'elle s'était épanouie pour devenir ce que beaucoup considéraient comme une beauté, ses parents avaient redoublé de vigilance. Susan avait fini par se rebeller, mais cette nuit de cauchemar avait vite fait de la ramener au bercail.

Elle était allée avec trois copines dans un bar à West Orange. Elles étaient toutes célibataires et, l'espace d'un soir, son mari étant en voyage à Las Vegas, elle avait eu envie de redevenir célibataire elle aussi. Jusqu'à un certain point, bien sûr. Un flirt, ça ne pouvait faire de mal à personne. Du coup, elle avait bu et s'était comportée comme les autres filles. Mais elle avait trop forcé sur l'alcool. Les lumières avaient baissé, la musique avait semblé plus forte. Elle avait dansé. La tête lui tournait.

Au fil des heures, ses copines s'étaient dégoté des hommes, et la petite bande s'était disloquée.

Plus tard, en lisant des articles sur le Rohypnol et la drogue du viol, elle s'était demandé si ce n'était pas ça. Elle avait très peu de souvenirs. Tout à coup, elle s'était retrouvée dans une voiture avec un homme. Elle avait pleuré et voulu descendre, mais il l'en avait empêchée. À un moment, il avait sorti un couteau et l'avait traînée dans une chambre de motel. Il l'avait traitée de tous les noms et l'avait violée. Lorsqu'elle s'était débattue, il l'avait frappée.

Le cauchemar avait paru durer une éternité. Elle se rappelait avoir prié pour qu'il la tue, une fois que ce serait fini. Tellement ç'avait été atroce. Elle n'avait pas songé à la survie. Elle avait voulu mourir.

La suite était floue, elle aussi. Elle avait lu quelque part qu'il fallait se détendre, ne pas résister… faire croire au violeur qu'il avait gagné. Lorsqu'il eut baissé la garde, Susan l'avait empoigné aux testicules de toutes ses forces. Elle avait serré et tordu ; il avait hurlé et s'était dégagé.

S'étant laissée tomber du lit, Susan avait trouvé le couteau.

Son violeur était en train de se rouler de douleur par terre. Il ne lui restait plus une once d'agressivité. Elle aurait pu pousser la porte, se précipiter dehors, crier à l'aide. Bref, réagir intelligemment.

Au lieu de quoi, Susan avait plongé le couteau dans sa poitrine.

Il s'était raidi. S'était convulsé horriblement quand la lame lui avait traversé le cœur.

L'instant d'après, son violeur était mort.

— Tu es toute crispée, lui dit Dante, onze ans après.

Il entreprit de lui masser les épaules. Elle le laissa faire, même si elle n'en tirait pratiquement aucun réconfort.

Le couteau toujours planté dans la poitrine de son violeur, Susan s'était enfuie de la chambre.

Elle avait erré longtemps. Peu à peu, elle avait repris ses esprits. Elle avait trouvé une cabine téléphonique et appelé ses parents. Son père était venu la chercher. Ils avaient eu une conversation. Il était repassé en voiture devant le motel. Il y avait des lumières rouges qui clignotaient. Les flics étaient déjà là. Alors son père l'avait ramenée dans la maison de son enfance.

— Qui te croira maintenant ? lui avait dit sa mère.

Elle se le demandait.

— Que va penser Dante ?

Autre bonne question.

— Une femme doit préserver son foyer. C'est notre rôle. Là-dessus, nous sommes plus fortes que les hommes. Nous sommes capables d'encaisser et de continuer. Si tu lui dis, ton mari ne te regardera plus jamais de la même façon. Ni lui ni aucun autre. Tu aimes sa façon de te regarder, oui ? Il se demandera toujours pourquoi tu es sortie. Et comment tu as atterri dans la chambre de cet homme. Peut-être qu'il te croira, mais ce ne sera plus comme avant. Tu comprends ?

Alors elle avait attendu que la police vienne frapper à sa porte. Mais personne ne s'était déplacé jusque chez elle. Elle avait lu l'histoire dans les journaux – c'est comme ça qu'elle avait appris le nom de son agresseur –, mais ce fait divers avait fait peu de bruit. On pensait qu'il s'agissait d'un cambriolage qui avait mal tourné ou bien un règlement de comptes entre dealers. L'homme avait un casier judiciaire.

Susan avait suivi le conseil de sa mère. Dante était rentré à la maison. Elle lui avait fait l'amour. Sans plaisir. C'était encore le cas aujourd'hui. Mais elle l'aimait et voulait le rendre heureux. Dante voyait bien que sa jolie épouse était d'humeur chagrine ; cependant, il avait préféré ne rien dire.

Susan reprit le chemin de l'église. Sa mère avait raison. La vérité aurait brisé son foyer. Elle garda donc le secret, pour protéger Dante et les enfants. Avec le temps, elle eut l'impression d'aller mieux. Elle passait des journées entières sans repenser à cette nuit-là. Si Dante se rendit compte qu'elle n'aimait plus le sexe, il n'en laissa rien paraître. Autrefois, Susan se plaisait à lire l'admiration dans le regard des hommes. Depuis, ils lui donnaient la nausée.

Voilà ce qu'elle n'avait pu avouer à Ilene Goldfarb. Impossible de faire appel à son violeur.

Il était mort.

— Tu as la peau glacée, dit Dante.

— Ça va.

— Je vais te chercher une couverture.

— C'est bon, je t'assure.

Il comprit qu'elle avait envie d'être seule. C'était comme ça depuis son retour de Las Vegas. Mais il ne posait pas de questions, n'insistait pas, respectait scrupuleusement son intimité.

— On va le sauver.

Il regagna la maison. Elle resta dehors à siroter son verre. Son doigt jouait toujours avec la croix en or. Cette croix avait appartenu à sa mère. Elle l'avait donnée à son unique enfant sur son lit de mort.

— On paie pour ses péchés, lui avait-elle dit.

Entièrement d'accord. Susan aurait volontiers payé pour ses péchés. À condition que Dieu fiche la paix à son fils.

37

Pietra entendit les voitures. Elle jeta un œil par la fenêtre et vit un petit bout de femme gagner la porte d'entrée d'un pas énergique. Se penchant, elle aperçut sur sa droite quatre véhicules de police et comprit.

Sans hésiter une seconde, elle prit son téléphone portable. Il n'y avait qu'un seul numéro préenregistré. Elle pressa la touche correspondante et entendit sonner deux fois.

— Qu'est-ce qui se passe ? demanda Nash.

— La police est là.

Quand Joe Lewiston revint dans le salon, Dolly n'eut qu'à le regarder.

— Qu'est-ce qui t'arrive ?

— Rien, fit-il, les lèvres engourdies.

— Tu as l'air tout chose.

— Ça va, je te dis.

Mais Dolly connaissait son mari. Elle n'était pas dupe. Elle s'approcha de lui. Il eut un mouvement de recul et faillit même prendre la fuite.

— Qu'est-ce qu'il y a ?

— Mais rien, je te jure.

Elle se planta en face de lui.

— C'est Guy Novak ? Qu'est-ce qu'il a encore fait ? Parce que si c'est lui…

Joe posa les mains sur les épaules de sa femme. Elle scruta son visage. Elle lisait en lui comme dans un livre ouvert. C'était ça, le problème. Ils avaient très peu de secrets l'un pour l'autre. Mais ça, c'en était un.

Marianne Gillespie.

Elle avait sollicité un entretien particulier, lui faisant le coup de la mère inquiète. Elle était au courant de la vacherie qu'il avait dite à sa fille Yasmin, mais il l'avait trouvée compréhensive. « Des fois, on laisse échapper des choses qui nous dépassent », lui avait-elle dit au téléphone. Tout le monde peut se tromper. Son mari était fou de rage, mais pas elle. Elle voulait bien entendre sa version à lui.

« Peut-être, avait-elle suggéré, qu'il y avait un moyen d'arranger ça. »

Joe ne s'était plus senti de soulagement.

Ils s'étaient rencontrés. Marianne avait compati. Lui avait touché le bras. Elle aimait beaucoup sa philosophie de l'enseignement. Elle portait une tenue moulante et décolletée. Lorsque, à la fin de l'entrevue, ils s'étaient donné l'accolade, celle-ci avait duré quelques secondes de trop. Les lèvres de Marianne étaient tout près du cou de Joe. Elle respirait bizarrement. Joe aussi.

Mais comment avait-il pu être aussi stupide ?

— Joe ?

Dolly fit un pas en arrière.

— Qu'est-ce que tu as ?

Cette opération séduction, Marianne l'avait planifiée. Pour se venger. Et Joe n'y avait vu que du feu. Une fois qu'il était arrivé ce qui devait arriver, quelques heures après qu'il eut quitté sa chambre d'hôtel, les appels avaient commencé :

— *J'ai tout sur cassette, espèce de salaud...*

Marianne avait planqué un caméscope dans la chambre d'hôtel. Elle avait menacé d'envoyer la bande à Dolly, puis à la direction de l'école, et enfin à tous les parents d'élève dont elle pourrait piocher les adresses dans l'annuaire scolaire. Les coups de fil avaient duré trois jours. Joe n'avait plus ni dormi, ni mangé. Il avait perdu du poids. Il l'avait suppliée. À un moment donné, sa résolution avait semblé faiblir, comme si toute cette entreprise de vengeance l'avait soudain lassée. Elle avait appelé Joe pour lui dire qu'elle n'était pas sûre de l'envoyer.

Elle avait voulu qu'il souffre, c'était fait, et peut-être bien qu'elle en resterait là.

Le lendemain, Marianne avait expédié un e-mail à l'adresse professionnelle de sa femme.

Sale menteuse.

Par chance, Dolly n'était pas douée en informatique. Joe connaissait ses codes d'accès. En voyant ce mail avec la vidéo jointe, il s'était affolé, l'avait effacé et avait modifié le mot de passe de Dolly pour l'empêcher d'accéder à sa messagerie.

Mais combien de temps son stratagème allait-il tenir la route ?

Il n'avait su que faire. Il n'avait personne à qui parler, personne qui pût comprendre et prendre fait et cause pour lui.

Tout à coup, il avait pensé à Nash.

— Oh, mon Dieu, Dolly…

— Quoi ?

Il fallait que cela s'arrête. Nash avait commis un meurtre. Il avait tué Marianne Gillespie. Et cette Mme Cordova qui avait disparu. Joe essaya de mettre de l'ordre dans ses idées. Peut-être que Marianne avait envoyé une copie de la vidéo à cette femme. Ceci expliquerait cela.

— Joe, parle-moi.

Ce que Joe avait fait, c'était mal, mais d'y avoir mêlé Nash, ça devenait un crime. Il avait envie de tout dire à Dolly. C'était la seule solution.

Elle le regarda dans les yeux, hocha la tête.

— Vas-y, je t'écoute.

Soudain, une drôle de chose se passa en Joe Lewiston. L'instinct de conservation reprit le dessus. Certes, il était horrifié par le geste de Nash, mais à quoi bon envenimer la situation en détruisant son couple ? Pourquoi en rajouter en prenant le risque de perdre sa famille ? Après tout, c'était Nash, le coupable. Joe ne lui avait jamais demandé de faire ça… il ne lui avait jamais demandé de tuer ! Il avait cru que Nash offrirait d'acheter la cassette à Marianne, qu'il négocierait avec elle ou, au pire, qu'il lui ferait peur. Nash, il l'avait toujours trouvé un peu limite, mais jamais, au grand jamais, Joe n'aurait imaginé qu'il ferait une chose pareille.

À quoi cela servirait-il de se dénoncer maintenant ?

Nash, qui avait voulu l'aider, finirait en prison. Mais qui avait fait appel à lui, en premier lieu ?

C'était Joe.

La police croirait-elle à son innocence ? Vu de loin, Nash pouvait passer pour un homme de main, et celui qui présente le plus d'intérêt aux yeux des flics, n'est-ce pas toujours le commanditaire ?

Donc Joe.

Il restait encore une toute petite chance, une chance infime, que tout finisse par s'arranger. Nash ne se faisait pas prendre. La cassette ne refaisait pas surface. D'accord, Marianne était morte, mais on n'y pouvait plus rien… et quelque part, elle l'avait cherché, non ? Elle avait poussé trop loin son chantage. Joe avait dérapé, alors qu'elle avait prémédité son acte dans le seul but de briser son couple.

À un détail près.

Un e-mail était arrivé aujourd'hui. Or Marianne était morte. En d'autres termes, Nash avait eu beau sévir, il n'avait pas réparé toutes les fuites.

Guy Novak.

C'était la dernière brèche à colmater. C'était là que Nash devait être. Il n'avait pas répondu au téléphone ni à ses messages parce qu'il était parti terminer le boulot.

Maintenant Joe savait.

Il pouvait toujours attendre et espérer que les choses tournent au mieux pour lui. Sauf que cela signifiait la mort quasi certaine de Guy Novak.

Et donc la fin de tous ses soucis.

— Joe ? dit Dolly. Joe, parle-moi.

Il ne savait que faire. Mais il ne dirait rien à Dolly. Ils avaient une petite fille, une famille à sauver. On ne joue pas avec ces choses-là.

Mais on ne laisse pas non plus mourir un homme, si on peut le sauver.

— Il faut que j'y aille.

Et il se rua vers la porte.

Nash chuchota à l'oreille de Guy Novak :

— Dis aux filles que tu descends au sous-sol et que tu ne veux pas être dérangé. Tu as compris ?

Guy hocha la tête et se dirigea vers l'escalier. Nash appuyait la pointe du couteau dans son dos, juste à côté du rein. La meilleure technique, avait-il appris, était d'accentuer un peu plus la pression. Histoire de montrer qu'on ne plaisantait pas.

— Les filles ! Je descends quelques minutes au sous-sol. Vous restez en haut, OK ? Je ne veux pas être dérangé.

Une voix étouffée cria :

— OK.

Guy se tourna vers Nash. Le couteau glissa le long de son dos et vint se poser sur son ventre. Guy ne broncha pas, ne recula pas.

— C'est vous qui avez tué ma femme ?

Nash sourit.

— Je croyais que c'était ton ex.

— Qu'est-ce que vous voulez ?

— Où sont tes ordinateurs ?

— Mon portable est dans mon sac, à côté du fauteuil. Et l'ordinateur de bureau est dans la cuisine.

— Il n'y en a pas d'autres ?

— Non. Prenez-les et allez-vous-en.

— Il faut qu'on cause d'abord, Guy.

— Je vous dirai tout ce que vous voulez savoir. J'ai de l'argent. Il est à vous. Je vous demande juste de ne pas toucher aux filles.

Nash regarda cet homme. Il devait bien se douter qu'il allait mourir aujourd'hui. Sa vie était tout sauf héroïque, et pourtant, on aurait dit qu'il en avait assez et qu'il avait décidé de finir en beauté.

— Je ne leur ferai rien si tu coopères.

Guy chercha son regard comme pour s'assurer de sa sincérité. Nash poussa la porte du sous-sol. Les deux hommes descendirent. Nash referma la porte et alluma la lumière. La pièce n'était pas aménagée. Le sol était en ciment. L'eau gargouillait dans les tuyauteries. Une aquarelle était posée contre une commode. Il y avait de vieux chapeaux, des posters et des cartons en vrac un peu partout.

Nash avait apporté tout ce qu'il fallait dans le sac de sport qu'il portait en bandoulière. Il fouilla à la recherche du ruban isolant, et Guy Novak commit une grosse erreur.

Il lança son poing et cria :

— Sauvez-vous, les filles !

Nash lui assena un coup de coude dans la gorge, le privant de l'usage de la parole. Suivit une frappe sur le front. Guy s'effondra, les mains sur la gorge.

— Un soupir de travers, lui dit Nash, et j'amènerai ta fille ici pour que tu regardes. Compris ?

Guy se figea. La paternité donnait du courage même à une larve comme Guy Novak. Nash se demanda si Cassandra et lui auraient eu des enfants aujourd'hui. C'était fort vraisemblable. Cassandra venait d'une grande famille. Elle voulait avoir plein d'enfants. De son côté, c'était moins sûr – il voyait la vie sous un jour nettement plus sombre –, mais jamais il ne le lui aurait refusé.

Nash baissa les yeux. Il hésitait à poignarder Novak à la jambe ou peut-être à lui trancher un doigt, mais ce n'était pas nécessaire. Guy Novak avait compris. Il ne recommencerait pas.

— Couche-toi sur le ventre et mets tes mains derrière ton dos.

Guy s'exécuta. Nash enroula le ruban isolant autour de ses poignets et de ses avant-bras. Il fit pareil avec les jambes. Puis il fixa les poignets aux chevilles, en tirant sur les bras et en l'obligeant à plier les genoux. Ça s'appelait avoir les pieds et les poings liés. Pour finir, il le bâillonna en faisant cinq fois le tour de sa tête avec le ruban adhésif.

Puis, Nash se dirigea vers la porte du sous-sol. Guy se débattit, mais il n'avait pas besoin de s'affoler. Nash voulait juste s'assurer que les filles n'avaient pas entendu son hurlement stupide. Il ouvrit la porte. Au loin, il entendit la télé. Les filles n'étaient nulle part en vue. Il tira la porte et redescendit.

— Ton ex-femme a tourné une vidéo. Je veux que tu me dises où elle est.

Guy avait la bouche fermée par du ruban isolant. Son désarroi était manifeste… comment était-il censé répondre alors qu'il ne pouvait pas parler ? Nash sourit et lui montra la lame.

— Tu parleras tout à l'heure, OK ?

Son téléphone se remit à vibrer. Lewiston, pensa-t-il. Mais en voyant le numéro, il comprit que les nouvelles ne seraient pas bonnes.

— Qu'est-ce qui se passe ?

— La police est là, dit Pietra.

Cela ne l'étonnait guère. Il suffisait qu'une pièce tombe pour que tout l'édifice menace de s'écrouler. Son temps était compté désormais. Il ne pouvait se permettre de torturer Guy Novak à loisir. Il fallait faire vite.

Qu'est-ce qui l'obligerait à parler ?

Nash secoua la tête. Ce qui nous rend courageux – ce pour quoi on est prêt à mourir –, c'est aussi notre point faible.

— Je vais chercher ta fille. Et ensuite tu parleras, OK ?

Les yeux exorbités, Guy trépigna dans ses liens pour lui faire comprendre ce que Nash savait déjà. Il lui dirait tout, pourvu qu'il laisse sa fille tranquille. Mais il serait plus facile d'obtenir les informations de Guy s'il avait sa fille en face de lui. Certains auraient dit que la menace suffisait. C'était peut-être vrai.

Mais Nash voulait la fille pour d'autres raisons.

Il inspira profondément. Le dénouement était proche. Oui, il avait envie de survivre, de sortir d'ici, mais la folie ne s'était pas seulement insinuée en lui, elle avait pris le dessus. Elle palpitait dans ses veines… il se sentait vibrer… il se sentait vivant.

Il gravit les marches du sous-sol. Derrière lui, il entendait Guy ruer dans ses liens. Un instant, la folie reflua, et Nash pensa rebrousser chemin. Guy lui dirait tout ce qu'il voulait savoir maintenant. Peut-être, et peut-être pas. Il pourrait aussi croire qu'il s'agissait d'une simple menace.

Non, il devait aller jusqu'au bout.

Il poussa la porte et émergea dans le vestibule. Il regarda l'escalier. La télé marchait toujours. Il fit un pas de plus.

Et s'immobilisa en entendant sonner.

Tia se gara dans l'allée et, laissant son téléphone et son sac dans la voiture, se hâta vers la porte d'entrée. Elle s'efforçait d'assimiler ce que Betsy Hill venait de lui apprendre. Son fils allait bien. C'était l'essentiel. Il s'était pris quelques coups, mais il était en vie, il tenait debout et il avait même eu la force de filer. Bon, d'accord, il se sentait responsable de la mort de Spencer, mais ce n'était pas le plus important. La survie d'abord. Qu'il rentre à la maison, et, pour le reste, ils verraient plus tard.

Perdue dans ses réflexions, Tia appuya sur la sonnette.

Elle déglutit, se rappelant le drame qui venait de frapper cette famille. Ils avaient besoin de soutien, or elle n'avait qu'une envie : récupérer sa fille, retrouver son mari et son fils, ramener tout ce petit monde à la maison et verrouiller les portes.

Personne ne vint ouvrir.

Elle regarda par la lucarne, mais à contre-jour, on n'y voyait pas grand-chose. Les mains en visière, elle scruta l'intérieur. Elle crut apercevoir une silhouette qui s'écarta d'un bond, mais ce n'était peut-être qu'une ombre. Elle sonna à nouveau. Cette fois, elle entendit du bruit. Un véritable vacarme. Les filles dévalaient l'escalier et couraient vers la porte.

Ce fut Yasmin qui ouvrit. Jill se tenait un peu en retrait derrière elle.

— Bonjour, madame Baye.

— Bonjour, Yasmin.

Elle sut tout de suite que Guy ne lui avait encore rien dit. Normal, il attendait le départ de Jill.

— Où est ton père ?

Elle haussa les épaules.

— Je crois qu'il est descendu au sous-sol.

Pendant quelques secondes, personne ne bougea. Un silence de mort régnait dans la maison. Elles attendirent… un bruit, un signe. Il n'y avait rien.

Guy devait être en train de cuver son chagrin, pensa Tia. Il n'y avait plus qu'à embarquer Jill et à rentrer chez elle. Mais cette idée la mettait mal à l'aise. Elle avait l'impression d'abandonner Yasmin.

— Guy ? appela Tia.

— C'est bon, madame Baye. Je suis assez grande pour rester toute seule.

Oui et non. C'était un âge incertain où l'on pouvait certes se débrouiller par soi-même, avec les téléphones mobiles et tout. Jill, par exemple, réclamait plus d'indépendance. Elle disait avoir prouvé qu'elle était quelqu'un de responsable. Il leur était bien arrivé de laisser Adam seul quand il avait son âge, cela n'avait rien de catastrophique.

Mais ce n'était pas le fait de laisser Yasmin seule qui gênait Tia. La voiture de son père était dans l'allée. Il était censé être là. Il devait parler à sa fille.

— Guy ?

Toujours pas de réponse.

Les filles se regardèrent. Leur expression changea imperceptiblement.

— Où as-tu dit qu'il était ? demanda Tia.

— Au sous-sol.

— Qu'est-ce qu'il y a là-bas ?

— Rien. De vieux cartons. C'est un peu crade, quoi.

Que pouvait bien faire Guy Novak là-dedans ?

À l'évidence, il avait envie d'être seul. Peut-être que, dans ces cartons, il avait gardé quelques souvenirs de Marianne et qu'en ce moment même, assis par terre, il était en train de trier de vieilles photos. Et, comme il avait fermé la porte, il ne l'avait pas entendue sonner.

C'était très possible.

Tia se rappela l'ombre fuyante, entrevue par la lucarne. Était-ce Guy ? Cherchait-il à se cacher ? Là encore, c'était plus que probable. Il n'avait pas la force de l'affronter. Il ne voulait voir personne. Ce devait être ça.

Fort bien, pensa Tia, toujours pas décidée à laisser Yasmin comme ça.

— Guy ?

Elle avait haussé la voix.

Toujours rien.

Elle s'approcha de la porte du sous-sol. Tant pis s'il la fuyait. Un simple « Je suis là ! » aurait suffi. Elle frappa. Pas de réponse. Abaissant la poignée, elle entrouvrit la porte.

La lumière était éteinte.

Elle se retourna vers les filles.

— Tu es sûre qu'il est en bas, ma puce ?

— C'est ce qu'il a dit.

Tia regarda Jill, qui acquiesça d'un signe de la tête. Une sourde angoisse l'étreignit. Guy avait semblé très abattu au téléphone, et, maintenant, il était descendu au sous-sol pour être seul dans le noir…

Non, il ne ferait pas ça à Yasmin.

Soudain, Tia entendit un bruit. Un bruit étouffé. Comme un raclement. Ou un grattement. Un rat peut-être.

Le bruit se répéta. Non, ce n'était pas un rat. C'était quelque chose de plus gros.

Qu'est-ce qui… ?

Elle darda un œil sévère sur les deux filles.

— Je veux que vous restiez ici. Vous m'entendez ? Ne descendez que si je vous appelle.

À tâtons, elle chercha l'interrupteur mural, le trouva, alluma la lumière. Ses jambes lui faisaient déjà descendre l'escalier. Et quand elle fut en bas, quand elle vit Guy Novak ligoté et bâillonné, elle s'arrêta net et n'hésita pas une seconde.

— Les filles, sauvez-vous ! Sortez de la…

Les mots moururent sur ses lèvres. La porte du sous-sol était déjà en train de se refermer.

Un homme surgit dans la pièce. De sa main droite, il tenait par le cou une Yasmin grimaçante. De la main gauche, il tenait Jill.

38

Carson fulminait. Congédié. Après tout ce qu'il avait fait pour elle, Rosemary l'avait renvoyé de la pièce comme un gosse. Pour bavarder avec le vieux qui lui avait fait perdre la face devant les copains.

Elle n'avait pas capté.

Il la connaissait. Sa beauté et son baratin l'avaient toujours sortie du pétrin. Mais pas cette fois-ci. Tout ce qu'elle voulait, c'était sauver sa peau. Plus Carson y réfléchissait, plus ça sentait le roussi. Si les flics débarquaient et qu'il leur faille un bouc émissaire, il était le candidat tout désigné pour ce rôle.

C'était peut-être de cela qu'ils discutaient maintenant.

Cela semblait logique. Carson avait vingt-deux ans – plus que l'âge nécessaire pour être inculpé et jugé en tant qu'adulte. Les jeunes avaient essentiellement affaire à lui ; à cet égard, Rosemary était suffisamment maligne pour ne pas se salir les mains. C'était aussi lui, Carson, qui servait d'agent de liaison avec le distributeur.

Il aurait dû s'en douter, bordel. Après que le jeune Spencer eut passé l'arme à gauche, ils auraient dû faire profil bas pendant un moment. Mais il y avait des sommes énormes en jeu, et son distributeur le harcelait. Son contact se nommait Barry Watkins. Un gars qui portait des costumes Armani. Il l'emmenait dans des clubs privés ultra-chic. Ses poches étaient remplies de biffetons. Il lui procurait des filles ; grâce à lui, Carson se faisait respecter. C'était un mec réglo.

Mais la veille au soir, quand Carson n'avait pas livré la marchandise, Watkins avait changé de ton. Il n'avait pas crié. Mais sa voix froide lui avait fait l'effet d'un coup de pic à glace entre les côtes.

— Il faut qu'on règle ça, avait-il dit à Carson.

— Je crois qu'on a un problème.

— Comment ça ?

— Le fils du toubib a craqué. Son père s'est pointé tout à l'heure.

Un silence.

— Allô ?

— Carson ?

— Oui ?

— Mes employeurs ne permettront pas que l'enquête remonte jusqu'à moi. Tu comprends ? Ils feront en sorte que ça ne monte pas si haut.

Et il raccrocha. Le message avait été clair.

Voilà pourquoi Carson attendait avec une arme.

Il entendit du bruit à la porte. Quelqu'un essayait d'entrer. La porte était verrouillée des deux côtés. Pour pouvoir entrer ou sortir, il fallait connaître le code. Ça cognait dur maintenant. Carson regarda par la fenêtre.

C'était Adam Baye. Accompagné du jeune Huff.

— Ouvrez ! cria Adam en martelant la porte. Allez, ouvrez !

Carson réprima un sourire. Le père et le fils réunis au même endroit. La façon idéale d'en finir.

— Attends une minute.

Fourrant le pistolet dans sa ceinture, à l'arrière, Carson composa les quatre chiffres du code. Le voyant rouge passa au vert, et la porte s'ouvrit.

Adam fit irruption dans le club, DJ Huff sur ses talons.

— Mon père est là ?

Carson hocha la tête.

— Dans le bureau de Rosemary.

Adam s'engouffra dans le couloir. DJ lui emboîta le pas.

Carson laissa la porte se refermer. À présent, ils étaient tous à l'intérieur. Il mit la main dans son dos et sortit son arme.

Anthony filait le train à Adam Baye.

À une certaine distance, car il ne savait pas trop comment réagir. Ce garçon ne le connaissait pas ; il ne pouvait donc pas l'interpeller de but en blanc… et puis, allez savoir quel était son état d'esprit. Si Anthony se présentait comme étant un ami de son père, il risquait de tourner les talons et de disparaître à nouveau.

Prudence, se dit Anthony.

Devant lui, Adam était en train de crier dans son téléphone mobile. Ce n'était pas une mauvaise idée. Anthony sortit son propre mobile et, tout en marchant, composa le numéro de Mike.

Pas de réponse.

Une fois qu'il eut la boîte vocale, il dit :

— Mike, je vois votre fils. Il se dirige vers le club dont je vous ai parlé. Je vais le suivre.

Après avoir refermé le téléphone d'un coup sec, il le fourra dans sa poche. Adam avait déjà rangé le sien et pressait le pas. Anthony ne le perdait pas de vue. Arrivé au club, Adam gravit les marches du perron deux à deux et poussa la porte.

Elle était verrouillée.

Anthony le vit regarder le digicode et se tourner vers son ami, qui haussa les épaules. Adam se mit à cogner sur la porte.

— Ouvrez !

Sa voix trahissait plus que de l'impatience... on y sentait du désespoir. Voire de la peur. Anthony fit un pas en avant.

— Allez, ouvrez !

Il martelait la porte de toutes ses forces. Quelques secondes plus tard, celle-ci s'ouvrit. Le goth qui se tenait dans l'embrasure, Anthony l'avait déjà vu dans les parages. Il était plus vieux que les autres, une sorte de chef pour cette bande de total losers. Il arborait un pansement, comme s'il avait le nez cassé. Anthony se demanda s'il ne faisait pas partie des agresseurs de Mike et finit par penser que oui, très certainement.

Alors que faire ?

Empêcher Adam d'entrer dans le club ? Ça pourrait marcher, mais, d'un autre côté, ça risquait de se retourner contre lui. Le gamin prendrait sûrement ses jambes à son cou. D'accord, Anthony pouvait le choper et tâcher de le retenir, mais un esclandre sur la voie publique pouvait avoir des conséquences fâcheuses.

Il se rapprocha discrètement.

Adam disparut à l'intérieur ; Anthony eut l'impression que l'immeuble l'avait avalé tout entier. Son ami avec le blouson de sport entra derrière lui, plus lentement. Le goth laissa la porte se refermer. Au moment où elle pivotait, il tourna le dos.

Ce fut alors qu'Anthony l'aperçut.

Le pistolet qui dépassait de la ceinture de son pantalon.

Juste avant que la porte ne se referme, il eut même l'impression que le Goth refermait ses doigts sur la crosse.

Assis dans la voiture, Mo se creusait la cervelle. Ces maudits chiffres.

CJ 8115.

Il commença par le plus évident. C, la troisième lettre de l'alphabet. Donc trois. J, la dixième lettre. Qu'obtenait-on ? 3108115. Il additionna les chiffres, essaya de les diviser, de définir un schéma caché. Il étudia l'identifiant d'Adam : HockeyAdam 1117. Mike lui avait expliqué que le 11 était le numéro de Messier, et le 17, son ancien numéro à Dartmouth. Il les ajouta néanmoins à 8115, puis à 3108115. Il transforma HockeyAdam en chiffres, refit les combinaisons, s'efforçant de résoudre le problème.

Sans résultat.

Ces chiffres n'avaient pas été choisis au hasard. Mo en était convaincu. Y compris ceux d'Adam. Ils avaient un sens ; il suffisait juste de trouver lequel.

Jusque-là, il avait fait les calculs de tête. Il prit une feuille de papier dans la boîte à gants. Il était en train de noter les combinaisons possibles quand il entendit une voix familière crier :

— Ouvrez !

Mo jeta un coup d'œil par le pare-brise.

Adam tapait sur la porte du Club Jaguar.

— Allez, ouvrez !

Mo posait la main sur la poignée de la portière quand la porte du club s'ouvrit. Adam se précipita à l'intérieur. Mo hésita lorsqu'il se produisit une chose tout aussi étrange.

C'était Anthony, le videur noir que Mike était allé voir tantôt. Il fonçait vers l'entrée du club. Mo émergea de la voiture et le rejoignit. Arrivé à la porte, Anthony tourna le bouton. Qui ne bougea pas.

— Que se passe-t-il ? demanda Mo.

— Il faut qu'on entre.

Mo toucha la porte.

— C'est un blindage en acier. Je ne vois pas comment on pourrait la défoncer.

— Il faut qu'on trouve un moyen.

— Pourquoi, qu'y a-t-il ?

— Le gars qui a ouvert à Adam, répondit Anthony. Il était en train de sortir un flingue.

Carson cachait l'arme dans son dos.

— Mon père est là ? demanda Adam.

— Dans le bureau de Rosemary.

Adam passa devant lui. Soudain, il y eut du mouvement au fond du couloir.

— Adam ?

C'était la voix de Mike Baye.

— Papa !

Baye tourna le coin juste au moment où Adam arrivait. Le père et le fils s'étreignirent.

Mon Dieu que c'est touchant, pensa Carson.

Il leva son arme.

Sans sommation. Sans prévenir. Il n'avait pas le choix. Le temps n'était plus aux requêtes ni aux négociations. Il fallait en finir.

Il devait les tuer.

Rosemary cria :

— Carson, non !

Mais il n'avait aucune intention de l'écouter, cette garce. Carson pointa le canon sur Adam, ajusta sa ligne de mire et se prépara à tirer.

Tout en serrant son garçon dans ses bras – heureux de sentir le poids de son corps et ivre de soulagement de le savoir bien portant –, Mike entrevit quelque chose du coin de l'œil.

Carson avait une arme.

Il n'avait pas une seconde pour réfléchir. Il ne s'agissait pas d'une réaction consciente, mais d'un réflexe primitif, basique.

Voyant Carson lever le bras, Mike poussa son fils.

Il le poussa violemment. Les pieds d'Adam quittèrent le sol. Il valdingua, les yeux écarquillés de surprise. Le pistolet explosa. Le coup de feu fit voler en éclats la vitre derrière lui, à l'endroit même où Adam s'était tenu un instant plus tôt. Une pluie de débris de verre s'abattit sur Mike.

Son geste ne surprit pas seulement Adam… il surprit Carson aussi. Ce dernier devait s'imaginer qu'ils ne le verraient pas ou alors qu'ils réagiraient comme la plupart des gens face à une arme, en se figeant ou en levant les mains en l'air.

Carson se ressaisit rapidement. Déjà, il pivotait vers la droite, et dirigeait son pistolet là où Adam avait atterri. C'était pour ça que Mike l'avait poussé aussi fort. En plus de l'instinct, il s'était mêlé à sa réaction une certaine dose de calcul. Il ne voulait pas seulement écarter son fils du trajet de la balle, il voulait l'éloigner. Et il y était parvenu.

Adam était tombé dans le couloir, derrière le pan de mur.

Carson visa, mais Adam n'était plus dans sa ligne de tir. Il fallait procéder autrement que prévu : refroidir le papa d'abord.

Une étrange sensation de paix s'était emparée de Mike. Il savait ce qu'il avait à faire. Il n'y avait pas à tergiverser. Il devait sauver son fils. Il le comprit en voyant Carson diriger le pistolet sur lui.

Il fallait qu'il se sacrifie.

Ce n'était pas un choix entre ceci et cela. C'était comme ça, voilà tout. Un père protège son enfant. Carson allait tirer sur l'un des deux. C'était inéluctable. Mike prit la décision qui s'imposait.

Il fit en sorte que ce soit lui.

Obéissant à l'instinct, il fonça sur Carson.

En un éclair, il imagina un match de hockey, le plongeon pour récupérer le palet. Même si Carson tirait, il aurait peut-être encore le temps. Le temps d'arriver jusqu'à lui pour éviter le carnage.

Et sauver la vie de son fils.

Mais le courage était une chose, et les contingences de la réalité, une autre. La distance était trop grande. Carson avait déjà levé son arme. Mike allait se prendre au moins une balle, voire deux, avant de lui tomber dessus. Il avait très peu de chances de survivre, et même d'empêcher quoi que ce soit.

Sauf qu'il n'avait pas le choix. Mike ferma les yeux, baissa la tête et plia les genoux.

Cinq bons mètres les séparaient. En le laissant approcher, il était impossible de le manquer.

Carson abaissa légèrement son arme, la pointa sur la tête de Mike et regarda la cible emplir son champ de vision.

Anthony poussa la porte avec l'épaule, sans succès.

— Tous ces calculs compliqués… pour ça ? fit Mo.

— Qu'est-ce que vous marmonnez ?

— Quatre-vingt-un, quinze.

— Répétez-moi ça.

Pas le temps d'expliquer. Mo pianota les chiffres, 8115, sur le digicode. Le voyant rouge passa au vert, signalant que la porte était déverrouillée.

Anthony poussa le battant, et les deux hommes plongèrent à l'intérieur.

Carson l'avait en plein dans le viseur.

Son arme était pointée sur la tête de Mike. Il était surpris de son propre sang-froid. Il croyait qu'il allait paniquer, mais sa main restait ferme. Le premier coup de feu, il l'avait bien senti. Celui-là, il le sentait encore mieux. Il était dans la zone. Il ne le manquerait pas. C'était tout simplement impossible.

Carson appuya sur la détente.

Et, tout à coup, le pistolet se volatilisa.

Une main géante surgit de derrière lui et lui arracha son arme. Comme ça. En un centième de seconde. Se retournant, Carson reconnut le grand Black qui travaillait comme videur un peu plus bas dans la rue. Son pistolet à la main, le videur souriait.

Il n'eut guère le temps de s'étonner de sa présence ici. Quelque chose d'autre – un autre type – le frappa violemment dans le dos. La douleur irradia à travers tout son corps. Carson poussa un cri et tituba en avant, se cognant à l'épaule de Mike Baye qui arrivait en sens inverse. La force de l'impact faillit le casser en deux. Il s'écrasa comme si on l'avait balancé du toit d'un immeuble. L'air déserta ses poumons. Il eut l'impression que ses côtes s'affaissaient.

Debout au-dessus de lui, Mike lâcha :

— C'est fini.

Puis, se tournant vers Rosemary :

— On ne négocie pas.

39

Nash tenait les deux gamines par le cou.

Pas besoin d'employer la force... il connaissait les points sensibles. Il vit Yasmin – celle par qui le scandale était arrivé parce qu'elle se tenait mal pendant le cours de Joe – grimacer. L'autre fille, la fille de la femme qui avait débarqué sans crier gare, tremblait comme une feuille.

La femme dit :

— Lâchez-les.

Nash secoua la tête. Il était pris de vertige. La folie courait dans ses veines telle une décharge électrique. Chaque neurone tournait à plein régime. L'une des filles se mit à pleurer. Normalement, cela aurait dû l'affecter. En tant qu'être humain, il aurait dû être touché par ses larmes.

En fait, elles ne firent qu'accroître la sensation d'ivresse.

Est-on toujours fou quand on sait qu'on est fou ?

— S'il vous plaît, fit la femme. Ce sont des enfants.

Elle se tut. Peut-être qu'elle avait compris. Ses paroles ne l'atteignaient pas. Pire, elles semblaient lui procurer une sorte de jouissance. Nash l'admira. Était-elle toujours comme ça, fougueuse et intrépide, ou bien s'était-elle muée en maman ourse défendant ses petits ?

Il devait tuer la mère d'abord.

C'était elle qui poserait le plus de problèmes. Ça, il en était sûr et certain. Il l'imaginait mal rester là, les bras ballants, pendant qu'il maltraitait les gamines.

Soudain, une pensée exaltante lui traversa l'esprit. Tant qu'à faire, si ceci devait être son chant du cygne, le fin du fin serait de forcer les parents à regarder.

Oh, il savait que c'était ignoble. Mais maintenant que l'idée avait germé dans son esprit, elle ne le quitterait plus. On est comme on est. En prison, il avait connu des pédophiles qui rejetaient catégoriquement l'appellation de pervers. Ils invoquaient l'histoire, les civilisations anciennes, les époques lointaines où l'on mariait les fillettes dès l'âge de douze ans, et Nash, pendant tout ce temps, se demandait pourquoi ils se donnaient tant de peine. C'était beaucoup plus simple que ça : on était programmé, on avait des pulsions. On avait besoin de commettre des actes que d'autres jugeaient répréhensibles.

Dieu vous avait fait comme ça. Alors, à qui la faute ?

Toutes ces âmes pieuses devraient se rendre compte, au fond, qu'en condamnant ces gens-là, ils critiquaient l'œuvre du Créateur. Oui, bon, on allait lui opposer l'argument de la tentation, mais il n'y avait pas que ça. Et ils le savaient. Car tout le monde a des pulsions. Ce n'est pas la discipline qui permet de les maîtriser, ce sont les circonstances. C'était ce que Pietra avait eu du mal à comprendre, à propos des soldats. Les circonstances ne les avaient pas forcés à se livrer à des violences.

Elles leur en avaient offert l'opportunité.

Maintenant il savait. Il les tuerait tous. Puis il prendrait les ordinateurs et filerait. Un carnage pareil occuperait la police pendant un long moment. Ils penseraient à un tueur en série. Personne n'irait chercher le mobile du côté d'une vidéo tournée par une femme machiavélique pour détruire un gentil gars et un bon instit. Joe pourrait dormir sur ses deux oreilles.

Mais chaque chose en son temps. D'abord, ligoter la mère.

— Les filles ? dit Nash.

Il les fit pivoter vers lui.

— Si vous vous sauvez, je tuerai papa et maman. C'est clair ?

Elles hochèrent la tête à l'unisson. Il les éloigna de la porte. Puis il les lâcha… et Yasmin poussa le hurlement le plus perçant qu'il ait jamais entendu. Elle se précipita vers son père. Nash se tourna de son côté.

Ce fut une erreur.

L'autre fille se rua vers l'escalier.

Il fit volte-face pour la rattraper, mais elle était rapide.

La femme cria :

— Cours, Jill !

Nash plongea pour la saisir par la cheville. Ses doigts glissèrent sur sa peau, et elle parvint à se dégager. Il allait se redresser quand soudain il sentit un poids sur lui.

C'était la mère.

Elle lui avait sauté sur le dos. Elle le mordit violemment à la jambe. Il hurla et la repoussa du pied.

— Jill ! appela-t-il. Ta maman va mourir si tu ne redescends pas tout de suite.

La femme roula sur le sol.

— Cours ! Ne l'écoute pas !

Après s'être relevé, Nash sortit le couteau. Pour la première fois, il hésita. Le boîtier du téléphone se trouvait au fond de la pièce. Il pouvait toujours le défoncer, mais la gamine avait sûrement un portable.

Le temps pressait.

Il lui fallait les ordinateurs. C'était le principal. Il allait les tuer, récupérer les bécanes et partir. Après ça, il n'y aurait plus qu'à détruire les disques durs.

Il regarda Yasmin. Elle se réfugia derrière son père. Guy gigota pour tenter de basculer, de s'asseoir… tout pour servir de rempart à sa fille. L'effet, saucissonné comme il l'était, semblait presque comique.

La femme se releva aussi. Elle alla se placer devant la gamine. Même pas la sienne, cette fois.

C'était courageux de sa part. Ils s'étaient regroupés d'eux-mêmes. Parfait. Il allait s'occuper d'eux vite fait.

— Jill ! cria Nash. Dernière chance !

Yasmin hurla à nouveau. Il brandit le couteau et se dirigea vers eux quand une voix l'arrêta.

— S'il vous plaît, ne faites pas de mal à ma maman.

La voix venait de derrière lui. Elle sanglotait.

Jill était revenue.

Nash regarda la mère et sourit. Le visage de la mère se décomposa.

— Non ! gémit-elle. Jill, non ! Sauve-toi !

— Maman ?

— Cours ! Mon Dieu, chérie, cours !

Mais Jill n'écoutait pas. Elle descendit les marches. Nash se tourna vers elle et aussitôt se rendit compte de son erreur. Une fraction de seconde, il se demanda s'il ne l'avait pas laissée s'échapper délibérément. Il les avait lâchées, non ? Était-ce une négligence de sa part, ou bien y avait-il autre chose ? N'aurait-il pas été guidé par quelqu'un, quelqu'un qui en avait vu assez et qui voulait qu'il retrouve la paix ?

Il eut l'impression de la voir debout à côté de la fille.

— Cassandra, fit-il tout haut.

Jill avait senti la pression de sa main dans son cou.

L'homme était fort. L'air de rien, il avait trouvé un point qui faisait vraiment trop mal. Puis elle vit sa maman et M. Novak par terre, ligoté. Jill était morte de peur.

Sa maman ordonna :

— Lâchez-les.

La façon dont elle l'avait dit la calma un peu. Oui, c'était horrible et tout, mais au moins sa mère était là. Elle ferait n'importe quoi pour sauver Jill. Et Jill sut que c'était le moment de montrer qu'elle aussi ferait n'importe quoi pour elle.

L'homme resserra les doigts. Jill haleta et risqua un coup d'œil sur son visage. Il avait l'air heureux. Elle regarda Yasmin. Les yeux rivés sur elle, Yasmin réussit à pencher un peu la tête. C'était ce qu'elle faisait en classe quand elle voulait faire passer un message.

Jill n'avait pas saisi. Yasmin fixa alors sa propre main. Perplexe, Jill suivit son regard et vit ce qu'elle était en train de manigancer.

Elle avait formé un pistolet avec le pouce et l'index.

— Les filles ?

L'homme qui les tenait par le cou appuya légèrement et les contraignit à se tourner vers lui.

— Si vous vous sauvez, je tuerai papa et maman. C'est clair ?

Elles hochèrent la tête. Leurs regards se rencontrèrent à nouveau. Yasmin ouvrit la bouche. Jill avait compris l'idée. L'homme les relâcha. Jill attendit la diversion. Ce ne fut pas long.

Yasmin hurla, et Jill prit ses jambes à son cou. Pas seulement pour se sauver, non. Pour les sauver tous.

Elle sentit ses doigts sur sa cheville, mais elle se dégagea. Il poussa un cri. Elle ne se retourna pas.

— Jill ! Ta maman va mourir si tu ne redescends pas tout de suite.

Pas le choix. Jill grimpa les marches. Elle pensait au mail qu'elle avait envoyé à M. Novak quelques heures plus tôt :

S'il vous plaît, écoutez-moi. Vous devriez mieux cacher votre arme.

Pourvu qu'il ne l'ait pas lu, ou alors qu'il n'ait pas fait ce qu'elle lui avait demandé ! Jill fonça dans sa chambre, sortit le tiroir et répandit son contenu par terre.

Le pistolet n'y était plus.

Son cœur se serra. Elle entendit hurler en bas. Il était peut-être en train de les assassiner. Elle balança les objets l'un après l'autre quand sa main rencontra quelque chose de métallique.

Le pistolet.

— Jill ! Dernière chance !

Comment enlevait-on la sécurité ? Mince. Elle n'en savait rien. Soudain, elle se souvint.

Yasmin ne l'avait pas remise.

Yasmin hurla.

Jill se remit debout. Elle n'était même pas encore dans l'escalier lorsqu'elle prit sa voix de petite fille, une voix de poupée :

— S'il vous plaît, ne faites pas de mal à ma maman.

Elle descendit quatre à quatre. Aurait-elle la force nécessaire pour presser la gâchette ? En tenant l'arme à deux mains peut-être, en utilisant deux doigts.

Il se trouva que cela suffisait.

Nash entendit les sirènes.

Il vit l'arme et sourit. D'un côté, il avait envie de bondir, mais Cassandra secoua la tête. Au fond, il n'y tenait pas non plus. La gamine hésita. Alors il se rapprocha et leva le couteau au-dessus de sa tête.

Lorsque Nash avait dix ans, il avait demandé à son père ce qu'on devenait après la mort. La meilleure réponse, avait dit son père, c'était probablement Shakespeare qui l'avait donnée : la mort était « une région inexplorée d'où nul voyageur ne revient ».

En deux mots, comment savoir ?

La première balle le frappa en pleine poitrine.

Il tituba vers elle, le couteau à la main, et attendit.

Nash ignorait où la seconde balle allait le mener, mais il espérait que ce serait auprès de Cassandra.

40

Mike était assis dans la même salle d'interrogatoire que la dernière fois. Sauf que là, il était avec son fils.

L'agent spécial Darryl LeCrue et le substitut du procureur fédéral Scott Duncan s'efforçaient de boucler le dossier. Mike savait qu'ils étaient tous quelque part dans les mêmes locaux : Rosemary, Carson, DJ Huff, et probablement son père aussi, les autres goths. Ils les avaient séparés, afin de négocier et de définir les chefs d'inculpation.

Ils étaient là depuis des heures. Jusqu'à présent, Mike et Adam n'avaient répondu à aucune question. Hester Crimstein, leur avocate, refusait de les laisser parler. En ce moment même, ils se trouvaient, seuls, dans la salle d'interrogatoire.

Mike regarda son fils et, le cœur en miettes, répéta pour la cinquième ou sixième fois :

— Ça va s'arranger.

Adam avait sombré dans la prostration. Le choc, vraisemblablement. Pas facile de faire la différence avec un ado qui boude. Hester était au bord de l'implosion, ça se sentait. Elle passait son temps à surgir dans la pièce pour poser des questions. Adam se bornait à secouer la tête.

Sa dernière apparition, une demi-heure plus tôt, s'était conclue par ces trois mots à l'adresse de Mike :

— On est mal.

La porte se rouvrit à la volée. Hester entra, attrapa une chaise, la rapprocha d'Adam. Elle s'assit, le visage à deux centimètres du sien. Il se détourna. Elle prit son visage dans ses mains, le tourna vers elle et dit :

— Regarde-moi, Adam.

Il obéit de mauvaise grâce.

— Ton problème est le suivant. Rosemary et Carson te font porter le chapeau. Ils affirment que c'était ton idée de voler les carnets d'ordonnances de ton père et de passer ainsi à la vitesse supérieure. Ils disent que c'est toi qui les as sollicités. Selon leur humeur, ils prétendent que ton père était dans le coup aussi. Papa voulait arrondir ses fins de mois. Les agents de la DEA viennent d'être encensés par la presse pour avoir arrêté un toubib à Bloomfield qui faisait la même chose – fournir des prescriptions illégales pour alimenter le marché noir. C'est une approche qui leur plaît, Adam. Ils veulent le toubib de mèche avec le fiston parce que ça fera du bruit dans les médias et leur vaudra une promotion. Est-ce que tu me suis ?

Adam hocha la tête.

— Alors pourquoi tu ne me dis pas la vérité ?

— Ça n'a pas d'importance.

Elle écarta les mains.

— Que veux-tu dire par là ?

Il secoua la tête.

— C'est ma parole contre la leur.

— Certes, mais vois-tu, il y a deux choses. Tout d'abord, il n'y a pas qu'eux : deux ou trois potes de Carson confirment leur version des faits. D'accord, ces gars-là soutiendraient que tu t'es livré à un examen proctologique à bord d'un vaisseau spatial si Carson et Rosemary le leur demandaient. Ce n'est pas ça, le plus grave.

— C'est quoi alors ? interrogea Mike.

— La pièce à conviction la plus solide, ce sont ces carnets d'ordonnances. On ne peut pas faire de lien direct ni avec Carson ni avec Rosemary. En revanche, on fait très bien ce lien avec vous, docteur Baye. Évidemment. Ce sont les vôtres. On peut établir aisément comment ils sont arrivés du point A – vous, docteur Baye – au point B – le marché noir. Par l'intermédiaire de votre fils.

Adam ferma les yeux.

— Oui ? fit Hester.

— Vous ne me croirez pas.

— Trésor, écoute-moi. Mon boulot n'est pas de te croire. Mon boulot, c'est de te défendre. Que ta maman te croie, c'est une chose. Je ne suis pas ta maman, OK ? Je suis ton avocate, et c'est beaucoup mieux comme ça.

Adam regarda son père.

— Moi, je te croirais, dit Mike.

— Mais tu n'as pas eu confiance en moi.

Mike se trouva à court de mots.

— Tu as mis ce truc dans mon ordi. Tu as fliqué mes conversations privées.

— On s'inquiétait pour toi.

— Tu aurais pu demander.

— Mais j'ai demandé, Adam. Je t'ai demandé mille fois. Tu m'as envoyé sur les roses.

— Euh… les garçons ?

C'était Hester.

— C'est très touchant, cette scène entre un père et son fils, franchement, ça me donne envie de pleurer, mais je me fais payer à l'heure, et comme je suis hors de prix, revenons à nos moutons, voulez-vous ?

On frappa un coup sec à la porte. C'étaient LeCrue et Scott Duncan.

— Sortez, ordonna Hester. Ceci est une réunion privée.

— Il y a quelqu'un ici qui désire voir vos clients, dit LeCrue.

— Je me fiche que ce soit Jessica Alba en haut moulant…

— Hester ?

C'était LeCrue.

— Faites-moi confiance. C'est important.

Ils s'écartèrent. Mike leva les yeux. Il ne s'attendait pas du tout à cela. En les voyant, Adam fondit en larmes.

Betsy et Ron Hill firent leur entrée dans la pièce.

— Qui c'est, ceux-là ? demanda Hester.

— Les parents de Spencer, répondit Mike.

— Houla, c'est quoi, ce plan guimauve ? Faites-les sortir. Faites-les sortir immédiatement.

— Chut, fit LeCrue. Ne dites rien. Écoutez.

Se tournant vers Adam, Hester posa la main sur son bras.

— Ne dis pas un mot. Tu m'entends ? Pas un mot.

Adam pleurait toujours.

Betsy Hill s'assit en face de lui. Elle aussi avait des larmes aux yeux. Ron se posta derrière son siège et, les bras croisés, fixa le plafond. Mike vit ses lèvres trembler. LeCrue se tenait dans un coin, Duncan dans l'autre.

— Madame Hill, reprit LeCrue, pouvez-vous répéter ce que vous venez de nous dire à l'instant ?

Hester Crimstein avait gardé la main sur le bras d'Adam, prête à intervenir pour le calmer. Pendant un moment, Betsy Hill ne fit que regarder Adam. Jusqu'à ce qu'il lève la tête.

— Que se passe-t-il ? s'enquit Mike.

Betsy finit par parler.

— Tu m'as menti, Adam.

— Eh là, eh là, l'interrompit Hester. Si, d'entrée de jeu, cette femme se met à accuser mon client de mensonge, autant arrêter tout de suite.

Les yeux rivés sur Adam, Betsy ignora son éclat.

— Spencer et toi, vous ne vous êtes pas battus à cause d'une fille, n'est-ce pas ?

Adam garda le silence.

— N'est-ce pas ?

— Ne réponds pas, fit Hester en exerçant une légère pression sur son bras. Nous n'avons pas de commentaires à faire sur une prétendue bagarre...

Adam retira son bras.

— Madame Hill...

— Tu as peur qu'on ne te croie pas, dit Betsy. Et tu as peur de nuire à ton ami. Mais tu ne peux pas nuire à Spencer. Il est mort, Adam. Et ce n'est pas ta faute.

Les larmes continuaient à ruisseler sur le visage d'Adam.

— Tu m'entends ? Ce n'est pas ta faute. Tu avais de très bonnes raisons de te fâcher contre lui. Son père et moi, nous sommes passés à côté de Spencer. Maintenant, il va falloir qu'on vive avec ça pour le restant de nos jours. Peut-être qu'on aurait pu le sauver, si on l'avait surveillé davantage... et peut-être pas. Là, tout de suite, je ne peux rien affirmer. Mais je suis sûre d'une chose : ce n'est pas ta faute, et tu n'as pas à endosser cette responsabilité. Spencer est mort, Adam. Plus personne ne peut lui faire de mal.

Hester ouvrit la bouche, mais aucun son n'en sortit. Elle se ressaisit et, se laissant aller en arrière, les observa. Mike non plus ne savait que penser.

— Dis-leur, fit Betsy.

— Ça n'a pas d'importance, répliqua Adam.

— Bien sûr que si.

— Personne ne va me croire.

— Nous, on te croit, affirma-t-elle.

— Rosemary et Carson vont dire que c'est papa et moi. Ils l'ont déjà fait. À quoi bon traîner quelqu'un d'autre dans la boue ?

— C'est pour ça que tu as voulu reprendre tes billes hier soir, dit LeCrue. Ce micro dont tu nous as parlé. Rosemary et Carson t'ont fait chanter, hein ? Si tu les dénonçais, ils rejetteraient tout sur toi. C'est toi qui as volé les carnets d'ordonnances.

Exactement ce qu'ils sont en train de raconter en ce moment. En plus, tu te faisais du souci pour tes amis. Tout le monde allait se retrouver dans de sales draps. Tu n'avais pas le choix. Tu as laissé courir.

— Je ne m'inquiétais pas pour mes amis. Mais à tous les coups, ils accuseraient mon père. Ce qui voulait dire interdiction d'exercer.

Mike sentit son souffle s'accélérer.

— Adam ?

Il se tourna vers lui.

— Allez, parle. Ne te tracasse pas pour moi.

Adam secoua la tête.

Se penchant en avant, Betsy lui toucha la main.

— Nous avons des preuves.

Adam eut l'air décontenancé.

Ron Hill s'avança à son tour.

— Après la mort de Spencer, j'ai fouillé sa chambre. J'ai trouvé...

Il déglutit, regarda le plafond.

— Je n'ai pas voulu le dire à Betsy. Elle était déjà assez secouée comme ça, et je me suis dit : « Qu'est-ce que ça change ? Il est mort. Pourquoi en rajouter ? » Tout comme toi, Adam ?

Adam ne dit rien.

— Donc, le lendemain de sa mort... j'ai trié ses affaires. Sous son lit, j'ai trouvé huit mille dollars en liquide et... ceci.

Ron jeta un carnet d'ordonnances sur la table. Pendant un moment, tous les regards convergèrent sur lui.

— Ce n'est pas toi qui as pris les ordonnances de ton père, ajouta Betsy. C'est Spencer. Il les a volées chez vous, n'est-ce pas ?

Adam baissait la tête.

— Tu t'en es rendu compte la nuit de sa mort. Tu étais furieux. Vous vous êtes battus. C'est pour ça que tu l'as frappé. Quand il t'a appelé, tu n'as pas voulu entendre ses excuses. Cette fois-ci, il avait poussé le bouchon trop loin. Ses messages ont tous atterri sur ta boîte vocale.

Adam serra les paupières.

— J'aurais dû répondre. Je l'ai frappé. Je l'ai insulté, j'ai dit que je ne lui parlerais plus jamais. Je l'ai laissé seul, et quand il a appelé au secours…

Le silence explosa d'un coup. Il y eut des larmes, bien sûr. Des embrassades. Des demandes de pardon. Des blessures à vif. Hester sauta sur l'occasion. Elle attrapa LeCrue et Duncan. Ils étaient tous témoins de ce qui s'était passé. Personne ne poursuivrait les Baye. Adam était prêt à coopérer pour aider à expédier Carson et Rosemary derrière les barreaux.

Mais ça, ce serait pour plus tard.

Ce soir-là, une fois qu'Adam fut rentré chez lui et qu'il eut récupéré son téléphone portable, Betsy Hill vint le voir.

— Je peux ?

Côte à côte, ils écoutèrent l'ultime message de Spencer, celui qu'il avait laissé juste avant de mettre fin à ses jours.

C'est pas ta faute, Adam. Essaie de comprendre, quoi. C'est la faute à personne. Seulement c'est trop dur. Ç'a toujours été…

Huit jours plus tard, Susan Loriman frappait chez Joe Lewiston.

— Qui est-ce ?

— Monsieur Lewiston ? C'est Susan Loriman.

— Je suis pas mal occupé.

— Ouvrez, s'il vous plaît. C'est très important.

Il y eut quelques secondes de silence, puis Joe Lewiston ouvrit la porte. Mal rasé, vêtu d'un T-shirt gris, les cheveux en bataille, il avait l'air ensommeillé.

— Ça tombe plutôt mal, madame Loriman…

— Pour moi aussi.

— J'ai été renvoyé de l'école.

— Je sais. J'en suis désolée pour vous.

— Alors si c'est au sujet de votre campagne de don d'organe…

— En effet.

— Vous n'allez pas continuer à prétendre que je suis bien placé pour y participer.

— C'est là que vous vous trompez.

— Madame Loriman…

— Avez-vous déjà perdu un proche ?

— Oui.

— Ça ne vous ennuie pas de me dire qui ?

Drôle de question. Lewiston poussa un soupir et scruta les yeux de Susan Loriman. Son fils était en train de mourir et, pour une raison ou pour une autre, elle semblait attacher beaucoup d'importance à sa réponse.

— Ma sœur, Cassie. C'était un ange. Jamais on n'aurait cru qu'il lui arriverait malheur.

Susan connaissait l'histoire. Les médias avaient abondamment parlé des assassinats et du veuf de Cassandra Lewiston.

— Personne d'autre ?

— Si, mon frère Curtis.

— Lui aussi, c'était un ange ?

— Pas vraiment, non. Je lui ressemble. Il paraît que je suis son portrait tout craché. Mais lui a eu une vie mouvementée.

— Comment est-il mort ?

— Assassiné. Un règlement de comptes, probablement.

— Je suis venue avec l'infirmière.

Susan tourna la tête. Une femme descendait d'une voiture.

— Elle peut prendre votre sang tout de suite.

— Je ne vois pas l'intérêt.

— Vous n'avez commis aucun acte criminel, monsieur Lewiston. Vous avez même appelé la police quand vous vous êtes rendu compte de ce que votre ex-beau-frère avait derrière la tête. C'est le moment de songer à reconstruire. Votre geste, votre bonne volonté pour aider à sauver mon fils malgré tout ce que vous venez de vivre, ne passeront pas inaperçus. S'il vous plaît, monsieur Lewiston. Vous voulez bien essayer de nous aider ?

On eût dit qu'il allait protester. Susan espérait que non. Mais elle était prête. Prête à lui expliquer que Lucas, son fils, avait dix ans. Et que son frère Curtis était mort onze ans plus tôt… soit neuf mois avant la naissance de Lucas. Leur meilleure chance aujourd'hui, c'était un oncle biologique. Susan préférait ne pas en arriver là. Mais elle n'hésiterait pas. Elle ne pouvait pas faire autrement.

— S'il vous plaît, répéta-t-elle.

L'infirmière s'approcha. Joe Lewiston la regarda à nouveau. Il dut lire la détresse sur son visage.

— Bon, d'accord, dit-il. Entrez, on va faire ça à l'intérieur.

Tia n'en revenait pas, de la rapidité avec laquelle tout était rentré dans l'ordre.

Hester avait tenu sa promesse. Pas de seconde chance, professionnellement parlant. Du coup, Tia lui avait remis sa démission et était actuellement à la recherche d'un nouvel emploi. Mike et Ilene Goldfarb avaient été lavés de tout soupçon concernant les fausses prescriptions. Une enquête avait été ouverte pour la forme, mais, entre-temps, leur cabinet continuait à tourner comme avant. Apparemment, ils avaient réussi à trouver un donneur compatible pour Lucas Loriman, mais Mike ne s'étendit pas là-dessus, et Ilene n'insista pas.

À la suite des débordements émotionnels des premiers jours, Tia avait cru qu'Adam redeviendrait le garçon gentil et attentionné qu'il..., qu'il n'avait jamais vraiment été, en fait. Mais un ado ne fonctionne pas à la manière d'un interrupteur. Adam allait mieux, c'était certain. En ce moment même, il était dehors, à jouer les gardiens de but face à son père. Chaque fois qu'il marquait, Mike criait : « But ! » et entonnait le chant victorieux des Rangers. C'étaient des échos familiers et réconfortants, mais Adam, on ne l'entendait plus comme avant. Il jouait en silence, alors que, dans la voix de Mike, se mêlaient curieusement joie et désespoir.

Mike voulait récupérer son gamin. Sauf que ce gamin-là n'était plus. C'était peut-être aussi bien.

La voiture de Mo s'engagea dans l'allée. Il venait les chercher pour un match entre les Rangers et les Devils à Newark. Anthony, qui avait contribué à leur sauver la vie, était aussi du voyage. Mike avait cru qu'Anthony s'était porté à son secours la première fois, mais c'était Adam qui avait contenu ses agresseurs suffisamment longtemps… sa cicatrice au bras était là pour le prouver. Il y avait là de quoi vous tournebouler, le fils qui sauve son père. Mike, ému aux larmes, avait essayé de dire quelque chose, mais Adam n'avait pas voulu l'écouter. Il avait le courage discret, ce garçon.

Comme son père.

Tia regarda par la fenêtre. Ses deux hommes se dirigeaient vers la porte pour lui dire au revoir. Elle agita la main et leur envoya un baiser. Ils lui rendirent son geste. Elle les vit monter dans la voiture de Mo et les suivit des yeux jusqu'à ce que la voiture ait disparu au tournant.

— Jill ? appela-t-elle.

— Je suis en haut, maman !

Ils avaient retiré l'espiogiciel de l'ordinateur d'Adam. Les arguments ne manquaient pas, dans un sens comme dans l'autre. Mais c'était oublier le destin, le facteur aléatoire. En l'occurrence, Mike et Tia s'étaient fait du souci pour leur fils… et c'était Jill qui avait failli mourir. Jill qui avait subi le traumatisme de devoir tirer et tuer un être humain. Pourquoi ?

Le facteur aléatoire. Elle s'était trouvée au mauvais endroit au mauvais moment.

On peut surveiller, mais on ne peut pas prévoir. Adam aurait très bien pu s'en sortir tout seul. Il aurait réalisé son enregistrement, et Mike n'aurait pas été agressé ni laissé pour mort. Ce cinglé de Carson n'aurait pas cherché à les supprimer. Adam n'en serait pas à se demander si ses parents avaient confiance en lui.

C'est ça, la confiance. On peut la trahir pour une bonne raison. N'empêche, ça reste une trahison.

Alors quelle leçon Tia, la mère, en avait-elle tirée ? On fait de son mieux. Point. On y met toute sa bonne volonté. On leur transmet le message qu'on les aime, mais la vie est trop aléatoire pour pouvoir faire plus. Mike avait un ami, une ancienne star du basket, qui affectionnait les expressions yiddish. Sa préférée était : « L'homme prévoit, Dieu rit. » Tia n'y avait jamais vraiment souscrit. Elle pensait que c'était une excuse – de toute façon, Dieu se chargerait de brouiller nos plans. Eh bien, non. On pouvait donner le meilleur de soi-même, mettre les meilleures chances de son côté, mais la maîtrise absolue était une illusion.

Ou était-ce encore plus complexe que ça ?

D'un autre côté, l'indiscrétion leur avait sauvé la vie à tous les quatre.

Tout d'abord, elle leur avait fait comprendre qu'Adam était en train de marcher sur la tête.

Mieux que ça, si Jill et Yasmin n'avaient pas fouiné et trouvé l'arme de Guy Novak, ils seraient tous morts à l'heure qu'il était.

Quelle ironie. Guy Novak garde une arme chargée chez lui et, au lieu du désastre probable, ça leur sauve la vie.

Elle secoua la tête et ouvrit la porte du frigo. Il était grand temps d'aller faire les courses.

— Jill ?

— Quoi ?

Tia prit ses clés et son sac à main. Puis elle chercha son téléphone portable.

Sa fille s'était remise de leur aventure étonnamment vite. Les médecins avaient averti Tia que Jill allait peut-être réagir à retardement, ou alors elle avait conscience d'avoir commis un acte nécessaire, voire héroïque. Jill n'était plus un bébé.

Où avait-elle mis son portable ?

Tia était convaincue de l'avoir laissé sur le comptoir. Ici même. Il y avait dix minutes à peine.

Cette simple pensée lui fit l'effet d'une douche glacée.

Tia se raidit. Tout à leur soulagement d'avoir survécu, ils avaient laissé plein de choses en suspens. Mais soudain, en contemplant l'endroit où elle était sûre d'avoir posé son téléphone, Tia repensa à ces questions sans réponse.

Ce premier mail, celui qui était à l'origine de tout, à propos de la fête chez DJ Huff. Il n'y avait pas eu de fête. Ce message, Adam ne l'avait même pas lu.

Alors qui l'avait expédié ?

Oh non…

Sans cesser d'inspecter la pièce à la recherche de son portable, Tia décrocha le téléphone. Guy Novak répondit à la troisième sonnerie.

— Bonjour, Tia, comment ça va ?

— Vous avez dit à la police que c'est vous qui avez envoyé la vidéo.

— Quoi ?

— La vidéo où on voit Marianne avec M. Lewiston. Vous avez déclaré l'avoir envoyée. Pour vous venger.

— Et alors ?

— Vous n'étiez même pas au courant de son existence, n'est-ce pas, Guy ?

Un silence.

— Guy ?

— Laissez tomber, Tia.

Et il raccrocha.

Elle gravit les marches sans bruit. Jill était dans sa chambre. Il ne fallait pas qu'elle l'entende. Tout se tenait. Tia s'était déjà demandé pourquoi ces deux catastrophes – l'expédition punitive de Nash et la disparition d'Adam – étaient arrivées pratiquement en même temps. Quelqu'un avait dit en plaisantant : « Jamais deux sans trois »… genre ils feraient bien d'ouvrir l'œil. Mais Tia n'adhérait pas à ce proverbe.

Le mail au sujet de la fête chez les Huff.

L'arme dans le tiroir de Guy Novak.

La vidéo explicite, expédiée à l'adresse de Dolly Lewiston.

Quel lien y avait-il entre les trois ?

Tia tourna le coin.

— Qu'est-ce que tu fais ?

Jill sursauta en entendant la voix de sa mère.

— Oh, je joue à Casse Brick, c'est tout.

— J'en doute.

— Quoi ?

Ils en avaient rigolé, Mike et elle. Jill fourrait son nez partout. Elle était la Mata Hari de la famille.

— C'est juste un jeu.

Mais Tia avait compris. Jill n'empruntait pas son téléphone pour s'amuser à des jeux vidéo. Elle le faisait pour consulter les messages de Tia. C'était comme l'ordinateur dans leur chambre. Elle ne s'en servait pas parce qu'il était plus récent et plus performant. Elle voulait être au courant de tout ce qui se passait. Jill avait horreur d'être traitée comme une petite fille. Alors elle fouinait. Elle et son amie Yasmin.

D'innocentes distractions enfantines.

— Tu savais que nous avions placé l'ordinateur d'Adam sous surveillance, n'est-ce pas ?

— Comment ?

— Brett dit que ce mail a été envoyé d'ici. La personne qui l'a envoyé a ouvert la messagerie d'Adam pendant son absence, et l'a effacé. Je ne voyais pas qui avait pu faire ça. En fait, c'était toi, Jill. Pourquoi ?

Jill secoua la tête. Mais l'instinct d'une mère, ça ne trompe pas.

— Jill ?

— Je ne voulais pas en arriver là.

— Je sais. Raconte-moi.

— Vous deux, vous détruisiez les rapports, mais pourquoi tout à coup vous aviez une déchiqueteuse dans votre chambre ? Je vous entendais chuchoter la nuit. Et vous avez enregistré le site d'E-Spy dans les favoris de votre ordi.

— Donc tu savais qu'on l'espionnait ?

— Évidemment.

— Mais pourquoi as-tu envoyé ce mail ?

— Parce que je savais que vous le liriez.

— Je ne comprends pas. Pourquoi parler d'une fête qui n'aurait pas lieu ?

— Je savais ce qu'Adam voulait faire. Je trouvais que c'était trop dangereux. J'ai décidé de l'en empêcher, mais je ne pouvais pas vous parler du Club Jaguar et tout ça. J'avais peur qu'il ait des ennuis.

Tia finit par hocher la tête.

— Tu as donc inventé cette histoire de fête.

— Oui. Avec drogue et alcool.

— Tu pensais qu'il serait interdit de sortie.

— Ben oui. Comme ça, il serait en sécurité. Mais Adam s'est enfui. Je ne m'attendais pas à ça. Je me suis plantée. Tout ça est ma faute.

— Ce n'est pas ta faute.

Jill renifla.

— Yasmin et moi, tout le monde nous prend pour des bébés. Alors on espionne. C'est comme un jeu. Les adultes cachent des trucs, et nous, on les trouve. Quand M. Lewiston a dit cette chose horrible à Yasmin… Ç'a tout changé. Les autres, en classe, ils ont été trop vaches. Au début, Yasmin était triste, et puis, un jour, je ne sais pas, j'ai eu l'impression qu'elle avait pété un câble. Sa maman, elle n'a jamais rien fait pour elle. À mon avis, sur ce coup-là, elle a voulu l'aider.

— Elle a donc… piégé M. Lewiston. C'est elle qui vous l'a dit ?

– Non. Yasmin a découvert la vidéo sur son téléphone portable. Elle en a parlé à Marianne, qui a dit que c'était fini et que M. Lewiston avait payé pour ce qu'il avait fait.

— Alors Yasmin et toi...

— Ce n'était pas méchant. Mais Yasmin, elle en avait marre. Tous ces adultes qui, soi-disant, voulaient notre bien. Les copines de classe qui la chambraient. Qui *nous* chambraient. On a fait ça le même jour. On n'est pas allées chez elle après l'école. On est d'abord venues ici. J'ai tapé mon mail pour vous faire réagir... et ensuite Yasmin a envoyé la vidéo pour se venger de M. Lewiston.

Tia hésitait sur l'attitude à prendre. Les enfants ne font pas ce que leur disent les parents... ils font ce qu'ils les voient faire. Alors qui était le vrai responsable ? Elle n'aurait su le dire.

— On n'a rien fait, ajouta Jill. On a juste envoyé deux mails. C'est tout.

Et c'était la vérité.

— Ça va s'arranger, fit Tia, à l'instar de son mari dans la salle d'interrogatoire.

Elle s'agenouilla et prit sa fille dans ses bras. Si, jusque-là, Jill avait réussi à contenir ses larmes, la digue finit par céder. Elle se blottit contre sa mère et se mit à pleurer. Tia caressa ses cheveux et lui murmura des mots tendres, pendant qu'elle sanglotait sans retenue.

On fait son possible, songeait-elle. On les aime du mieux qu'on peut.

— Ça va s'arranger, répéta-t-elle.

Et cette fois, elle y croyait presque.

Par une froide matinée de samedi – le jour même où il devait convoler en secondes noces –, le procureur du comté d'Essex Paul Copeland se trouvait devant le box d'un garde-meuble sur la route 15.

Loren Muse était à ses côtés.

— Vous n'étiez pas obligé de venir.

— Le mariage, c'est dans six heures, rétorqua Cope.

— Mais Lucy…

— Lucy comprend.

Il jeta un coup d'œil par-dessus son épaule. Neil Cordova attendait dans la voiture. Quelques heures plus tôt, Pietra était sortie de son silence. Face à son mutisme obstiné, Cope avait eu la simple idée de faire venir Neil Cordova pour qu'il lui parle. Deux minutes plus tard, alors que son amant était mort et qu'ils avaient conclu un arrangement avec son avocat, elle avait craché le morceau et indiqué où ils trouveraient le corps de Reba.

— Je tiens à être là, ajouta Cope.

Muse suivit son regard.

— Lui non plus n'a rien à faire ici.

— J'avais promis.

Cope avait beaucoup parlé avec Neil Cordova depuis la disparition de Reba. D'ici quelques minutes, si Pietra avait dit la vérité, ils auraient en commun d'avoir vécu un drame terrible : la mort de leur épouse. Bizarrement, si l'on se penchait sur le passé de l'assassin, lui aussi partageait cette triste expérience.

Comme si elle lisait dans ses pensées, Muse demanda :

— Avez-vous envisagé une seconde que Pietra nous ait menti ?

— Pas vraiment. Et vous ?

— Non plus. Alors comme ça, Nash a tué ces deux femmes pour aider son beau-frère. Pour découvrir et détruire la cassette de l'infidélité de Lewiston.

— Il semblerait que oui. Mais Nash avait des antécédents. Si on regarde en arrière, sa vie a été truffée d'actes de violence. À mon avis, c'était plus une excuse pour pouvoir se livrer à la barbarie qu'autre chose. Mais je ne connais rien à la psychologie, et ça ne m'intéresse pas. Ce qui compte, en termes de justice, ce sont les faits, pas leur explication psychologique.

— Il les a torturées.

— Oui. En théorie, pour savoir qui d'autre était au courant de l'existence de cette cassette.

— Comme Reba Cordova.

— Tout à fait.

Muse secoua la tête.

— Et le beau-frère ? L'instit ?

— Lewiston ? Eh bien ?

— Vous allez le faire inculper ?

Cope haussa les épaules.

— Il prétend s'être juste confié à Nash sans se douter qu'il allait dérailler.

— Et vous y croyez, vous ?

— Les versions de Pietra et de Lewiston concordent là-dessus, mais, pour le moment, je ne peux ni les confirmer ni les infirmer.

Il la regarda.

— Ça, c'est le travail de mes enquêteurs.

Le gérant du garde-meuble trouva la clé et l'introduisit dans la serrure. La porte s'ouvrit, et leurs hommes s'engouffrèrent à l'intérieur.

— En fait, dit Muse, Marianne Gillespie n'a jamais envoyé la cassette.

— Apparemment, non. Elle a simplement menacé de le faire. Nous avons vérifié. Guy Novak affirme que Marianne lui en avait parlé. Elle voulait laisser courir... Elle pensait que la menace suffisait à punir l'instit. Pas Guy. Il a envoyé la vidéo à la femme de Lewiston.

Muse fronça les sourcils.

— Quoi ? fit Cope.

— Rien. Vous allez engager des poursuites contre lui ?

— Pourquoi ? Il a envoyé un mail. Aucune loi ne l'interdit.

Deux agents émergèrent lentement du box. Trop lentement. Cope savait ce que cela voulait dire. L'un des deux rencontra son regard et hocha la tête.

— Et merde, dit Muse.

Tournant les talons, Cope rejoignit Neil Cordova. Ce dernier le regarda approcher. Cope ne baissait pas les yeux. Son pas était ferme. En le voyant de plus près, Neil se mit à secouer la tête. De plus en plus fort, comme pour nier l'évidence. Il s'était préparé pourtant, il savait ce qui l'attendait, mais ces coups-là, on ne les amortit pas. On ne les dévie pas, on n'y résiste pas. On se laisse broyer, voilà tout.

Alors, quand Cope arriva à sa hauteur, Neil Cordova cessa de secouer la tête et s'effondra contre lui. Il sanglota en répétant le nom de Reba – ce n'était pas vrai, ça ne pouvait pas être vrai – et en implorant quelque puissance supérieure de lui rendre sa bien-aimée. Cope le serra dans ses bras. Les minutes ont passé. Difficile de dire combien. Cope tint cet homme dans ses bras sans rien dire.

Une heure plus tard, il rentrait chez lui, prenait une douche, revêtait son smoking et rejoignait ses garçons d'honneur. Cara, sa fille de sept ans, déclencha des « Oh ! » et des « Ah ! » en remontant la nef. Le gouverneur en personne présidait la cérémonie. Suivit une grande réception avec orchestre et tout le tralala. Muse, en demoiselle d'honneur, était élégante et jolie comme un cœur. Elle le félicita en l'embrassant sur la joue. Cope la remercia. Ce furent les seuls mots qu'ils échangèrent de la soirée.

Alors que la fête battait son plein, Cope réussit à s'asseoir deux minutes dans un coin tranquille. Il défit son nœud pap et le bouton du col de sa chemise blanche. La boucle était bouclée : cette journée, qui avait commencé par un décès, s'achevait sur la note joyeuse d'une union entre deux êtres. D'aucuns y auraient vu un symbole. Pas Cope. Il écouta l'orchestre massacrer un morceau enlevé de Justin Timberlake pendant que les invités essayaient de danser dessus. L'espace de quelques instants, son humeur s'assombrit. Il songea à Neil Cordova, à la tragédie qui le frappait, à ce qu'il devait endurer en ce moment même avec ses petites filles.

— Papa ?

Il se retourna. C'était Cara. Elle s'empara de sa main et le contempla du haut de ses sept ans. On aurait dit qu'elle avait compris.

— Tu viens danser avec moi ?

— Je croyais que tu n'aimais pas danser.

— J'adore cette chanson. S'il te plaît !

Il se leva et suivit sa fille sur la piste. Quand le chanteur entonna le refrain un peu nunuche, Cope se trémoussa avec entrain. Cara alla chercher la mariée, l'arrachant à un petit cercle d'admirateurs, et la traîna sur la piste, elle aussi. Cope, Cara et Lucy – la famille recomposée – se mirent à danser. L'orchestre joua plus fort. Leurs proches et amis applaudirent. Cope dansait de bon cœur, et horriblement mal. Les deux femmes de sa vie se retenaient de pouffer.

En les entendant glousser, Paul Copeland gigota de plus belle, se déhanchant, agitant les bras, transpirant maintenant, pirouettant sur lui-même jusqu'à ce que tout s'efface autour de lui… tout, excepté ces deux beaux visages et la musique merveilleuse de leurs rires.

Remerciements

L'idée de ce roman m'est venue pendant que je dînais avec mes amis Beth et Dennis McConnell. Merci pour le partage et la discussion. Voyez à quoi cela a mené.

J'aimerais aussi remercier les personnes suivantes pour leur contribution, d'une manière ou d'une autre : Ben Sevier, Brian Tart, Lisa Johnson, Lisa Erbach Vance, Aaron Priest, Jon Wood, Eliane Benisti, Françoise Triffaux, Christopher J. Christie, David Gold, Anne Armstrong-Coben et Charlotte Coben.

Achevé d'imprimer
en octobre 2008
par Printer Industria Gráfica
pour le compte de France Loisirs, Paris

Numéro d'éditeur : 53733
Dépôt légal : août 2008
Imprimé en Espagne